鸢都文库

铁鸟传

◎曹成 著

山东城市出版传媒集团·济南出版社

图书在版编目（CIP）数据

铁鸟传／曹成著．—济南 ：济南出版社，2018.12
（鸢都文库）（2020.7重印）
ISBN 978－7－5488－3485－4

Ⅰ．①铁… Ⅱ．①曹… Ⅲ．①长篇小说—中国—当代
Ⅳ．①I247.5

中国版本图书馆 CIP 数据核字（2018）第 275461 号

责任编辑 胡长粤 许春茂 李 媛
书名题字 逄春伟
封底绘画 郑小暄

鸢都文库 铁鸟传 曹 成 著

出版发行 山东城市出版传媒集团·济南出版社
地　　址 山东省济南市二环南路1号(250002)
编辑电话 (0531)86131717
发行电话 (0531)67817923 86131701
86131728 86131704
经　　销 各地新华书店
印　　刷 潍坊新天地印务有限公司
版　　次 2020年7月第1版 第2次印刷
成品尺寸 170 mm × 240 mm 16 开
印　　张 15
字　　数 210 千字
定　　价 48.00 元

我在很小的时候，就有一个梦想：像树上的鸟儿，拥有一对会飞的翅膀。

——王小驹

一棵草的记忆

一

大潍河，最终的理想国，适宜用倒叙的手法，
讲述一条鱼离开大海，游回阔别已久的童年。
就像旧历翻新时，燕子会领着南方洄游，
与北方交配，产卵，有爱的地方就有家园。

多少年了，亲情如流水抚摸着坝上的节气，
车前子和远志在平原上眺望着
父亲的远山，被落日的余晖一点点淹没。
燕归时，父亲就像杯子落到地上，
破碎的声音，从千里之外，深深扎入我的心口。

有时精彩的季节，很容易遮盖光阴的流逝。
因为浮躁比寂寞丑陋，比孤独弱小。
你能在春天里花开荼蘼，就会在冬季里理屈词穷。

二

在织好的锦缎上烧一个洞，让陷落的美
从历史的裂痕中走出。
在破碎的江山上重建帝国的梦想，
是一位江湖侠客的自由。而我从来都没有……

我只会在自己编织的岁月里寻找
皈依佛门的路径。
今夜，我低成一粒微尘，随风而来，随风而逝。

今夜，我隐身一滴露珠，等待黎明，完成宿命。

三

他人恩赐我的都能拿走，
我授予自己的必将终生拥有。

我在大殿门口驻足良久，
转身爬上一棵树，跳向殿堂之穹顶。
那里风大，但我比风高。

从此，大殿里的一切都与我无干，
包括佛陀和袈裟。

从山不在高到鹤轩，从太平之水到小桔灯，
冬天的风吹散了夏天的云，
天地间越来越辽阔，自己便越来越渺小。

我什么也不说，告别昨天的我。

四

冬天，炊烟里的母亲，
炉火才是她孝顺的儿子，
在深夜，一点点融化掉她的寂寞。
而多年前，
她还是我们全部的春天。

我只是太平山下的一棵草。
哪怕是一棵草，也应发出一分亮光，
来表达对春天的敬意。
当然，我是一棵草，面对秋风
可以选择默默无言。

曹 成
2017 年 10 月 12 日

目　录

引　子

用一生的时间来经历连续不断的痛苦和打击的人，到底应该不应该来到这人世间？王小驹穷极一生，试图用自己多舛的命运来求证和破解这个最简单的生命课题，换来的却是生活对他无尽的嘲讽。他一生最完美的时间被定格在懵懂的童年，如今记忆恍惚，全是黑白的碎片。他命运的分水岭只有一座，就像一道启蒙数学题：当他在童年失去了一条胳膊之后，也就等于失去了父亲。没了父亲的孩子，前方全是未知数。

上部

第一章

1

公元1914年，那是一个平年，同时也是农历甲寅年（虎年）。这一年的8月8日日本军舰出现在青岛海面。8月13日德国愿将胶州湾租借地直接归还给中国，而日驻华使馆代办警告外交次长曹汝霖，不准中国接受德国建议。8月23日，日本对德宣战，旋即又派军于9月2日在山东龙口登陆。10月6日，日军占领胶济铁路全线。11月7日，日军攻占青岛，至此，德国在山东的势力范围全部为日本控制。9月21日，教育部通饬全国，要求学生慎守中国在欧战中的中立态度，言论交际不可偏激。9月25日，日本借口对德宣战，侵占山东潍县车站。10月19日日军在山东平度县出示“斩律5条”，其中一条规定“如该村有1人妨碍日军行动者，该村人民尽处斩刑”。12月6日山东省各界推定代表上京请愿，要求北京政府交涉撤退胶济铁路日军。

樟树村上了年纪的人都知道王小驹是五代单传，他父亲王大驹从青岛铁路学校毕业，后来，去了南京汪伪政府的航空学校，能开着一只铁鸟在天上飞来飞去。王小驹的爷爷王老驹，曾是潍河一带出名的木炭商人，过世时不过四十来岁，却挣下了数千大洋，到现在也没花光，剩下的都被俞大娘藏在了炕洞里。王小驹的曾祖父王老老驹是樟树村的私塾先生，已经死了多年了。他生前教出的几个好学生中，有一个是中华民国军事委员会交通处交通司令福娃子。至于王小驹的高祖父王老老老驹是何职业，村子里活着的人已经没人说得清楚，只晓得也是独子。

从王小驹往上算起，五代单传的王家，在第三代里出了一个方圆百里闻名的木炭商人，开了一家炭庄，他就是王老驹。民国三年冬天，王老驹背着一个狗皮褥子和青花粗布缝制的铺盖卷，来到昌南县南部的凤凰岭烧起了炭窑，开起了炭庄。

二十多年前，樟树村的王老驹，在潍河东岸十里八村也算是个响当当的人物。那时候王老驹的父亲王老老驹在樟树村做塾师，就是现在樟树村私塾先生吉老夫子的老师，称得上是昌南一带的名儒。书香门第，无一例外都盼望着子孙们蟾宫折桂，跨马游街。而那一年却是民国三年，八月里第一次世界大战爆发，日本军队侵占潍县车站。皇帝老儿下台了，日本人又来了，眼看着要做亡国奴，哪里还有心思考状元，所以王老老驹同意了儿子王老驹弃学经商的选择。

日军进犯，盗匪四起，天下眼看就要大乱。做木炭生意也许是最安全的谋生方法，躲在深山之中，既能养家糊口，还能避免了刀兵之灾。王老驹向他爹索要了两个大洋，又去他赶马车的丈人家借了八个大洋，然后与三个朋友合伙，去往樟树村东南二十里外的凤凰岭山上安营扎寨。

那一年冬天寒风刺骨，大雪封门。王老驹和三个朋友在凤凰岭前怀里挖了一座炭窑，又在炭窑旁边挖了一个地窝子，用高粱杆和玉米秸遮住，当作睡觉的寝室。半夜里大风起兮，山谷震荡，地动山摇，高粱杆和玉米秸搭建的“屋帽子”常被揭开，深有“八月秋高风怒号，卷我屋上三重茅”的感觉。

那时的穷人们无论如何节俭，仍然衣不蔽体，三餐不继。而潍河两岸的富人们却不管那劳什子节俭，听说皇帝被赶下金銮殿了，好像天塌了一般，只道是来日无多，得过且过。他们把家里的钱装在随身口袋里，见啥买啥，一路扫货，于是木炭的销量因为天气的恶劣和富人对前途的绝望大增。王老驹生产的木炭一时间供不应求，收入颇丰。当年年底分红，王老驹和三个朋友每人分到了五十个大洋。王老驹用布袋提了一包大洋回家，才打开口袋，就吓得他爹捂住了袋口，嘴唇颤栗有声：“客客客不离货，财财财不露白。切切切记切记哇！”

新年鞭炮的硝烟还在潍河的上空弥漫着，石头爷爷生日那天（鲁中民俗正月初十是石头的生日），王老驹就离开了新婚的妻子俞美云，也就是现在的俞大娘，一个人踩着没膝的积雪去了凤凰岭的木炭窑。他用满是腱子肉的胳膊挥动利斧，在雪地里放倒一棵棵柳树、椴树、元宝树、榉树，再把它们斩成一段一段，排得整整齐齐送进炭窑，然后生一把火，几天后再取出来时就变成一块块的黑金了。王老驹是凤凰岭炭窑的大掌柜，所占股份最多，投了十个大洋；二掌柜是七家湾的孙狗儿，早期投了八个大洋；三掌柜是九龙屯的黄崽儿，投了六个大洋；四掌柜是牛家庄的牛犊儿，投了五个大洋。四个掌柜同时也是四个伙计，劲往一处使，汗往一处流，生意自然就好做了。第二年木炭的销量越来越大，他们雇了四个伙计，买了两架马车，黄崽儿和牛犊儿负责生产，王老驹和孙狗儿负责销售。王老驹和牛犊儿负责潍河以东高密和平度一带的生意，孙狗儿和黄崽儿负责潍河以西潍县、安丘一带的生意。短短三年过去，他们已经建了木炭窑四个，拥有工人二十名，马车六架，是潍河一带最大的木炭加工厂了。那是后话。

元宵节刚过，王老驹为了使炭窑早日开工，不惜新婚燕尔之时，放弃温玉暖香，这让三位合伙人深感敬佩。三位合伙人中只有孙狗儿是订了亲的，黄崽儿和牛犊儿二人年近三十，婚事却八字还没有一撇。晚上四个人躺在地窝子里，倾听着凤凰岭下周围村子里响起的断断续续的鞭炮声，嗅着远处飘来的为祭拜各路神仙焚烧的香烛和纸钱的糊味，五味杂陈，之后就忍不住说起女人。其实这世上除了男人就是女人，女人真是男人们绕不开的话题，尤其是年青的寡妇。

牛犊儿用被角勒紧了脖子，提高了细长的嗓门说："这山下的丈岭火车站旁边，开顺意马车店的老板吴老七，最近被东洋鬼子的铁路巡逻队打死了，说他盗窃铁路上的军用物资。其实就是拿了铁道边上的几块木板，用来生火烧炕用。"他是沙嗓子，嗓子眼里像是塞满了雪粒。"吴老七的老婆白牡丹三十岁不到，唇红齿白，盘着发髻，三寸的小脚，走起路来一颠一颠，腚沟撅得老高，以前昌南县的知事见了都不住地流口水，每次从门前路过，都要进去吃杯茶再走。那次，我去顺意马车店里送木炭，正碰上她和知事大人在房间里喝酒取乐，喝得眼睛发直，两腮跟点了胭脂一般，出门小解时，正撞到我怀里，被我顺势在前胸摸了一把。你们猜猜她的奶子是什么模样？"

孙狗儿在黑夜里瞪大了眼，偶尔窝棚外鞭炮响起，火光一闪，映得他的眼珠绿幽幽的，像草原上的恶狼，他大大咧咧地吹嘘道："没吃过猪肉，谁还没见过猪跑。奶子还能是什么形状的？当然是圆的了！"过年时，他按惯例去饮马镇上的棺材李家探望岳父母，买了二斤猪肉、二斤牛肉，还有两包点心，商量着与棺材李的女儿李玉英在中秋节完婚。棺材李满足地看着那二斤猪肉和二斤牛肉，一口答应了，条件是孙狗儿家还要出一百个大洋，在饮马镇上买一处两进两出的房子，让棺材李一家都搬进去住。孙狗儿也满口答应了。他趁着李玉英一个人在家的时候，偷偷溜进房间抱着亲了两口，唾沫星子弄了李玉英一脸。他还想把手伸进李玉英的怀里摸一把，就听到了棺材李两口子进门的声音，吓得赶忙放开李玉英退了出来。

牛犊儿啐了一口，轻蔑地说："看起来你是吃过老娘奶的人，知道奶子是圆的，难道奶子还有四方形的吗？我是说她跟知事大人喝酒的时候，胸前根本没有戴肚兜，那两只像发面馒头一样光溜溜的大奶子在衣服里面来回摇晃着，哎哟天啊，这女人真是太浪了，难怪知事大人见了她流口水啊！"

黄崽儿羡慕地咕咚一声咽下一口涎水："真没想到白牡丹这么浪啊，是不是吴老七那家伙事早就不顶用了。前几天我去丈岭街上买咸菜，路过顺意马车店，还看见吴老七站在门口招揽生意。他印堂发黑，形容枯槁，走起路来像踩着云，两脚一颠一颠的，发不出一点声音。我听过北沟算命的阴阳先生胡大眼说过，那叫走鬼步。没想到这么快就应验了，真是可怜那白牡丹了，此时不知该多么伤心啊！"黄崽儿叹了一口气，心里寻思着那白牡丹该多么需要他的安慰啊。

只有王老驹闷声不响的，听着三个合伙人七嘴八舌喋喋不休地说着女人的事，聊以自慰，也不插嘴，心里却暗暗地回忆起在大雪纷飞的夜里，第一次和俞美云圆房时的情景。

俞美云是俞家店村富户俞富贵家的姑娘，家有田产三十亩，还拥有村里唯一的一驾马车。那马是西凉马，光绪年间曾在北洋水师服役，专拉一辆铁瓦大车给军营送给养。第一次甲午战争后，北洋水师几乎全军覆没。这匹西凉马和那架铁瓦大车被一当军官的亲戚购得带回了家乡，作价十两银子卖给了俞富贵的丈人。后来俞富贵结婚时马车被当做陪嫁品带了过来。那铁瓦大车只有七成新，平日里被俞富贵擦得锃明瓦亮，被周围有头有脸的乡亲们雇佣着去迎来送往，一年下来也有不少收入。从此十里八疃都知道俞家店村有个俞大马车，却忘了俞富贵的名字。俞美云十八岁时出落成了方圆十里最出挑的姑娘，上门求亲的媒人络绎不绝，几乎踩破了她家的门槛，但她却一个也没看上眼。俞大马车有个邻居和王老老驹是远房表亲，偶然到樟树村来办事，见王老驹虽然年龄略小一点，但是一表人才，便极力撺掇；说俞大马车家如何富有又通情达理，说他家的姑娘如何漂亮又贤惠贞洁，一下子就把王老老驹说动了心，然后杀了一只鸡，炖了一只鸭，留那远亲大吃了一顿。那远亲果然出力，回去以后就发动他婆姨的三寸不烂之舌，对俞大马车家进行了猛烈的游说；说那王老老驹是昌南的名门望族，夸他儿子王老驹相貌俊得赛潘安，力气大得超吕布。平常人家哪里经得起这样夸赞，听得俞大马车眼珠子快迸出来了。饶是那俞美云心高气傲，听说竟有如此不凡后生，也不免听得心里发热，恨不得偷偷一睹为快，但哪里会有机会。俞大马车是个有心计的人，害怕媒婆偷梁换柱来黑他，得空竟驾了马车去樟树村，一路打听到王老驹的家，装作一个过路客，趁着午饭时间径直进去讨水喝。王老老驹客套地请他一起用午饭，他也不谦让，一屁股坐到了八仙桌旁，吃了两碗糙米饭。通过攀谈和侦察，他确认那王老驹家果然是良善之辈，知书达理、勤俭敬业、受人敬仰，且仓廪有不少余粮（他假装小解，去粮囤偷看后为证）。更重要的是他见到了王老驹那后生，虽没有媒婆说的那般超凡脱俗，但是五官端正，身材敦实，彬彬有礼，倒算是个可靠的人呢。要知道，他儿子年龄还小，家里杂务又多，正需要找个女婿来帮衬一下。

俞大马车摸了底细，回去对老婆和女儿说了，一家人放下心来，然后请媒人传话，在端午节前下了聘礼：二十块大洋、两块做衣服用的常州丝绸布料、一对银镯子。这可是王老老驹私塾教书二十年攒下的积蓄，心里难免有些不舍，在脸上露出愠色来。媒人安慰他说，人家俞大马车家不差你这点东西，凡事总要走个过场，等结了婚以后还要加倍还回来的。王老老驹听了，脸上才有了许多喜色。进了腊月门第一天，按照盘马埠算命先生金瞎子掐算好的良辰吉日，雇了八个锣鼓手，吹吹打打，用一乘小轿把俞美云抬进了樟树村。那一天夜里天降大雪，没至膝盖，把王老驹的母亲王老太太喜得合不拢嘴，因为大家异口同声地奉承她说下雪娶娘娘嘛，他们王家就光等着享福吧。

深夜，喝喜酒的乡亲们冒着洋洋洒洒的瑞雪各自散去。洞房里，火炕早被义务帮工的乡亲烧得像鏊子一样烫人。王老驹急不可耐地吹灭了蜡烛，把俞美云抱进了被窝。在半推半就中，他像爬山一样大喘着气，一件件地脱着俞美云的衣服，终于连同那块长长的裹脚布也剥去了……只要再伏上去，一切就万事大吉了。然而，俞美云却像小猫一样蜷缩起了身子，在黑暗中娇哼着哀求说："掌柜的，我身体不舒服，明晚好吗?"王老驹闻言脸上顿时一阵发烫，讪讪地停住了手。火炕下的炉火渐渐熄灭了，余温缓缓地散去。寒气一点点从窗棂纸上渗透进来，他用一双大手触摸到那两只三寸金莲，竟然像冰凌一样凉。在这个洞房花烛的夜里，王老驹用自已的胸膛怀揣着两只白笋度过了俞美云的第一夜。第二天，王老太太趁着大家吃早饭，偷偷到新房里查看端倪，发现白色的床单上一尘不染，不由得吃了一惊……

想到这里，王老驹紧了紧被角，偷偷地笑了。他心里的俞美云是天底下最好的女人了，什么白牡丹黑牡丹与她相比都是马尾拴豆腐——不值一提。于是，他不再关心三个合伙人的谈话，只管闭了眼睛满足地睡了。天亮之后，他要赶紧送一车木炭到平度县的林家庄，这一趟能挣到两块大洋。

2

从丈岭去平度县崔家集，需要经过丈岭火车站，再左拐向东一直走，约有一百多里的路程。天才亮，王老驹便钻出地窝子，一路跺着脚搓着手哈着气，去到木炭窑旁边的马棚里，给那匹吃了一夜草的黑骡子饮了些豆饼水，然后牵出来套在马车上。那马车已经装好了满满一车的木炭，木炭被摆得整整齐齐，车辕后方刚好剩下一个屁股的空隙。王老驹牵着黑骡子沿着下岭的山路缓缓下行，一边用眼睛横扫着漫天冰霜笼罩下的茫茫胶东大平原，一边回忆着接头的那个平度客商的模样。春节前平度那位姓苗的客商来下了订金，留下了两块大洋。那位苗老板衣着打扮甚是阔气，黑黪黪的圆脸，一副憨厚的笑模样，只说正月十六在林家村西的苗家炭庄接头，到了以后再补全所有货款。王老驹路过顺意马车店的时候，突然想起昨晚上牛犊儿的话，忍不住抬起头来往里深深地看了一眼。顺意马车店的大门洞开，竟然没有悬挂什么丧幡之类的哀悼饰物。一个穿着粗陋的车夫从黑幽幽的门洞里牵着马走出来，身后雾蒙蒙的院子里静悄悄的，一个人影也没有。王老驹失望地微微叹了一口气，声音小的只有他自己能听清楚。他把屁股一颠，刚好坐到车辕后面那个窝里，用左手把额前的狗皮帽子往上托了一下，右手鞭子猛地一抖，喊一声"驾"，黑骡子随即四蹄迈开，健步如飞，沿着铺满积雪的土路往东而去。

在1915年苍茫辽阔的胶东大平原上，有一只早起晨练的巨鸟在空中盘旋着，在它的眼中，这辆装满了黑木炭的马车，更像是一只黑色的蚂蚁在1：100000的地图上轻轻地移动。而它只不过是将翅膀忽闪了几下，东边渤海湾滔天的白色巨浪就近在咫尺了。一个人在这样寂静的早晨行走，身边陪伴的除了刺骨的寒风就是遏制不住的孤独。王老驹缩紧了脖子，倾听着耳畔北风狂野地撩动野草的哨音，骡蹄在冰封的大地上留下的嗒嗒敲击声，还有车轮在雪地上划过的沙沙声。他在脑海里清点着樟树村家中的俞美云的诸多美德，偶尔脑海里竟然像闪电一样，闪出白牡丹的名字，甚至在穿过高密县城以后，他的嘴角忍不住连续默念出了白牡丹三次。那是一个什么样的女人呢？他的好奇心像疲倦的马蹄声一样越来越重，在心尖上一顿一顿的发颤。他心里盘算着，从平度回来时如果遇着天黑，就去顺意马车店住一宿，看看那白牡丹到底是什么样子。

林家村在崔家集的西南角，与高密县毗邻。王老驹一路打听着赶到林家村的时候，已经是日暮时分，远远看见一个黑影在村头树林边的高岗上踮着脚往大路上眺望。果然，走近了，那黑影变得越来越清晰，正是苗老板。他用一块蓝底白点的棉布把脑袋和脖子连在一起，包得跟粽子似的。看起来他在高岗上站了许久了，腿有些僵硬，一拐一拐地从坡上跑下来。他一边解着"粽子"，一边嘴里打着哈哈："辛苦了王兄，这大老远的路，嗨，这一整天，真让我等得不耐烦了！"王老驹冻得嘴唇发紫，牙齿打战，连忙从车上跳下来，往地上跺了几脚，笑着说："可不是，这将近一百五十里的路程，可把我的骡子累坏了。早知道这么远，还真不愿意来了呢！"苗老板赶忙打躬作揖，满脸堆笑："王兄辛苦，这方圆三十里，只有我一个炭庄，销量大得不得了，王兄可得着发财的机会了！"王老驹用袖口抹了抹鼻尖上的流涕，四下里瞅了瞅，疑惑地问："你的炭庄在哪呢?"苗老板一边在前面引路，一边忙不迭地用手指着树林里面："马上就到了，马上就到了，翻过这片树林子就是!"这是一片黑松林，乌压压的有十几亩的样子，棵棵枝繁叶茂，长势良好，枝头的积雪像一团团悬浮在半空里的白蘑菇。在黑松林的边缘间杂着十几棵碗口粗的元宝树，枝叶落尽，露出瘦俏的身子，有两只喜鹊窝搭在相邻的两棵树上，远远望去，像两个透风撒气的破毡帽，里面竟然还晃动着喜鹊的影子。雀鸟已经归巢，王老驹心里越发焦急了，催着那匹汗水淋漓的黑骡子快走，心下忐忑，不知道今夜将在何处露宿。

穿过幽暗的黑松林，爬上一座山坡，眼前豁然开朗。一个村庄西高东低地坐落在山坡下，大约五六十所土打墙的房子就端端正正地摆在那里，屋檐上的冰凌有一米多长，在黄昏里闪着寒光。各家的炊烟从低矮的屋檐上升起来，弥漫了村庄的上空，感动了王老驹的嗅觉和肠胃。这一天为了赶路，他只在马车上随便啃了一块荞麦饼，此时已经饥肠辘辘。苗老板领着他走进村西最边上的一个院子，北方的民居皆是面南背北，冬暖夏凉。大门的方向却是因地制宜，不论东西南北皆可，苗老板的院子大门向西，抬头可以清晰地瞭望到黑松林边上那个进村的凹口。

这只是三间普通的民居，院子却是六间房屋的面积，与东边住户相邻的三间空地只打了地基，上面竖了三排木桩，用高粱秸搭了一溜草棚子，里面打扫得干干净净。很显然，这就是苗老板所说的那个在方圆三十里最大的炭庄，看来只等着王老驹送来这木炭开业了。苗老板喊一声："青莲，叫小舅出来帮忙卸货，王老板送货来了。"屋里一个女人应了一声，堂屋的风门子打开，一个男人麻利地跑了出来。这个男人二十来岁，身材短粗，腰里系着草绳子，头戴毡帽，面部狭长，面无表情，颌下蓄着一绺胡子，直勾勾地看着王老驹。苗老板骂他："你看这混账东西，叫你赶紧帮忙卸货，你杵在那里瞪着眼等雷劈吗?"那男人就转向马车，伸手做出要卸货的架势。王老驹赶忙制止："且慢!"那男人又直起身来，直勾勾地盯着苗老板的脸。

王老驹红了脸："苗老板，咱们可是讲好了，先点钱后卸货的!"

苗老板打着哈哈："王兄弟，你放心吧，咱们都是讲信用的人，吐口唾沫砸个坑，怎么会不守信用呢，你看天都黑了，反正你是要在这里住下的。不如先让他卸着，我带你去屋里拿钱就是。”

看王老驹犹豫不决的样子，苗老板拍了拍他的肩膀：“放心吧王老弟，不会少你一个铜子，听我的，屋里准备了酒菜，先喝一杯祛祛寒气再说。”伸手推王老驹到了屋里。门框很低，上面贴了花花绿绿的“过门钱”，饶是王老驹弯深了腰，还是蹭了一下头皮，幸亏有狗皮帽子护着，不然真是开门红了。堂屋里点着蜡烛，满屋里洋溢着新年的喜气和酒气，正对门口的八仙桌上摆了四样菜肴，一看就是过年祭祀和待客用的肴馔，有一碗蒸鸡白菜、一碗猪蹄冻、一碗猪肉炒芹菜、一碗白菜炖豆腐，豆腐是糊了面粉用油炸过的，闻着格外诱人。“百菜唯有白菜美，诸肉唯有猪肉香”，饥饿难耐的王老驹只闻着这白菜的香味，就已经不能自持，一屁股坐下去，目光在桌面上来回盘旋着，再也不想站起来了。

苗老板去水瓮里舀了半瓢水，把四个陶泥的酒盅放在水瓢里涮了一遍，天太冷了，他的舌头发出嘶嘶的声响。他一边往四个酒盅里倒酒，一边嘴里表白着：“当客人面涮茶碗，这是对客人最高的尊重，就像外国的使者来到我国，得让他心里舒服，不光心里舒服，眼里也要舒服，浑身都得舒服。王老弟是贵客，自古以来，锦上添花时时有，雪中送炭有几人呐，我这是要托兄弟的福了！这是东北的烧刀子，就是为朋友两肋插刀的意思，我那在关外的表哥是跟着奉天的张大帅混的，回家带着四个警卫员，齐刷刷背着盒子炮，骑着高头大马，比你那骡子高一头，脊梁骨至少宽两拃……”他把酒壶交到左手上，分开右手的虎口，模仿着那匹马脊梁的宽度，然后又把脖子往后一仰，用手拍了一下脑袋，一只手往屋笆上一指，“那个张大帅叫啥来着，对对对，叫张作霖，奶名小六子，外号东北王，那家伙老婆孩子一大堆，金银财宝堆得跟泰山似的……泰山我也没去过，不知道多么高，反正是不低。”

王老驹听他嘴里唠叨着，心里却十五个吊桶打水，七上八下的，一边用眼睛盯着那碗白菜炖豆腐，一边在心里催着苗老板忙活完了，赶紧结算这一车木炭的货款。而苗老板仿佛已忘了货款似的，把酒盅倒满了，往东厢房里喊一声：“青莲，出来陪陪咱王兄弟吧！”只见东厢房厚厚的浅灰色粗布门帘“呼啦”一掀，一个女人袅袅娜娜地走出来，像戏台上的花旦，脑后挽着螺髻，上面横插着簪花，脸上像是敷了面粉，白白的，嘴唇定是咬了春联纸，红红的。这名唤青莲的女人往八仙桌前一站，将王老驹偷偷打量了一眼，侧身下蹲道了一声万福：“见过王老板！恭喜发财！”随后一转身，去八仙桌对面挨着苗老板坐了，低了头满面含羞也不说话。王老驹顿时感到寒冷的空气中飘来一股含有莲花味道的暖流，顿时精神了许多，烛台上的两根红蜡烛刺啦一声爆了烛花，房间里仿佛顿时亮如白昼，给青莲雪白的脸上又加塑了一道光晕。

苗老板举起杯来：“王兄弟，常言道，在家靠父母，出门靠朋友，以后你就把我苗三的家当成自己的家。来，先满一杯祛祛寒气，我先干为敬！”他一仰头，滋溜一声干了。王老驹举起杯，深深抿了一口，胸中立即像灼了火一样，烧到脸上去了。苗老板倒举着空酒杯喊：“看看，狗舔一般！青莲，你也举起杯来，咱俩一起敬王兄弟！”青莲也把酒杯举到唇边，轻轻沾了一下唇，微微笑着说：“妇道人家，不胜酒力，这大年节下的，粗茶淡饭，不成敬意，王兄弟只管开怀畅饮！”王老驹看她言谈举止，落落大方，穿衣打扮，不似俗流。男人在女人面前，也不好再提木炭的货款，他把牙关一咬，心一横：“天掉下来有个地接着，且吃饱喝足再做打算吧。”他一连干了三杯烧刀子，脸和脖子红一块、紫一块、青一块、绿一块，像开了染坊铺。苗老板喝起了兴致，两只手在桌面上空一扒拉一扒拉的，唾沫星子像流星飞来飞去，其中一颗落到芹菜碗里去了。

苗老板慷慨陈词：“不瞒兄弟说，这方圆百里都是咱们兄弟的地盘，没有我不知道的人，没有我不知道的事，没有我解决不了的——问题，你懂吗——问题！就这么跟你说吧，只要到了平度县，只要有我苗三罩着，兄弟你尽管放心，没人敢动你一根手指头！”他的手在半空里扒拉过来扒拉过去，差一点扒拉到青莲的头上，把青莲螺髻上簪花碰得乱颤。他妻弟卸完了木炭，带着一前额豆粒大的汗珠子走进来，站在门口眼睛直勾勾地看姐夫卖力地演讲。青莲招手喊他：“祁松快过来坐下吃饭，你姐夫给你倒上酒了！”她看一眼王老驹，不好意思地说：“这是我兄弟，脑子反应慢一点，别看他个子小，力气头蛮大的，能扛四百斤的麻袋包。”

苗三喝多了，嗓门愈发高了起来：“王兄弟，我实不相瞒，我这妻弟祁松，听起来好像稀松平常，却一点也不平常，他原来是驻扎在武昌城的一个千总的贴身卫兵。武昌起义时，千总被革命党打死，祁松奋力杀出重围，一路背着他姐青莲和家里的宝贝细软逃了出来，流落到此，被我苗三收留！”王老驹听着有些糊涂，借着酒意问：“那嫂夫人和千总是什么关系啊?”苗三自知失言，尴尬地望了青莲一眼：“这个……贱内原是被千总强抢的小妾，这个话就扯远了，哈哈，喝酒，喝酒！”他红着脸用喝酒来掩饰内心的尴尬，其实他并不知道，青莲也同样对他隐瞒了青楼歌妓的出身，还隐藏了一件更隐秘的事：祁松是千总的卫兵不差，但却不是青莲的亲弟，因暗中与青莲勾搭成奸，被千总发现，要处决他时，二人偷了千总家中的大量金银细软，逃亡到了山东平度县。苗老板出门办事时，他们二人会趁机颠鸾倒凤，一毫也不差夫妻之间那点情分。

苗三的舌头渐渐有些发硬了：“王……兄弟，我实话……告诉你，我老婆带来的陪嫁……金银珠宝能买十几个……像你那样的炭庄，信不信……信不信?”他用两只手在半空里画了个圆，又用右手指着王老驹的额头说。青莲和祁松低着头，面无表情。

王老驹也喝多了，喜笑颜开，频频点头：“信信信，当然信了，不信你苗哥还能信谁啊?”

苗三把手一挥：“谢谢你王老弟……这么信任……我，既然如此……我就给你支一个招，让你把生意做大……”苗老板头重脚轻，舌头发硬：“只要咱俩合作，在这平度一带开上三五个炭庄，那银子就会像滚雪球一样，越来越大，你说对不?”他俩手在胸前画了一个球状。

王老驹脑子发晕，欣喜若狂：“这是自然，不知道怎么个合作法?”

苗三：“只要把这第一车木炭当作投资，压到年底收款就可以。往后你送来第二车，我就付你第一车的货款。这样的话，我每车木炭多给你加一块大洋的利息，并且帮你把这左近方圆三五十里以内的用户都收拢到一起，你算算合适不?”

王老驹闻言心中颤了一下，差一点跳起来，心想：“这是要讹我的木炭吗？不过看他的样子还是个蛮实诚的人呢！我这一车的木炭也就卖四块大洋，倘若他能每车多加我一块大洋，一冬天下来至少卖出三十车，加起来就是三十块大洋，而且年底还把这车货款付清，如此一来，我岂不是白白多挣了许多大洋?”他心中的算盘一拨拉，马上痛快地答应了下来，他没预料到的是，这一决定直接造成了他六年后的悲剧。

王老驹看着闷声不吭的青莲和祁松，感觉空气沉闷，少了新年应有的喜气，他借着醉意，举起酒盅跟苗三碰了一下，大声说：“咱们是男子汉大丈夫，一言既出，驷马难追!”酒足饭饱之后，他就听苗三胡吹乱聊，说些民国大总统袁世凯和慈禧太后的故事，说些孙中山与革命党的故事，还有就是说他和平度县知事的小舅子的三姑夫的二姐夫的亲密关系。听着听着他的眼皮开始打架，脑袋一晃差点摔下椅子来。苗三送他到西厢房的炕上睡了一夜。祁松就睡在旁边，中间与他隔了四拃的距离，黑暗中，他听到祁松在断断续续地磨牙，打着轻微的呼噜。一夜无梦，第二日，王老驹早早醒来，去草棚下看了看他的黑骡子已经吃饱，遂赶着空马车穿过冰天雪地的胶东平原回了丈岭。

3

王大驹出生那年是民国六年，北洋政府分裂成以直系、皖系、奉系三大派系为首的军阀势力，开始了军阀混战。也就是在那年春天，远在万里之外的俄国爆发了二月革命，沙皇政府被推翻，俄国资产阶级民主革命获得了胜利，红旗取代了三色旗。世界格局的变化对于正在襁褓中的王大驹来说，都是无所谓的。而对于从事木炭生意的王老驹来说，那就有所谓了。因为物价飞涨，他的木炭价格从每车四个大洋增加到八个大洋。他和苗三的合作还算愉快，他们在平度城西南部设立了五个木炭销售点，都是由苗三统一管理着。木炭这种取暖的资源，在淡季里降价，在旺季里涨价，夏季最便宜，每车便宜两块大洋，这是市场规律。有钱的人家会在夏季储存下大量的木炭，以备过冬之需。所以王老驹的炭窑从没有停工过，他和三个合伙人经过商议，在白牡丹的顺意马车店对面一块空地上搭了三间棚子，建成木炭转运点，起名“昌盛炭庄”。

从岭上的炭窑到丈岭炭庄有二里的路程，只需一袋烟的工夫即可到达。这二里路要从一片阴暗茂盛的槐树林中穿过，槐树林子是靠山屯的大财主金老四的。四月里，东风吹落了岭上的杏花和桃花，也吹醒了岭下的槐树林，萌动的槐芽在暖风夜以继日的爱抚中变得生机勃勃，一夜之间就爬满了树枝，那些从南方来的候鸟开始在林中谈情说爱，筑巢繁殖。槐树林中的小道只能够驶过一架马车，如果迎面来一架马车，就需要闪到林中才能错开。运载木炭的马车偶尔会磕破麻柳的树皮，使得金老四大为光火，时常带了他的账房蛤蟆嘴挡在槐树林边上，让王老驹的马车改道从别处走。

王老驹讪笑着："金员外好！这条道我们是找过靠山屯的李甲长的，说是只要给你们村捐点大洋把村口的贞节牌坊修好了，这条路就尽着走。现在贞节牌坊早就修好了，你们可不能出尔反尔啊！"

金老四的嘴巴微微启开，露出两颗大金牙，他的两颗眼袋那么大，必定是肾积水严重的缘故。他每说一句话都停下顿一顿，显得抑扬顿挫："我不管你找什么狗屁李甲长、王牌长，"他竖起大拇指冲自己指了指，"我是这昌南县的议员，就是县知事大人都得给我几分薄面，何况你说的那些个什么李甲长根本也没来向我禀告过，所以这条路我说了算，你们的马车不能从这里走了。"

王老驹腆着笑脸："我打听过了，这些槐树是您家的没错，但是这条路却是公家的。既然是公家的地盘，就由着大家走了。"

金老四火了，指着王老驹的鼻子一顿臭骂："你这厮好无理，也不打听打听我金某是什么人，竟敢在太岁头上动土，从今日起，我就让你晓得厉害！"他回头吩咐蛤蟆嘴："去找几个人，把这路给我堵了，看他从天上飞过去。"

王老驹也火了："你也不要仗着财大气粗欺负人，实话告诉你，我也不是好惹的，有本事你把路堵了，我就把这整片林子都给你砍了！"话不投机，一拍而散，蛤蟆嘴当晚找了人来用石头把路堵了。当下正是储存木炭的季节，王老驹的木炭运不出去，急得嘴上起了泡，去找李甲长。

李甲长是他父亲王老老驹的远房表舅，论起辈分王老驹得管他叫表舅姥爷。听了王老驹的叙述，表舅姥爷坐在板凳上捋着山羊胡子半天没吭声。王老驹每年给他二十块大洋的红利，是让他当靠山用的。李甲长才吃完了饭，折了一根笤帚苗，一边剔着牙缝一边说："去年冬天这个金老四花了大笔大洋当上了县知事公署里的议员，再加上兄弟五个，个个财大气粗，这两年在村里飞扬跋扈，不光不把我放在眼里，就是这丈岭乡公所的沈乡长，他都不放在眼里，天天嚷着把他换了，把个沈乡长吓得够呛，逢年过节都来给他送礼上供。就是我这甲长的位置，他盯上也不是一天两天了。幸亏我姨夫的表哥的儿子在县警察所干副所长，碍于情面他才没动我。”

王老驹听了大惊：“没想到金财主这么有势力，那该如何是好？要是改道，不光要花大笔的大洋赔偿沿路的农户，还得多绕出七八里路去。”

他看李甲长挠了挠后脑勺，头皮屑顺着煤油灯的亮光纷纷扬扬落了下来，然后又把小手指送进水牛状的粗鼻孔里，一块一块把鼻屎掏出来扔在脚下。李甲长终于掏完了鼻孔，说：“办法倒是有一个，我豁出老脸明天去找找他，就说你小子服软了，可以多出点钱，对他做点补偿，如果他还不依不饶，那只有多出点钱，找我那做警察所长的亲戚出面，去请县知事出面了。”

王老驹叹了口气：“一切全都仰仗舅姥爷您了，最近来炭庄订货的客户不少，如果木炭运不出来，客户看不到木炭，就会去别处，这损失可就大了。”他从口袋里摸出三块大洋，放在李甲长面前的饭桌上，“辛苦舅姥爷，这是孝敬您的茶水钱！明天这个时候我再来听您的消息。”

王老驹回到炭庄，见了三个合伙人，把李甲长的话原汤原汁地复述了一遍。孙狗儿仗着自己年轻力壮，且跟人学过几招地趟拳的功夫，把胳膊上的袖子往上一撸：“我就不信他金老四的脑袋是铁铸的，能比燎壶硬，等明天见了面，先让他吃我一拳！”

黄崽儿白了他一眼：“看你能的，这金老四是方圆五十里最大的地主，光手下的家丁就有几十号人，他们兄弟五个号称昌南五虎，打死人不偿命。你想挨揍我们不拦着，只是不要惹恼了他，免得他一气之下把我们这挣饭吃的炭窑给砸了。”

牛犊儿大吼一声：“他敢！他要是动了我们吃饭的炭窑，我们就取了他吃饭的家伙事！反正这年头，兵荒马乱的，大不了去潍河边上当土匪去，大碗喝酒，大块吃肉，岂不快活！”

王老驹一脸坏笑，伸手往牛犊儿后脑勺打了一耳光：“这倒是个好谱，大不了当土匪，我让你当土匪，我把你这个尿葫芦脑袋割下来当夜壶……这出来已经大半个月了，也不知道家里啥情况了，我先回家一趟，看看美云生了没有。傍晚我还得赶回来去找李甲长听回信。”他扔下三个合伙人，骑上那匹黑骡子沿着岭后的田间荒坡蹿下去，一溜烟似的直奔樟树村。

樟树村啊樟树村，可让我想死你了！那里有他熟悉的小院子，慈祥的老父亲，勤劳的老母亲，还有他温柔的俞美云：她已经怀孕九个多月了，这九个多月没有亲热，他身体里淤积了太多的爱和火焰。虽然每次回家只是在夜里偷偷地抚摸一下俞美云日渐隆起的腹部，贴上耳朵听听她腹中胎儿的心跳，但是只要一想到他就要和那个陌生的孩子见面了，心中就忍不住升起要做父亲的狂喜。每次都是王老太太赶他出门，怕他不知轻重伤害了腹中的孩子。这次出门也不过半月，就好像过了几百年似的……远远地他已经看到村口的那棵老樟树了，那里晃动着许多的人影，他心里又忍不住一阵狂喜：莫非是家里的人们心有灵犀，相约到村口迎接他来了？樟树村的百十户人家，加上周围的四五个村庄的人家，都知道他在这两年间，烧木炭开炭庄发了财，他已经不是结婚时的那个穷小子了，而是能乘三架马车、冬天戴狐狸皮帽子的老板了。连他的丈人俞大马车也自愧不如，时常盘腿坐在炕上，端着牛眼大的酒盅，对着自己老婆炫耀：“我早就说他是个人物嘛，看看现在被我说中了吧。不信你跟我打赌，我赌他将来可以做县里的议员，信不信？信不信？”他老婆正在笸箩里忙活针线，用铜质的顶指为王老驹还没出生的儿子纳鞋底做鞋子，听了嗔怪道：“好话说三遍，狗也不喜听。你难道喝醉了吗？喝醉了赶紧睡觉去。还想当县议员的丈人，你是癞蛤蟆打哈欠，好大的口气啊。我劝你看好自己那驾马车，别让人家糊弄去了断了活路，我就紧念阿弥陀佛了。”俞大马车一定会翘翘胡子，一仰头，嗞的一声，把酒盅里的酒喝得狗舔一般，然后骨碌倒下去，嘴里唠叨着：“你就好好念阿弥陀佛吧，全村里只有我这一驾马车，眼红的人满大街上都是，只有你跟着我吃香的喝辣的……”他在唠叨中睡过去了，他老婆冲他吐出舌头做个鬼脸，轻声斥道：“哼，你是真得撒泡尿好好照照镜子，长得跟四寸丁似的，还不及武大郎，真以为自己是什么赵八缸活财神那样的大人物呢，当初要不是我爹看上你老实厚道，给我一锭金子做陪嫁，哪有你俞大马车的今日。”

王老驹的大黑骡子打夯一样重重的蹄声，老远就惊动了老樟树下的那群人。他们一齐停止了骚动，拉直了脖子看着渐渐走近的王老驹，呼啦一声围了上来。王老驹刚跳下鞍子，东邻掏大粪的老孙头冲上来一把薅住他的衣襟，大喘着气，涕泪横流，呲牙咧嘴，仿佛心肝已经被上帝的手生生摘了半边去：

“王顺儿，你可回来了！你得拿钱救救我孙子小福林啊，他可是为你家顶了黑锅的啊！”老孙头，外号孙臭儿，是日阁庄街上大财主赵康家挖大粪种园子的下人，他的孙子，也就是后来继承了祖上职业掏大粪的孙福林，才两岁多，能够院里院外乱跑了。

“这话如何说起，什么黑锅？”王老驹吓了一跳，赶忙去人群中四处寻找他的家人，他看见了自己做私塾先生的父亲王老老驹披散着头发的脑袋像水面上游荡的葫芦一样被挤在人群外面，仰着头举着手使出吃奶的力气好不容易挤进来，累得气喘吁吁。王老老驹看到王老驹一脸茫然，赶忙把嘴用手罩起来，贴近儿子耳边压低了声音说：“可了不得，咱们家里出大事了，下半晌的时候，邻居孙大舌头的大人没看住，他儿子小福林自己跑到咱们家门口玩，被绑票的抱走了，临走扔下一封信，抬头是写给咱家的，让咱家拿五千大洋去潍河边上的树林里赎人。这方圆左近的人都知道那密林里常有土匪出没，这分明是把小福林错当成咱家的孩子了。你娘被吓了个半死，差点昏过去，你媳妇急忙伸手去扶，闪了一下，动了胎气，像是要生的样子，我这急得六神无主，已找人去请了接生婆。老孙头已经打发孙大舌头去丈岭炭庄找你了，从这里才走了两袋烟的工夫，怎么就没跟你碰上头呢，大概是走岔了路，这里也没岔路啊，你说这该如何是好？”

王老驹往脑后一抓，暴跳如雷，指天大骂：“这狗娘养的绑匪真是瞎了眼了，怎么就瞅上我家了，日阁庄的大财主赵康家里堆着满满的金山银山，他怎么不去绑啊，偏偏来绑人家老孙头的孙子，我咒你狗娘养的绑匪，生了孩子没屁眼，死了爹娘没处葬，出门下雨遭雷劈……”王老驹在槐树下一蹦一跳，呲牙咧嘴，破口大骂，发了疯一般，身边围观的几个人被他唬得往后趔趄着退了大半步，好像又踩了更后面几个人的脚。王老老驹扯了扯他的衣袖，骂他：“你这个沉不住气压不住火的驴货，让你小点声小点声，你却像诈尸一样吼，赶紧先跟我回家看看你娘和你媳妇再做商量！”王老老驹拽了王老驹的手往家走。老孙头和他的家人躲闪着黑骡子摇动的尾巴，神情凄凉地紧紧跟在后面，那些看热闹的人则抓紧了自己孩子的手，表情凝重地在后面远远跟着，一直跟到王老驹家的后窗户下、墙头上、大门口外，嘁嘁喳喳地议论着潍河边上树林里的绑匪。

第二章

4

王老驹才进家门，孙大舌头就上气不接下气地追了回来，他舌头伸得老长，一只手捂着剧烈起伏的肚子，一只手举着绑匪那封信在半空里划拉着，像一只母鸡在打鸣："顺子哥哎——我刚过五里河子桥就看见你……骑着螺子从我面前噌的一声飞过去了，我急命地喊你你听不见，我急命地追你追不上，哎呀，可把我的肠子撵出来了。"王老驹接过孙大舌头递过来的绑匪留下的信笺，只看了一眼，脑子就轰地晕了一下。俞美云还在东厢房的炕上呻吟，王老太太跪在神龛前有气无力地念黄大仙姑，接生婆端着洗手的铜盆在屋子里转来转去，王老老驹陪着老孙头跟在王老驹的屁股后面欲哭无泪。这是一个令人万分惊悚的傍晚，王老驹在炭窑开工之日，请河西的卦师和风水师尧先生为他算了一卦。尧先生弯曲的下颌冒出一个长长的痣，像是犁片上长了一个小指头，指向无边的苍穹和未知的前方。尧先生说他在今年命犯孤辰神煞，幸好有天皇、紫微二帝星护驾，可逢凶化吉。当时他也是似懂非懂，似信非信，现在他忽地豁然省悟了，只是，当他听到俞美云在房间里呼天号地的呻吟声，瞬间又显出满脸的颓丧："赶紧报官吧，我上哪里去讨蹬这些大洋？就是把炭庄和炭窑还有这匹黑骡子都卖了，把我们樟树村都卖了，也不值五千块现大洋啊……五千块现大洋呐，哎呀，够我娶十八房姨太太，养大五十个小孩子了。"

"你怎么能这样说话呢，我儿子是在你家门口丢失的，不找你找谁啊？"老孙头和孙大舌头两口子挥舞着双手，七嘴八舌地质问道，唾沫星子乱飞，有的飞到王老驹被汗水湿透的头发上，有的溅到他的鼻尖上。王老驹眼看招架不住，王老老驹在旁边急得嘴唇哆嗦，但是有心无力，爱莫能助，只能仰天长叹。只听俞美云的哭声越来越大，忽然像活猪被捅了一刀子，啊的一声，屋里瞬间没了动静，人们都张大了嘴，院子里一时间变得鸦雀无声。“坏了，要死了……”王老驹拔腿就往屋里跑，还没跑到门口，就听到屋里传出来婴儿像青蛙叫一样的哇哇的哭声。说实话，这样的描述很老套，但是事实就是如此——王大驹出生了，脖子上围着一圈深绿色的脐带，就像清朝官员上朝用的朝珠。接生婆钱大娘来不及洗去双手的污血，从屋里蹿到客厅里冲着院子里大喊着：“恭喜王老先生，恭喜王老太太，您有孙子了，您后继有人了，您家的香火有继承人了，而且还是个当官的！”钱大娘是后来樟树村走出的最大官员吉星福的干娘，吉星福也是她接生的，于是就拜了她做干娘。此时吉星福已经从王老老驹执教的樟树村私塾学堂升到县里的官办中学读书，当初他的学名也是王老老驹取的。

钱大娘的话就像平地刮起了一阵喜悦的旋风，院里院外看热闹的人群顿时发出了一阵饱含吉祥的喧哗：哇，王老驹有儿子了，王老老驹有孙子了，三代单传的老王家有后了，咱们就擎等着王老驹打赏喜钱吧，分鸡蛋吧……刹那间沸腾的人群呼呼啦啦涌进了院子，来向王老驹和王老老驹以及王老太太祝贺。大家都知道，按照当地大户人家的风俗，只要在孩子出生之际上门说声祝贺就有赏赐：一文铜钱、一只鸡蛋。穷人家生孩子是不敢声张的，只要过了出生当日，再说祝贺是无须打赏的。人们只想着眼前的赏赐，直奔刚才还愁眉苦脸现在已经喜气洋洋的王老老驹父子而去，哪里还记得孙大舌头的儿子小福林还在土匪的手里。老孙头和孙大舌头两口子被汹涌的人群撞得前仰后合，站立不稳，被挤到狭小的院门口去了。老孙头胡须上挂着清涕，欲哭无泪，急得直跺脚。孙大舌头的老婆秋儿被喜悦的漩涡裹挟着，也想上去说声祝贺，话到嘴边就想起了小福林，顿时躺在了地上，满地打起滚来，用出殡哭丧的腔调哭了起来：“哎呀我的福林啊，你可要了娘的命了啊……”沸腾的人群紧张地看着王老太太把一篮子鸡蛋放进了大锅里，然后咕哒咕哒拉起了风箱，铁锅在柴草迸发的烈焰上迅速升温，水底陆续地冒起芝麻粒大的小泡。谁也没有关心秋儿的哭声，仿佛哭声是这个喜庆日子里不可缺少的音乐节目。孙大舌头气得眼睛充满了血，他像一头无人搭理的豹子，大喘着气在院子的角落里转来转去，寻找着攻击目标。最后他的目光落在了院墙下那口大咸菜瓮上，他一把抱起大门口那把打地基用的石夯，使出了全身的力气，倏地扔到了咸菜缸上，轰的一声就像放了一个大炮仗。围在房门口等候领取喜蛋的人们被吓了一跳，一齐回过身来惊愕地望着孙大舌头，很快大家就从惊恐的心跳转入愤怒的激动。“这孙大舌头也太欺负人了，怎么可以破坏大家的好心情！”李铁匠家的二后生急赤红脸地说，他母亲已经去世，家里只有兄弟三人和老铁匠四个光棍，一年四季赤着脚走路，靠铁匠炉取暖。“就是嘛，一个挑大粪的，生孩子都关着门不敢吭声，人家发喜钱了他却来捣乱，太可恶了，绝不能任他胡来！”王木匠家的后生摩拳擦掌，他是独子，家里没有隔夜的粮，生第一个孩子时，特意去丈人家借了鸡蛋和铜钱来给大家分了，人穷志不短啊。三个中年汉子站在后面七嘴八舌地撺掇说：“这孙大舌头皮痒痒了，分明就是欠抽嘛，你俩英雄青年，赶紧地把他锤出门去，不要耽搁了咱们的好事啊。”两个青年后生和孙大舌头家也是没有日常来往的，听了那三个不怀好意的人的撺掇，果然撸胳膊挽袖子向孙大舌头直逼过去。

王老驹原本也是气愤难当的，且不说那个咸菜瓮里储备着炭窑和炭庄里所有伙计一年四季下饭用的主要菜肴，关键是在俞美云为他产子之时，在王家大喜之日，咋就碰上了这么令人懊恼的事情呢。两个青年后生气势汹汹地要去教训孙大舌头，王老驹忙伸手来阻拦，但还是慢了一步。孙大舌头见势不妙，顺手从地上漫肆流淌的卤盐水中捡起辣菜疙瘩冲着两个后生扔去。两个后生猝不及防，都被咸菜疙瘩击中，还没跑到孙大舌头近前，就吓得捂着脑袋退了回来。孙大舌头气得七窍冒烟，两手各抓着一个咸菜疙瘩，手舞足蹈，用咸菜疙瘩指点着人群，虚张声势咬牙切齿地骂道：“你们这些没人肠子的东西，我家孩子被土匪绑了票，你们不说声好话，反倒是隔湾（岸）观火，欺负我们老孙家木（无）人了不成，看看哪个敢来欺负人，我拿石头给他脑袋开瓢。”他一边说着，一边用牙齿狠狠地将左手中的咸菜疙瘩咬了一口，以示他有足够的攻击能力，可以伤害那些对他不恭敬的人。咸菜疙瘩是用北海的卤盐和虾水腌制而成的，入口又咸又香，愤怒中的孙大舌头忍不住又把右手握着的咸菜疙瘩咬了一口。众人看他眼里充血，嘴角流着黄脓一样浓稠的咸菜汁，呲牙咧嘴，犹如疯狗一般威风，果然害怕，都不敢近前了。饶是王老驹见过世面，见状却也不知如何是好，戳在地上抓耳挠腮。王老老驹不愧是克己复礼教书育人的先生，凛然拂开众人，对王老驹斥道："逆子，悔不该当初允你去做那倒霉的买卖，如今惹下这四不着六的祸事，既然摊上了这糊涂账，咱们还就得闭着眼认了。你且一边去待着！"王老老驹站到孙大舌头面前，威严地喊了一声"世元"，狂躁中的孙大舌头立即像烧红的烙铁扔进冰窟里，瞬间便没了火气，两只牛腿一样粗壮的胳膊耷拉下来，低头恭恭敬敬地冲着王老老驹鞠了一躬，一句话没说出来，委屈的泪水先从腮帮子上流了下来。孙大舌头的学名叫"世元"，绰号叫"孙大舌头"，早先跟王老老驹上过两年私塾，被罚过三五十次戒尺的打，也算是读过《三字经》《百家姓》，懂得一些礼义廉耻的人。如今面对昔日的先生，依旧吓得两腿哆嗦，形似筛糠。王老老驹说："世元你莫担心，那绑匪拐了小福林，是以三日为限。绑匪也是人，图的是钱，三日内是不会加害于他的。我这就和犬子同勋（王老驹的学名）变卖家产，就是砸锅卖铁也要救出你的小福林，你先起来回家洗把脸，我送走了看喜的人，接着过去你家商量，你看可好？"孙大舌头听了眼泪汪汪，用手背抹了一下眼睛，眼圈就被泥土污成了熊猫眼，他可怜巴巴地问："先生您说话可当真？"王老老驹拍拍胸脯："人过留名雁过留声，这方圆左近，谁不知道我王忠义一言九鼎，吐口唾沫砸个钉，何况你还做过我的学生，你听我什么时候糊弄过人？"孙大舌头扑通一声，双膝跪倒在卤盐水里，一连磕了三个头，边磕头边嘟囔："先生我错了，您惩罚我吧，打我戒尺吧，只要能救出小福林，我这辈子就给您牵马坠蹬，做牛做马，端屎端尿……"王老老驹伸手拉他，他又使出吃奶的力气，两手乱甩，把头拱在地上，死活不起来。王老老驹生气了："世元，孙世元，你要是再这样不晓事理，我可不管了！"在一旁看傻了眼的王老驹和秋儿闻言赶紧来拖孙大舌头，老孙头走上来往他儿子脑瓜上扇了一耳刮子，骂了一声"倔驴"，孙大舌头方才怯怯地站了起来，满脸羞臊的也不好意思看众人，低了头自顾往大门外走，不料脚下踩了一个咸菜疙瘩，骨碌一下，又摔了个仰面朝天。他手忙脚乱地爬起来，一只手捂着脑袋，一只捂着屁股，形象怪异，落荒而逃。

王老驹苦笑了一声，看他母亲王老太太煮熟了鸡蛋，放进凉水盆里浸了一眨眼的工夫，又拿胭脂在每个鸡蛋上抹了红点，然后给每个人分了两个。王老驹又看他爹王老老驹去屋梁上取了一串铜钱，给每人发了两个铜板。众人领了鸡蛋又领了钱这才欢天喜地地散去。王老驹去查看被砸破的咸菜瓮，发现那些滚落在地上的咸菜疙瘩少了许多，秋儿手里攥着两个鸡蛋，从门楼里探出头来，结结巴巴地说："咸菜疙瘩……都都被看喜的人偷……偷走了，每人两个。"王老驹嘿嘿苦笑了一声，心想幸亏他在清明前就把三个咸菜瓮中的其中两个转移到丈岭的炭庄去了。

5

潍河岸边的丛林里住着一窝子土匪，为首的土匪头是蛤蟆屯的吴老二。宣统二年吴老二的娘饿死了，那年他才十五岁，从此吴老二兄弟三个加上那瞎了一只眼的老爹，变成了四个光棍。爷四个夜里共拥一床破被，向来无隔夜之粮。民国六年春天，正是青黄不接的时候，吴老二兄弟三人早上饿着肚子去潍河西边的村里讨饭。不料仁义乡乡公所的乡董黄大牙带着两个团丁上门催捐征税，翻箱倒柜一无所获后，两个团丁砸破了吴老二家唯一的财产：生铁锅；踹烂了他家唯一的防护设施：半草门。黄大牙临走时骂了一声"穷鬼"，顺腿踢了吴老爹一脚，吴老爹站立不稳，扑在土墙下的一堆翘立的木柴上，木柴捅灭了他在这个世界里剩余的一点亮光：那只独眼。吴家三兄弟讨了半天饭，一无所获，反而被河西大户人家的狗追得落荒而逃。一天下来粒米未打牙，三兄弟饿得头昏眼花，只好跑进潍河边的菜地里偷挖了几棵羊角葱果腹。三兄弟一路挣扎着回家来，听到他那躺在血泊里气息奄奄的老爹的一番哭诉，登时气满胸膛，方晓得仁义乡已不是苟活之地。夜半时分，兄弟三人蒙了面，爬进了黄大牙家，把他绑在顶梁柱上，捅瞎了他一只眼，并将其家中金银财宝和可吃的食物洗劫一空。当夜兄弟三人背着吴老爹窜进了潍河边的沙窝里。那沙窝宽数百米，南北绵延数百里，里面的大大小小的沙丘星罗棋布，高的十几米，矮的也有数米；密密麻麻的白杨、柳树、榆树等乔木高耸入云，遮天蔽日；荆条、腊条等灌木纵横交错，遍地生长。果然是个容身的好地方。吴老二在沙窝安营扎寨不多久，就陆续有周围村里二十来号活不下去的穷人来投靠，吴老二的队伍逐渐壮大，官府一时竟无从发觉，他们遂提心吊胆地过起了土匪的生活。

土匪也有土匪的规矩，虽然吴老二干的是打家劫舍的营生，但是却一副绿林好汉的做派，从不骚扰本地贫穷百姓，专抢大户人家，貌似杀富济贫。瞎了眼的吴老爹躺在匪窝里干草铺的地床上，伸出三个指头对吴家三兄弟严明纪律："一不能祸害穷人，因为咱们就是穷人，祸害穷人就是祸害咱们自己。二不能祸害妇女，违背了天理，到头来天理不容。三不能祸害孩子，无论是谁家的孩子，哪怕父母犯了十恶不赦之罪，也不要将罪加到他们的孩子头上。常言道，天道轮回，报应不爽……"吴老爹每天都唠唠叨叨，对这伙土匪进行思想道德教育。教育归教育，行为归行为，做了土匪的人难保不做出越轨的事情来。"我们现在是刀口上混饭吃的人，又不是什么观音菩萨，道德模范!"吴老二被唠叨烦了，嘀咕了一句。吴老爹自从眼睛瞎了以后，耳朵反而更加灵敏，听了吴老二忤逆的话，气得从地铺上爬起来，像一只螳螂一样两只手四下里划拉，骂道："二瘪犊子，你个王八蛋，你胡说什么？我这是为你好，为老吴家好，多留点阴德给儿孙，我可不想老吴家从你们这里断了香火。"吴老二不敢再顶嘴，讪讪地出了窝棚，去跟众土匪商量着下一步去哪家踩点，留了下吴老大在窝棚里守着吴老爹。别看这吴老大呆头呆脑的一脸憨相，粗喉咙大嗓门，脑瓜子其实一点也不傻，下手也狠着呢，连吴老二也不敢招惹他。他不似吴老二那么古怪灵精、戾气逼人、短小精干。也不似吴老三像麻杆一样，长得跟兴唐传里的侯君集似的，尖嘴猴腮。吴老三天生就是当土匪的料，才十九岁的年纪，对女人的认识已经完全超过了他的两个哥哥。兄弟三个蒙面打劫乡董黄大牙那夜，他是负责捆绑黄大牙的姘头杏花的。

说杏花是黄大牙的姘头，不如说是没有名分的小妾。杏花娘家是蛤蟆屯的跛脚李家，杏花是跛脚李的老婆林氏婚前与村里花心的无名男氏怀上的，在家排行老大，颇受弟妹们挤兑，吃饭穿衣都是拣最差的给她。跛脚李憎恶她不乖巧，还顶嘴，时常把她关进猪圈里，让她与猪同眠，为此村里人称她"猪食嫚"。去年黄大牙到跛脚李家催征养猪税的时候，去猪圈里查看，头才一伸进去，就吓得嗷的一声倒退了好几步。原来是杏花从地上抓了一把尿泥，劈头抹了黄大牙一脸，把个黄乡董吓得不轻。黄乡董发了怒，树梢上的麻雀也过不安生，他从团丁手里夺过那支单响毛瑟枪，往天上一指，就听嗵的一声，好像老天被捅了个窟窿，平地里打了一个霹雳，一窝正在叽喳乱叫的麻雀们被震落到地上。跛脚李全家被吓得哭爹喊娘，满地乱爬。黄大牙命令团丁把杏花从猪圈里拖出来，准备上手段，严刑拷打，杀鸡儆猴，没想到那杏花竟然视死如归，面不改色。黄大牙见她除了衣衫褴褛之外，竟然身材苗条，五官俊秀，遂命令团丁将其带回乡公所。黄大牙让厨娘领她去洗了澡换了衣服，再看果然是娇丽可人，实在是满乡里打着灯笼也难找的姑娘。黄大牙像捡了宝一样，当即留杏花在乡公所做了勤务员，其实就是侍奉他黄大牙一人。黄大牙又差团丁去跛脚李家，吓唬说：杏花要告他们侵犯人权，这是袁大总统最恨的一类人，必须严加惩处，全家要在仁义乡赤膊游街三天，才能对得起袁大总统的脸面。这件事要想平息下去，必须要缴纳五个大洋才行。可怜跛脚李就是个小炉匠，年近三十才娶了个大肚婆，二十年间一连生了五个孩子，家里只有三间破草房，还四下里透风，让他到哪里去寻五个大洋去。于是，跛脚李拿了他祖上传下来的赶羊的小牛皮鞭子，一路啪啪抽打着地面，赶他老婆去到乡公所的大院里。跛脚李的老婆跪着哭求杏花饶了全家的性命，他自己则远远地躲在乡公所的大门口外面往院里窥着，他老婆林氏上身套了麻袋缝制的上衣，下身穿了补丁摞补丁的半截裤，露出脚腕上的陈年灰皴，脚上趿拉着一双磨掉了脚后跟的草鞋，脚趾头从草鞋前头探出来，每走一步都戳着地面。跛脚李的老婆跪在乡公所的院子里号啕大哭，鼻涕一把泪一把，先是骂她那被狗吃了良心的男人跛脚李是一头骟了卵的叫驴，不得好死，又骂她那死了好多年的亲爹瞎了眼，为了贪一斗糙米把她卖给了跛脚李做老婆。跛脚李的老婆哭得天昏地暗，沿街的村民都聚拢到乡公所门口看，闹哄哄的像看耍把戏的一样来凑热闹。黄大牙怕影响不好，挥挥手，两个团丁蹿出来薅了跛脚李老婆的头发往院外拖，杏花听到她娘凄惨的哀嚎声才跑出来，她恳求黄大牙放过她娘："那个谁，黄，那个黄，乡董老爷，还请不要为难她，她毕竟是我亲娘，还有那个瘸子，教训一顿也就罢了。"黄大牙眼见在杏花面前要足了威风，又给杏花挣足了面子，乐得见好就收，他站在廊檐下冲着两个团丁喊："咳咳，你两个瘪犊子玩意，怎么学的三民主义啊，现在是民国了，不知道人人平等嘛，对民众要像对待自己的亲娘老子一样客气点嘛。"两个团丁于是松了头发，架起跛脚李的老婆，像逮一只落汤鸡，扔出了乡公所的大院。那跛脚李还在大门口候着呢，见他老婆出来，挥起鞭子就抽，还一边骂着："你这头吃人饭不拉人屎的猪，敢对着公家人骂我是骟了卵的叫驴，看我怎么收拾你！"林氏两手护住了脸，两腿一蹦一跳地告饶："是你让我往死了骂的，说只要乡董大人解了气就好。"林氏被打急了眼，就骂："你就是个骟了卵的驴，不信再打我试试，看我不告诉乡董老爷，你就是想扒灰，就是想杏花的好事，没占着便宜才报复我闺女杏花的。"两个团丁本来走回了院里，听到那女人揭发了跛脚李想糟蹋乡董女人的秘密，便又义愤填膺地赶出来，抡起枪托，冲着跛脚李劈头盖脸一顿猛砸，砸得他哭爹喊娘，扔了鞭子，连滚带爬逃回了家。黄大牙对杏花挤挤眼，得意地说："看看谁还敢欺负我的杏花，定让他吃不了兜着走。"杏花知道这世上除了黄大牙，再无人可依靠，遂低了头不再言语。夜里，黄大牙给乡公所的差人放了假，只留两个团丁看守大门，心安理得地把杏花叫进他的卧房睡了。第二天黄大牙把长满黑毛的狗腿从杏花雪白的腰上蹁下来，揉着熬得浮肿的眼皮，心满意足地打发了两个团丁去给跛脚李的老婆送了两斗糙米，告诉她全家游街示众的惩罚免了。被打得鼻青脸肿的跛脚李闻言乐得差一点蹦起来，全家围拢着那两斗糙米喜极而泣，一齐感谢青天大老爷黄大牙，还有民国的袁大总统。跛脚李顿时来了精神，两只跛脚明显好转，站到院子中央冲着天上提高了嗓门："哼！从今以后我家杏花就是乡董的人了，谁还敢笑话我腿瘸，看我不打断他的狗腿。"四邻鸦雀无声，果然没人敢回应，天地间只有风声呼啸而过，仿佛一片嘲讽之声涌来。那时候黄大牙的老婆还在城里娘家县知事大人家里住着，对他的花心一无所知。没多久，袁大总统死了。袁大总统死了，他的乡董照样做得欢，并且马上在乡公所附近买了一个小院，把杏花养了起来。

6

吴老三在那夜的紧急分工是负责捆绑杏花，他像一头初次撞入菜院子的野猪，手忙脚乱，一不小心就触碰到了杏花胸前的肉。那两团像是煮熟了的地瓜一样软的肉，热烘烘地顶着一块绣了两只野鸳鸯的红肚兜，在柔软的煤油灯灯光的映照下，仿佛春天里桃树的枝头打开了的花苞。那时节已过了清明，眼看着谷雨就到了，天气已然暖和得不得了，富裕的人家都换下了棉衣，白日里改穿青衫马褂，晚上最多只穿一件薄薄的夹袄，而吴家三兄弟还穿着破洞百出灿然吐着旧絮的棉袄。吴老三的手哆嗦了一下，心惊肉跳地在杏花的胸前逗留了一小会儿。他很想把手探入其中，却隐约听到了被塞住嘴巴的杏花喉咙里发出了惊心动魄的颤声。吴老三的手又哆嗦了一下，像是被鸡喙啄了一口，猛地缩了回来，他手足无措，额头冒出了虚汗。他不得不一次次地下狠心，一次次地硬起头皮，把杏花摁倒在散发着女人体香的炕上，一只手把绳子在杏花身上胡乱地缠着，捆了一圈又一圈，另一只手始终紧贴在杏花热乎乎湿漉漉的屁股上，他并不晓得这个女人因为惊吓过度已经尿湿了炕。直到吴老大用一枚盖棺的大铁钉捅灭了黄大牙的左眼，搜罗了黄大牙和杏花的吃喝之物，吴老二背起了黄大牙放在这里不多的金银细软，大喊快走的时候，吴老三才醒过神来，恋恋不舍地越墙而去。

春天是个发情的季节，每到夜深，吴老三躺在潍河畔密林深处的窝棚里，听到耳畔响起青蛙交配和布谷鸟求偶时发出的煽情的叫唤，他裆部的神经就一阵阵地剧烈骚动起来，不由自主地把那两根曾经贴过杏花屁股的左手指抵住鼻孔，深吸一口气，仿佛那上面还隐约残存着杏花的体香。他现在很后悔，后悔没在那个夜晚将黄大牙的女人占有，完成一次作为男人的体面，哪怕是在黑暗中用手深入肚兜内抚摸一下也好。“其实只需要一霎的工夫就能搞定，唉，这怎么可能？假如那样，岂不就是强盗了，”他翻来覆去睡不着，“那时候还没有做强盗的准备，如今可不就是强盗了。”他一丝不挂地爬出窝棚，站在沙丘的最高处，摸着裆部撅起的话儿，像端着一杆天下无敌的扎枪，侧耳倾听，在这个无政府的独立王国里，除了有二十多个男人分布在周围腌臜而压抑的呼吸，就再也没有多出一点雌性动物的声音。“假如有一头母猪，或是一头母驴，他们这伙饿极了的锤子也会抢来做老婆。”吴老三很显然就属于那种很没有职业操守的人，做了强盗，却又看不起强盗的身份，他现在清高地把自己的品味区别于这伙人之外，其实他压根就不愿意做强盗，这个世界上的人没有几个心甘情愿过战战兢兢刀尖上舔血的日子。对他来说，只要能够在自由的阳光下到仁义乡的大街上走个来回，再去岞山火车站站台下光明正大地目测登车女人绣鞋里的小脚和和隐藏在宽衣下的神秘的屁股，再苦再累也都值了。而眼下，陪伴他的只有窝棚里成群的跳蚤、蜈蚣和蚯蚓，还有潍河水上涨时，淹没树林里低洼处所带来的癞蛤蟆和水蛇。他越来越反感瞎眼老爹没完没了的唠叨，尤其是关于女人和孩子的那一条规定，“这当了强盗还要做圣贤，看他能耐的，该不是眼瞎了连带脑子坏了，还把自己当成了袁大总统了吧？如果没有女人，老吴家迟早要断子绝孙的，倒不如癞蛤蟆跳在热鏊子上，蹦跶一霎烙（乐）一霎。”他决计单独再去仁义乡一趟，看看黄大牙的女人咋样了。而吴老二派出去踩点的土匪带回来的消息说黄大牙到县里治好了眼伤，带着他的小老婆杏花搬进了乡公所住，白日里黄大牙戴着一副西洋墨镜，指挥仁义乡的百姓加固了乡公所的围墙，还在大门外增加了岗哨，在原来十个团丁的基础上又重新招募了二十个团丁。黄大牙向县知事申请调来了五个警察署的警兵，带着团丁满乡村里嚷嚷抓土匪，下大力气催捐征税，免不了闹得鸡飞狗跳，只是他没弄明白抢劫他家的土匪是谁，也不知道土匪藏在哪儿。吴老三听了，捻着才长出的短而细的黄胡须嘿嘿地笑了，笑得很邪恶，眼睛里长出了一片紫色曼陀罗的花瓣。他并不知道，黄大牙的老婆已经从城里回来，黄大牙被吓得赶紧把杏花送回了原来那个小院。

一连三天，吴老三都乔装打扮成叫花子去仁义乡。而在不久以前，他还不用打扮就是一个标准的叫花子。他一个人偷偷出了潍河边的沼泽地，先去仁义乡乡公所大门外五百步远的王家胡同转了一圈，爬上胡同中间地带那片低矮的土墙，就能清楚地看到乡公所的大院：大门外威严地站立着两个穿黑色服装、佩戴白领章、膝下打着白裹腿、腰里扎着白腰带背了枪的警察，他们带领着两个着粗布衣衫、胳膊上套了白袖章、腰里挎了大号砍刀的团丁在检查过往的行人，不时有穿着长衫的办事员前来上班，更有衣衫褴褛的百姓跟随头戴瓜皮帽腋下夹着算盘和账目的乡绅前来缴纳田赋丁税，他们满脸自然神态自若地在大院里进进出出，拼凑成大清封建帝国坍塌后的新一派民主热闹景象。吴老三此时最羡慕的莫过于那些进出乡公所的人了，他甚至想象自己就是那个站在门口吆五喝六的团丁，可以趁着去喝水的机会到厨房里瞅一眼杏花的杨柳细腰。他认为黄大牙的女人一定是甚至必须是乡公所厨房的管事，可以天天吃香的喝辣的，要不然怎么会养出那仿佛一掐就出水般的嫩膘。然而，三天过去了，吴老三淌着哈喇子眼巴巴地瞅着乡公所的大门口，却并没有看到杏花的影子，只有一个又黑又胖形似媒婆的厨娘去买菜做饭，待过了饭时就再也不见踪影。杏花到底去哪儿了，难道被黄大牙藏到县城里去了？吴老三想来想去也没有猜到她的去处，天将午，他饥肠辘辘，只好像野狗一样去附近的村里溜达，想找点吃的，于是就一个人漫无目的地到了樟树村。中午饭时，樟树村后街上家家户户仿佛要气死讨饭的一样，都关了门在家吃饭，其实个中缘故是富裕人家怕穷人来借粮食，不肯露财；而穷人家做的饭食差，又怕被人看笑话，所以饭时均不约而同地关了门。吴老三憋了一肚子闷气，只好拄着讨饭棍转到前街上来，一头就撞开了孙大舌头家的门。

那时秋儿刚刚和孙大舌头的老娘为缸里少了一盅米吵了架，没好气地颠着小脚蹲在西墙角下的旮旯里撒尿，吴老三冷不丁推开门闯进来，把她吓了一跳。吴老三本能地倒退了三步，眼睛却死死地盯着秋儿两手攥紧的裤腰带。秋儿破口大骂："哪里来的臭要饭的，长两只眼是用来尿尿的吗，进人家门也不知道敲一下，当我们家是公家的粪场吗？"吴老三红了脸，结结巴巴："这位嫂，嫂子，可怜可怜，我这个有娘生没娘养的孩子，赏我一口冷饭吃吧。""呸"秋儿麻利地系好了腰带，颠着小脚咚咚咚走到近前，用手指戳着吴老三的额头说："我看你这小伙子也是老大不小了，咋这么不晓得人事，现在正是青黄不接的时候，我家里老少五口还饿着肚子……"吴老三把手里的破瓷碗往秋儿眼前一送："我都三天没吃……"秋儿赶忙用手一挡，咬牙切齿地斥道："甭跟我说没用的，今天就是打死我也讨蹬不来一粒米，你当我是王大善人呢，家里开着炭庄，驾着三辆铁瓦大轱辘车，吃不尽用不完……"吴老三气得白瞪眼，忍了又忍，咽下一口气："你，你，你说的王老驹在哪呢？"秋儿厌恶地看了他一眼，撵饿死鬼一般把满是灰垢的手向王老驹家一指："去去去，喏，墙那边就是，王大善人，他家银子使不完用不反，赶紧去吧，他家里粮食堆成山，就等着你们这些叫花子去吃呢！"

吴老三出了孙大舌头家，径直去了王老驹家。这回他学乖了，没有一步闯进去，而是把两只眼睛对准门缝反复地往里瞅了又瞅，他最怕富人家养的狗，逮着讨饭的往死里咬。王老驹家里果然安定祥和，没有狗吠，一个裹了小脚的老女人正端着饭碗在廊檐下笑容满面地喂孩子。那就是王老驹的娘亲钱大娘，而孩子却是孙大舌头的孩子小福林。这事说来话长。孙大舌头家缺吃少穿，作为邻居的钱大娘和俞美云心善，凡是有大人孩子到家里来，她们总会拿家里最紧缺的点心糖果哄人开心。钱大娘笃信天上的神灵会看到她的一举一动，会因为她的善举善念降福给她的家庭，保佑她的子孙无病无灾，福寿绵年。尤其是在儿媳就要临盆的当口，无论是看到谁家的孩子，钱大娘都会联想到自己即将出世的孙子，脸上掩饰不住打心里的慈爱。孙大舌头家时常断粮，钱大娘便时常接济。尤其是小福林，每到饭时就跑到这边来蹭饭，俞大娘不但不厌烦反而欢喜不尽，她一边给小福林喂饭，一边逗小福林玩："来，再吃一口，叫嬷嬷。"小福林咽下一口饭，脆生生地叫一声"嬷嬷"，钱大娘脸上的笑容就更深更甜了。

吴老三突然不敢进门了，他心里嘭嘭地跳着，突然生出一个宏大的构想，在即将推门的一刹那，他急忙抽身躲了开去，一直退到胡同口。他坐在那盘石碾台上，眼睛死死地盯住王老驹家的门，心里盘算着下一步的计划，那就是做好记号，连夜带人来王老驹家干一票。那小福林吃饱了饭要回自家，出了王老驹家看到一个叫花子坐在碾台上，于是就蹦蹦跳跳跑到吴老三面前看热闹。吴老三想都没想，四下里看看没人，指着旁边的河沟冲着小福林一努嘴，说："下面有个兔子窝，生了好些小兔子呢！"小福林惊诧地问："你是谁啊？你怎么知道的啊？在哪儿呢？在哪儿呢？"小福林伸着小脑袋四下里张望，两腿不由自主地往河沟边迈去，一下就着了吴老三的道。小福林腿刚迈到沟边，就被吴老三一把拽下沟沿，捂住了嘴。吴老三把小福林放在腋下夹着，就像夹着一只小猫，顺着沟底飞奔而去。

第三章

7

王老驹生了儿子，孙大舌头却丢了儿子，真是有人笑有人哭，这世界好不热闹。对于王老驹来说，却是气不得恼不得笑不得哭不得，一边欢喜一边发愁，救人的紧张气氛冲淡了生子的喜庆气氛。

贺喜的人群散了，王老驹看着空空如也的院子，忍不住埋怨王老老驹说："谁让你答应孙世元说咱家拿赎金的？我这两年风里来雨里去，累得浑身掉了三层皮，好不容易挣下这脚指头大点的家业，莫说是五千现大洋，就是一千现大洋，也要卖掉炭庄的大车、骡子等所有的家伙事，况且现今就是要变卖掉这些家产，也不是一天两天能做到的事。这些日子，丈岭的大地痞金老四堵了咱们炭窑下山的通道，明摆着是看我们挣钱眼红，想夺我们的炭窑，这炭庄的生意怕是十有八九也干不长久了。"

王老老驹疑惑不解，两手揉搓着膝盖，他有风湿性关节炎："当初你去开炭庄，你那表舅姥爷可是当着我的面打了包票的，说在他的一亩三分地上，谁也反不了天，还说他姨夫的表哥的儿子在县警察所干副所长，很大要，难道现在就不大要了？"王老驹没好气地说："当初是当初，现在是现在，风水轮流转，太阳也不能光照着他李甲长一家，那金老四省府里有人，年前又花大价钱买了个县知事衙门的议员，现在就是丈岭乡公所的沈乡长他都不放在眼里了，还怕什么李甲长王所长。"王老老驹眉头皱起来，鼻子哼了一声，把膝盖啪地扇了一下："看把他能耐的，他就是个县议员，得多大的官啊，难不成他比袁大总统还烧包了！"王老驹不屑地说："你还别说，金老四就是比袁大总统烧包，袁大总统死了，他都没死。”

王老老驹忽地站起来，拉下脸：“你这不是抬杠嘛，金老四才多大年纪啊，又不跟袁大总统同岁。”

王老驹昂起头，像斗鸡一样伸长了脖子，愤然说：“阴间路上无老少！我就盼着那金老四和土匪都嘎嘣一下死了，那样天下就太平了。”

王老老驹叹口气说：“你的嘴要是那么灵验，就不用去烧炭了。咱们不扯别的，就说孩子是从咱们家出去后丢失的，人家问我们家要也不是没有道理，世元就是一个挑大粪的，一年到头挣个仨瓜俩枣，还不够全家吸溜的，更不用说五千块大洋了，要怨就怨你娘粗心大意吧。”

钱大娘耷拉着脸，眼眶里沁满委屈的泪水：“同勋媳妇在屋里喊肚子疼，我不过是去她屋里看了一眼，就瞅了一眼，一转身的工夫小福林就不见了人影，我还以为他回了自己家，就没顾得上过去问问，哪里想到是给土匪绑了票。这些死土匪啊，烂土匪啊。”

王老驹气得咬牙切齿：“五千块大洋啊，这他妈哪儿来的土匪，真是狮子大开口，五千块银洋他也敢要，够拉三大铁瓦大车的，有本事摞在他肩上，看不累出他屁来。真拿我们家当开钱庄的啊，就是满仁义乡的买卖人也凑不起来这些钱来。”

王老老驹手哆嗦着拿烟袋锅装了满满一锅烟，用火石在火镰上擦了七八下，点起来深吸了一口，抬起眼看了看王老驹，慢慢地吐出一口浓烟来，说：“也不能这样说，去年站上成立了商会，会长是“恒祥源”号的当家马埠的赵家斋，据说赵家斋的家里趁钱，一月盘下账来就能抬进家三牛筐大洋，就按一牛筐能装一千大洋计算，一个月就是三千大洋，一年下来，还不得三万多啊。”

王老驹忿忿不平：“他有钱管啥用啊，土匪又不管他要钱。”王老老驹抠了抠眼角，其实那上面什么也没有，他把大拇指顶着小指的指甲弹了一下，仿佛是弹走了一片空气，说：“怎么没用，早些年赵家斋跟我上过两个月私塾，我可以修信一封，你拿了信去找他，他应该会给我一点薄面，先借一些大洋给咱家应急，能借则借，如果不能借，就拿你的炭庄和大车抵押也行。好歹不能让你的炭庄停了业。”

王老驹听后皱着眉头搓着手掌沉默了半晌，算是默认了这个办法可行。他看着王老老驹写好了书信，抄起来装到怀里，又去屋里看了孩子一眼，那孩子闭着眼，嘟着小嘴可爱极了。他的贤妻俞美云才生了孩子，元气大伤，尚在昏睡中。他叹了一口气，自言自语地说："真是喜从天降，祸不单行，这运气好也好透了，背也背透了啊！"他骑上黑骡子，在炊烟升起的薄暮中赶往岞山火车站，去找恒祥源号的老板赵家斋。

吴老三腋下夹着小福林，顺着樟树村南边的沟底，猫着腰连蹦带跳一路狂奔，窜进了潍河边沼泽地中的密林。一路上吴老三都在哄骗小福林："我带你去看兔子窝里的点心和糖果，不许出声，出声就没了。"小福林吓得浑身哆嗦，才一哭出声来，吴老三就捂住他的嘴，恶狠狠地说："不许哭，再哭把你扔到树林里喂老虎。先咬你的小鸡鸡，再咬你的小肚肚，然后就咬你的眼珠子……"小福林果然被吓得不敢吭声了，仿佛腾云驾雾一般伏在吴老三身上到了土匪窝。

吴老二看到小福林，愣了一下，勃然变色："三瘪犊子，你惹大麻烦了，谁让你带这小杂种来的?"吴老三用衣袖擦了擦额头的汗水，把脚丫子上沾了泥巴的破鞋子往天上一甩，得意洋洋地说："这回可逮着大鱼了。二哥你让我喘口气，慢慢说给你听。"于是，吴老二就翻着白眼，看他像岸上的泥鳅一样喘粗气。其他土匪也莫名其妙地围上来，看着他喘气。吴老三喘了几口气，气喘吁吁地指着小福林说："看见了吗？这就是我们的财神爷，等我们做完了这笔买卖，就可以去仁义乡上开炭庄，到青岛码头开银号，做大买卖，娶个和杏花一样水灵的姑娘，老婆孩子热炕头，过神仙一般舒服的日子，再也不用躲在这泥湾里像癞皮狗一样活受罪了……"

吴老二没等他说完，气得嘿嘿苦笑，抬手就打了他弟弟一巴掌，一边打一边骂道："我说这几日你起早贪黑，心神不定，神龙见首不见尾，勤快得不得了，敢情是兜不住裤裆里那玩意了，去想人家黄大牙老婆的好事啊，我说你也不撒泡尿照照自己，真把自己当侯君集了啊。估计黄大牙还不知道我们这藏身的地方，如果知道了，只怕早就带了县里的警察和民团来把我们一锅烩了。我看你是老鼠枕着猫蛋子睡觉——找死呢！快说，这孩子到底是谁的，不会是黄大牙的孩子吧?"

吴老三一边躲闪着二哥凌厉的大耳刮子，一边争辩："什么叫兜不住裤裆里那玩意？我这是为了咱们老吴家后代着想，提前给老吴家留个根，等咱爹百年之后，好有人给他烧纸钱。"

吴老二打得更狠了，恶狠狠地骂道："看不出你还真是个大孝子啊，我一脚踢死你这个大孝子。"飞起一脚差点踢到吴老三的命根上，把吴老三惹急了，骂道："恁这俩呆鸟，不要说没有半点女人缘，就凭恁俩这猪脑子，早晚都是刑场上斩立决的人，我可不想陪你们一起死。"

吴老二发了狠还要打，其他土匪拦不住，吴老大从窝棚里风一般跑出来拦住他，大喊："咱爹睡醒了！咱爹睡醒了！"吴老二和吴老三这才停止了吵闹。

吴老大指着小福林问吴老三："你这是弄了谁家的孩子？"

吴老三没好气地说："这是樟树村王大善人王同勋家的孩子，他家趁万担粮，有金山银山，只要他家掰下一个牛耳朵来接济咱们，咱们就再也不用过这担惊受怕的苦日子了。"

小福林早已安静下来，眨巴眨巴眼，接过话头奶声奶气地说："我可不是王大善人家的孩子，我是孙大舌头家的孩子，哈哈，我爹是挑臭臭的。"他一捂鼻子，冲吴老三做了个鬼脸。

"什么？你爹是樟树村挑大粪的孙大舌头？"一个叫阿宝的土匪凑近了看，他家就是樟树村的，父母早亡，无依无靠，去年跟着孙大舌头到日阁庄赵财主家挑过一天的大粪，就撂挑子不干了。村里人都听说他到关外挖宝去了，没想到是跟吴老二当了土匪。阿宝端详了一会儿，很肯定地说："三掌柜的确搞错了，他真是孙大舌头的儿子，你看他穿的汗衫都打了补丁，两只鞋子还不是一个颜色的。"

吴老三把脑袋瓜子摇得跟拨浪鼓似的，用手扳过小福林的脑袋反复拨拉着："不可能，不可能，我明明看他在王大善人家吃饭，又从王大善人家里走出来的。"小福林被他拨拉得头昏脑胀。阿宝也把脑袋摇得跟拨浪鼓似的，加重了语气说："这肯定是孙大舌头的儿子，而不是王同勋家的孩子。因为我跟王同勋他爹上过三个月的私塾，他爹其实就是个私塾老先生，慈眉善目不假，可是没听说他家行过什么大善，顶多也就是他家老太太接济过几次邻居。要说是施舍八方的王大善人，那还真是高估他家了。他儿子王同勋在丈岭一带烧炭窑，跟我算是同窗呢。这几年烧炭窑开炭庄挣了点钱不假，听说也就有三架铁瓦大车的家当。王同勋那人我知道，是那类一个火星子就能烧包掉了蛋子的人，要是有了金山银山，不得飞上天了，还用在仁义乡这一块混啊？最重要的是，王同勋和他老婆俞美云结婚才两年，哪里来这么大的儿子？”

吴老三用指头戳着小福林的额头恶狠狠地问：“你这个小杂种，你说，你几岁了？”小福林眼泪汪汪，举起脏兮兮的小手，伸出食指。吴老三高兴地喊：“一岁？”小福林又伸出中指，吴老三降低了嗓门喊：“两岁？”小福林又伸出了无名指，吴老三蔫了，喊：“难道是三岁？”小福林又伸出了小手指和大拇指，吴老三一屁股坐到土里去了。小福林哭着喊：“我不叫小杂种，我叫孙福林，我要找娘，娘，娘。”吴老三哭笑不得，吴老二踹了他一脚，气呼呼地说：“你自己惹的麻烦事，自己去抖搂吧！”然后一甩手走了。吴老大让阿宝抱起小福林，押着吴老三去找吴老爹汇报去了。

8

胶济铁路是德国在青岛与山东省省会济南间修建的一条贯通山东腹地的铁路。这条铁路的筑成与通车，对山东的社会、经济均产生了深远的影响，是晚清时期山东历史上的重要事件之一。

1899 年 6 月 1 日，德国政府发布命令，特许德国亚细亚银行建设由青岛经潍县（现潍坊市）至济南（包括博山支线）之间的铁路并运营。9 月 23 日，胶济铁路由青岛向西修筑。11 月，因高密县境内爆发了大规模农民抗德阻路武装斗争，铁路工程被迫停工近一年。当年 11 月山东铁路公司开始用轮船从德国运来所需车辆，准备通车。1901 年 4 月 8 日，胶济铁路由青岛修至胶州并通车。1904 年 6 月 1 日，胶济铁路全线竣工通车，同时竣工通车的还有博山支线。此时，胶济铁路干线全长 395.2 公里，支线长 45.7 公里。

1919 年第一次世界大战爆发后，日本先后占领青岛、济南等地，并乘机取代德国霸占胶济铁路，同年冬天，日本将胶济铁路改名为山东铁道，由日本临时铁道联队管理。

峠山火车站这个处在坊子黄旗埠与高密之间的小站，位于昌南、安丘两县的交界处。当地居民以火车站为中心，初步形成了以贸易为主的村落。火车站以东属于胶东昌南县的仁义乡甘泉社，火车站以西属于安丘县第一乡峠山社。蛤蟆屯纸糊匠胡敬宾家的三间房子不偏不倚，正好坐落在两县的边界线上，所以他家的田赋丁税，一半缴给昌南县，一半要缴给安丘县。这种“一站两县”的情况和峠山站以商业为主的特点，形成了特有的“商政合一”行政管理模式。蛤蟆屯的赵家斋曾上过四年私塾，颇有些眼力劲儿，火车站建成通车后，他看准了时机，第一个在火车站旁盖起了三间平房，设立了恒祥源的商号，以经营粮食和煤炭为主业，通过火车运输，往来于青岛和济南各地，大发其财。等到其他商号货栈闻风而动蜂拥而起的时候，他的财富已经稳居本土商人之首，所以县里成立峠山商会时，大家一致推荐赵家斋做会长。其实不推荐也没用，名单都是县里的执事老爷和乡公所的所长黄大牙商量好了的。县署副知事是赵家斋的表姐夫，黄大牙是赵家斋表姐夫的表妹夫，这一串子关系，再加上赵家斋擅长用大把的大洋活动，上下其手，谁能比得了他的威信。

王老驹找到了位于火车站东邻的恒祥源商号，商号已经关门打烊，他敲了半天门，里面的看门人隔着门缝说赵会长去招待青岛来的客商了，至于是去了站东的翡翠园还是站西的鸳鸯居他也不晓得。王老驹疑惑地问：“翡翠园和鸳鸯居是干什么的?”里面的看门人嘿嘿笑了一声：“就是有漂亮女人陪着吃饭的地方。”王老驹听了心中汗颜，心想在丈岭站自己有三架铁瓦大轱辘车，还有一座炭窑，一个炭庄，大大小小也算是个人物了，却只在白牡丹的顺意马车店门口的那家朝天锅吃过多次羊肉泡馍，喝过多次羊杂碎汤，从来就没听说过还有什么女人陪吃饭的地方，仿佛那应该是王亲贵族才有的享受。这两年来他风餐露宿，往返平度不下百余次，从他手里经过的大洋也不下三五千块了，却从没进过一家正儿八经的饭庄。他从丈岭去平度，经高密和胶州，沿途都是走偏僻近道，自然不会看到县城里花花绿绿的风月场所。也许他认为这辈子见过的最宜居的场所就是白牡丹的顺意马车店了。他心里突然痒痒的，把手插进褡裢里，摸了摸里面咣啷咣啷作响的十个大洋，牵着骡子往铁路桥涵洞西边走了。铁路桥洞仅有一人高，地上全是没脚的泥水，人又不能伏在骡子上，王老驹趟着泥水过去，再看他的脚，就成了两只泥猴了。他往地上跺了两脚，鼓励自己说："省着省着，有个窟窿等着！我这辛辛苦苦忙活了两年，到头来却快活了土匪，莫不如自己先快活一回。"

王老驹果然找到了鸳鸯居，在铁路桥西路北一棵大柳树后面，有两个推脚汉（用独轮车接送客人的村民，相当于现在的出租车）骑在自己的独轮车上等活，一个跑堂模样的男子肩膀上搭了毛巾，站在台阶下颠着脚在恭候前来就餐的本地如雨后春笋般出现的新生富商，见了王老驹，上下打量了一下，疑惑地问："您也是来吃饭的？"王老驹拍了拍肩上的褡裢，里面传出来大洋咣啷咣啷的响声："是啊，不吃饭来这里干嘛？"跑堂的一怔："就您自己？还是和哪位掌柜的一起？""哦，恒祥源的老板赵家斋赵会长来了没有？我和他一起的。"跑堂的立即弓下腰来，满脸堆笑，接过了骡子缰绳，说："来了来了，赵会长早就来了，正喝着呢，您请进！"他把门帘一掀，往屋里提高嗓门吆喝一声："老板娘，贵宾一位，赵会长的客人，去雅间得胜堂。"马上就有一位涂脂抹粉扭腰晃臀的女子站过来，领他去得胜堂。王老驹掏出褡裢里的钱袋扔给她，大方地说："今晚赵会长这个雅间由我做东，我先把钱押在柜上，到时候再把剩下的给我就是。"那女人微微一笑，说了声好，把钱握在手里了。雅间得胜堂里笑声盈门，酒香四溢，满满一屋子的人正准备开怀畅饮。一看进来个陌生人，赵家斋脸上立即沉下来。不待他发作，王老驹赶忙掏出王老老驹的书信递过去，抱拳作揖："久仰赵师兄大名，家父差我来向你问好！"一听来人是赵会长的师弟，众人面面相觑，就像沸腾的开水掺进了冰水，房间里霎时间变得鸦雀无声。赵家斋一脸茫然地接过书信，扫了几眼，脸上的愠怒顿时烟消云散。他上前握住王老驹的手，指着酒席的末位回头对老板娘说："赶紧为我这师弟添一副碗筷，我可是最讲究师生情分的人，天地君亲师，这位师弟的令尊就是我的启蒙先生，地位可是排在我爹娘前面的。"众人一齐鼓掌，房间里瞬间又像开了锅一样沸腾起来。一个坐在首席位置的人问道："你这师弟是在哪个学堂里的同窗啊？"赵家斋把两手往天上一举，关公抱刀一般，目光露出百般敬畏，慨然说："要说我这师弟可是大有来头，他的令尊就是我的恩师王元璋老先生，他真是齐鲁名儒啊，熟读四书五经，懂三国语言，当年光绪帝想请他出山去辅佐宣统皇帝，结果王老先生死活也不肯出仕为官，否则现在的朝廷就是另一番景象了，说不定民国还得再往后拖延百十年成立也未可知。”王老驹听得头皮发麻，他老爹不过是村里私塾的教书先生，教几句四书五经没错，教几句八股文也没错，但说他是齐鲁名儒，懂三国语言，还说什么光绪帝请他辅佐溥仪皇帝，打死他也不信。这都哪儿跟哪儿啊。但是耳边只听到一片暴雨般啧啧的叫好声，他也不好直言争辩。首席位置上的人上下打量了王老驹一眼，揶揄道：“既然如此，你这位师弟必定也是人中之龙，不知在哪里高就啊？”王老驹看此人前额微秃，面皮微黄，唇上蓄着浓黑的短须，薄薄的嘴唇掩盖不住两只突出的大门牙，就凭他在黑夜里居然戴着西洋墨镜的行止，就显得高深莫测，与众不同。赵家斋拍拍手说：“我这师弟也是继承了老师的秉性，终生不愿出仕为官，但是这几年在丈岭一代经营炭庄发了，储下了万贯家财，这不听说我担任了咱们峠山商会的会长，便自告奋勇来助我一臂之力，今日带了一万大洋存入我的恒祥源商号，你说这份天大的恩情该让我如何报答啊！”众人又是一片暴雨般的啧啧叫好之声。说话间，老板娘安排跑堂的为王老驹添加了椅子、碗筷和酒盅，一个姑娘为他斟满了酒。赵家斋指着席上的人挨个为王老驹介绍了一番，上席的是仁义乡乡公所的黄所长，次席的是盐行的毛行长，再往后就是丰源昌商号的马老板，天增利商号的孙老板，福源栈商号的侯老板，恒升商号的苟老板，一连串介绍下来，不是副会长就是董事，王老驹听得脑袋都大了，也没记住几个人的名字和职务，只记得那个黄所长墨镜后面遮挡的目光，仿佛是一把分辨真假的小刀，能隔着空气剖开他的胸膛，看到真相。王老驹的脸上红了又红，烫了又烫。幸好那几个轮番劝酒的年青女人，娇滴滴地一会儿坐在这个人的怀里，一会儿又坐进那个人的怀里，转移了大家的注意力。酒过三巡，意兴阑珊，毛行长带头拉起一个女人进了后面的跨院，于是大家都把目光转移到了女人身上，从而掩饰了他的窘迫。酒足饭饱，大家相拥着走出得胜堂，王老驹赶忙说：“今天的酒席我做东，我已经把钱押到柜上了。”赵家斋就叫老板娘把钱袋拿过来，顺手装进了自己口袋，说：“自家兄弟，不要搞得太薄情了嘛。老板娘，先记我账上，月底去商会结账！”那个扭腰晃屁股的女人满脸堆笑，扭过来拧了赵家斋的耳朵一下：“好咪，赵会长，今晚这桌一共花了二十四块大洋，您老可记好了，小费另算吆。”王老驹摸了摸钱袋里那十块大洋，倒吸了一口凉气，耳根子瞬间又红了起来。

赵家斋雇了一个门口的推脚汉把他自己推到恒祥源商号去，王老驹牵着骡子在后面跟着。到了恒祥源商号门口，他在口袋里掏了几下，摸出一文铜币递给推脚汉，推脚汉嫌少不肯接，赵家斋火了："这火车站都是我管辖的地盘，卖根钉子都要交税。让你推本会长一次，是你的荣耀，是你们全家祖宗八代的荣耀，这是我给你的赏钱，爱要不要，不要滚蛋。"推脚汉苦了脸，默默地接过来，呆呆地看着王老驹裤脚下面，王老驹的鞋子和他的鞋子一样湿。赵家斋敲门的一刹那，王老驹摸出十文铜钱偷偷塞进了推脚汉的手里。

在赵家斋的客厅里坐定，赵家斋嘿嘿一笑，嘴角露出狡黠的两只虎牙，胸怀坦荡开门见山地说："兄弟你我都是同道中人，在商言商，商人玩的是圈子里的权力和智慧，不可能都把自己的底牌亮出来，适当地夸大一下事实也无伤大雅，符合商人的规则，比如说卖瓜的都说自己瓜好，又大又甜，从来都没有一个人说自己的瓜是烂瓜，吃了要死人。你今天来得正是时候，帮我化解了一场危机。按说我是得好好关照你……"

王老驹感到莫名其妙："师兄见外了，只是我听不懂你的意思……"

赵家斋把手一挥，打断他的话，用命令式的口吻说："你先听我说，好不好？等我把话说完了，你再说，好不好？"王老驹顿时感受到了一种无形的凉意扑面而来，只能乖乖地点头称好。

赵家斋继续说："按说令尊是我的授业启蒙老师，虽然教了没有几个月，也是老师对吧？一日为师，终生为父对吧？师者，传道授业解惑也，对吧？"王老驹听他啰里啰唆，心急如焚，但也无可奈何，只能频频点头附和。

赵家斋话锋一转："跟老弟你说句实在话，我虽然被选为岞山商会的会长，但是我商号的摊子铺大了，在中国，只要是火车跑到的地方，我的生意都铺过去了，青岛是最近的，比如济南，比如直隶河北，比如察哈尔，比如奉天……"他用左手在空中画一个圈，又用右手在空中画一个圈，有些地名王老驹根本没听说过，眼睛跟着他的手指在半空中转了一圈又一圈，累得脑子直发懵。"摊子大了需要什么呢？当然是周转的资金啊，你知道中国有多少个省和特别区吗？"王老驹无奈地摇摇头。"这方面你还得好好跟我学啊，我跟你说哈，包括直隶河北，共有二十三个省，比如山东、山南、台湾、广西、四川……还有五个特别区，比如绥远、察哈尔、热河、西康、京兆，还有四个比省还要大的自治区，什么蒙古、青海、西藏、阿尔泰……”赵家斋口若悬河，把十根指头掰过来掰过去，把王老驹的酒劲和睡意也一起掰过来了，王老驹打了一声哈欠，但还是努力地睁大了眼睛，以示对这位师兄的尊重和敬意。“所以说，我这么大的摊子，不说运转资金，光前期资金投入就是天文数字，你知道什么是天文数字吗?”赵家斋低头盯着王老驹的眼睛，示意他认真听讲，不要打哈欠。王老驹赶紧附和：“师兄真是博学多识，天文地理，无所不知啊，实在令兄弟我钦佩之至。我只知道个十百千万亿兆，别的就什么也不知道了。”赵家斋撸了一下鼻子：“你能知道亿和兆就已经不简单了，我这么跟你说吧，我所投入的资金差不多到了亿和兆了，现在我这商号里没有一文多余的大洋，不要说是老弟你来，就是令尊大人来了，或是我亲爹亲娘来了，哪怕是孙大总统、袁大总统和黎大总统一起来了，我也没有一文多余的铜钱。如果你有多余的大洋，尽可以参股到我的商号，有我给你撑腰，到时候咱们兄弟俩一起分红利，你看如何?”王老驹低头看了看脚上泥猴一样的鞋子，说：“容我回家商量一下，想好了再来找你老兄合作如何?”他站起来，拱手道别，头也不回地出了恒祥源商号，抬头看了一眼门前拴骡子的那棵大榆树，在心里骂了一声：“门前有大树，破财出绝户!”

9

吴老爹一听吴老三违反了他的家规，二话没说从背后摸出了他的龙头拐杖，朝着吴老三的下三路抡了过去。那拐杖是吴老大费了两天时间，挖了一棵百年山棘树制作的，龙头就是根部凝结的疙瘩，硬度不亚于河里的鹅卵石。吴老三吓得往旁边一蹦，龙头拐杖砸到了吴老大的小腿上，吴老大“哎哟”一声蹲在地上了。吴老爹骂：“我日你妈的三瘪犊子，你这杂碎是想着让我老吴家早一点断子绝孙啊！我三番五次告诫你哥仨，我们逃荒到此也是暂避一时，躲过了风头我们还是要回去过好人家的日子，千万不可干伤天害理的事情，尤其是不能干坑害穷人和妇女小孩这样丧尽天良的事情，我看你小子从小就贼眉鼠眼，早晚是个闯寡妇门挖绝户坟的祸害，且让我一棍子敲死你得了，免得下雨天雷公爷爷找你还连带上我们大伙!”吴老大带着哭腔喊：“亲爹呀，你砸错了!”吴老爹余怒未消：“什么砸错了，没错，砸的就是三瘪犊子!”吴老大揉着小腿上鼓起的青紫疙瘩说：“我是说您那棍子又没准头，没砸着三犊子，反倒是砸到我腿上了，现在就是官兵来了，我也没法背您逃跑了。”吴老爹急了：“你倒是把他摁到我面前来啊，让他跪下，看我先把他的狗命一下子交代了，省着人家孩子家里人叫来官兵，早晚也是个死啊!”吴老三告饶了：“亲爹，您饶我这一次，我保证马上把孩子送回家，以后再也不干这样的缺德事了，而且，我保证给您老传宗接代，继承香火，等您死了，我找块朝阳的好地挖个深坑把您埋了，我还告诉您孙子年年过节买酒买肉给您上坟……”吴老大越听越不是滋味，一瘸一拐地站起来，从后面踹了他一脚，这回他老老实实趴在地上了。吴老爹听后反倒嘿嘿地笑了，收回龙头拐杖，吩咐道：“这句话倒像句人话，不过呢，我也不能等着死了再吃肉喝酒，我现在就想吃肉喝酒，你跟你大哥马上去把孩子还给人家，顺道给我买一刀肥肉二两烧酒，再加两个白面馍馍，让我也当一回神仙，行不?”打劫了黄大牙家以后，吴老二又带人到潍河西岸安丘地界上接连抢了两个富户，手头已有几百块大洋的储蓄，钱都在吴老大的手里保管着，是准备应付二十个土匪三年饮食的。现在即使有钱也不敢大张旗鼓地去仁义乡和火车站的商号购买粮食，因为附近各村已经风声鹤唳、草木皆兵，大多都成立了民团武装，而且配备了土枪和长矛，进行自防和盘查。听说岞山站的商会也成立了巡防团，聘请了蛤蟆屯曾在登莱巡抚衙门做过守卫的张来发做教练，配备了三十支清一色的汉阳兵工厂的快枪，天天忙着与县警察所的警察、乡公所的团丁进行联合剿匪。吴老二他们的活动范围越来越小了，只能趁着天黑到安丘和昌南边界的大道上蹲守，伺机绑票，偏偏又不见富人轻装简从走夜路，于是乎大伙开始喝稀粥，吃野菜，吴老爹已经半月没有见到荤腥了。

吴老二最恨自己手里没枪，恨得牙根痒痒，他这几天一直在盘算着，用手里攒下的钱去买两支德国撸子，如果有了枪，就可以放开手脚到车站旁的商号和货场上干一票大的，拉几头“肥猪”回来。吴老爹要吃肉喝酒，他心里不悦，但还是答应了，他让吴老大带两块大洋连夜去办，只是再三嘱咐千万要避开仁义乡新近成立的各类巡防团，务必小心不要引了尾巴回来。潍河岸边的树林正在空气湿润的节气里旺盛地开枝散叶，见风就长的蒿草已经布满了平原广袤的田野。在渺无人烟的潍河滩涂上，只有繁星点点映衬着伸手不见五指的漆黑夜空，这显然最适合土匪行动了。在茫茫夜色中，阿宝背着小福林，跟在吴老大和吴老二身后，一路跌跌撞撞出了沼泽地。按照三人商定好的计划，由阿宝和吴老大去樟树村孙大舌头家送下小福林，只要送到大门口敲一下门就行。吴老三一人去峠山火车站购买吴老爹要吃的猪肉和烧酒，当然还有两个白面馍馍，然后在峠山村西通往潍河滩涂沼泽地的小路上汇合，一起回密林深处的土匪窝，不过，现在他们已经给土匪窝起了个很好听的名字，叫快活林，与《水浒传》里金眼彪施恩开的那家酒店同名，只是缺少了主要人物武松和蒋门神，尤其缺少主要的道具是酒店和女人。

吴老三手里攥着两个大洋，一路盘算着如果用一块大洋置办妥了酒肉和馍馍，那样就能落一个大洋在自己手里，时间久了，次数多了，就能攒下不少钱。只要攒下百八十块大洋，就可以到仁义乡的街市上租房开个杂货铺，卖个油盐酱醋针头线脑的，不愁吃喝，也不愁没有大姑娘小媳妇自动送上门来。他这一动做买卖的心思，就打起了女人的主意，这一打起女人的主意，马上就联想到了杏花。于是两脚改变了方向，不由自主地去了黄大牙的家。他寻思着即使见不到杏花，看一下她当年住过的房子也能聊解思慕之情。他清楚地记得黄大牙的家在仁义乡驻地的东南方，黑漆的木门，门口卧着两个石狮子，大门口的上方在门楣和檐顶之间悬着一块黑色匾额，匾额上写着四个描金大字：紫气东来。大门分明正对南方，却非要写上紫气东来，难道紫气是会拐弯的不成？黄大牙才不管紫气从哪儿来，管它是从天上来亦或是土里来，只要来就行。只要死死占住这仁义乡一把手的位子，他就有享不尽的荣华富贵，就有吃不完的山珍海味。吴老三也不在乎什么紫气东来还是紫气西来，只要是有杏花的地方他就一定要来。他像田鼠一样蹑手蹑脚地走着，力度的火候把握到不足以惊动一条狗的听觉。远远地他看到黄大牙的大门前居然有火星闪动，一明一暗，很明显有人在抽旱烟，应该是两个团丁在值班守夜。他们像是在热烈地讨论男女之间的荤段子，鸡打鸣一样邪恶的压抑而放肆的笑声在黑夜里能传到很远的地方。近了，更近了，在黑暗中，他隐隐约约听到两个团丁讲述的竟然是偷看到黄大牙喝醉了酒，如何折磨杏花的情景。吴老三听了，心里竟然泛起一股浓浓的恶毒的醋意，直到他们说黄大牙下乡催税，搞上了胡屠户才过门的儿媳妇，被胡屠户带着小胡屠户堵在屋里暴打了一顿，拿剔骨刀的刀背往他裤裆里刮了两下，从那以后他的活儿就再也不举了，从此他就开始变着法儿折磨杏花。吴老三心里又莫名地纠结起来，甚至生出了一泓深深的怜悯与喜悦汇成的暖流。

吴老三在院外靠近正房的西墙根下找到了一棵老槐树，一搂抱粗的树干证明了它百余年的高龄，尤其是树下已被踩得白亮的泥土证明了这是块被人频繁光顾的“游玩胜地”。他毫不犹豫地爬了上去，像松鼠一样轻盈地站到一根探入院内的粗壮树枝上，站在此处，院子里的风景便一览无余了，这个位置能透过窗棂清晰地看到卧室的土炕，甚至能一字不漏地听到屋里人的对话内容。他一眼就看到了杏花侧身躺在炕上的俏丽无比的背影。她正对着一只煤油灯自言自语，忽而哀声叹气，忽而翻身坐起，抱着双膝凝思苦想。吴老三忍不住想，如果此时他跳进院子走到屋里去，杏花是大喊救命还是顺从他的意愿？在三个月之前，他和两个哥哥蒙面跳进院子时，大门外是没有岗哨的。那夜，从进门到离开，他的左手一直都贴着杏花热乎乎的臀部，仿佛心有灵犀一样，杏花总是那么默契地配合着他的捆绑。如果再有一次机会，他一定不会错过的，他坚信。

他在树上看着屋里的杏花，就像饿极了的人面对着一桌美食，心里如同热锅上的蚂蚁一样火烧火燎，抓耳挠腮。正在胡思乱想的当口，他听到了树下由远及近走来一个黑影，吓得他赶忙往树叶茂盛的更高处爬去。那黑影走到树底下，窸窸窣窣解开了裤子，冲着树干像狗一样稀里哗啦的小解，解完了，嗵的放了一个屁，舒服地仰起头来长吁了一口气，然后四下里望望，就爬上了老槐树。黑影一直爬到吴老三原来站立的位置上，探了头往里院里看。杏花正翻转了身子，脱了紫色碎花的绸缎外衣，露出了被红肚兜掩盖着的丰满胸部，吴老三绝望地捂住了眼，手心里沁满了汗，恨不得一脚把黑影踢到树下去。但他屏住了呼吸，仿佛长成了一根树干，成为大树的一部分，隐在树叶之间。而那个影子把两只手臂稳稳地吊在树枝上，两眼盯着房间里的杏花，像睡死了一样，听不到半点呼吸。他们两个人都看直了眼，没有发觉天上的乌云越积越厚，一只只星斗都被深深地掩埋了。猛然间天边一道电光闪过，发出轰隆一声巨响，打了一个霹雳。那个黑影哎呀一声，忙不迭地往树下爬去。吴老三倏地想起吴老爹警告他的话，一时间也顾不得许多，从树叶间钻出来跟着黑影往下爬，爬到一半时，一道更强的电光闪过，天空又打一个更大的霹雳。吴老三吓得眼前一黑，不由自主地松了手，顺着树干径直滑了下去，他下滑的速度远远超过了黑影下爬的速度，一屁股坐到了黑影的脑袋上，两个人一齐下坠。黑影发现吴老三从天而降时已经迟了，躲闪不及，嗓子里只喊出一声“亲娘”，便呱唧一声，落在他制造的一摊尿泥里，无声无息了。吴老三顾不得屁股疼，爬起来拔腿就跑，铜钱大的雨点紧跟着啪啪地砸下来，他听到背后有两个守卫从大门那边跑过来，把黑影摁在地下，高喊：“狗日的，你可让我逮住了……咦，咋没有脑袋呢?”隔了两日，有外出踩点的土匪传回消息，说乡公所的一个团丁，在仁义乡东南角一户人家墙外的老槐树底下，被雷公把脑袋摁进脖子里憋死了。吴老三摸了摸自己的脑袋，倒抽一口凉气：“好险!”

且说吴老大和阿宝背了小福林去樟树村，他俩掐指算着时间，等到吴老三买了酒肉再返回到集合地点，至少也得一个时辰，反正土匪都是吃的马虎食，饥一顿饱一顿的，所以就没赶早去孙大舌头家。小福林在阿宝的背上睡着了，轻轻地打着鼾哨，口水濡湿了他后背上的一块打补丁的衣服。阿宝和吴老大他俩一路上分享着各自的苦难身世。阿宝说他排行老二，七岁死了娘，八岁死了爹，他兄妹四个总是受到一个家族里的孩子欺负，时常被吓得关了大门，晚上出来寻点吃的，隔七八天才偷偷出来到水井上打一次水。那些大孩子会用石头砸他家的门，把石头扔到他家的窗户上，甚至锅里，砸碎了他家院子里仅有的一口水瓮。他姐姐稍大一点就被人介绍到高密县的地主家里做了童养媳，早没了音信。在他十二岁的时候，潍河两岸发了蝗灾，他的两个妹妹，一个饿死了，一个得肺病死了。他是吃百家饭长大的，白日里讨着了残羹剩饭，便捧着去村里的私塾学堂门口一边吃，一边听村里的私塾先生王元璋讲课。王先生看他可怜，免了他的学费，教他学了两个月的百家姓和千字文。那些出学费的学生家长不愿意了，逼着王先生把阿宝赶出学堂。王先生没了主意，就把阿宝领回家，晚上和王同勋住在一起，还匀出一份口粮给他，空里教他学会了写字。没娘没爷的孩子懂事早，他在王家住了半月，就感觉到浑身不自在。有一天，趁着王先生外出，他偷偷跑到仁义乡街上的地主贾四家，自告奋勇给人放牛，只换一口吃的。阿宝一连放了六年牛，贾财主除了给口饭吃，没有给他一个铜板。十八岁时阿宝去到周围各村给人扛短工，过了多年也没攒下半点家产，仍然是房无一间，地无一垄。前几年他跟孙大舌头去仁义乡街上的大财主赵家挑大粪，挑了一天他就辞了。他受不了那个味，太臭了。阿宝说完忍不住摇晃了一下脑袋，仿佛鼻腔里那种大粪的臭味还未散尽。

阿宝说完了，轮到吴老大说自己的身世。吴老大说："我爷爷的爷爷在皇宫里是做过官的，御膳房的大厨，专门杀狗的。杀狗的也是官，叫狗官，大小是个官。都说狗肉上不得大席，那其实是骗人的。皇帝老儿都吃狗肉，你能说皇帝老儿的酒席不是大席吗？后来换了皇帝的儿子做皇帝，不喜欢吃狗肉，我爷爷的爷爷就跑到了济南府，在巡抚衙门给巡抚大人做了大厨，还是杀狗，凉拌热炒他都会，吃得巡抚大人每天捋着胡子直冒汗。再后来，巡抚大人被太平天国的起义军点了天灯，我爷爷的爷爷扔了手里的剔骨刀，半夜里披了一张黑狗皮，从济南城墙下的阴沟里爬出来，跟着我爷爷的父亲逃到了潍县，开了一家老汤锅，还是杀狗，那汤炖得好啊，雪白雪白的，喝一口能舒服到天上去。到了我爷爷这代上，老吴家就完全败落了，只能在仁义乡的集市上支一口老汤锅，煮死猫死狗挣俩铜子混日子。再传到我爹这一代，八国联军扛着大炮一拨一拨地来中国，狗早都被杀光了。逢着灾年荒月，家家户户都饿得耷拉了头，莫说是寻狗，就是狗屌也找不到一根，祖传的老汤锅也不知被扔到哪个犄角旮旯里去了。"吴老大说着说着就把自己逗乐了，阿宝也跟着笑。吴老大继续说："反正我祖上杀了几辈子的狗，加起来起码不下几十万只，当然，'骑驴'更多。狗命也是命啊，他们光顾着自己享口福了，却忘了积德。所以我爹出生时就瞎了一只眼，现在两只都瞎了。我娘早早死了，剩下我兄弟三个三条光棍，要再不积德，老吴家是注定是要断子绝孙的。当然了，这是我爹说的。如今又被逼上梁山做了土匪，你说，土匪都是杀人放火的主儿，能做什么积德事啊，这不是明摆着要让老吴家绝后嘛。"阿宝赶紧安慰他说："你这送了人家孩子回来，不就是在积德行善嘛。到时候老天保佑你哥仨都娶了媳妇，老吴家一定会子孙满堂，人丁兴旺的。”吴老大听了，心情大好，仿佛去往樟树村的小路瞬间变得宽阔明亮了，脚步也明显地轻松起来。

10

王老驹离开恒祥源商号，本想先去丈岭靠山屯听听李甲长与金老四斡旋的结果，但是天太黑，路边的水沟里还起了雾，看上去白蒙蒙一道，煞是吓人，去丈岭还要转很远的小路，骑上骡子就找不准方向了。他站在车站北边的太祖河畔犹豫了一会儿，心想还是先回家看看才出生的儿子再说，于是又转身牵着黑骡子往樟树村走去。他那千层底的布鞋在桥洞下蹚了两次水，每一落脚，都会发出呱的一声响。每一抬脚，仿佛是青蛙的肚皮漏了气，打一个趔趄。王老驹气得不行，脱了鞋子挂到马鞍上，赤着脚走路反而觉得更轻松一些。他陪赵家斋一伙人喝了许多酒，被酒精麻醉了部分神经的人，感受不到路上的石子硌了脚心的疼痛，而且胆气要比平常豪壮许多。就他喝到现在这个程度，不仅可以上九天揽月，还可以下五洋捉鳖，学钟馗捉鬼拿妖更是不在话下，你看他晃晃悠悠一边走着，嘴里还一边喊着：“来来来，我是钟馗，来来来，我是钟馗，这四边庄稼地里的小鬼给我听着，都给我老老实实待着不要出来，不然就让我吃了你，呀呀呸。”每年端午节，王老驹的母亲钱老太太总是把一幅钟馗的木版年画挂在正屋中堂上，驱鬼祛邪，王老驹从小就看，初时感到恐惧，后来倒觉得可亲起来。他外出做木炭生意这两年，经常走夜路回家，带了无形的钟馗当随身，自然是壮胆不少。饶是如此，他还是紧张得浑身汗流浃背。自从民国成立以后，中原各地土匪四起，饿急了眼的土匪比小鬼更厉害，吃鱼不吐骨头。土匪绑了小福林以后，他就知道这民风淳朴的潍河两岸也不太平了。早听说周围那些大户人家都自行买了洋枪，请了练家子做护院，他也忍不住心动。以他目前的财力，请保镖是花不起钱的，但是买几支洋枪土炮分给炭庄的伙计进行自卫还能承受得了。这事他跟表舅姥爷李甲长说过，李甲长总是打着哈哈敷衍他，说买枪要去县里警察所登记申请，一支土炮至少花五十块大洋，一支洋枪至少花二百大洋，姥姥的，分明就是讹人嘛，二百大洋能买一架铁瓦大轱辘车、一匹黑骡子，再娶个乡下婆姨了。说归说，道归道，那枪和大轱辘车、黑骡子、乡下女人根本就不是一回事儿，如果没有枪，那大轱辘车、黑骡子、乡下女人，弄不好哪天不小心就被土匪抢去了。王老驹还是想买枪，至少买一支德国撸子掖在腰里，那样腰杆子就硬气了，再加上钟馗随行，走夜路就既不怕鬼，也不怕土匪了。今晚在鸳鸯居，他一眼就看到黄大牙和赵家斋的腰里分别插着一把德国撸子，故意大幅度地撩起下衣摆，露着枪柄让人看，唉，那气势太牛气了，让他王老驹的腰杆子立即矮了三分。

他一路胡思乱想着，倒也没觉得有多长时间就到了樟树村村头。突然一道电光闪过，天空轰隆打了一个霹雳，吓得他一哆嗦。在电光的映照下，他看到一个小个子男人背着一个小孩，紧跟在一个大个子男人身后，急匆匆地经过老樟树进了村子，他心中一激灵："莫非村里又来了绑票的土匪?"急忙快步跟了上去。

吴老大和阿宝路过老樟树时，怎么就那么巧，突然打了一个霹雳，呼的一声，从南边刮来一阵妖风，把老樟树吹得摇晃起来，张牙舞爪，树枝碰撞着树枝，噼里啪啦地落下许多枯枝和嫩叶。吴老大双手捂了脑袋，说了一声快走，往前一路小跑，雨点脚跟脚地落下来，没到孙大舌头门口就被淋透了。他们气喘吁吁地跑到孙大舌头的门前，正在屋檐下商量放下小福林后去哪里躲雨呢，王老驹紧跟着就到了他们背后。王老驹早就从马鞍上抽出了大砍刀，此时正握在手里，对着他俩喊："什么人?"吴老大是个大嗓门，大嗓门的人不一定不怕鬼，在这漆黑的雨夜，方才打雷就吓了他一跳，至今心脏还怦怦地响着，现在猛然间背后来一声大喊，吴老大腿肚子一软，差一点坐到泥里去。阿宝说："同勋大哥，我是阿宝。在你家住过的阿宝，我在路上捡到了孙大哥家的小福林，这不，才送回来呢。"他拍了拍怀里的小福林，小福林已经醒了，嗷嗷地喊着娘。

此时孙大舌头两口子正蹲在王老驹家的灶前，一个唉声叹气，一个哭鼻子抹眼泪，他们现在把所有的希望都寄托在王元璋的承诺上。俞美云醒来后，钱大娘煎了两个荷包蛋端过去，俞美云说心里堵得慌，吃不下，钱大娘又端出来，秋儿看到了，抹了抹眼泪，咽了口唾沫说："自从福林被土匪从你家被抱走后，我这一天汤水没打牙，我这命苦啊，自从我嫁到他们孙家来，一年到头吃糠咽菜，到头来却连个孩子也保不住。哎呀，我这命苦啊。”孙大舌头伸出舌头来舔了舔鼻子，然后两手捂住前额，低下头一声不吭。王元璋冲钱大娘点了点头，钱大娘看到了，说：“这不是才半天嘛，咋就一整天了，你早晨和晌午两顿都没吃饭啊?”说着就把荷包蛋端到秋儿脸前。秋儿赶紧接过来，把脸埋在碗里，呼哧呼哧只两口，就把两个荷包蛋连汤带水吞到肚子里了，等钱大娘拿了筷子回来，碗底已经被舔得溜光。大门外的响动，是秋儿先听到的，她支愣起耳朵，一脸惊喜地说：“许是同勋兄弟用马车拉钱回来了吧，我们小福林有救了!”她头上顶着一片梧桐叶，赤着脚飞也似的往大门口跑去。当她第一眼看到小福林的时候，竟然呆了一会儿，然后就把小福林抢过来抱在怀里，然后用她半辈子都没有刷过牙的嘴，在小福林的腮上狠狠地亲了一串响，天上的雨水和脸上泪水都混合在一起吞到嘴里了。

王老驹最初对阿宝和吴老大的话是有过怀疑的，他不信世上还有那么巧的事：小福林被人贩子扔到安丘和昌南交界的官道上，正好被从东北淘金回来的吴老大和阿宝碰上。关键的关键是阿宝说去东北待了三年，怎么就没有学会一句东北话。那吴老大就更不用说了，粗喉咙大嗓门，眼神里藏着戾气，一看就是吃江湖饭的。但是阿宝曾经在他家里吃住过一段时间，受过他家的恩惠，看起来一脸的忠厚相，按说是不会忘恩负义来对付他家的。还有一点，如果他们是土匪，哪有到嘴的肥肉主动吐出来的，能从猴子嘴里倒出枣来，那就太不可思议了，除非还有更大的阴谋。当晚孙王两家欣喜若狂，哪里顾得上深究小福林是怎么回来的，只要他能回来就是天大的幸事，尤其是王元璋承诺的足以让王老驹倾家荡产的那句承诺，终于可以名正言顺地作废了。钱大娘喜上眉梢，看了一眼灶边的灶王爷画像说：“我孙子有福啊，一出生就能让俺家逢凶化吉呢。上天言好事，下界降吉祥，您老好好保佑他长命百岁吧!”她是个麻利的女人，一边说着话一边准备了两碗下酒菜，一大碗清炖鸡，一大碗酱爆鸡蛋，还把前几日准备庆贺孙子出生的一坛景芝烧酒搬了出来，请吴老大和阿宝喝杯喜酒。王元璋也松了一口气，从荷包里捏了一捏烟丝出来，牢牢地在铜烟袋锅里摁实了，点起来，吧嗒两口，吐出来一口，房间里顿时就有了生气。他乜了一眼钱大娘，又抬头扫了一眼吴老大和阿宝，意味深长地说："灶王爷是一家之主，在这家里，所有的事情都得靠他，可是这出了大门，天地广阔，大海行船，无论是谁也得靠五湖四海的朋友帮衬。阿宝这事做得好，也不枉小时候我教了你一回做人的道理。"阿宝听出了话里的味道，看了王元璋一眼，恭敬地说："先生今天的话我都记住了，以前教我的我也牢记在心里。老师对我恩情似海，至今无以为报，只能希望他日能有个机会，让我以报万一，也好心安。"吴老大看到了烧酒和鸡肉，早把他三弟忘得一干二净了，客套的话也全免了，左手端起酒杯滋溜喝了一口，右手把鸡头一把抓过来塞到嘴里，一边啃一边说："好吃！真香！我都三年没吃过这么好吃的鸡了。"他腮帮子乱抖，只听嘎巴嘎巴一阵脆响，他把鸡骨头嚼得稀碎，一股脑地咽下去了。王老驹看得呆了，脑海里蓦地联想到吃鱼不吐骨头的土匪来。吴老大一连干了六杯酒，吃掉了一个鸡头，两根鸡腿，两根鸡翅，四个鸡蛋之后，又捧起大碗，咕咚咕咚喝光了里面的鸡汤，这才喘了一口气，用手指抠着牙缝说："王老先生，我跟你说，我爷爷的爷爷在皇宫里也是做过官的，是专门杀杀杀狗的狗狗狗官……"王老驹一听他这四不着六的憨傻劲儿，反倒放下心来："这么傻乎乎的人也能当土匪？打死也没人相信。不过看他有一把子力气，倒是可以帮我做个押车的伙计"。

吴老大和阿宝编的瞎话，很快就给自己带来了麻烦，当他们吃饱喝足，提出要走的时候，王老驹问："你们不是从关外讨生活才回来吗？还有别的去处？"吴老大和阿宝面面相觑，立即傻了眼。吴老大面憨心不傻，吓得一时酒醒了大半，赶紧瞎编："我家在蛤蟆屯，家里还有三间破屋，阿宝还是一起回我家去住吧，你们家里也不宽敞，怎么能……"

"你都三年没回来了，房子还能住吗？"

"是，三年了，肯定是不能住了，修补一下就能住……"吴老大嗯嗯啊啊，脑子一时转不过弯来，嘴巴卡了壳，抓耳挠腮，瞪着眼珠子直瞅阿宝，阿宝也没有说辞，他家的三间破屋早塌了架。

"这雨一时半会停不了，先将就着住一晚再说吧，明天我有事和你俩商量。"王老驹不容置疑的口气彻底断了他俩离开的念头。钱老太太在东厢房为他俩铺好了炕，两个人也不敢大声说话，听着唰唰的雨声居然很快睡着了。

可怜那吴老三只身逃到约定的地点，在铺天盖地的大雨中无处躲藏，淋得跟龟孙子似的，浑身哆嗦，牙齿打战，等了半宿不见人来，只好在一片汪洋的沼泽地里趺趺撞撞，连滚带爬，在天亮之前好歹走回了快活林。吴老爹眼巴巴地等着他期待已久的烧酒和肥肉，还有两个馍馍，没想到等来的是一个孤魂野鬼一样的落汤鸡，气得他躺在湿漉漉的地窝子里骂道："我寻思着那一个大霹雷定然把你劈死了，居然没有，看来是你还有得救！我老吴家还有救！"

第四章

11

自从暗地里纳了杏花做侧室以后，黄大牙就开始走背字，先是被蒙面人人室捅瞎了左眼，抢走了家里的不少财物，接着他管辖的仁义乡民团的团副又在自己家墙外不明不白地死了，关键是那团副的舅舅是蛤蟆屯的魏甲长。魏甲长家族势大，他本人不仅担任县里的议员，在省政府里也有人撑腰，在昌南一带和诸多社会名流士绅的关系更是盘根错节，与丈岭乡靠山屯的大财主金老四旗鼓相当，称得上跺跺脚，四下里都能地动山摇的主。当初招死者到仁义乡民团做团副就是照顾魏甲长的面子。如今魏甲长外甥死了，他姐姐问他要儿子，他娘问他要外孙子，偏偏魏甲长又是个明事理的人，说："谁知道这娃捣鼓啥伤天害理的事了，惹得雷公爷爷动了怒，死了也怨不得旁人。"他姐姐呸地把一口唾沫吐到他脸上，骂道："我把娃交到你手上，莫说他做事一向中规中矩，童叟无欺，就是干了啥伤天害理的事，也是跟你这做舅舅的学坏了，如今把孩子弄没了，你还像没事人一样，想一甩了之，没门，你还我娃来！"他娘也跟着一起骂。魏甲长被逼得没办法，直接搬到乡公所里跟黄大牙一起住去了。没想到他姐姐带着他娘和一群家人又追到了乡公所，堵在院子里大哭大闹，要黄大牙赔人，因为他们家不缺钱，所以只要原装的人，另外还要追问那娃到底死在谁家的墙外了。这一追问把黄大牙吓得够呛，丧葬费和赔偿金就升到了天文数字。团副死的第二天一早，黄大牙获得消息后，立即派人把杏花送回了跛脚李家，并撤了门前的岗哨。乡公所长的女人又成了猪食妞，与以往不同的是，现在她随身带回了几件名贵家具，还有铜盆和梳妆台，单独找了一间结实的房屋安置下，平日里锁了门，任谁也不许进去。黄大牙差人送来了足够的柴米油盐，说过一阵子，再搬到一处更好的房子住。当初黄大牙买的那三间小四合院，就是魏甲长做的保人，魏甲长怕事情弄大，撕破了脸面，都不好收场，所以也不敢说破。黄大牙心中有数，暗暗感激魏甲长。但是天文数字的赔偿金是一刻也耽误不得的。黄大牙卖掉了那三间小四合院，再加上乡公所给予的优抚金，还不够魏甲长姐姐所提的赔偿金额的一半。于是他向赵家斋等一群狐朋狗友提出了借钱。就在这当口，王老驹又来了。王老驹在送吴老大和阿宝去蛤蟆屯的途中，顺道去见赵家斋，第一是告诉他困难解决了，不用借钱了，第二是打听一下在哪里能买到一支德国撸子。

黄大牙的乡公所管辖的是一个乡的人丁赋税，虽然赵家斋的商会也在黄大牙管辖的地盘上，但是商会管理的是依赖峰山火车站新成立的商铺，所以赵家斋的商会是独立的政商合署机构，由县知事衙门直接管理，商会收缴的赋税直接上缴昌南县知事衙门。按说赵家斋是不用惧怕黄大牙的，但是你听说过现在的交通局长和交警队长打过架吗？国税局长和地税局长打过架吗？公安局长和法院院长打过架吗？为什么要打架，大家在一起玩多好啊！团结合作多重要啊，反正都是替国家出力，为人民服务。黄大牙和赵家斋不仅不打架，他们还是铁哥们，不光是因为他们有瓜蔓子亲戚关系，更重要的是他们有共同的嗜好和利益，需要互相支持。“一支竹篙吆，难度汪洋海，众人划桨吆，开动大帆船”就是这么个意思。黄大牙和赵家斋都不是糊涂人，深知人多力量大的道理。第一次在鸳鸯居交换着睡女人后，他们就是铁哥们了，按赵家斋的话说：“比兄弟还亲的兄弟。”如今他这一起嫖过娼的铁哥们遇到难处了，赵家斋并没有像亲兄弟那样两肋插刀。他虽然没有像对王老驹那样说“他的生意摊子铺到全世界了，希望一起投资发大财”，但是也没有一口应允，他说：“这些开商铺的刁民越来越刁了，我的商会和商号都拉不开枪栓了，需要向朋友借借，借到了马上送去。”黄大牙醉醺醺地出来，往恒祥源商号门前的大榆树上撒了一泡尿，回头就骂：“借你姥姥，哄孙子呢，留着你打棺材吧。赵家斋，赵坑人，咱们骑驴看唱本，走着瞧！”

赵家斋还是在想办法的。王老驹提出买一把德国撸子，赵家斋立即就想到了黄大牙。赵家斋说："我现在有一桩大生意，不知道你能不能接下来，就是你说的枪，有人一次性出售十支毛瑟枪，每支枪附加三百发子弹，只需要一千个大洋。"王老驹红了脸："我只想买一支撸子，防身用就行，买这么多枪没用啊。"

赵家斋说："这可是打着灯笼也难找的大便宜，过了这个村，就没那个店了。如果不是看在令尊是我恩师的份上，这天上掉下来的大馅饼怎么着也轮不到你。"

王老驹的脸红得有些发紫了："主要是一时筹措不到这些钱啊，我的钱也铺在生意上呢。"他心里这个气啊，自言自语地说："我的生意虽然没有铺到二十三省，但是我要那么多枪干嘛，又不能当饭吃！"赵家斋仿佛听到了什么，脸欻地沉下来："你，你说什么？"王老驹分辨说："我没说什么啊，什么也没说，就是没有那么多现钱。"吴老大在门外听到了他们的谈话，一个跨步冲进来，高喊："同勋哥，我有钱，我借给你，不用一个铜子的利息。"王老驹和赵家斋都吃了一惊。王老驹狐疑地问："你有钱？有一千块大洋？"吴老大说："我虽然没有这么多，但是加上你的就有了。你可以先盘下这十支枪来，不够的钱我补上如何？"赵家斋上下打量着土里土气的吴老大，问王老驹："这是谁啊？咋从没见过？"王老驹支支吾吾地说："我表表弟呢，才才从关外淘金回来，也许是发了大财了。"赵家斋问："在漠河一带吗？我听说关内不少人都去那里淘金发了大财！我的粮油生意也到漠河了。"

吴老大只管嗯嗯地点头答应着。

赵家斋跟王老驹说："既然你表弟答应替你补上，那一准是发了财的，你还犹豫什么？再犹豫我就给别人了。"

王老驹咬了咬牙："好，我要两支撸子，八支毛瑟枪，你备好了货，我下午带钱来取。"

一言既出驷马难追，临走时赵家斋握了握吴老大的手说："你既然发了财，就该回报乡里，投资实业，参加我们的商会，到时候我会照顾你的。你可能不清楚，我的恒祥源生意已经遍布全国九区二十三省了，到时候跟着我，咱们一起吃肉喝酒睡女人噢！"吴老大连连点头，激动得额头冒出了汗："听说过了，听说过了。一定会的，一定会的。"在赵家斋热情洋溢的眼神中，他们走出了恒祥源的大门。

刚出了大门，王老驹就紧张地问阿宝：“你们真的去漠河淘金了，真的发了财了？”阿宝脸上有些发烧，但他看到吴老大冲他点了点头，挤了一下眼，于是非常坚决地说：“是，我们去淘金了，也没发多大财，几百块大洋还是有的。”吴老大接过话头：“同勋哥，现在就看你手里能拿出多少钱来，不够的由我来出，不过咱们是抽大烟拔豆楂——一码归一码，兄弟归兄弟，账归账，这十支枪，你能买几支算几支，剩下的都归我就是了。其他的你不用管，反正我有办法处理。”王老驹也听出了些门道，心里反而有了底，于是不再多说。他把吴老大和阿宝送到了蛤蟆屯村头，便急忙骑上骡子去丈岭的炭庄筹钱。吴老大和阿宝看到王老驹走远，两个人激动地对击了一下掌，抄小路往潍河边的快活林狂奔而去。

赵家斋送走了王老驹等人，立即去乡公所见了黄大牙，说了用枪换大洋的法子，黄大牙自然欣喜万分。早前黄大牙曾偷偷跟赵家斋说过，要把一批淘汰的毛瑟枪和子弹存到商会的房库里，让赵家斋找机会以每支七十块大洋的价值出手，如今正是大好的机会。赵家斋一倒手，每支枪就赚了三十块大洋，只是王老驹要的两支德国撸子却一时没处筹办。赵家斋说：“要不先把咱俩的撸子卖给他吧，反正咱们出门都带着保镖，掖在腰里也只是为了摆摆威风，没大作用，先赔偿了魏甲长的姐姐再弄一把好的就是了。”黄大牙看了看乡公所院子里正闹腾得鸡飞狗跳的魏甲长的亲戚们，苦笑着一呲大牙答应了。黄大牙从腰里摸出那支撸子连枪套一并交给了赵家斋，又安排心腹去一偏僻院落取了八支毛瑟枪和三千发子弹，直接送到了恒祥源。

吴老大和阿宝连蹦带跳蹿回了快活林，顾不得喝一口水，立即向吴老二汇报了去岞山站发现的惊人机遇。吴老二听了喜形于色，兴奋地拍了一下大腿：“天助我也啊！”随即让吴老大和阿宝清点了埋在地里的所有大洋，竟然有五百多块，外加翡翠玛瑙，金银首饰若干，价值应该不止八百大洋。吴老二让他们把这些统统装在一个柳木箱里，亲往岞山站与王老驹汇合，一起去恒祥源见赵家斋，把枪弹买了回来。王老驹去丈岭只凑齐了二百五十块大洋，按说也只能买到两支枪，吴老二感谢他牵线搭桥，给了他赵家斋的那支撸子和两支毛瑟枪，吴老二自己则要了黄大牙的那支撸子和另外六支毛瑟枪，另外多分了一些子弹。吴老二央求王老驹用铁瓦大轱辘车运到岞山村后的小道上卸下来，他把王老驹送走后招了一下手，早在树林里等着的四个土匪，此时一齐钻出来，把枪支弹药运回了快活林。吴老三昨夜在大雨中淋了半夜，又惊又怕，仿佛吓掉了魂，一直昏昏沉沉，发高烧说胡话，直到日落西山才爬起来。他听说吴老二把抢来的钱都买了枪和子弹，气得瞪大了眼，说："都买了枪，一点没留下？那我们以后都跟着你喝风咽沫了？"吴老二把德国撸子在他眼前一晃，说："有了这玩意，你们以后都要跟我吃香的喝辣的，抽大烟逛窑子，再也不愁没有伺候爷的了。"他哈哈哈一阵狂笑，吓得吴老三心里一哆嗦，又赶紧躺到地窝子里去了。

12

年轻人谁不爱烧包谁不爱得瑟，不光是吴老大买了德国撸子后斜背在屁股后面，叉到腰间在沼泽地里威风凛凛地转了一圈，对着潍河上空的太阳、河边的树瞄了无数次，仿佛他是统治潍河流域的主人；就是那平日里稳重有余的王老驹也一样。他回到樟树村，在俞美云面前拿着枪摆了一个造型，把俞美云逗乐了。俞美云担忧地道："你要小心点，这个铁疙瘩听说很吓人的，离我们娘俩远一点！我在生宝宝前一天夜里，梦见从天上飞来了一只很大很大的铁雀，银光闪闪，落到咱们家的屋顶上，接着起了大火，把我吓醒了。""还有这蹊跷事？能是什么好兆头呢？"王老驹不会周公解梦，猜不透是什么预兆。"梦见起火是好事，预兆家里的日子要红火。"钱老太太凑近了来，用手指戳了一下，嘴里念叨着："我从没见过这个铁疙瘩，这是烧炭窑用的吗？看起来不像烙铁，也不像剪刀。"王老驹把撸子插到腰上，说："钟馗变的，晚上辟邪的。"钱老太太嗔怪道："净胡说，不可亵渎了神明。"有了德国撸子，再就是配套的服装了，王老驹翻出结婚时的黑色长袍马褂和黑色礼帽穿戴整齐了，抬起右腿来搭在炕沿上，拍一下腰里的撸子，自己感觉特别威武。王元璋从院子里进来，站在堂屋里看到他儿子怪怪的样子，诧异地说："咦，你这是要干嘛，眼看就要立夏了，你穿这么多衣服，要去东北送木炭吗？"俞美云捂着嘴笑，王老驹羞红了脸，赶紧脱了长袍马褂，摘下礼帽，揉成一团扔到衣柜里，然后一溜烟走了。俞老太太还想喊他带上烙饼和鸡蛋呢，转身已经听到了大门外黑骡子嗒嗒远去的蹄声了。

王老驹快马加鞭赶到昌盛炭庄的第一件事，就是把两支毛瑟枪分给了黄崽儿和牛犊儿，让他俩分别看守炭窑和炭庄。孙狗儿负责管理账目和生产，不愿意碰这邪气玩意。王老驹美美地睡了一夜，第二天一大早，他去找顺意马车店大门口的剃头匠张二聋子，把头发剪短了，又刮了脸，整个人立马精神抖擞起来，接着他要去拜访他的表舅姥爷李甲长。李甲长看到了王老驹插在腰里的德国撸子，惊讶地说："表外甥你还真有门路，上哪讨蹬的这玩意？"王老驹小心翼翼地摸了一下枪，得意洋洋地说："一个大人物送的！"李甲长更诧异了："没花钱？人家白送你的？你跟我说说是哪个大人物，跟你这么有交情。"王老驹沉吟了一下："岞山车站商会会长赵家斋你认识吗？开一家恒祥源的商号，生意顺着火车道走，都做到九区二十三个省了，每天进账的大洋能装三牛筐。"李甲长半信半疑："姑妄听之，姑妄信之，赵家斋这个名字倒是有所耳闻，不过我听说的可能和你听说的不太一样。据说光绪三十年，也就是胶济铁路全线通车那一年，他伪造了一份假圣旨，装作朝廷内务府的买办，从江浙一带骗来了两个商人四车皮高档的绫罗绸缎，在本地以五折的价钱处理掉了，得了这一大笔银子，从此就发了家。不过那两个被骗的南方商人就倒霉了，一个上吊自杀了，一个投河自杀了。"王老驹惊讶地瞪大了眼睛："还有这等浑事？"李甲长眯着眼睛说："你还年轻，经历的事还少，千万别不服，你走的路还没有我过的桥多，以后就知道了。我就是不明白，他凭啥无缘无故送你这么一个宝贝疙瘩，难道是让你把炭窑转让给他？"王老驹脸上有点发烧，吞吞吐吐地说："他，他，他是我爹的学生，跟我爹上过几个月的私塾，说是为了感谢我爹的培养。"李甲长不再追问了，鼻子里哼了一声，不自觉地在房间里转起圈来，自言自语地说："只怕未必吧，上两个月的私塾就送这么金贵的大礼，如果上两年，还不得送个金山给他？我猜这里面肯定有问题，必定是动你炭窑和炭庄的心思。倘若那样的话，你还不如把炭窑转让给我。"李甲长最后的一句话说得很轻，但正是这句话让王老驹心里一怔。李甲长也很快发现自己说漏了嘴，赶忙补救："表外甥我跟你说句实话，目前你在山上的炭窑和山下的炭庄已经引起了很多人眼红，往近了说，比如这靠山屯的大财主金老四，丈岭乡公所的沈乡长；往远了说，有昌南县署的知事老爷，昌南县警察所的所长等等。常言说强龙难压地头蛇，虽然你也是昌南人，但毕竟不是丈岭这一亩三分地的人，我觉得你还是把炭窑和炭庄的股份分给大家一点，也好找个靠山，安安稳稳地做生意、讨生活，你觉得怎样?”王老驹已经很明白了，不仅仅是金老四眼红，他的表舅姥爷李甲长也眼红得很啊，大家都想过来分一杯羹。他吃了千般万般的苦，费了九牛二虎之力，才把生意做到这个份上，把这棵树培育得才结果，现在就有人急不可耐地想来摘果子了。他的脸色越来越难看，手不由自主地紧紧按住了德国撸子的枪柄。李甲长看到了他神情的变化，急忙安慰：“这话我就是随便说说，提个建议，至于行不行，通不通，还得看你的想法。不过据我估计，不给他股份，那金老四这关是很难过的。你不要觉得你有了一把撸子就想跟他动武，我这村里的民团用的十支枪都是跟他借的，民团都得听他的号令。他自家的护院也是请的飞檐走壁的练家子，配了不下二十条枪，跟他硬抗，只能是自讨苦吃。”李甲长最后这句话显然就是警告和最后通牒了，王老驹渐渐地松开了捂住枪柄的手，他又不是傻子，从小就知道“光棍不吃眼前亏”的道理。“就按你说的办吧，至于怎么个分法，你先列个大概的条目，我回去再跟我的三个伙计商量，毕竟大家开始就入了份子。”王老驹心里隐隐作痛，嗓音低得似乎连自己也听不清。李甲长拍了拍他的肩膀，用爱惜和嘉许的口吻说：“你是个懂事的孩子，钱这东西吧，没有真不行，多了吧也不见得就是好事，有句老话说得好，人为财死，鸟为食亡，就是因为钱多了把人累死了，饭吃多了就把鸟撑死了。有饭大家吃，有钱大家赚，才能把生意做得长久嘛!”王老驹脸色阴沉不定，两只手抱着膀子，也不去看李甲长的脸，往桌子上点了点头：“行吧，你就跟金老四商量一下，直接划个明道，看看怎么着才能让大家伙都满意，怎么着才能让我这炭窑继续做下去。我就是看不上他那张死人脸。我先回炭庄看看，回头再来听你的信。”他拱拱手，也不喊表舅姥爷，出门骑上黑骡子头也不回地走了。

昌盛炭庄开业以后，生意特别好，三辆铁瓦大轱辘马车只对方圆五十里的客户送货，超过五十里的平度、高密、昌南、莱州的客户只能自己上门来取货。平度的苗三在平度州以西的大片区域跟他合作开了五个木炭分销点，按照木炭行里的规矩，总是在每年正月把第一二车木炭当做王老驹投资的股本，五个木炭分销点就压了十车，只等年底收完账后，苗三陪着王老驹上门一齐结清。如此周而复始，他们愉快地合作了三年，王老驹对苗三十分信任，在农历三月到八月之间这样的淡季，甚至将五个分销点的赊账分别增加到四车，反正那五个分销商他都仔细甄别过，每年都要去他们家里住上一夜，看看销售情况，联络一下感情。这样算起来，苗三管理的五个分销商，加上他自己的炭庄，已经欠下五十车木炭款了，累计二百多块大洋。孙狗儿和牛犊儿曾经劝他：本地的客户越来越多，自己上门取货都愿意，犯不着再把生意放得那么远，年底还得搭上两天工夫跑二百里路催账。王老驹说："人家苗三在开窑之初帮咱们开发了平度市场，算是帮咱们渡过了难关，这个恩情咱们不能忘了。再说自从胶济铁路通行以后，听说山西和淄博的地下煤炭就要顺着铁路运过来了，铁路沿线尤其是岞山火车站的炭庄越来越多，本地市场的竞争将会越来越激烈，平度市场万万不能丢掉。"王老驹是大掌柜，占着百分之五十的股份，孙狗儿、牛犊儿、黄崽儿三人才占着百分之五十的股份，他说啥就是啥，所以大家也不好再说什么，由着他继续给平度的苗三压货。王老驹不怕苗三欠钱，因为他相信苗三的老婆青莲有钱。青莲那黑牡丹样的发髻上插着金簪子，葱白样的手指上戴着金镏子，茭白样的手腕上戴着玉镯子，尤其是青莲那黑宝石样的眼珠背后，有一种说不清道不明的暗流，打着漩儿将男人的魂儿从远处缓缓地牵过来，然后再一点点的吞没。拿她和俞美云对比，前者虽然年长，但风情万种；后者虽然年青，但过于内敛，这就是京城女人和乡下女人之间明显的差别啊。王老驹不止一次地想，苗三的模样和青莲实在是不太般配，两个人坐在一起就像一棵刺槐树上开了一朵芍药花。但王老驹也只是想想而已，他不会说破，更不会有非分之想。王老驹认为，苗三是优秀的骑手，驾驭女人的能力非同寻常。在五个分销商中，其中一家在新河乡，名唤邱奎，外号三根腿，据说是因为他走路快，仿佛比别人多了一根腿。邱奎身材矮小，面目可憎，他娶的漂亮老婆桂花是用胞妹换的，他男人的面子受到了极大损伤，在老婆面前腰杆子矮了一截，家里的话语权基本被剥夺得一干二净，桂花在家里大小事情说一不二。桂花心情好的时候，会恩赐邱奎越过炕上的三八线，在黑夜里逍遥一回，但每回都是草草结束。苗三去新河物色木炭分销点，路过邱奎家门口时进去讨水喝，巧遇桂花，惊为天人，没想到那桂花不仅留他吃饭，还当场拍板决定做苗三的木炭分销点。从那以后，每去新河苗三就住在邱奎的家里。一次逢邱奎出门，苗三和桂花半推半就生米做成了熟饭。苗三跟桂花说："昌盛炭庄的大掌柜王老驹每个月都要来平度一趟，查账目，看行情，来你这里住着，你一定要把他往好了伺候。"桂花心领神会，等到王老驹来新河时，几次想着法子要把他引到炕上去，都没有成功。只有一次，桂花和苗三两人把王老驹灌醉了抬到炕上，没想到那日王老驹喝得酩酊大醉，吐得一塌糊涂，不仅吐了满炕，还吐了桂花一身。王老驹第二天醒来竟浑然不知一夜风流，只是一个劲赞叹桂花擀的饺子皮薄，调的鸡蛋韭菜馅也好。苗三偷偷地跟王老驹说："兄弟你喝醉了酒，把人家桂花睡了，在生意上不能亏待了人家啊！"王老驹闻言大惊，恍惚记得夜里果然做了错事，再看桂花脸上飞红，就有些不好意思起来。王老驹虽然心中疑惑，但从此对新河的分销点格外照顾，一连赊了六车木炭给她做本钱。

13

跛脚李一家因为杏花沾了黄大牙的光，不仅渡过了家庭生存危机，而且前途命运也发生了转机。跛脚李的儿子叫李连升，今年已经十六岁，被黄大牙保送到昌南新成立的公立学校岞阳书院读书去了。他的二女儿叫李连美，今年十八岁，在黄大牙的撮合下，竟与岞山商会麾下的仁和商号宋老板的儿子定了亲事，仅定亲彩礼一项就值五百大洋，还不包括帮助跛脚李翻新旧居的所有花销。定亲不足百日，一座青砖白墙的四合院在原址上拔地而起，破屋换新貌，跛脚李的黑脸笑成了鸡冠子花，老鼠眼睛瞭到了天上去，蛤蟆屯眼看着要装不下他的跛脚了，甚至有人商量着给他改名叫铁拐李。

"这都是托了猪食嫚的福啊。"在无数个不眠之夜里，跛脚李两口子捂着心口说了一千箩筐真心感激的话，流了一缸的鼻涕两瓮的泪，想起当初对杏花的苛刻，如今两个人都后悔不及。猪食嫚带着箱笼被褥等大件行李突然回家暂居，这大大出乎了跛脚李的预料。

"这难道是杏花被黄老爷休了不成?"跛脚李心慌得厉害，跛脚一阵阵发软，像在水里踩着棉花。他现在最怕的是二闺女李连美的亲事黄了，儿子李连升的前途毁了。

“他们本来就没有举行婚礼，既没有父母之命也没有媒妁之言，更没有官家的文书为证，要说休也算不上，顶多叫踹，莫非是黄老爷踹了杏花?”跛脚李的老婆满眼凄惶地瞥了一眼杏花的房门小声说。

杏花听到了他们的嘀咕，呼啦一声敞开房门，脸涨得通红，厉声喊：“你俩少给我闲的没事瞎唧唧，什么休了踹了的，就他那只独眼猴子，要踹也是我踹他，还轮不着他踹我。你俩再多嘴饶舌，我让独眼猴把你俩扔到麻风院去，这辈子也不让回来。”仁义乡东北角有个麻风病人院，里面时常关着十几个重度麻风病人，老远就能听到凄惨的哭声传出，隔不多日就抬出一具全身溃烂死去的尸身，用破席子包了，扔到东南角惺惺山崖下一处石坑内焚烧。跛脚李两口子噤若寒蝉，再不敢吭声了，暗地里两个人称杏花为“慈禧太后”。“可不是慈禧太后咋的，有几个人能下得了杀儿子的决心？心狠着咪!”杏花的房间成了禁地，除了在饭时送饭过来，别的时间则像见了瘟神，躲得远远的。

黄大牙因为民团团副意外死亡，被魏甲长的姐姐讹去了不少钱财，自认倒霉，加上先前被土匪入户捅瞎了左眼，被胡屠户父子着实恐吓了一次，几番遭遇下来，败了大火，身体大不如从前，对女人也就少了兴趣。他的原配夫人近来不知从哪里听到风声，竟隔三差五来仁义乡探视，黄大牙一时间也顾不得杏花了，在财物供给上也大不如从前殷勤。时间隔得久了，跛脚李家的日子渐渐出现了粮荒，遂对杏花的态度由畏惧变成了冷言冷语。一天早上，跛脚李踮着脚在院子里追着一只母鸡指桑骂槐：“你就是一只草鸡，又不下蛋，又不下奶，还占着一间大屋子，板着太后的脸，装什么金凤凰?”林氏在后面拽他的衣服，反被他推了一个趔趄。跛脚李越发地义愤填膺，指着林氏骂道：“你少管，我忍你很久了，一进李家门就给我带个野种回来，白白养了二十年，浪费了我多少瓮粮食不说，如今你说这泼出去的水哪有收回来的理，这占着屋子的草鸡不打鸣，让我的老脸往哪里搁？往哪里搁?”杏花在屋里气得咬牙切齿，也无可奈何，只能打碎了牙齿往肚里咽。谁让黄大牙这丧良心的把她忘了，好几次她想去乡公所找黄大牙，就怕撞上他那原配夫人。黄大牙说过，他那黄脸婆的哥哥是县里的县佐，弄不好会摘了他的乌纱帽，一把火烧了跛脚李新盖的房子。

林氏火了：“你本来就没有什么脸，你那破脸搁到粪坑里也沤不出二钱大粪来，我爹瞎了眼，收了你家一袋子糙米就把我逼到这火坑里来，嫁给你这个玩意，一年到头锔盆子锔锅，挣仨瓜俩枣，还填不饱全家人的肚子。如果不是我的杏花奋不顾身，舍己为人，哪有你的今天，只怕是到现在还住着四下里透风的三间破草房，寒冬腊月还穿着露腚眼的破棉裤逛大街呢。”

跛脚李扬起巴掌来，恶狠狠地说：“这房子是我二妮亲家资助盖的，跟她有什么关系。你少拿金粉往她脸上抹，好像她是观世音下凡似的。”

李连美和李连升听到爹妈吵闹，从屋里跑出来，分别站到林氏两边，娘仨就像三只大鹅，瞪着一只狗。李连美说：“我娘说的在理，分明就是我姐忍辱负重，舍了自己顾全了咱家，你还不知足，宋家也是看在姐姐的面子上才和我定的亲，你再大声嚷嚷，如果让宋家知道了内情，只怕这亲事立马就黄了。”跛脚李才扬起的巴掌又轻轻落了下来，怒气冲冲地说：“我看你们这俩娘们都要上天了，难道还敢造老子的反不成?”李连升才从学堂里回来，穿着一身时下最流行的蓝色学生装，他的唇上还有鼻涕长期浸泡的痕迹，但是纤细的胡须已经在渐渐变黑变粗，这是证明他即将从少年迈向青年的特征。他举起拳头向跛脚李喊：“我们老师说了，人皆生而平等，男女要平等，婚姻要自由，首先要砸破封建主义的旧牢笼，不仅要造皇帝的反，更要革封建主义的命，归根结底就是砸烂一个旧世界，建造一个新世界。”跛脚李惊讶得嘴巴快咧到腮帮子上去了，嘴里嘶嘶的：“哎呀嗨，你这是跟哪家先生学的？莫非你也是革命党的人了？还跟我说什么新世界旧世界，男女平等之类的屁话。有本事你让小脚的女人下地干活，让大脚的男人在家生孩子，那我就信你的男女平等了。女人天生就是男人的家产，是可以买卖的，你娘就是我用一袋糙米换来的，不信你问问她。”林氏气得脸色铁青，恶狠狠地骂道：“这玩意儿不说人话，得个机会我给他饭里拌上老鼠药，药死他这个没人味的，也不知道他娘当初是怎么憋出他来的。”跛脚李歪歪斜斜地跑到猪圈门口抓起一把铁锨，说：“你这个老不正经的女人，养到现在还想着谋杀亲夫，看我不先一锨拍死你，省得你给我整戴不完的绿帽子。”跛脚李还没直起腰来，只见李连升飞起一脚，踹到他爹的屁股上，跛脚李颓然倒下，嘴巴啃到地上，待爬起来时嘴唇已然肿了。李连升用才去了童音的嗓子喊：“我也忍你很久了，李老栓，你只会欺负我娘，欺负女人算什么好汉，有本事你跟我打一仗试试?”跛脚李骂不绝口：“反了你个小瘪犊子，敢打你爹了，不懂三纲五常，也不讲王法了，看来我若不把你抓到乡公所去打一顿板子，你就不知道我是你爹?”李连美拍手笑道：“好啊，我陪你去，正好跟黄老爷说说，你是怎么对待杏花姐的，到时候咱们看看他打谁的板子!”跛脚李气得昏头昏脑，发现说漏了嘴时，杏花从屋里出来，一身水绿色的旗袍上镶了三两朵盛开的白色荷花，真如花枝儿一般。杏花把手绢往天上一抖，对李连美和李连升说：“今天是父子团圆庙前的山会，你俩陪我去山会看看，看中啥就买啥，我兜里有的是大洋，就是不给那个嘴欠的老瘪犊子花。”姐弟仨头也不回地走了，扔下跛脚李和林氏目瞪口呆。而接下来，令跛脚李目瞪口呆的事情就不是一件半件的了，而是一串一串的了。

在峠山站南，惺惺山西麓，有一座父子团圆庙，庙虽不大，但香火鼎盛。有关庙的来历，潍水两岸的百姓一直代代相传，大都熟谙于心。王老老驹王元璋先生讲得最是精彩——

“明代隆庆年间，有陈姓人家，遇到了荒年，家无隔宿之粮，地无成垄之禾，到夏秋之际，潍水涨涌，暴雨连连，田舍冲毁，衣食无着，一家人命悬一线。为谋生计，丈夫出走辽东。

“待儿渐大，家贫而未读书，但其长子生有至性，童子群戏至晚，见诸多小儿皆父呼回家，唯他不知父为何物，归家问母：‘人家稚儿皆有父，我父在何方?’母含泪摇头，不肯诉说。子见母悲状即不再问。及长，娶妻生子，百日庆宴，子于众亲朋面前，跪母曰：‘儿已知父赴辽东谋生，今儿已成人，且有继嗣，决意寻父，以求阖家团圆。’母双手抱儿头，大嚎不已。

“子身扛锄镰，一边给人当短工，一边寻父，虽历尽千辛万苦，寻父之心终未悔改。历时三年，未见父耗，复归省母。数年后，母逝，众弟亦已成家，便又返辽东，遍觅山山水水，备尝艰辛，再寻其父踪迹。

“一日，子在山中巧遇一挖参老人，子问及乡里，知为东莱掖县，以礼待之，老人知其远方寻父苦历十载，倍受感动，即招之为徒，教授探参、挖参、护参之法决。子聪悟好学，两年后就成了挖参高手。

“一日，子独去桓仁县黑瞎子沟寻父，见山深林密，地势险恶，人烟稀少，兽在林中窥人，鸮在高树栖鸣，阴气逼人。为壮胆，杨子仰天长啸三声。不料惊动一卧虎，直扑而来。子倒地装死，虎舌舔其脸，爪压其胸，见其不动，即走之。子见虎走，惊汗湿身，欲出沟逃命，蓦然见卧虎处有人参枝叶摇晃，顿时惊气全消，喜上心头。子小心翼翼将参挖出，疾回窝棚见师傅。

“师傅见参后惊说：‘我挖参四十年，从没见过这么大的宝物，这也是上天被你的孝心感动，赐你这般奇宝，以完成你的寻父心愿，待你寻到父后，去京城将这宝物卖出，保你三世衣食无忧。’

“子便对天盟誓：‘若上天神灵护佑我寻得父归，愿将卖参所得银两，修庙宇，塑神像，敬三教度人。’

“一日，子在辽河边见一老人，顿时心动不已，向前询问姓氏里居，竟与父相符，便跪地认父，父子抱头大哭。原来其父在东北数十年，拼命苦干，以求攒下银两回家度日。不料命运多舛，先是回家路上遇匪，将所积银两悉数掠去，而后又惊吓得病，勉强以佣工为生，无钱返乡。子便携父归里，路经京城，将参卖于同仁堂乐家老铺，得银千两。

“父子分离三十六载终得团圆，惜其母因念夫挂子，早已过世。

“村人见子二次寻父十余载，终得团聚的大结局，无不感叹称奇，皆说：‘此事若无天助，而人又怎能为之?’于是子便将卖参纹银全部奉出，在惺惺山西坡盖起了这座父子团圆庙。”

父子团圆庙正殿五间，东两间为二层阁楼式建筑，上层供老子坐像，下层供的是四大天王（商朝佳梦关总兵魔家四兄弟——魔礼海、魔礼青、魔礼寿、魔礼红的化身。这四个神通广大的魔头助纣为虐，率兵阻挡周武王的正义之师，结果全部被歼。周武王奉道教至尊王尊之命封他们为四大天王，守卫佛地），西三间的庙内供的就是寻子故事中的父亲陈光磊一家九口的木雕像，中间主像是陈光磊，东山是四个儿子，西山是四个儿媳。所有造像是用一棵树的木料雕刻而成，高于真人。西头两间矮小的房屋是住道士的起居室。庙有廊房、钟楼、山门，院内有两棵古松，挺拔茂盛，生机盎然，显得极为庄重，更有古碑数幢，中有清康熙进士曾任万全县五品知县的王训的题名碑。

世间人多如蝼蚁，命也如蝼蚁一般轻贱，只有神能左右无常。试问这世间有谁不喜欢阖家团圆？有谁不喜欢附庸风雅？这庙借助了故事传说的神气和地方名流的人气，吸引了安丘、凤城、昌南、密州等周边各县的信众前来许愿烧香，顶礼膜拜。庙盖成不久，随着香火日盛，庙前的空地就成了小商小贩的聚集地。在地方名流士绅的组织下，大家把每年元宵节这一天定为祈福的父子团圆庙的庙会，近年来赵家斋的商会与乡公所联合起来，把三月三、五月五、九月九这三天都统统定为父子团圆庙前的山会，通过撬动本地民间经济杠杆，为官家谋取重大利益。这一日是端午节，这一日各地商贾云集，这一日祥云从天而降，这一日盗贼不请自来。

第五章

14

常言说兔子不吃窝边草，可这吴老二穷急了眼，搞到枪弹以后的当天夜里就带人过了潍河上的功德桥，去潍河西边的安丘县安泰村干了一票。他们砸了一个刘姓财主的家，不费吹灰之力，得千块大洋。安泰村是安丘阁老刘正宗的老家，刘姓在当地是世家大族，村里也捐钱组建了一个有二十多条枪的民团。谁也没想到那晚吴老二趁着刘姓财主的儿子办结婚喜宴，伪称是安丘第一乡公所的差人上门贺喜，遂混入财主家中。待到半夜三更，趁众人酒意阑珊，人声嗓杂之际，吴老二用枪抵住刘财主后腰，逼他开了仓库门，将当日所收礼金悉数劫去。吴老二在刘财主耳边说："留钱还是留命？留命就不要声张，乖乖拿出些钱来，破财免灾。如果留钱，你们全家都看不到明天的太阳。"刘财主说："家中所有值钱的东西，任凭拿取，只要全家老少平安就好！"刘财主是个要脸面的人，担心在村里人面前失了脸面，只是觉得窝囊，自认倒霉，却秘不声张，只是差人暗地里查访劫匪的来路，发誓待打探实了，必定密报于安丘县知事衙门，敦促派兵去剿，一雪前耻。

有了钱就好办事，置办了大鱼大肉，饱餐一顿之后，吴老二说："聪明的兔子都有三个窝，以备不时之需，我们总不能把自己牢牢拴在这兔子不拉屎的地方，得有个长久之计。既然商会的赵家斋把大哥当成淘金发财的人，那咱们发了财后，就去火车站附近开家商铺，明面上也做正当的生意，结交乡里的名流士绅，将来世道好了，总有改头换面的那一天。"他嘱咐吴老大和阿宝多找机会与王老驹、赵家斋之流交往，最好找官府做靠山，看准时机办个商号，做大生意。又安排吴老三负责快活林的后勤采购，尤其是要满足吴老爹每日二两酒一刀猪肉两个馍馍的神仙生活。这正合吴老三心意，口袋里不缺钱，每日里又可以逍遥自在，四处游荡看街上的女人。

端午节这天，吴老三带着阿宝去赶父子团圆庙前的山会。日上三竿，山会上已经熙熙攘攘，人声鼎沸。山会以生意人为主，衣服布匹，水果蔬菜，柴米油盐，糖果点心，禽畜牲口，各种商品琳琅满目，铁匠、石匠、木匠、锔匠、剃头匠、屠户各色人等应有尽有。更有摆摊算卦的先生，耍猴卖艺的老人，收地摊税的公人，卖狗皮膏药的郎中，蓬头垢面的乞丐，抱膀子逛街的地痞，仿佛世间所有的活人都一呼啦汇聚于此，好不热闹。庙前有陈姓后人集资捐款请了戏班在唱大戏，一会儿出来个男的哭戚戚地唱猫腔《三宝山》，一会儿出来个女的咿呀呀地唱黄梅戏《花为媒》。吴老三不喜欢听猫腔，但是喜欢听黄梅戏，只见那个粉嘟嘟的女孩手里不住地抖动着一块粉香帕，柔声唱："绣罢了红线绣绿线，香罗帕银针上下穿。李月娥独坐闺房不住地盼，盼到今天，我是多么样的喜欢。今天我到舅舅家中去拜寿，喜得是又看见俊卿，我们离别已三年。表姐弟自幼小儿青梅竹马情深意远，他有心我有意，他心我意紧相连。自别后常思念，女儿家的衷肠话我们能对谁言，说不尽心事有千万，这才是别时容易见时难哪。盼的是这一日，怕的是这一天。盼的是重相见，怕的是意难宜。绣一条香罗帕把我的情意传，罗帕上不把别的绣，单绣那同根同叶同生同长、水灵灵的一对并蒂莲。"后来又换了一个女孩唱："玫瑰花开颜色鲜，梨花赛雪满栏杆，满栏杆；百花园里花正艳，蜜蜂儿蝴蝶儿飞舞在花前，飞舞在花前；我张家姐妹有五个，五朵鲜花肩挨着肩，肩挨着肩；只因为女大都当嫁，四位姐姐风流云散，各自配姻缘，配姻缘；撇下我张五可闺中寂寞无人伴，怕的是春去百花残，百花残，粉皮墙锁深深院，辜负了日暖风和四月天，闷坏了女婵娟，闷坏了女婵娟。"这女孩好看，唱得也好，把吴老三听得如痴如醉，手舞足蹈，忍不住捏着嗓子学了两声："闷坏了女婵娟，闷坏了女婵娟。"

旁边有人扑哧笑了一声，小声说："这是谁家孩子啊，咋看着像个花痴呢！"吴老三耳尖，顿时撸胳膊挽袖子，回身骂道："三爷我想怎么唱就怎么唱，我就是花痴，你管得着……"话没说完，他已经看得清楚，那嘲笑他的人是个女人，不仅是个女人，还是他日思夜想的女人，是那夜被他摁在炕上，绑得像粽子一样的女人——杏花。那夜他爬到黄大牙家墙外的树上偷看杏花，不小心把魏甲长外甥的脑袋坐进了腔子里，落荒而逃之后，热度已降低了许多，很长时间没敢再去黄大牙家墙外偷看了。此次突然看到杏花，仿佛脚下轰地抖了一下，天空欻地暗了一下，心脏吧嗒停了一下，脸色由白转黄，由黄转红，汗水噌地一下从额头冒出来，冲过了眼睑。

杏花打趣完吴老三已经离开戏台，带着李连美和李连升转身往食品地摊而去。吴老三顾不得听黄梅戏了，眼睛直勾勾地盯着杏花的背影，奋不顾身地尾随上去，当杏花姐弟三人在一家粽子地摊前停留时，便急不可耐地上前搭讪："这粽子好吃着呢，糯米混着红豆和大枣！"卖粽子的妇人抬起头来，用浑浊的目光感激地看了他一眼。杏花回头望望他，疑惑地说："你又没打开苇叶，咋知道是糯米混着红豆和大枣？"吴老三盯着她旗袍开叉处一线白嫩的大腿，得意地说："它身上的线绑得太松了，有些露出馅来了。不信你看下面这个。"杏花认真地往下面看了看，果然看到埋在陶盆底部的一个粽子捆的红丝线散开了，露出了糯米、红豆和大枣，黏稠的糯米像杏花腿上的凝脂一样雪白无暇，而赤豆和大枣则像挂在白色婚纱上的鲜花闪着红光。李连升警惕地盯着吴老三，李连美拽了杏花的旗袍一下，附在她耳边说："我看他不像好人，咱们赶紧回家吧！"杏花压低了声音，故意让吴老三听到："不用怕，这光天化日的，他还能把我们吃了咋地？我就不信他小子敢惹乡公所的黄大牙！"吴老三果然听到了，假装啥也不晓得，笑嘻嘻地说："敢情您是乡公所黄所长的内人啊，难怪长得这么贵气，今天我就送黄所长一个人情，把这一盆粽子都买了送给您，不知道您给不给我这个面子？"杏花嘲笑道："这个面子自然是可以给的，只是不知道你这小子从哪里来，肚子里究竟藏着什么坏水。再说了，区区几个粽子就想送黄所长的人情，想来这黄所长的面子也太便宜了！"吴老三摘下头上的礼帽扇了扇风，掀起衣襟擦了一把脸上的汗水，露出腰里鼓囊囊的钱袋，拿手四下里一划拉，满脸坏笑地说："这山会上的所有物件，我都可以买来送你，只要你拿得动。"杏花鄙视地看了吴老三一眼，鼻子哼了一声，把陶盆里的粽子一股脑地倒进竹篮里，递给李连美挎着，对吴老三说声给钱，吴老三立即摘下腰间的钱袋打开，笑嘻嘻地摸出十文铜板扔给老妇人。老妇人说："不够，每个粽子一文钱，这是五十个粽子呢，早上出门挨个数过的。"杏花说："没那金翅膀，就别装那大头鸟，这才开始呢你就怂了？给她一块大洋吧，反正你有的是钱。"吴老三说了声好，然后摸出一块银元扔了过去。阿宝在旁边心疼得直跺脚。杏花先是去了粮油摊，要了一大罐豆油、一大袋盐，让李连升提着，接着又去鱼市要了两条鲢鱼、两条鲤鱼，用绳子穿在鱼鳃上，两手拼了力提着。吴老三讨好地说："看您这细皮嫩肉的小手，怎么能干粗活呢，我帮您拿着吧，免得累着您的金贵身子。"杏花说："好极了，看你有几分眼力劲儿，回头我告诉黄所长知道，让你当仁义乡的道德模范。"杏花往四周扫了一眼，又领着他们直奔肉摊，指着案板上的一扇猪肉，说："这个全要了，给我扛家里去。"屠户眉开眼笑地把猪肉打了包，杏花看吴老三数完了钱，对着他身后的阿宝说："你总不能闲着吧，就由你给我扛家里去吧。"屠夫不由分说，搬起肉来一下扔到阿宝的肩上，压得他打了个趔趄，阿宝哭笑不得。有推脚汉过来问："大爷太太需要帮忙吗?"吴老三怒目而视，叱曰："不用！不用!"杏花说："用啊，怎么不用啊，该省点力气就得省，再去粮油店买四袋米，四袋面，一并给我送到家里去。"吴老三没辙，乖乖地跟着去了仁和商号，买了四袋面和四袋米。杏花心满意足地吁了一口气，把鱼递到吴老三手里，说："今天就这么多吧，下次雇辆铁皮大轱辘车来。"吴老三咧咧嘴："姑娘真是实在人呢，花了我半袋大洋，这些个够你们全家吃半年的了。"杏花撇撇嘴："我们是大户人家，全家老少几十口子人呢，就这些还不够塞牙缝的呢。"

一行人前后簇拥着推脚汉的独轮车，到了跛脚李家。吴老三东张西望，诧异地问："这是黄府吗?"杏花将吴老三挡在门外，冲他狡黠地笑了笑："这是李府！把东西卸下，你们请回吧。留个名字，到时候我会告诉黄所长，选你做道德模范!"吴老三笑笑说："我们刚从漠河淘金回来，江湖人称我吴三贵。我也不想做什么道德模范，这也帮您忙活了一晌午，总不能让我们空着肚子离开吧。"杏花说："哦，你跟明朝的大汉奸吴三桂同名呢，这是你自愿送东西的，怨不得我们怠慢，我家规矩多，不接待陌生人。"吴老三说："一回生两回熟嘛，就是叫花子登门讨口水喝也是人之常情，何况我们也不是叫花子，是准备来岞山火车站开商号的。"杏花咦了一声，上下打量起吴老三：

"看你年龄也不大，想做什么生意呢？粮店还是炭庄？最近这站上的炭庄和粮店都连成片了。"吴老三说："岞山商会的赵会长说跟我们合伙做生意，还没谈定呢，如果您有什么门路，最好能指点一下我们，到时候发了财，自然少不了您的好处。"跛脚李猛然看到有人送来家里若干东西，顿时惊得目瞪口呆，还以为是黄大牙打发人送来的呢，满脸堆笑地凑近了迎着，待到听清楚是这个吴姓商人送的，巴不得留下吴老三一起吃饭。跛脚李热情洋溢地接过他手里的鱼来，殷勤地说："我们李家是极好客的，留下吃了饭再走吧，以后还望吴老板多多照应啊！"吴老三也不含糊，脸上顿时开了花，嘴上顿时抹了蜜："老人家您有福啊，看您这俩闺女跟两朵花似的，还愁没有好日子过?"跛脚李连忙吹嘘说："我这二妞跟仁和商号宋老板儿子是订了亲的，我这大妞……"他瞅了一眼杏花，吞吞吐吐地说："我这大妞的姑爷，更了不得，管着这仁义乡七八千口子人呢，跺一跺脚……"吴老三赶忙附和："晓得，晓得，就是跺一跺脚，仁义乡的家雀都吓得心慌的那种大人物对不?"杏花听了他俩的对话，嘴里呸的一声，自顾进了家门，也不挡吴老三进门了。

杏花不是个省油的灯，她虽然不知道吴老三此番献殷勤的目的，但从他像灶火一样热烈地盯着她和李连美的眼神里可以猜测，他不太像是为了借她的门路讨好黄大牙，更像是个专门诱骗漂亮女人的浪荡子。这样也好，反正眼下黄大牙顾不得她的死活了，反正他们是一个愿打一个愿挨。这年头，女人没了男人做靠山，早晚都是个死啊。想到早上跛脚李含沙射影骂人的话，她心里突然对吴老三涌起了一丝感激之情，要知道她赌气带着李连升和李连美赶山会时，手里攥着的是私房钱中最后一个大洋，那时她正苦思冥想该不该撕破脸去找黄大牙讨要生活费呢。这回天上掉馅饼，大宗的财物自动送上门来，这样的好事全天下恐怕也只有她杏花才能遇到吧。不过有一件事她百思不得其解，她总感觉吴老三的眼神是那么熟悉，好像在哪里见过。会在哪里见过呢，他说他刚从漠河淘金回来，他们怎么可能遇到过？他还那么年轻，二十岁左右的年纪，比她弟弟李连升也大不了许多，嘴唇上的胡须刚刚变黑，为何出手那么大方，一下子花了几十个大洋。他的随身跟班阿宝年龄更大一点，为什么会对他毕恭毕敬？她吹了灯，在黑暗中抚摸着自己柔软的身体，一会儿想黄大牙从前对她的好，一会儿又想吴老三，他到底是个什么人？他的出现到底是祸还是福啊？

15

吴老二听了阿宝一五一十的汇报，把吴老三骂了个狗血喷头，骂他是花痴，早晚死在女人身上。吴老二当晚令阿宝做向导去仁和商号，把宋老板的儿子宋珂绑到快活林，索要赎金五千大洋。

此前，黄大牙已经发现了当日捅瞎他一只眼睛的蒙面劫匪的线索，那就是王老驹与赵家斋交易枪支装大洋的那只柳条箱子。赵家斋给黄大牙送钱用的就是这个柳条箱子。黄大牙看着眼熟，反复甄别，发现了箱柄上自己刻下的一个记号：黄在上。黄大牙不说破，装作若无其事地问赵家斋："这柳条箱子编得不赖啊，有些年头了吧？"赵家斋不明就里，笑着说："一个破箱子而已，有什么稀罕的，商铺里三十文钱一个，想要的话我让人给你买一马车来。"黄大牙说："我只是看着有些眼熟，早先家里有这么一个箱子，我上县里学堂时随身用过，后来不知道丢哪儿了。"赵家斋用讥讽的口吻说："兄弟真是怀旧的人呢，连一只箱子都用得这么在意。"他笑话黄大牙太吝啬，却不知道黄大牙那夜被人捅瞎眼睛，家里的金银细软被抢劫一空，作为仁义乡公所的所长，这显然是很丢人的事情，他怎么可能公之于众。黄大牙对外一直说是自己不小心碰到树枝上弄坏了眼睛，此时发现了劫匪的线索，竟然是与赵家斋有关联，黄大牙忍不住倒吸了一口凉气。

"真是人心隔肚皮，知人知面不知心啊！"黄大牙每每想起这个奇耻大辱来，就气得牙根痒痒。如今蒙面劫匪的线索突然关联到了赵家斋身上，他倒吸了一口凉气，却又不敢相信这个肥头大耳笑容可掬的商会会长会干出这种大逆不道之事来。"我也忘了当初那个箱子是送给谁了，兴许是被贼人偷去了吧。"黄大牙对着他嘿嘿干笑了一声。赵家斋皱起眉头，看了一眼柳条箱子，不悦地说："真是笑话，你是这仁义乡的土皇帝，哪个贼人吃了熊心豹子胆，敢偷你的东西？再说一个破箱子，值当地用个'偷'字吗？就是扔到大街上也没人捡。"他看着黄大牙的眼睛，为了证明自己不是偷箱子的人，思忖了一回，若有所思地说："这是我的恩师王元璋先生的公子，就是上回鸳鸯居吃饭，去找我的那个王同勋，你见过的，人本分得很，现在在凤凰岭开三处炭窑，在山下的丈岭火车站开一家大炭庄，这次就是他来买的枪，用的这个破箱子送钱来的。”

“噢，是他啊，我明白了，没事没事，我也是随便说说笑话而已。他买的那些枪都没开具证明吧?”

“购枪证明需要县警察所开具，每支枪还要缴纳二十块大洋的安全保证金，你这是私货，眼看着就要报废了，没必要再花那些冤枉钱。”

黄大牙松了一口气，突然想出了一个绝妙的主意，他用手心往上托了一下鼻头，发出吱的一声响，对赵家斋说：“民国以来，世道越来越混乱了，买枪造枪的人不计其数，哪怕是个挑大粪的乡民，有时候腰里也掖着把德国撸子，简直不成体统了，这对本地的治安形势形成了很大的威胁，照这样下去，老百姓怎么安居乐业？地方名流士绅怎么看待乡公所？因此，为保一方平安，我已向县知事衙门提议在仁义乡开展一次治安清查行动，重点是清查收缴没有购枪证明的枪支，我们乡公所管辖的保安团和你们商会的巡防团要采取统一联合行动，对辖区各庄民团及私人武装的枪支进行摸排登记，尤其是在火车站和主要官道路口设卡盘查，对没有开具购枪证明的枪支要予以收缴，对携带枪支而没有购枪证明的人要以私藏枪支罪给予严惩重罚。县知事衙门着眼大局，已经下达命令，在全县长期开展此类专项活动，并从县警察所抽调一名警长派驻我处保安团进行督导。”赵家斋愕然：“你这可是自绝财路啊，这样下去，咱们的军火生意就没法做了。”黄大牙轻蔑地一笑：“亏你老兄的生意遍布全国，这点招数都能挡得住你？没听说过‘只许州官放火，不许百姓点灯’那句俗话吗，查得越紧，咱们的生意就会越好做，收缴的枪支再交由商会那边处理，不就是大洋多少的事嘛!”他挤了挤眼，用手指捏了个大洋的样子，放在嘴边吹了一下，又放在耳边听了一下。赵家斋立即心神领会，笑着伸出大拇指说：“黄所长真是太黑了，愚兄我自愧不如啊。”黄大牙讪讽地说：“咱们俩彼此彼此，半斤对八两，牛粪上粘着屎壳郎。”二人相视哈哈一笑，约定晚上同去翡翠园吃饭，仁和商号宋老板已打发人通知过，今晚他做东请二位，说翡翠园新请来了两个雏儿，不光色相长得好，而且一个会唱黄梅戏《十八摸》，一个会唱淮剧《小寡妇上坟》。黄大牙最爱听黄色小调

《十八摸》，一想还有年青女子能用黄梅戏唱《十八摸》，就浑身痒痒心肝发颤。至于杏花，他早抛到爪哇国去了。

黄大牙与县警察所派驻到仁义乡保安团的行动督导陈警长，带领十名仁义乡保安团的团丁找到昌盛炭庄时夜幕刚刚降临，那时候王老驹正在白牡丹的顺意马车店里，陪同下午刚从快活林赶来的吴老大与阿宝小酌，作陪的还有黄崽儿和牛犊儿。王老驹现在越来越讲究排场了，每次吃饭喝酒都要几个人陪着，再也不是当年创业初期的穷酸样，衣服也换了当下最时兴的长袍马褂。

吴老七被鬼子打死以后，顺意马车店不仅没有倒闭，生意反而更加红火了，白牡丹又在隔壁加盖了五间房子的别院，形成了吃住一体化的家庭式旅店，真有点宾至如归的感觉，这一切要归功于白牡丹的多重魅力。虽然说寡妇门前是非多，但那是说平常人家的女人，而开饭店和旅馆的则不同，尤其是像白牡丹那样风姿绰约的女掌柜，吸引了众多南来北往的客商的目光。顺意马车店就坐落在昌盛炭庄的对过，被王老驹作为一切应酬的首选地点也是情理之中的事情。

王老驹第一次去顺意马车店，见了白牡丹眯着眼睛只管上下打量，测算有没有牛犊儿说的那么好。白牡丹挺起胸来，倒背了手，冷笑地说："没见过女人啊？看女人去票房子那儿，那儿女人多的是！"王老驹立即不知所措，红了脸说："大家都说白老板做生意是把好手，人也长得出挑，所言不虚啊！"白牡丹又把两手叉在腰间，冷笑道："我娘家姓张，夫家姓吴，左邻右舍都叫我吴太太，白太太我还是头一回听到。不过我很忙，您是来吃饭的还是来住店的，如果没事就去别处找白太太。"王老驹的脸更红了，才知道"白牡丹"这个称呼，仅仅是这个地方的坏男人们用来插科打趣她的诨号，他赶忙表明身份："我是昌盛炭庄的掌柜，今个来照顾一下你的生意，麻烦给我准备一个十人座的雅间，我要请乡公所的人来谈事，呶，这是定金。"他从口袋里掏出一块大洋扔到柜台上，大洋立起来在柜台上滴溜溜转了一圈，当啷发出一声脆响。他掏钱的时候故意撩起衣襟，露出腰间闪着黑光的德国撸子。白牡丹脸色温和起来，露出了一种浅显世故的媚笑，她把两手交叉在一起，放在胯间，道个万福，说："早听说对面的昌盛炭庄有四个掌柜，大掌柜姓王，想必您就是王大掌柜了?”王老驹顿时神气起来，拱了一拱手：“不才正是王某!劳驾您置办妥当，往后自然少不了多来几回。”白牡丹点了点头，两只杏眼眯起来，睫毛下溢出一窝笑意，目送着王老驹的背影昂首阔步走到对过去。“真是个不错的男人呢，比吴老七长得周正多了，只可惜……唉!”她轻轻地叹了一口气。自打王老驹成了顺意马车店的主顾，她的暗自叹息的毛病就越发严重了。

黄大牙和陈警长带人包围了昌盛炭庄，那时候炭庄里的伙计都吃过晚饭躺下了，只有孙狗儿一个人在昏黄的煤油灯下核对账目，他喝酒过敏，浑身易生“鬼风疙瘩”，自愿留在炭庄里看守门户。黄大牙推门进来的时候，他还以为是王老驹他们吃饭回来了呢，头也不抬地说：“吃得这么快，没多喝一点吗?”黄大牙没有吭声，而是像逮一条鱼似的慢慢地走近他，在他感觉不妙抬起头的一瞬间，将手中的枪口顶住了他的额头。孙狗儿吓得两手乱摇：“这位大爷有话好说，要钱给钱，不带这样吓人的!”黄大牙嘿嘿一笑：“你倒知趣，不过今天大爷不是来要钱的，而是来要人的!”他挥挥手，两个保安团的团丁围上来架起了孙狗儿的胳膊。他们的服装和警察差不多，同样是穿了灰制服，但是除了白领章，帽檐上侧没有白圈，衣服上也没有胸徽、肩章和袖标，在黑暗中看起来仿佛是一棵游动的松树，足以让人心惊胆战。黄大牙把德国撸子插回腰间，在孙狗儿方才坐过的椅子上坐下，低声问：“你们的掌柜王同勋呢?”孙狗儿吓得腿肚子乱颤，太阳穴突突地往外冒冷汗，当初要用拳头打金老四的气魄早抛到九霄云外去了，脑子断片：“大掌柜，大掌柜哪里去了呢?”黄大牙一拍桌子：“我问你呢，王同勋哪里去了？少给老子装糊涂!”孙狗儿两腿一哆嗦，马上就想起来了，把手往大门外一指：“我不糊涂，不糊涂，在路对面的顺意马车店陪客人吃饭呢！就那儿。”他的手伸得老长，恨不得直接伸到顺意马车店里，把王老驹拖过来验明正身。黄大牙命令押着孙狗儿去找王同勋，他们刚走出房间，一个提着裤子在黑影里小解的炭庄伙计瞧见了，那伙计喊：“孙掌柜，有事吗?”孙猴儿也不敢作声，只管低着头往前走。那伙计觉得蹊跷，于是大嚷起来：“伙计们，砸窑的来了，砸窑的来了，快敲锣！快敲锣!”于是铛啷啷一阵惊天动地的锣声响起。然而，恰在此时，一列从济南发往青岛的火车刚好驶来，像发情的公牛憋出哞的一声长鸣，将清脆的锣声挡了回来。鸣笛响过之后，他们的铜锣早已经变成了破锣，再也发不出任何声响。

最早发现蹊跷的是白牡丹，她从院子里经过时，无意间往大门口对面一瞅，就见黑压压一群人簇拥着从昌盛炭庄里出来，借着远处低速行驶的火车车头上射来的零星的卤钨灯的反光，她看到那些人手里都拿着家伙，直奔顺意马车店而来，隐约间仿佛她还听到了一阵报警的锣声。应该是出了什么事情，她毫不犹豫地转身去了王老驹正在饮酒的客房，那客房的名字叫八仙居，可以食宿共用，内有一盘大炕，一张八仙桌，杌子八个，最多能招待八位客人。白牡丹不再像往日那般矜持，她焦急而又关切地说："王掌柜，我看你的炭庄里来了不少人，好像手里还拿着枪，呼呼啦啦往这边来了，我寻思着应该是找你的，如果你有什么需要回避的事，那就回避一下吧！"八仙桌上杯盘狼藉，王老驹正喝得酒酣耳热，拍拍腰间的德国撸子："我做的都是正当生意，没什么怕人的，也没什么怕神的，不用管他！"突然他打了个愣怔，放下酒杯，对吴老大和阿宝说："不会是找你俩的吧，要不你俩先躲躲？"他发现吴老大和阿宝正扭头满脸恐慌地看着白牡丹。他对黄崽儿说："你带他俩去后院躲躲，不叫千万别出来，这里有我应付着。"吴老大和阿宝说声好，跟着黄崽儿躲到后院去了。牛犊儿沉不住气，急匆匆地出了房间，要去炭庄看个究竟，还没出马车店的大门呢，就被堵了回来。他看见孙狗儿被一群人扭住了两个胳膊，已经被推搡着押到了大门口。

孙狗儿一看见牛犊儿就拼命地喊："牛哥救我！牛哥救我！"牛犊儿没来得及躲开，也被黄大牙手下的人抓住了。王老驹听到牛犊儿的呼声，打着饱嗝从八仙居里出来，一眼就被黄大牙看到了："就是他，给我抓起来！"王老驹没来得及拔枪就被三五个团丁摁倒在地，陈警长从他腰里飞快地摸出了那把德国撸子，看了一眼，马上骂道："你小子真是想用鸡蛋碰石头啊，嘿，你们看，他把保险都打开了。"王老驹也奋力挣扎着骂道："你们是什么人，凭什么抓我？凭什么抓我？"黄大牙命令道："把他拖过来，让他看看我是谁？"团丁们把王老驹的脸推到他眼前，举着火把凑近了照。王老驹一眼就认出了黄大牙的嘴脸，那个特殊的造型，在黑夜里戴着墨镜的装束，尤其是两只能够打破吉尼斯世界纪录的龅牙，只要看一眼就会留下深刻的印象。王老驹顿时惊出一身冷汗："哎呀黄所长，黄大人，您不能随便开玩笑啊，我可没做违法的事情，我们家的人丁赋税都是按时足额上缴的。"黄大牙冷笑了一声，把手一挥："开玩笑？你看我像开玩笑吗？给我带走！"团丁们扭着王老驹往外走，俄而一阵锣声响过，只听背后传来一声娇喝："哪儿也不许去，就在这里把事情说明白才能走！"在一片亮如白昼的灯光照耀下，白牡丹带人拦住了去路。在她的背后，有马车店里的伙计，有仗义而为临时助阵的客商，他们大多手持木棍、排叉、大刀、扎枪、石块、菜刀、镰刀等原始的冷兵器，威风凛凛地拦住去路，而混杂在其中的两支毛瑟枪和两支土枪显得格外耀眼。黄大牙吓了一跳，把枪口对准白牡丹："你是什么人？要带头造反吗？"白牡丹微微一声冷笑："造反我不敢，我只要公道，你来我店里抓人，就得和我说明白，他到底违犯了哪条王法，否则以后这四方的客商谁还敢来照顾我的生意。"黄大牙气得七窍生烟，鼻子歪了，枪口抖了又抖："还要跟你说明白，你算老几？再不闪开，小心我对你不客气了！"白牡丹看了看身后越聚越多的人头，往屋顶上一指，说："在丈岭这块地盘上，还轮不到你来撒野，不信你开一枪试试，马上就把你们都打成血葫芦。"陈警长是个警惕性很强而又经验丰富的人，他抬头一看，只见院落四周的屋顶和墙上影子晃动，显然埋伏了不下七八个枪手，黑暗中每支枪口都对准了他们，可以射击大门内的各个角度。陈警长说："这位女掌柜，您千万要冷静，我是县警察所的陈警长，来这里办案，希望您不要妨碍我们执法。""我不管你是陈警长还是马警长，只要你拿出县知事公署衙门的文书来，我就让你们把人带走，否则，哼哼，你们今夜一个也走不了，明早我们一同到县知事衙门当面对质，问问夏知事到底是咋回事。"黄大牙一听头大了，脑子也有点发蒙，他波涛汹涌的脑海里突然蹦出了三个字：白牡丹。他曾听人讲过，丈岭乡有个民谣：丈岭有个火车站，站旁有个马车店，店里有个白牡丹，知事围着她打转。小寡妇，真好看，石榴裙子真鲜艳，迷倒男人一大片。这显然就是白牡丹无疑了，只是他来的匆忙，只顾着跟着孙狗儿来抓人，却偏偏忘了抬头看一眼马车店的牌子，忽略了这个远近闻名的马车店的主人。黄大牙有些胆怯，但还是硬着头皮据理力争说："告诉你们，我们是仁义乡公所会同保安团与县警察所联合行动，查办一起军火走私案件，这个王同勋涉嫌购买走私枪支，犯了危害公共安全罪，你就是找知事大人来，我们也得公事公办。”王老驹听了直叫屈：“哎呀、黄所长，我的枪是从恒祥源商号的老板赵家斋的手里买的，他是峰山商会的会长，我们一起吃过饭的，你可以找他问个明白。”黄大牙质问道：“你有县警察所的买枪文书吗?”王老一听傻了眼：“我没有啊，赵会长没说有文书啊!”于是黄大牙降低了声调，像是安慰又像是威胁：“你只是跟我们回去配合调查，只要找赵会长问明白了，我们自然会放你回家，绝不难为你。但是如果你拒不配合调查，那我们可就对不起了。常言说得好，跑了和尚跑不了庙，躲过了初一躲不过十五。你家在樟树村，你的父母老婆孩子都在仁义乡樟树村，你总不会希望我们回去难为你家里的人吧，嗯?”王老驹只能乖乖就范，他挣脱开团丁，向白牡丹拱了一下手：“多谢张掌柜的帮场，王某心领了，但是这事我还非得去说明白不可，不然天长日久，背着一个子虚乌有的罪名过日子也不是个办法，谢谢你了，我跟他们去说清楚吧。”白牡丹也无可奈何，只得让她的人闪开一条通道，她眼看着王老驹被押上马车，顺着火车站旁的官道往西去了，前呼后拥的团丁们举起一溜通红的火把，像天边的星星渐渐地落在远处苍茫的旷野里。

16

给王老驹的一顿胖揍是少不了的，按照惯例，警察办案首先得给犯人一个下马威。两个团丁，一个鱼脸，一个羊脸，把王老驹绑到乡公所反省室的顶梁柱上，轮流着扇了他三十个耳光，打得他一佛出世，二佛升天，晕头转向，灵魂出窍。王老驹哭喊着：“你们草菅人命，无法无天，我不服气，我要上告!”两个团丁听说他要上告，又补了二十个耳光。鱼脸揉着震得发痛的手腕，擦了擦额头的汗水，问：“还告吗?”王老驹的嘴巴歪斜，眼睛乌青，鼻孔流血，脑袋肿得像猪头，胳膊就像断了翅膀的鹰，快速肿起的嘴唇哆嗦着，他看到鱼脸的嘴巴剧烈地开合，像是断气的样子，欲言又止，再也没有反抗的勇气了。黄大牙慢悠悠地走到近前，把眼镜摘了，凑过脸来：“王掌柜，这一年来，你让我找得好辛苦啊，看看我的眼，你就没有想起点啥！嗯?”王老驹先是看到了他前秃狭长的额头，几乎占去了脸部的一半，中庭和下庭于是就显得极为逼仄。而后才看到了他的眼睛：一只黄眼珠在没有睫毛的眼睑下面滴溜溜乱转，另一只则像劁猪卵时没有缝好的卵囊皮一样，只露出了狭长的一条白。这显然是个超级怪兽一样的面相，王老驹从没有见过如此令人望而生畏的眼睛，一只独眼射出的狰狞凶光像子弹一样更有穿透力。他害怕了："唔，黄所（嘴巴张不开，音调成了"说"）长，你这只眼睛看起来真是坏掉了，不过，这跟我买枪有关系吗?"黄大牙戴上墨镜，瞬间恢复了一派绅士风度，他用左手掰着右手的手指："王老板，王同勋，王掌柜，请你看清形势，这不是在丈岭的昌盛炭庄，也不是在顺意马车店，这是在我民国政府的仁义乡公所，希望你不要跟我装疯卖傻。我的眼睛坏掉当然跟你买枪没关系，但是跟你买枪花的钱有关系，你想想那只装钱的柳条编的箱子，就没想起点什么？如果实在想不起什么，那就给我继续打，直到想起来为止。来人。"他把手一挥，两个经过短暂休息的团丁又恢复了活力，扭动充满暴力的身躯慢慢靠近。虐待同类是人类隐藏在心中的天性，更是一种极为独特的享受，就像抽大烟、强奸、杀人放火，通过发泄人性中的恶来满足自己身体的占有欲，从而满足自己精神上的快感。王老驹绝望地看了一眼北墙上那个只容得下鼠儿猫儿来往的窗户，窗外是无边的黑暗，还有黑黝黝的树林，一只饥饿的麻雀在树杈上睡着了，显得那么孱弱，恹恹的小脑袋缩进了没有光泽的羽毛下，就像此时的王老驹。面对强权，平日里在贫穷客户面前的矜持已经荡然无存，反抗的意志也已经被消磨殆尽，他勉强伸出此时唯一可以获得自由的舌头舔了一下嘴角的淤血，品尝了自身散发出的那种优异于猪血和狗血的熟悉腥味，痛苦感于是更深重了。

"你先把我松开了，我再告诉你。"王老驹挣扎了一下被铁链锁紧的手臂，他已经没了谈判的力气，但是作为人类的最后一种有尊严的妥协、理智的屈服，就是在被俘虏之前的起义或赢得对自己更有利的生存条件。恳求松绑就属于此类别，在强大的对手面前，既保证了生命无虞，又留住了最后一点脸面，甚至还能轻松博得对手的认同。黄大牙爽快地答应了，王老驹从顶梁柱上被放了下来，两只手臂麻木得像剥了皮的两根木桩子，他像稻草人一样直挺挺地站在地上好长时间没有弯曲下来。黄大牙笑嘻嘻地以胜利者的姿态凝视着王老驹，请他坐到旁边狭长的木凳上。那是在民国初年，摧毁犯罪嫌疑人意志彰显政府权威的生铁铸造的审讯椅还没有配发到基层政府，只有县警察所里有一把，一般犯罪嫌疑人还享受不到此等待遇。王老驹在木凳上瞬间品尝到了恢复自由的好处，也平生第一次体会到了商人（确切地说是百姓）与衙门官员对弈时的弱小。“我为什么要替土匪隐瞒事实呢，我和他们根本就不是一路人。他们原本做的就是伤天害理的事情，即使我告知了政府，也是做百姓的本分，也没什么错。况且土匪也不晓得是我告诉了官府。即使知道了，那也是没啥办法的事情，我总不能搭上自己的性命去替土匪顶罪，那样有什么价值呢？土匪知道吗？知道了又怎样，我的父母老婆孩子谁来养？更何况我爹王老老驹曾多次嘱咐我，穷不与富斗，富不与官斗，鸡蛋怎么可以碰石头呢，除非鸡蛋是金子做的。”王老驹招了。他找出了一千条理由，每条理由都是顺着对着自己有利的方向走。黄大牙很欣赏他的坦诚，他对面前这个身强力壮的炭商并不反感。这源于他对所有商人的好感，商人都是官家的活财神嘛，更何况这个炭商是赵家斋的师弟，掏钱请他喝过一次花酒，还可以请他喝很多次花酒。尤其是这个人涉及到那批私自藏匿并处理的枪支，那关系到他和赵家斋的身家性命。幸好没有配发枪证，如果有，王老驹在招供后，绝无生还的可能，黄大牙一定会斩草除根，消除隐患。现在他还需要王老驹的配合，他要找到那帮土匪和枪支，报瞎了一只眼的仇，并永绝后患。王老驹交代说，那帮子买枪的土匪就藏在潍河边的树林里，已好久没有见过面了。他隐去了才和吴老大、阿宝见过面的事实，可怜巴巴地恳求道：“黄大人，您是知道的，土匪都是杀人不眨眼的魔鬼，您要为我保密，千万不要说出我的名字，否则，土匪一定会报复我的家人。”黄大牙轻蔑地一笑，轻轻地拍了拍他的肩膀：“那是自然，只要你配合我抓住土匪，找回他们手里的枪支，我们还是好兄弟。还有你手里的枪支，只要如数缴回来，我便免了你的罪刑。”王老驹频频点头，乖巧得连他自己都觉得好可笑：自己怎么突然间就变成这等龌龊的小人了？他平生最恨卖主求荣的小人。但是此时他太想回家了，只要离开这个是非之地，他可以暂时放下原本并不高贵的身段。他只是一个小小的炭商，一个家里有十亩薄田可以糊口的农民。即使没了炭庄的生意，凭着这些年积攒下的千把大洋，他也能有滋有味地活一辈子。只要家人安然无恙，只要保住性命，一切皆有。“有人就有财嘛。”这是小时候他祖母说的。假如脑袋没了，要钱还有个屁用，这是大实话。大实话难听点，但大实话不哄人。

黄大牙并没有因为王老驹的妥协而对其放任自流，他安排人监督王老驹在乡公所大院的偏房里住下，门外设了两个岗哨。那是一间七八个平方的小房子，青砖的外墙，屋里只有一盘土炕，被汗水浸黑了的苇编席子上，胡乱地扔着一床散发着脚臭的蓝底白花的棉被，房门口上方的铁钉上挂了一个染了白漆的木牌，上面用墨汁工工整整写了两个字：公馆。从死神手里逃脱的生命，对恶劣环境的适应能力大大提升。王老驹并没有厌恶芦苇席上的汗垢和棉被上的脚臭，反而很亲切地闻了一下这种活人的气味（此时任何气味都比被剥夺了自由的血腥味值得亲近）。他摸了摸肿胀的嘴巴，小心翼翼地钻进棉被里睡了。窗外鸡叫了数遍，东方渐露鱼肚白。

在白牡丹的眼里，王老驹是个可靠的男人，她很欣赏王老驹的精明，也佩服王老驹的豪爽，在王老驹成为顺意马车店的常客以后，一直到王老驹后来病死的许多年里，他俩的关系到底深入到何种程度，已无从考证。反正自王老驹被黄大牙带走以后，白牡丹一夜没合眼，心里忐忑不安，捱到鸡叫三遍，不等天亮，就让堂倌牛三套上马车，带了二百大洋，去县城里找知事大人了。

日上三竿，黄大牙睡足了觉，养足了精神，冲着远处空旷的田野咳咳吼了两嗓子，先把墙外杨树上的喜鹊都惊飞了，接着让人把王老驹喊起来，一起用早餐。黄大牙准备去丈岭收缴王老驹炭庄里的枪支，回来后再组织人员去潍河边侦查匪情。他们刚出乡公所大院，就迎面碰上县警察所的沈副所长陪同白牡丹，带了县知事大人的手令，风尘仆仆地赶来。沈副所长把盖了知事印章的手令往黄大牙眼前一晃："老黄，不好意思，知事大人有令，王同勋的案子交由县警察所办理，即刻交割。"黄大牙还没有回过神来，沈副所长问："王同勋是哪个？跟我走！"王老驹乐得眉开眼笑，高高举起两只手跑出队伍，咧开肿胀的嘴唇大喊："我是，我就是王同勋。"黄大牙赶忙伸手去拦："老沈，这可不行啊，我有他通匪的供词，还要他协助剿匪呢！"沈副所长昨夜在城里德盛饭庄打了一晚上的麻将，输了五块大洋，熬得眼睛像得了红眼病，几乎渗出血来。刚想躺下迷糊一会儿，就被知事抓了差，心里老大不乐意。看到白牡丹的面上才勉强挤出半纹笑来（白牡丹往他口袋里塞了十块大洋）。沈副所长把眼睛一翻，喉咙里像是吐出一串铜板来，他把知事的手令往黄大牙脸上一扔："老黄你可别犯糊涂，土匪在哪儿呢？且不说你没看到土匪，就算是你看到了土匪，那这个王同勋是土匪吗？就算是王同勋通匪，那自有知事大人秉公执法，还轮得着你来说三道四吗？快给我滚一边去，耽误了知事大人交办的事，你这个牛眼大小的饭碗也就甭想再挖老百姓缸里的一粒米了。"

黄大牙噤若寒蝉，果然闪到了一边，脸上好像挨了两拳，瞬间青一块紫一块的，哭笑不得："老沈，看你说的，哪个儿子要耽误知事大人的事情嘛，今天你是爷，一朝权在手，便把令来行，真是拿着鸡毛当令箭啊。"黄大牙口不择言，沈副所长也不管他，命令陈警长把王老驹扶上白牡丹的铁皮大轱辘马车，头也不回，领着一溜烟走了。才出了仁义乡，沈副所长就把王老驹放了，跟白牡丹打了个招呼，就自顾回去复命了。黄大牙眼睁睁地看着王老驹被抢走，火冒三丈，把马鞭子恨恨地往地上抽了两下，冲着远去的背影破口大骂："姓沈的你王八蛋！姓王的，咱走着瞧，跟你没完！"回头看看团丁们都捂着嘴偷笑，气不打一处来，"我日他姥姥，都他妈的给我去潍河边，抓住土匪就地正法！"三个警察夹杂在二十个团丁里面，平时也没经过训练，更没啥战斗经验，只是在黄大牙的带领下，一窝蜂似的往潍河边涌过去。土匪都是夜里干活，白天睡觉，吴老二安排的第一道岗哨斗鸡眼昨夜吃撑了，跑肚拉稀，一晚上没睡好，天亮时才在树杈上迷糊起来，等黄大牙的队伍冲进树林里了才发现警情，向天放了一铳，但显然还是有点迟了，他被三个团丁堵在树上，乖乖地缴枪投降了。团丁说，如果不下来，就用枪把他的两个卵捅下来（斗鸡眼年过三十，还没尝过女人的滋味，死活都不想丢掉两个卵）。斗鸡眼脸上挨了两拳，两只眼珠更加向外倾斜了，两只手死死捂住脑袋。"土匪窝在哪呢？"陈警长踢了他的裤裆一下，他的两手立即落下来捂住裤裆，两腿乱蹦，一边惨叫着一边哀告：官爷饶命，我是被逼的，我是被吴老二抓来的，你们要抓就抓吴老二。他腾出一只手来，向着快活林的方向点了又点。陈警长又抬腿虚晃一下，斗鸡眼吓得嗷的一声趴地下了。"就你这样的怂货也当土匪，呸！"陈警长带人往快活林的方向追去，黄大牙命令团丁将斗鸡眼捆成一个粽子，等抓了吴老二一起押回去开公审大会，向县知事公署邀功请赏。

斗鸡眼报警的土铳响了以后，躲在快活林里的二三十个土匪受了惊吓，一齐从木栅栏里跑出来看究竟，随后听到第二道岗哨的土匪大喊官兵来了，土匪们瞬间崩溃，没有得到吴老二的命令，就开始四散逃窜。吴老大是负责照顾吴老爹生活起居的，那时候吴老爹要出恭，吴老大把他背到一个简易茅坑边，解开他的腰带，就躲到一边去抽旱烟去了。他烟瘾很大，和他爹一样清早睁开眼就抽，睡觉才放下烟袋。住在潍河边的树林里，湿气重，抽烟是祛湿的好办法。二道岗哨大喊官兵来了，吴老大吓得扔了烟袋，也加入了逃窜的队伍。他顺着自己熟悉的林中小道，上窜下跳，一口气跑出了二里路，看看身后没人跟上，才喘了一口粗气，又猛然想起正在出恭的吴老爹，被扔在茅坑边了。“日他姥姥。”吴老大两手狠狠地抓了一下头发，又跑了回去。这些年他们兄弟仨与吴老爹相依为命，吴老爹总是教育他们忠孝礼仪，三纲五常，老二和老三不以为然，他却牢牢记在心里了。哪怕丢了自己的脑袋也不能丢了爹，他拼了命地往回跑，俄而只见快活林的方向枪声大作，有人大喊：“缴枪不杀，杀死一个土匪赏五十个大洋，活捉一个土匪赏一百个大洋。”子弹在林中乱飞，其中一发子弹打在吴老大身旁的榆树上，叶地钻了一个洞。吴老大躲到树后面，不敢往前跑了，一直等到日落西山，等到枪声停息，人声远遁，他回去找吴老爹，发现他落进了茅坑，浑身沾满了屎尿，已经气绝身亡。当土匪最大的不易就是死了也不知道埋身何处，吴老大不顾恶臭，把他爹从茅坑里捞出来，用潍河水洗干净了，搂着嚎啕大哭。

天色渐晚，黄大牙不敢继续逗留，押了两个土匪，抬着一个土匪，引得胜之兵离开了潍河滩涂，被打散了的土匪又循声赶回。潍河两岸万亩密林，荆棘丛生，沼泽密布，能够住得下一个师的兵力。几十号土匪进了密林就像泥牛入海，就凭黄大牙几十号人怎么能够抓得完。吴老二和吴老三看到死去的吴老爹，愣怔了半天。吴老二眼里闪着寒光，说：“走了就走了吧，跟着也是累赘，反正临死前也没缺着口福。”吴老三冲他呸了一口，说：“我是死活不做土匪了，咱爹生前说过，不要断了吴家香火，我还要给他传宗接代。”埋了吴老爹，吴老三头也不回地走了，他要去找杏花，他手里积攒了二百块大洋，可以和杏花开一家商铺。杏花的屁股很大，可以为吴家多生几个孙子。

王老驹坐着白牡丹的铁皮大轱辘马车，慌慌张张逃离了仁义乡，顺着胶济铁路边上的小道一口气跑到了丈岭，吓得没敢回樟树村看看妻儿父母。路上白牡丹问：“不回家看看吗?”王老驹摇了摇头。白牡丹说：“你怕个甚，知事大人都出面作保了，他黄大牙能把你怎地?!”王老驹点了点头：“知事大人那里打点了多少钱？回头我给你送过去。”白牡丹摆了摆手：“不急，三百五十块大洋，有就给我，没有就先放着。”王老驹心里一颤：这么多！但他不动声色，说：“谢谢掌柜的，等我筹措齐了就给你送过去。”

吴老三去跟杏花说合伙做生意的事，请她做账房，专门管钱，猪食嫚忍不住拍掌叫好，心里痒痒的，拍完了掌又说不好。“怎么不好呢?”吴老三头上冒出了虚汗。杏花不好意思说出黄大牙，支支吾吾：“反正不好，除非离了仁义乡去别处。”吴老三顿时心里跟明镜一样：黄大牙统治着仁义乡，要抢他的女人，那得有多大的胆子啊，那真是老鼠给猫当三陪——要钱不要命啊。吴老三尽管色胆包天，却也没有种当面锣对面鼓地跟黄大牙叫板。去哪里好呢，吴老三抓耳挠腮想了半天，突然把小眼一瞪，把手往东方一指：“丈岭怎样?”“丈岭就丈岭，先去丈岭再说。”在吴老三第三次给跛脚李家送生活供给的时候，半夜里杏花就半推半就地成了吴老三的人，反正黄大牙已经扔下她不管了。没想到的是，她跟黄大牙睡了一年也没开怀，跟吴老三一夜就命中了。过了一阵子，她开始恶心呕吐，小腹微凸，饭量大增，明摆着是怀上了(从那天起她骂黄大牙是黄骡子，一直到黄大牙死前也没改口)，眼见是藏不住了，不跑又能怎样，总不能让街坊邻居戳脊梁骨吧。即使街坊邻居不以为然，那跛脚李两口子的臭嘴，也能把她熏死。即使跛脚李两口子装没事人，有朝一日黄骡子要吃回头草，找上门来，还不扒了她的皮，抽了她的筋，打烂她的腚，沉了她的猪笼。在一个微风吹拂的清早，淡淡的月亮还挂在西边的天上，杏花带着简单的行李，坐上吴老三雇来的铁皮大轱辘马车，在一层薄雾的掩护下，向丈岭进发。她没有告诉跛脚李两口子，也没有告诉李连美和李连升（那时李连美已经到宋家帮助料理生意，李连升也到昌南中学读书去了)，她像自由的小鸟，闪动着弱小的翅膀，义无反顾地飞出了仁义乡。

第六章

17

在这个世界上，想吃腥又怕刺扎的人很多，但是吴老三既想吃腥，又不怕刺扎。他自打看到猪食嫚第一眼起，就决定要得到这个女人，当他与猪食嫚有了肌肤之亲以后，就发誓要一辈子对她好。吴老爹的妻子早亡，撇下四个光棍，家里最缺的是女人，缝缝补补，烧火做饭，都不是男人干的事，为此吴老三也跟着吃了很多的苦头。小时候他常想，如果家里有个姐姐，生活就不会那么清冷了。现在他有了杏花，杏花比他大三岁，女大三搬金砖，他会像对姐姐一样去爱护杏花，让杏花为他洗衣做饭，生一大堆姓吴的孩子，为吴家继承香火。（他有时候会想起满身沾满粪便死去的吴老爹，猜测其前世到底做了多少孽）

伏汛已经来到，大风携带着热带雨云从黄海海岸登陆，越过莒县的箕屋山，沿着潍河的源头缓缓北移，一直到渤海湾，不到一个时辰，倾盆大雨就覆盖了整个潍河流域，潍河两岸的滩涂顿时成了一片汪洋，而幽深辽阔的丛林又将其分割成了无数个孤岛。在这样的天气里，剿匪显然是件吃力不讨好的事。虽然黄大牙活捉了斗鸡眼和蛤蟆眼两个身带残疾的土匪，并且打死了一个专门捡柴做饭的老土匪，但并没有削弱吴老二这支土匪队伍的战斗力。剿匪的第二日夜里，吴老二就率领全体土匪，趁着黄大牙与赵家斋带着手下大搞庆功宴和联欢晚会，没有防备，先是洗劫了峠山商会管理的四五个商行（其中就有李连美待嫁的宋家），抢走大洋万余块，布匹、粮食、鱼肉、盐油若干，足够这群土匪吃个一年半载的了。更令人意想不到的是，吴老二让吴老大悄悄运走战利品以后，开枪引诱黄大牙和赵家斋回援，然后绕道仁义乡公所，打死了站岗的两个团丁，救走了斗鸡眼和蛤蟆眼（他俩已经供出快活林的匪首为吴老二），一把火烧了乡公所（黄大牙也烧了快活林），报了一箭之仇。

赵家斋看着仁义乡公所冒着黑烟的公馆，从怀里摸出黄大牙在酒席上拿给他炫耀的才拟好的战报（功劳簿上加了赵家斋的名字，还没来得及收回去），嘲讽地说："你不是说潍河边的土匪已经成惊弓之鸟，望风而逃了吗?"黄大牙垂头丧气，连连摇头："不可能是吴老二那帮土匪，绝不可能，他没有这么大的胆子!"赵家斋满脸愠怒，摊开两手，冷冷地说："那会是谁抢走了你俘虏的土匪，难道是广东的革命党不成?害我商会的理事损失了那么多财物，该如何向他们交代?""怎么会是革命党?革命党都是国家重器。"黄大牙一时张口结舌，哑口无言。被土匪端了老窝是大事，被土匪抢了那么多财物也是大事，不敢隐瞒不报，第二天两人分别向知事公署呈报被土匪袭扰的公文，请求增派力量，再次进行剿匪。原来准备邀功的喜报被赵家斋扯烂了，随手扔到马槽里，又被马嘴一拱，落到马棚的粪球堆里去了。昌南知事公署闻报大惊，知道事态严重，传令在全县各重要路段、村庄、市场张榜，全力悬赏通缉吴老二等一干匪众。又令警察所全体出动，在全县动员各乡、商会保安团抽调大队人马，在潍河边安营扎寨，限期捉拿土匪。各乡的人马还没聚齐，倾盆大雨先如脱缰的烈马来了。乡公所的公房被烧，一时无法建成，剿匪大军只好转移到仁义乡的民户中，民怨沸腾，闹出了两条人命（两个年轻妇女被团丁强暴后自杀），乡绅联名上告，剿匪大军只好又转移到岞山商会驻扎，但还是无法安置妥当。暴雨一连下了多日，潍河水上涨，淹没了铁路桥下半截涵洞。没船只使用，出行都不便利，还谈什么剿匪。不到旬日，人心就散了。未几日，坊间传说赣北大批民众起事，攻占鄱阳、都昌等县城；又听说吉林方正县民众起事，破县城，俘虏县知事。昌南县知事公署急令剿匪队伍移防县城驻扎，以防不测。黄大牙和赵家斋发起的声势浩大的剿匪活动暂时落下帷幕，不了了之。秋天，潍河水涨势渐缓，但民国副总统冯国璋向全国通电辞去副总统一职，地方民心不稳，又听说广东新会县民众起事，破县城，知事公署再也不谈联合剿匪一事了，剿匪只能靠黄大牙独自招募团丁，但赵家斋又不舍得捐助经费，所以吴老二总算躲过了一劫。他们在重建的快活林里逍遥自在，力量逐渐壮大，到冬天时已收容了不下五十余名土匪，多是附近村庄遭灾的难民。

自从杏花悄悄出走以后，跛脚李和林氏不肯重操旧业，恰逢宋家遭了匪患，自顾不暇，所以彻底断了生活供给。一日跛脚李去田间捉了两只笨蝗（蚂蚱），用盐水煮了当菜肴，却苦于酒壶空空，遂打发林氏去赊一壶烧酒来，林氏不肯，跛脚李便抡起胳膊，劈头盖脸打了林氏一巴掌，独自去了街上的酒肆，再三恳求，赊来了半壶白干，没等进家门已喝去大半。跛脚李忽然想起曾经频繁光顾他家的吴老三，近几日踪迹全无，猜测定是他拐走了杏花，便咬牙切齿，晃晃悠悠去乡公所找黄大牙喊冤，林氏远远跟在后面看热闹。跛脚李见了黄大牙，冲着他的背影长长地作了一揖："我是喊你所长大人好呢，还是喊你姑爷好？"那几日乡公所的房子才被吴老二烧塌了架，黄大牙围着转来转去正犯愁呢，看见跛脚李惨白的脸愣怔了一下，脸颊飞起两块红斑，随即警惕起来："你来干嘛？没看见我正烦着吗？"他甚至瞥到林氏站在远处，正把手伸到裤腰里摸虱子，忍不住喉咙里一阵恶心。

"我来让你给我做主，还不是那杏花……"没等跛脚李说完，黄大牙就打断了他的话："别说了，我现在可没闲钱给你家打支应。""我说的根本就不是钱的事，是杏花被人拐走了，这事你管不管？"于是黄大牙屏住了呼吸，静静地听跛脚李说完杏花被"拐"的前前后后，还没说完呢，黄大牙就大吼起来，"住嘴，你这个老不死的，连这么个贱妇也看不住，白白浪费了我那么多钱粮，到现在来跟我嗒嗒还有什么用，给我滚！滚滚滚……"他愤怒地低下头在地上转了一圈，终于找到了一根木棍，他想捡起那根木棍，给跛脚李头上来几下，把他打出仁义乡去，等他捡起木棍，再看跛脚李，已经"滚"很远的地方去了，就连脚上的破鞋子跑丢了一只也顾不上捡。"这样的丑事也好意思来跟我叨叨！"黄大牙余怒未消，命令四个团丁去跛脚李家，把杏花没有带走的家具都搬了回来，把剩下的锅碗瓢盆都砸得稀碎。跛脚李和林氏被吓得躲到村西的寺庙里过了一夜，第二日回家，发现大门被砸下来了，一只骷髅一样的野狗正在院子里舔着他家破锅里的野菜汤。

这怎么能算是丑事呢，对他黄大牙来说也许是，因为他已经被杏花定性为“骡子”了，而对杏花来说却不然。杏花跟着吴老三到了丈岭，被王老驹收留，正在喜悦地做着当妈妈的准备。吴老三拿出手里的积蓄，投入到王老驹的昌盛炭庄，做起了第五股东。丈岭山上的炭窑要想继续经营下去，需要吴老三这样的人，王老驹拎得清，会看人，也会用人，但他没有坦白在仁义乡公所供出滩河密林有土匪的事来，他怕被人看不起，更怕土匪报复。

他儿子王大驹已经一岁多了，天生聪明伶俐，王老老驹已经开始教他读三字经，虽然发音不清，但摇头晃脑，颇有祖父学究的风度。每次王老驹回家，王老驹都搂着他的脖子，黏着不肯撒手。“看来血统是骗不了人的，亲情也是借不来的。”钱大娘唠叨着，每次王老驹离开，王大驹眉眼便露出忧虑的表情，像是要哭的样子。钱大娘赶忙接过来，往腮上叭的亲一口，用脑袋顶他滚圆的小肚子，笑着说:“真像你爹小时候呢，淘气的不得了，不得了……”俞美云站在旁边不苟言笑，揣测着王老驹小时候的淘气。她静静地看着王大驹像一个玉米一样从王老驹的身上掰下来，然后又深沉地目送王老驹出门，看着他骑上那匹黑骡子，在村头的老樟树后面消失。昨夜里她背对着王老驹说她真想出家，把王老驹吓了一跳。“你有什么不开心的事吗？家里又不缺吃不缺穿。”俞美云不吭声。他回过身来搂住妻子的腰肢，摸了摸她的额头，关切地问：“你哪里不舒服？身体病了吗？”俞美云还是不吭声。王老驹急了，腾地坐起来挠了她的咯吱窝一下，谄笑着说：“你倒是说话啊，到底为什么生出这个念头？在家里吃斋念佛还不行？莫非还想着学释迦牟尼佛炼几颗舍利子？”俞美云扑哧一声笑了，回过身来轻轻打了王老驹一下，娇嗔地说：“呸，你坏，你才炼舍利子呢！”俞美云说不出来原因，是不好意思说。前些日子有丈岭来樟树村的货郎，在家门口说到王老驹的炭庄，也说到白牡丹的大车店，这都没啥，关键是最终把白牡丹和王老驹的故事串联到一起了，道听途说的风言本来无据可考，但是经过了走江湖的添油加醋，就变得生动极了。俞美云一个妇道人家，怎能不相信。王老驹多日不归，上次回家一趟也没跟她同房，俞美云心里越想越怕，越想越窝火，她把王大驹的屁股拧了一块大青，心疼得钱大娘直抹眼泪，她不明白那么稳重的儿媳妇，怎么突然间好像变了个人，到底是犯了哪门子神经病。

在王老驹的眼里，俞美云是贤妻良母，勤劳朴实，不仅给他生了儿子，还帮他照顾着父母的饮食起居。虽然她话语少，但是个有心计的女人。王老驹猜不出俞美云心里的疙瘩结成的缘由，但对她的感情是真诚而深厚的，是值得充分信任的。这一次，王老驹用最朴素最原始的行动来向她传递了这一信息。那一夜，王老驹推开繁杂的心事，与妻子再一次共赴巫山。第二天，俞美云的脸上就像雨后的牡丹，脸颊的神情和嘴角的笑靥被心底溢出的爱点亮了。这个世上年轻的女人大多遇到过类似的境遇，当她们身体感受到了爱抚的同时灵魂也能引起共鸣。

俞美云只知道丈夫精明能干，能挣钱养家，但她哪里知道，在这两年的时间里，王老驹受了多少苦，遭了多少罪。她并不知道，当她哄着娇儿安稳入睡的时候，王老驹却在黄大牙的乡公所里经历着常人所不能忍受的拷打和羞辱；她并不知道，当她坐在火炉边等待乙未新年来临的时候，王老驹正赶着马车顶风冒雪在前往平度县的途中。所有的苦难和艰辛，都被深深地埋藏在这个长着侠肝义胆、能够忍辱负重的男人心里。他不会对家人说出自己的遭遇，他认为那样除了会给家人平添不安之外，不会有任何价值和意义。男人就是天上的鹰和地上的牛，为了家庭的温饱风雨兼程理所应当。虽然暂时摆脱了黄大牙的纠缠，但是丈岭的金老板却让他损失了一大笔钱，为了确保木炭能够从炭窑里顺利地运下山来，已经筋疲力竭的王老驹最终做出了妥协，经过白牡丹的从中斡旋（打着知事的旗号施加压力），王老驹用吴老三入股的二百大洋，买下了金老板的那片树林，从此井水不犯河水。

平度的苗老板在秋天时就开始陆续存货，王老驹看在已有三年交情的份上，先后允许他欠下了一百多块大洋的货款，说好到年底会连本带利全部还清。苗老板说："咱们兄弟都合作了几年了，哪年不是到年底就跟你结清账，我这是替你把摊子铺大了，你就等着发财吧。"

看王老驹皱眉头，苗老板赶紧满脸堆笑说："你难道还信不过老兄我？你嫂子可是天天惦记着你呢！"听到这些话，王老驹马上就心软了。这一年，苗老板进货几乎都打白条，每一次都说同样的话。每一次王老驹都会说："我哪能信不过你老兄，只是最近炭庄运转不灵呢，咳咳，只能赊欠这最后一次了哈。"下次来进货，说完了前面那一套，又加了后面一套："蓼兰乡那个叫菊花的姑娘你还记得吗？对你可有意思呢，上次我去补货，人家可一直等着你回信呢！”王老驹立刻红了脸。

苗老板说的没错，去年他到苗三设立在蓼兰乡的分销点巡视，有一次天晚了，就下榻在分销点。代销木炭的是蓼兰村的村正，名曰官有财，祖上三代都是下九流，曾祖父做过郎中，祖父做过剃头匠，父亲做过喇叭匠，五服以内的兄弟二十几个，却没有一个给官家当过差，个个穷得叮当响，真是辱没了他们这个出自周代朝臣命官之后的世家大族的姓氏。民国建立以后，官有财居然就成了蓼兰村的村正，倒不是因为他人缘好得票多，而是因为他生了五个女儿，个个如花似玉，其中两个闺女已经嫁给了本村。诸位想想，先不要说那时候一个村子最多不过三五十户人家，只这两个闺女亲家的势力，再加上那五服内二十多个叔伯兄弟相助，只要不是蠢到极点的人，就是条烂泥鳅，也能翻出点浪花来。官有财也不是白给的，三个闺女的彩礼就得了不下二百两银子，最最重要的是，民国后，他又把三闺女嫁给了县视学所长的侄子做了二房，彻底与官家攀上了关系。有时候，屁大点的关系也能发挥雷一样的能量，学会整合自己的人脉关系，就是管有财的最大特长。官有财在看到了升官发财的曙光的同时，也真切地感受到了多生女儿的优越感和重要性。王老驹气宇轩扬的大老板派头，就一下子把他震慑住了。他跟菊花说："看看这个王老板，从前骑着黑骡子，现在换了高头大马，也不知道有多大的家业呢。苗三说他是东半天里最大的炭商，我看也不是吹嘘着玩的。"菊花说："他有钱是他的，跟咱家有啥关系。"

官有财撇撇嘴，把胡子塞到嘴里嚼了嚼，呸地吐出来："小孩子家家你懂啥，不论什么朝代，只要懂得如何把别人口袋里的钱转到自己的口袋里来，就是有本事的人。"菊花瞪了她爹一眼，警告说："蓼兰的人都说你是把闺女卖了换钱的人，难道这就是你的本事？你莫要打我的主意，我是不会上当的。"官有财脸色立刻黑了下来，吹胡子瞪眼睛，把手指捏得叭叭响，暴跳如雷："哪个混账东西说我卖闺女了？看我不撕烂了他的嘴！"过了一会儿，口气又温和起来，"我就像老母鸡一样，只是教你觅食的办法，你爱听不听。现在兵荒马乱的，南方好几个省都在打仗，赶紧找个富足人家嫁了，能够衣食不愁，平安度日，就是天大的福气了。"菊花虽然半信半疑，但还是有些懊悔刚才的话，沉默不言。官有财继续点拨她："你看那王老板，身体健壮，相貌端正，那么大的家业，到咱蓼兰来，就像皇帝微服私访一样，哪个不像接天神一样想跟他攀上关系，如果不是我心眼快，抢在前面，那么蓼兰的木炭生意早就落到别人手里了！”看菊花不作声，他顿了顿又说：“我看王老板的眼神，下半晌瞟了你的好几眼，好像对你有那么点意思。”这回轮到菊花脸红了，她没想到爹跟她说的人是王同勋，心里瞬间就像开了锅，滚烫滚烫的。她都十八岁了，情窦初开到青春绽放的女人多敏感，对于王老驹的一言一行一举一动她都看在眼里，记在心里。当时她对王老驹充满了敬仰之情，却没有托身之意，尤其是她听说王老驹家有娇妻幼子，心里就羞惭得不行。她虽然不是富家千金，但是论容貌身材，在这蓼兰村里可以算得上是一号花魁，怎么能给人当二房呢，“我才不愿给人当小老婆！”她一着急就忍不住嘴里发出了心底的呼声，惊得官有财目瞪口呆。

菊花虽然嘴上宣称不愿给人做小老婆，但见了王老驹却总忍不住要多看几眼。人与人相处久了，会有两种结果：一种是针尖对麦芒，鸡蛋里挑骨头；一种是相看两不厌，日久生情愫。菊花是正在怀春的少女，自然属于后者。王老驹因为要考察当地木炭市场，又加上官有财热情招待，所以就在蓼兰多住了几日。那是个炎热的夏天，王老驹的汗衫每天都会汗津津的，像从水里捞出来一样。蓼兰村北有一条河叫清水河，河如其名，清澈见底，常有手指粗的白鲢鱼在水中游来游去，一场伏雨过后，水也不改其色，静水深流，可见一斑。王老驹是潍河边长大的孩子，水性没的说。智者乐水，王老驹每天午后都要去清水河里游三个来回。菊花收拾完了饭桌，回头不见了王老驹，忍不住问：“王老板又去哪儿了呢?”官有财憋住心里的笑意，白了一下眼：“肯定是去清水河了呗。”于是，菊花的两脚不由自主地往清水河河边迈去。远远地菊花就看到河面上游动着一个男人的影子，正在兴奋地打着澎澎。她的心跳开始加速，再走近些，就看到了王老驹浮在水面上的古铜色的脊背和半边白色的屁股。菊花羞红了脸，躲在树后不敢细看，却也舍不得离开。待她鼓足了勇气再去偷看时，河面上又不见了王老驹的踪影。菊花等了很久（在水里也不过几分钟时间），也没看到浮上人来。菊花害怕了，从前她听官有财说过，这条河里有一个鱼精，某年鱼精作怪，半夜里把徐财主家的儿媳妇背到河里来糟蹋了，后来徐财主的家人把儿媳妇救了回来，过了没多久，这儿媳妇就生了一窝小鱼，那群小鱼白天跳进水瓮里睡觉，晚上就出来寻食吃。徐财主吝啬，锅里从来不留多余的饭，小鱼们找不到饭吃，就把徐财主老婆的脚指头啃掉了三根……菊花越想越怕，一阵风似的跑到河边，一边哭一边喊王老板。哭声引来了下游浅水区里游泳的孩子，一起光着屁股来看热闹，菊花也顾不得害羞了。正在慌乱中，只见靠近岸边的水面破开，哗啦一声，钻出一个裸体男人。原来王老驹擅长潜水，从一里外的河对岸潜回来，也不过十几分钟罢了。王老驹从水里露出半条身来，撸了一把脸上的水，看到菊花在哭，一脸懵懂："咦，菊花你咋来了?"菊花又惊又喜，复又看到王老驹裸身站在面前，羞得一捂脸跑了。从此以后，菊花看王老驹的眼神明显变了，像火辣辣的榴花一样灼人心扉。官有财看得明白，暗地里托苗三保媒，王老驹听了虽然高兴，但却半晌没吭声，临走时留了句话：这事要和贱内商量，还要父母同意，再说菊花还小，从长计议吧。王老驹义无反顾地走了，海阔凭鱼跃，天高任鸟飞。菊花却苦巴巴地等着，再也没有更适合自己的美好的音讯传来。

18

王老驹是个讲信用的人，白牡丹为救他去打点县知事的三百五十块大洋，他始终放在心上，一刻也没有忘记过。但这一年仿佛真应了丈岭车站票房子外那个算命瞎子的话：食神降临，财神离位。本来不需要花销的地方，也让他破费了许多。现在想来，早春时就有不好的征兆，他去扶喝醉酒的牛犊儿，没想到却被烂醉如泥的牛犊儿拽倒了，扭伤了脚，跟瘸子一样靠拄着木棍才能挪步，养了半个月才好；夏天他低下身去捡马鞭子，不想却闪了腰，贴了半个月狗皮膏药才好；后来黄大牙又把他抓去折腾了一番，虽然经白牡丹出手相助，得以逢凶化吉，但是他已精疲力竭。幸好有牛犊儿、黄崽儿、孙狗儿以及吴老三四个股东竭力维护，打点生意，昌盛炭庄才不至于停业打烊，但已显现出走下坡路的不景气。因此，刚进腊月门，王老驹便把欠款的客户分了工，大家分头催收，他自己负责高密和平度的回收款。他的新疆枣红马脚力好，在雪地上也能健步如飞，如履平地。

那一日，他冒着风雪，去高密县东北乡收了两个客户的欠款，此时天色已晚，王老驹心想隔着崔集乡不过二十里路，到苗三家住一晚，顺便收了货款，次日再去蓼兰看看官有财的木炭款准备情况，当然还有个最最重要的事情，就是去吃一碗菊花做的虾油打卤面，探听一下菊花是不是已经与他人定了婚事。

他至今也没敢向俞美云提起菊花的事情。如果菊花还在等着他，那么年底收了所有的欠账，待过了年，他就把菊花娶回家做小老婆。如果俞美云不乐意菊花与她同住樟树村，那就安排菊花在昌盛炭庄帮忙，在旁边盖两间房子，跟杏花作伴，跟白牡丹做邻居。他心里为这样的设想感到既羞愧，又欣喜万分。虽然说这一年的运气有所衰退，但以他现有的经济实力，养三两个老婆仍然是绰绰有余的。更何况，依附着胶济铁路这条崭新的强大的生命线，下一步他可以扩大经营范围，在木炭的基础上，可以添加煤炭的项目。他听说赵家斋的煤炭生意都做到了关外，作为一个生意人，心里能不有所触动嘛！白牡丹多次跟他讲过，木炭的产量低，销量也低，仅适合家庭富裕的人家使用。穷人家是舍不得花钱去买木炭的，冬天里他们拿两把玉米秸和麦秸，点燃了，四处透风的房间里便多了一点温暖，熏得鼻子和嘴巴都黑乎乎的也懒得去洗，就像一个个烧炭工。

王老驹到达崔集的时候，雪几乎停下来了，暮色更浓，唯靠皑皑白雪拖延着最后的一点明亮，西北风似乎更大了一些，像一个蛮力巨大的醉汉，从北海的海面上东倒西歪地冲撞而来。王老驹从马背上拿下讨账用的褡裢，背在肩上。那里面盛了二百多块大洋，是高密两个客户的木炭款。他每走一步，褡裢里都发出轻微的悦耳的令人心安的响声。苗三跟青莲、祁松正在吃饭，桌上一碗白菜炖猪肉，一碗油煎花生米，一把铝制小酒壶（也叫秃蛋壶子）摆在苗三面前，他自斟自饮，满脸通红，眉飞色舞，好像正在说到什么高兴事。祁松和青莲偶尔互相对望一眼，支应一声，多数时间默不作声。初时听到狗咬，苗三还以为是来买炭过年的村民，粗声粗气地挥挥手，对祁松说："去看看是不是来买木炭的，如果是就让他明天再来，买的少白天不好意思来，就等着这半夜三更跟做贼似的，买个三五斤，只在大年三十晚上到初一暖一下，太浪费咱的工夫了。"没等祁松走出门口，王老驹早一个大跨步进了门，肩头的褡裢撞到了他的肩膀，发出一阵短粗的金属响音，昏暗的灯光下，祁松的腮上突然像发生了痉挛一样，哆嗦了几下。苗三看清楚了来者竟是王老驹，瞬间愕然，之后大喜过望，立即站了起来，上前一把握住王老驹的手，嘴巴里的饭菜还没来及咽下就想说话，有几颗饭粒连同唾沫喷到了王老驹的脸上。苗三在慌忙中咽下去后，却又把脸噎得成了猪肝色："哎呀，王老板，我的好兄弟，这么大的雪你怎么就来了，来了好，来了好，我刚才正说到你，中国人不敢讲，这真应了那句古话，说曹操曹操到哇！快拿酒盅来，再添两个下酒菜！"青莲欢快地应了一声，看了一眼王老驹肩上沉甸甸的褡裢，暗暗地拽了一下祁松的衣襟，去厨房忙活去了。王老驹把褡裢小心翼翼地放到自己脚下，把脸对准了苗三，他看到苗三眼角下的那颗带毛的痣似乎向泪囊下转移了一些，"你刚才说我什么了？"王老驹饶有兴趣。苗三一边倒酒一边兴奋地说："多亏兄弟你支持我，在夏秋两季提前储存下这些木炭，今年雪下的早，天又湿冷，有钱人家早早就生起了炭盆，稍微有点积蓄的人家也扛不住这冷天气，纷纷来买木炭。这不，储存下的那些木炭已经卖去了一大半，还剩小半，估计不出正月，就全部出货了。进了腊月门，买木炭的全用现金交易，托兄弟你的福，这一年我差不多挣了一百大洋，比去年多挣了两成。"苗三越说越兴奋，几乎没有王老驹插嘴的机会。而王老驹却在暗暗地心惊：通过苗三设立的五个代销点，每个代销点的利润中苗三仅提一成，再加上自己的销售利润，竟然能达到百块大洋，这样算起来的话，官有财的代销点一年差不多能有六十多块的利润，难怪今年的利润越来越薄了，其实很大一块利润是被经销商从中赚取了。这也难怪孙狗儿总是看着炭庄的账本发牢骚，说平度县炭商的利润最大，虽然靠他们自己运输，但也应该随着行情适当涨涨价。现在看来，孙狗儿的话不是没有道理，过了新年再把价格适当涨一下是有必要的。苗三也算是个实在人，他和王老驹的生意关系说白了也就是地主和佃户的关系，或者说是皇帝和大臣的关系，你挣多了钱自己偷着乐就是，干嘛要对皇帝说出自己的快乐。皇帝会心甘情愿和你共享快乐吗？要不说人以群分物以类聚，什么人找什么人，王老驹也是这样的实在人。酒过三巡，菜过五味，王老驹也忍不住说起明年木炭涨价的计划，苗三的脸色瞬间变了，"随便涨价可不好，这个行情已经稳定了三年，一旦涨价，用户十有八九都会反对，销量少了，大家都没钱挣了。”现在他很后悔跟王老驹吐了实话。王老驹却偏不明说降低苗三自己的利润，“目前方圆百里没有炭窑，我们做的是冷门的生意，你就是涨一点，估计用户该用还得用，总不能冻死吧。”苗三艰难地歪了一下嘴角：“最近听说东北边的云山和青山也开了木炭窑，只是一时还没销过来罢了。”苗三暗示王老驹，一旦涨价，他就改旗易帜。谈话竟然进入了僵局，这是三年来头一次遇到的事情，两个人都不作声，也不喝酒，各怀心思。向来神神秘秘少言寡语的青莲在旁边看得清楚，她轻启朱唇：“王兄弟既然来了，今天咱们不谈生意，只谈家常，来，我敬兄弟一杯！”她竟然端起王老驹的酒盅，亲自送到他的嘴边，这一点令人大感意外。早听说鲁西北地界里有此风俗，而胶东地界却无此先例，王老驹赶忙接了酒盅，看了一眼苗三，苗三冷着脸不说话，就像窗外的冰凌，冒着刺骨的冷气。王老驹赶忙打个哈哈，想圆回来：“苗兄不要生气嘛，跟你开玩笑的，我保证供给你这里的木炭绝不涨价，只会降价。”青莲一连敬了三个，王老驹再也不敢怠慢，接过来一饮而尽，胃里瞬间火一样烧起来，眼前顿时一片蒙胧，苗三的光头和圆脸晃动起来，那块带毛的痣在他的瞳孔里渐渐消失。他往后倒去，身体轻得像一片羽毛，落到地面上也没发出半点声响。恍惚中他似乎还看到了青莲脸上盈盈的笑意，甚至感觉到身体被搬到一个没有亮光的地方去了。

王老驹醒来的时候，感到口干舌燥，四周潮湿阴冷，他手指先触到的是自己光溜溜的肚皮和四肢，“莫非是不小心蹬脱了棉被？”他的手指往旁边延伸，又触摸到了冰凉的墙壁，他大感诧异，恐惧感一刹那从脚底传到了发梢。他忽然觉得后脑勺隐隐作痛，伸手一摸，竟然起了一个鸡蛋大的包。他翻身想爬起来，脑袋却碰到了上面的墙壁，“我日他奶奶，狗日的苗三……”他咕哝着，迅速启动大脑里的云计算，毫无疑问这是一个狭小的地窖，从地窖里储存的少量地瓜来判断，这应该是个挖掘在炕洞下的地瓜窖。从窖口传来的微弱声音，更加证实了他的判断。“坏了，老子被苗三暗算了。”这是他的第一个念头，此刻他更加后悔自己的失言，“真不该说木炭涨价的事，酒后失言真是商人的一大忌讳啊！”他把耳朵贴近窖口的盖子，外面两个人的对话令他心惊胆战，魂飞天外。

他听到祁松说：“你就放宽心睡吧，他没了衣服，绝对跑不了的，即使跑出去也会冻死。何况我们给他下的蒙汗药够分量，就是到天亮也醒不过来的。”

青莲说：“我倒是不担心那个姓王的，我说的是苗三那个天杀的，老娘我陪他睡了这几年，他居然还帮着姓王的说好话，你到底把他绑结实了没有？”

祁松说：“我往他脑门上打了一棍子，又用绳子五花大绑，捆得跟粽子似的，扔到粮囤里跟死猪一样，过上十年也不会有人发现的。”

青莲说：“你明天就写封信，送到丈岭姓王的的炭庄，让他的家人凑齐五百块大洋，到咱们这里来赎人。等咱们拿到赎金后立马走人，再也不在这乡下活受罪了。”

王老驹暗暗叫苦，他从高密收到了二百大洋的货款，加上苗三三百块大洋的欠款，就已经是五百块大洋了。如果家里再送来五百大洋赎金，那损失应该是他这些年辛苦攒下的大部分家产。倘若这个祁松和青莲不讲信用，收了赎金再撕了票，往后他的妻儿和父母该如何活命。总之，他躺在地窖里一声不吭，纹丝不动，拼力寻思着活命的法子，直到青莲和祁松的谈话声消失很久以后，才小心翼翼尝试着用手托了一下地窖口的盖子，没想到一下竟推开了半条裂缝。盖子是一块木板，上面压着一块青石，他一边轻轻地挪动盖子，一边侧耳听着炕上的鼾声，那鼾声从前多么令人反感，如今多么令人喜爱啊。

祁松和青莲是真的很累了，从前他只能和青莲偷偷摸摸，如今得了这么多财物，有了远走高飞的机会，他们中间的障碍苗三也被放倒了，兴奋之中，他俩索性放开胆子云雨了一场，只是那时候苗三被扔到了粮囤，王老驹被扔进了地窖，两个人都没能听到青莲痛快淋漓母狼一样的喊叫。幸运的是，这场云雨加速了两人的睡眠，给王老驹提供了逃命的机会。王老驹好不容易推开了盖子，从地窖里爬出来，像蛇一样在炕下蠕动着，爬出房门才敢站起身来。他屏住呼吸，打开屋门走到院子里，寒风像刀子一样在他的身上乱削。他顾不上找一件衣服，更顾不上去粮囤看一眼苗三的死活，他打开大门，就像一个企图在黑暗中夺冠的冬泳运动员一样冲进了冰天雪地。那个时候，他脑子里只有逃命的念头，踩着厚厚的积雪，往蓼兰方向一路狂奔。他怕被祁松发现追上来，所以打消了回丈岭的念头。从猿人进化到现代人，大约用了一万年才褪掉了身上厚重的皮毛，此刻在冰雪的世界里裸体狂奔，王老驹真恨不得重新退回到一万年前。但此刻容不得他多想，凛冽的北风裹着他的身子，往斜里扔，往沟里甩。他的面前就像一堵堵软墙，需要他弯下腰，把脑袋缩成锐角，逐一钻破，拱倒。记不得跑了多少里路，依稀到了蓼兰，映着雪光，他还能模糊地辨出菊花的家门。扣门是不可能了，王老驹丢不起那个脸，生死存亡之间，男人也应该坚守尊严。还有一个原因，就是耳畔始终觉得后面有人追，他怕叩门声引来祁松的追杀，他不敢确定祁松是不是顺着脚印追来。官有财的大门前有一个草垛，外面围着一层玉米秸，再往里是一层麦秸，内核却是麦糠。冬天的麦糠堆里温暖如春，王老驹毫不犹豫地钻了进去，就像小时候一下子钻进了母亲的怀里，他激动得想哭，泪腺却被寒风冻结了。

菊花是个勤快的姑娘，从不睡懒觉，天刚蒙蒙亮就起来，拿扫帚和铁锨把满院子的积雪堆成团。官有财起来的时候，她已经堆起了两个雪人：一个是女的，头上围了红色的头巾（红纸做的），两只栗子壳做成了黑色的眼珠，插一块小白薯做鼻子，她还想做个樱桃小嘴巴，却找不到合适的材料，也就罢了。一个是男的，头上戴着官有财父亲的破毡帽，两个核桃皮做成了眼睛，一只红辣椒做成了鼻子。菊花把这两个雪人紧紧地挨在一起。官有财在院子里转圈，瞅了瞅两个雪人，笑着说："这个女的像我闺女，这个男的有点像我。"菊花白了他一眼，揶揄地说："你什么时候变得这么年轻英俊了？"官有财更加惊奇，自言自语："我再看看咪，会是谁呢，跟我闺女靠得这么近，会是谁家的姑爷呢？"菊花笑了，她知道官有财要逗她乐。她心里还能有谁呢，官有财比谁都清楚，当然是骑高头大马的财神王老驹了。菊花挎起筐子出了大门，去草垛里拿些麦秸做引火烧火做早饭。

菊花拿第一把麦秸的时候就发现了草垛里的异样，每次她拿了麦秸，都会把草垛前收拾得干干净净，而现在草垛里面却涌出了许多麦糠，像被鸡爪刨了一样。莫非又有村外的野兔受不住严寒钻进了草垛，她心里一阵惊喜，心跳嘣嘣的像揣了一只兔子。初冬时一只野兔钻进了草垛，被官有财用花篓封住出口，逮了个正着，兔皮被剥了贴在墙上风干着，可以换十文铜板，紫红色的兔肉炖了一锅青萝卜，那香味飘得满村子都是，引来了两条瘦骨嶙峋的饿狗站在大门口外直嚷嚷，死活不肯离去。菊花用筐子塞住洞口，忙不迭跑回家里喊官有财。官有财一听野兔，跑得比野兔还快，顺手拿了一个花篓，大步流星赶来，先围着草垛转了两圈，确认没有别的出口，才放心地用花篓换掉筐子，然后探头伸手去摸，耳边忽然传出一声微弱且嘶哑的叫喊，或者说是哀鸣："官叔，是我！"与此同时，官有财的手触摸到了一只冰凉的脚丫。这一声哀叫非同小可，官有财吓得嗷的一声退出来，一屁股坐到了雪地上，他的脑袋上还顶着一堆麦秸，把菊花吓得倒退了十几步。"是个叫花子呢，咋还叫我叔？"官有财惊魂未定，重新壮起胆子，探头去看，"你是人是鬼？"王老驹已经奄奄一息，发起了高烧，听到官有财父女嚷嚷着捉兔子，也挣扎不起来，直待官有财把草垛翻开。官有财差一点认不出王老驹的样子，那模样太惨了，赤裸的身体不说，从黑夜中的雪地里慌不择路，被荆棘和石块碰得遍体鳞伤，两脚已经血肉模糊。官有财只见过骑着高头大马，威风凛凛的王老驹，就从来没见过光着屁股的王老驹。菊花看过不假，那是去年夏天在清水河边，王老驹冷不防从水里钻出来，她也只是扫了一眼，就吓得捂住了眼，然后飞一样逃走了。官有财看着王老驹，嘴里嘶嘶的倒抽凉气，手足无措，不知如何是好。菊花心疼得直流眼泪，飞一样奔回屋里，找来官有财的棉衣棉裤棉鞋，费了好大力气才为王老驹换上，把他扶到炕上躺下后。菊花的心依然狂跳不止。在菊花的心里，她早就是王老驹的人了，此时，她看到未来夫君受伤的身体，不仅毫无羞怯感，反而更觉踏实。

19

王老驹五日未归，昌盛炭庄的股东们慌了神，乱糟糟吵成一片。为嘛呢，此日已是腊月二十二，眼看着过了正午，明日便是腊月二十三小年了，按照惯例，在小年前一日要分红，各位股东和炭庄、炭窑的工人，都要领了红利和工钱，置办好年货，然后回家过年。家里父母妻儿都等着这一天呢。吴老三提议再等等看，说不定大掌柜马上就回来了。他反正没地方去，只能和杏花一起躲在这昌盛炭庄过年。孙狗儿则不然，媒婆才给他说了一门亲事，让他在小年那一天趁着赶年集看一下女方，如果相中了，就准备五十块大洋做聘礼，和女方订下亲，然后在正月里完婚。孙狗儿今年已经二十八岁，分明是大龄青年了，焉能不急，他在炭庄里走来走去，抓耳挠腮。黄崽儿在春天已经结了婚，他不着急，早一天晚一天都行，他老子都把年货买齐了。牛犊儿也不急，他父母早亡，光棍一条，跟哥哥一起过日子，他嫂子从前对他一点都不好，曾暗地里唆使哥哥赶他走。后来牛犊儿做了炭庄的三掌柜，手头宽裕了，嫂子才对他眉开眼笑，也无非是看上他的钱了，所以他宁愿跟吴老三一起在昌盛炭庄过年，也不肯回家去看嫂子的俗脸。别看那杏花挺着个大肚子，依旧每天帮着伙房里炒菜做饭，厨艺好，人也好看，无论跟谁说话都是慢悠悠的，像新吐絮的棉花一样温暖而洁净。孙狗儿摸着光秃秃的前额（他天生前秃），一圈黑色的雀斑包围着红头鼻子，仿佛要马上发起总攻击，让人感受到了他强烈的五内俱焚的焦虑和牢骚："这都多少日子了，还不回来，莫非是想在菊花家里过年吗？我可是急用钱，要不我先在账上借支一笔钱，等大掌柜回来再补上。"牛犊儿羡慕又同情地看着他，默不作声。黄崽儿马上阻止了他的僭越图谋，"这可不行，没有大掌柜发话，柜上的钱一文也不能动，这可是先前定好的规矩，雷打不动，谁也不能坏了。"孙狗儿气得呲牙咧嘴，恨不得要逮着谁啃上一口。

白牡丹几日没看到王老驹带人去吃饭，领着那个叫秋奎的年轻厨子，端了一盆猪肠炖豆腐来炭庄，说是犒劳一下大家，实则是探听一下王老驹的动向。听说心爱的朋友去讨账多日未归，愣怔了半天，一双杏眼盯着脚下像是要钻透地面，自言自语地说："这都临年靠近的了，他那么个大人还能丢了不成？不过还是应该派人去找一下最为妥当。"孙狗儿听了啪地打了自己一个嘴巴，"我咋这么笨呢，早该想到这一点，我马上去平度苗三那里看看。"他们都怀疑白牡丹与王老驹有特殊的男女关系，所以孙狗儿憋着没敢说出菊花的事来，憋得喉咙生疼。牛犊儿也要跟着去，并且顺利地借到了吴老三的马。以前，吴老三的马从不借人，如今不同往日，他心里一边惦记着王老驹的安危，一边像猎狗一样守护在杏花身边。此时，杏花已有九个月的身孕，随时都可能临盆，须臾不可离人。吴家的香火马上就有人继承了，他吴老三有底气代表兄弟三个来告慰九泉之下的吴老爹了。大家目送孙狗儿与牛犊儿出了大门，上了去平度的官道，马蹄嘚嘚，消失在白雪茫茫的旷野里。

白牡丹一夜未眠，三番五次打发人去昌盛炭庄问询，还是没听到王老驹的消息。第二日半晌，孙狗儿和牛犊儿回来了，两个人如丧考妣，垂头丧气进了炭庄，孙狗儿一言不发，牛犊儿唉声叹气，重复着说了一路上的话：完了完了，这回彻底玩完了！大家围拢来，听他通报平度一行的见闻。他俩当天下午去崔集找到了苗三的家，苗三家的大门上却贴了平度县公署的封条。他俩向村里人打听到，前几日这家出了命案，苗三被人害死了，至于怎么害的都不晓得，与他一起生活的老婆和舅子下落不明，如今警察所已贴出悬赏布告，画图通缉捉拿他的老婆青莲和舅子祁松。只是临年靠近，公家人都忙着过年，有谁还顾得了这无头命案，消息倒是散得飞快，像雪花沸沸扬扬，没几日胶东地面上都传遍了。苗三死了，王老驹下落不明，把孙狗儿吓得不轻，悄悄对牛犊儿说，是非之地不可久留，若是被人怀疑为杀人凶手，不死也得脱层皮，还是一走为妙。孙狗儿和牛犊儿赶回高密时天已黑透，无法夜行，遂找了个旅店住下。他俩心里越想越怕，越怕越想，也不敢脱衣睡觉，简单吃过了晚饭，就和衣躺在炕上，叹了一晚上的气，天亮时起身，四目相对，都肿得像马脖子下的铜铃铛。

这回黄崽儿默认了孙狗儿的要求，经过四个股东合议通过，每位股东可先去柜上支取一部分钱准备过年，其他的继续等大掌柜回来再说。工人的老婆孩子都是等米下锅的，掌柜的红利可以暂时不管，工人的工钱是一刻也耽误不得的，必须全额发下去。

此刻，没人知道王老驹正在鬼门关上徘徊。官有财为他请来了蓼兰最好的郎中，诊断的结果是惊吓过度，加上风寒入内，七经八脉半数封闭，相当于就是半个死人，熬不熬得过去，要看他的造化。按照官有财的想法，是赶紧雇个马车把他送回家去，如果有个三长两短，他们官家会吃不着鱼反沾上一身腥。菊花死活不肯，硬逼着官有财去按药方抓了草药，煎好了喂王老驹服下。救下王老驹的当日，午饭后，半信半疑的官有财禁不住好奇心的驱使，从小路踩着厚厚的积雪去崔集苗三家看了个究竟，实则是想去把王老驹的那匹枣红马牵回来。走到苗三家附近时，他看到路边站着许多看热闹的人，其中有个认识他的村民说，苗三家出事了，大清早有人去他家买木炭，发现院门大开，空无一人，那人看到粮仓的小门开着，伸头去看，发现了苗三的尸体。村民随即报告了村正，村正报告了乡公所，乡公所报告了平度县公署，警察所派来了仵作，正在给苗三验尸呢。官有财虽然有村正的职务，还有县公署教育所长做靠山，但人命关天的大事，对他来说就像乌鸦的粪便，熏不死人也会恶心死人，何况苗三案的知情人王老驹还藏在他家，这事怎么看都好像与他官有财有关联，一旦被人深究，似乎也脱不了干系。他吓得不敢细想，一溜烟跑回了蓼兰。

王老驹身体虚弱，菊花做主，把家里的母鸡杀了四只，每天煲汤给他补充营养，三五日过后，他黄表纸一样虚幻的脸上渐渐有了人形。七日后，也就是腊月二十八日，已经能够站起身来踱步的王老驹恳求官有财帮他雇个马车，送他回家，他不仅担心炭庄里的生意，更担心樟树村的父母和妻儿。菊花虽然恋恋不舍，但留下王老驹过年，显然很不现实，也缺乏传统根据，遂默认了他的恳求。王老驹说，感谢官家父女的救命之恩，等他回去即告知家人，待养好了身体，必定亲来蓼兰下重聘，月内迎娶菊花。官有财和菊花满心欢喜，目送王老驹的身影消失在胶东大地的茫茫雪原上。那一天，雪花依然在空中纷纷扬扬地打着旋，落到了赶车人帽子上和驾辕的马背上。晚上，菊花做了一个梦，她仿佛远远看见王老驹穿了新郎官的玄端礼服，胸前系着大红花，骑着一匹枣红马，引一乘八人抬的大花轿，从清水河的对岸逶迤而来。她激动地笑了，笑得咯咯的，眼泪都出来了。她看见迎亲的队伍一步步地靠近，喜庆的唢呐声越来越清晰，王老驹领着花轿走进了清水河，她一点也不担心，她知道王老驹会潜水，河里的鱼怪也奈何不了他。她耐心地等着王老驹从河里出来，等了很久很久，她终于看到了河面上水花翻动，迎亲的队伍从河里走出来了，她又听到了唢呐的声音，不过这次唢呐的声调变了，变得陌生又熟悉，她努力地回想着声调在哪里听过，记起来了，那是她祖父去世时听过的哀乐。俄而，她惊讶地发现王老驹身上的礼服变成了黑色，胸前系着白花，他的胯下变成了一头小黑驴，王老驹的脸上没有一点表情，仿佛没有看到她，竟从她身边缓缓走过。她甚至看到了后面的轿夫中有一人特别眼熟，是谁呢，她记起来了，是苗三，眼里流着黑色的血……菊花被吓醒了，醒来后心跳如擂鼓，眼里还沁着最初的喜庆的泪水。

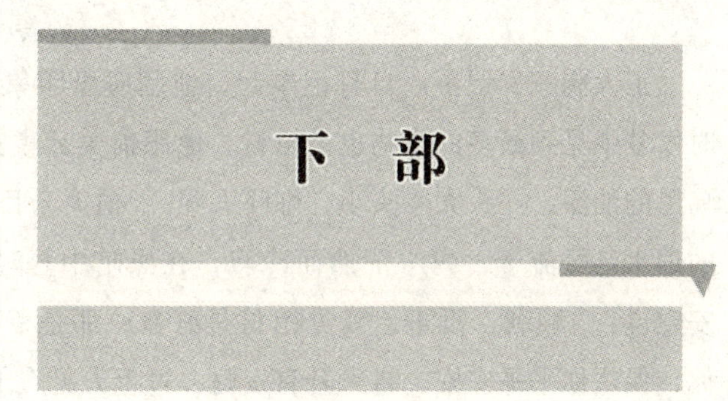
下 部

第一章

1

王大驹三岁记事，自打记事起，他脑海里印象最深的事物是棺材，他小时候梦中见到最多的事物也是棺材。他跟俞美云说："娘，我又梦见棺材了，乌黑的油漆，一头大一头小，好吓人呢。"俞美云目视着窗外微弱的星光，她的泪水已经流干，内心茫然而冷寂，在黑暗中轻轻拍打着儿子稚嫩的肩膀，安慰说："顺利，没事，梦见棺材是好梦，那是爷爷、嬷嬷和爹爹在保佑着你，保佑你平平安安，将来升官发财，过上人见人羡的好日子。"

在这一年多的时间里，先是王老驹在民国八年春末病故，人生的大不幸就是白发人送黑发人，王老老驹和王老太太因伤心过度，在当年的冬天也相继去世。棺材一口连着一口拉进王家的院子，又一口连着一口送往樟树村西北边的墓田。现在家里只剩下她和顺子孤儿寡母两个人了。俞大马车赶着马车拉来了她的母亲和七个姨妈、八个姑妈，动员俞美云回娘家，把儿子送人，再去外县找个男人远远地嫁了。这是做父母的慈悲和爱心，谁能眼睁睁看着花朵一样正在盛开的姑娘，就这样守着寡断送自己的一生呢。现在是民国九年了，中原大地上，民主和自由的思想被连续不断的新民主主义爱国运动的新风吹出了嫩芽。但在俞美云内心深处，却仍然根深蒂固地矗立着一座无形的贞节牌坊。带着一个儿子的女人，要想改嫁，谈何容易。俞美云认命，她想保护好王老驹的骨血。有时候回想起王老驹病故前，那两位前来探望的女人，她的内心也曾挣扎过。

第一个来探望王老驹的女人是白牡丹，身如三春杨柳，面如仲秋满月，披一件翻毛的白狐皮的大氅，穿一双桃红底色的荷花绣鞋，在大年初一的早晨，她从院门外袅袅娜娜地走了进来，嘴里哈着热气，院子里的积雪把她的脸映得像牡丹花一样。去年，她从来樟树村的货郎口中，曾听说过对白牡丹的描述，以及白牡丹和王老驹的传言，此时见了仍然忍不住生出许多醋意和妒意。白牡丹真是太雍容华贵了，轻启朱唇，露出一排整齐的糯米般的银牙，声音宛如莺歌燕语一般，在房间里萦绕不息，难怪男人会心动，就是作为女人的她，也禁不住啧啧称叹。王老驹从平度蓼兰经丈岭炭庄回家，当日就躺倒在炕上，软的像一滩泥。晚上俞美云睡在身边，听到他在梦里喊冷，牙齿打颤，几次从梦中吓醒，浑身冷汗淋漓。除夕之夜，像发码子祭天地那样的事情，也只能靠垂垂老矣的王老老驹来做了。白牡丹来看他，坐在炕沿上，满眼的关爱，说起在崔集苗三家的遭遇，深感惊讶。“真是知人知面不知心啊，还好能化险为夷，平安回来。钱财本是身外之物，我那钱就不用还了，权当孝敬你家二老吧！”王老老驹和王老太太不知道内情，面面相觑，不知道说什么感谢的话合适。王老驹赶忙阻止白牡丹：“那可不行，当日蒙您搭救，已是万分感激，如何再让您破费，钱我已经准备好了，现在就还您。”他示意旁边侍立的俞美云，打开炕角硕大的楸木箱子，摸出一个精致的樟木匣子，里面刚好有三百五十块大洋，“我就不再给您添加利息了，还望您收下本金。”俞美云闻言便把匣子捧到白牡丹面前，脚下像踩着棉花，身体深度前倾，眼神里忍不住露出一丝乞求的味道，仿佛面前的白牡丹是来抢夺她男人的女魔头，有着君临天下的威严，手里握着可以左右他们全家生死的锋利无比的时光利刃。如果不是王大驹在后面拽着她的衣角，也许她会扑通一声跪倒在地。女人最懂女人，白牡丹躲开她的目光，用手挡开钱匣，“我真不是为了来讨那笔钱的，这样就显得我太不仗义了，大年初一，我实在是放心不下你。”白牡丹看着王老驹，眼神充满了关爱，喃喃地说，当她意识到面对王老驹的家人，所言“放心不下你”有些不合时宜时，面部表情愈加慌乱，赶紧进行补救，“我不是那个意思，我是说今天万万不可收回这笔钱，要收回也要等您王老板康复以后再说。”气氛一时尴尬，白牡丹面目含羞，俞美云脸颊发热，屋外飘进来的呛鼻的浓重硝烟里又添加了一些醋酸的味道。幸好这时有人来拜年，院子里呼啦啦涌进来一群人，竟是孙狗儿、黄崽儿、牛犊儿。一进屋门，三人快步走到王老老驹和王老太太面前，排成一列，扑通一声跪下，一边磕头一边齐声喊："二位高堂在上，我们三兄弟给你们拜年了！祝福二老寿比南山，福如东海，身体康健，岁岁平安！"王老老驹与王老太太惊喜不已，赶紧起身来扶。王老老驹说："如此大礼，如何使得！快快请起！快快请起！"王老太太对着他的后背戳了又戳，嘴里低声念叨着："快去给孩子们拿压岁钱，给少了肯定不行！"牛犊儿大嗓门抢着说："我们都多大了，还要您老的压岁钱，您二老就自己留着花吧。倒是我们三兄弟给侄子准备了压岁钱，我那宝贝侄子呢？"三个人扔下王老老驹和王老太太，满屋里搜寻王大驹。王大驹躲在俞美云身后，被孙狗儿看到了，一把抓过来，也不管王大驹同意不同意，举到半空转了三转，又抱在胸前，在腮上亲了三口，"哎哟我的顺利大侄子啊，可让叔叔想坏了！"一边喊着一边把腰间的荷包掏出来，塞到王大驹手里，王大驹哭着不要，又塞到俞美云手里。牛犊儿和黄崽儿同样把荷包塞给了俞美云，每个荷包里装着十块大洋。白牡丹这才想起此行的第二个目的，冲等在外间的两个女佣点了点头，一个女佣捧过来硕大的钱袋，白牡丹接过来双手捧给俞美云，"这是一点薄礼，一是给顺利侄子的压岁钱，二是给二位高堂的见面礼，请嫂夫人代为笑纳！"那袋子硕大，里面装着不下五十个大洋。俞美云不敢接，转过脸去看王老驹。不等王老驹点头，白牡丹已经像扔一般塞到俞美云的怀里。另外一个女佣捧过来一匹锦缎，上面摞着一个锦盒，白牡丹打开锦盒，说："这盒子里是一根千年人参，是东北的老亲戚送给我的，我收藏了多年，现在送给王老板补补身子，相信能助他早日康复。"她把人参递给王老老驹，又指着那匹酱色锦缎，对王老太太说："这是县公署的知事大人前年送给我的常州丝绸，可以为您全家每人做两身衣服。"王老太太乐得合不拢嘴，赶忙伸手去接，不料那匹锦缎重量非凡，她差一点没接住，拼了全身力气才抱到炕沿上。白牡丹说完了就起身告辞，王老太太想留她吃午饭，她以不容置疑的口气说家里有事，匆匆走了。俞美云怀抱着一堆大洋，怔怔地看着白牡丹走出大门，想去送别，腿脚却不听使唤，直到王老驹喊她才回过神来。再去追赶，王老老驹和王老太太以及牛犊儿、孙狗儿、黄崽儿已经把白牡丹送上马车，眼看着去远了。牛犊儿说，他早上路过顺意马车店时，看见丈岭乡公所的所长带着七八个团丁在那里站岗执勤，从团丁们的窃窃私语中，他隐约听到县知事今天要到丈岭巡视，目的地定是顺意马车店无疑了，知事大人就该与民同乐。俞美云听了，心中疑虑的窗户顿时打开来，腿脚也利索了，没等王老驹吩咐，就给黄崽儿三人准备了一桌丰盛的酒菜。牛犊儿还说，杏花在这几天要生了，吴老三寸步不离，已经邀请了站上的接生婆，在昌盛炭庄里候着。还有一件事不能隐瞒，吴老大和阿宝在大年三十天黑时去了昌盛炭庄，带了不少的酒水和吃食，一起在炭庄里过的年。王老驹听了，眉头紧蹙，半晌无言。

第二个来探望的女人是菊花，那时候已经过了清明，南雁北归，燕子筑巢，天朗气清，惠风和畅，十里桃花。那日菊花路过村里学堂，听到有学生在诵读唐朝崔护的诗《题都城南庄》：“去年今日此门中，人面桃花相映红。人面不知何处去，桃花依旧笑春风。”突然想起与王老驹已分别两月有余，至今杳无音讯，心下焦虑。“还说要携重礼来下聘，这过了许多时节，只怕是人家大老板有了悔意，或者又遇到了更漂亮的女人，乐不思蜀，也未可知啊！”官有财也纳闷，“按照时间推算，应该身体早就康复了，这王老板是个实诚人，应该不做忘恩负义的事，我家对他可是有救命大恩哩。何况我已遍告亲友，且备齐了嫁妆，他若负了菊花，让我官家颜面何存，让我的菊花何去何从啊。”父女两个心神不宁，每日站在蓼兰村头向官道上瞭望。菊花说：“不要等了，总不能让人把心煎熬死，咱去看个究竟，问个明白，死了也能闭上眼。”父女两个坐上铁轱辘马车，顺着胶济线的官道，先去了丈岭火车站对面的昌盛炭庄，见到了吴老三和杏花夫妻两个。那时杏花已经产子两月，吴老三不敢离开半步，每日里守着他的娇妻爱子，仿佛浑身有使不完的力气，征得了其他股东的同意后，不再去炭窑盯着，只留在炭庄照看生意。听说王老驹至今还在家中养病，菊花惊得花容失色，来不及细问，急忙催着车夫快去樟树村。在村头那棵古老的已有五百岁树龄的老樟树下，他们停下来，向一位哄着小孩玩耍的老妪打听王老驹的住处。那老妪满头白发，面色和蔼，听说是平度来的木炭客户，笑容愈加可掬，说了一声“跟我来吧”，领着客人就走。老妪不是别人，正是王老驹的母亲王老太太。天气刚转暖，王老太太经不住孙子王大驹的纠缠，带他去樟树下玩耍，只留下俞美云在家照看王老驹，端屎端尿，喂药喂汤。王老老驹依旧每日去村里的学堂教学生读《三字经》

《百家姓》《千字文》，或临朐县梅溪先生的《庄户杂字》《四言杂字》《五言杂字》《六言杂字》《七言杂字》，或吴楚材先生的《古文观止》。

菊花进了王老驹的家门，早忘了官有财一路的叮嘱：要识大体懂礼节。她一心只想着见日思夜想的人，忽略掉正在灶上烧火煎药的俞美云和给她带路的王老太太。她一步踏进弥漫着浓重草药味的房间，看见了躺在炕上闭目养神的王老驹，顿时泪如雨下，哽咽难言，从无语凝噎到痛哭失声也不过是刹那间的事情，“哎呀我的亲哥，你这是怎么了？”她像猴子一样连滚带爬上炕，没了一丝窈窕淑女的优雅风度，她扑过去抱住王老驹的腿，泪眼蒙胧中，看到了王老驹深陷的眼眶，黯淡无光的额头……闻声而来的俞美云不相信自己的眼睛，一连拂拭几下才确认了眼前的一切，她尴尬、愤怒、羞愧、无助，站在那儿惊讶地张大了嘴巴，忘记了炉灶上沸腾的药罐，直到烈火把药罐里的药汁一点点蒸发掉，变成一罐冒烟的药渣。王老太太和官有财面面相觑，吓得呆若木鸡，两脚像陷进泥潭一般杵在炕前动弹不得，心里叫苦连天。这真是一个在艳阳高照的春天里感受秋雨般阴郁心情的日子。相对于俞美云被旺盛的炉火烤焦了的愤怒，菊花深重的忧伤和绝望是无与伦比的，因为王老驹的病情看起来比当初获救时更加严重，仿佛已到了回光返照的生命尽头。他慢慢睁开疲惫的双眼，对于菊花的到来，眼睛里闪过一瞬间的惊喜，然后就像即将被风吹灭的烛火一样，颓然暗下来。白牡丹的千年老参没能帮他修复青春的蛮牛一样的躯体，他举起瘦骨嶙峋的手掌轻轻地抚摸了一下菊花的头发，用沙哑的嗓子说：“你来了，对不住啊，让你受委屈了。”他努力挣扎着想坐起身来，但一切都变得徒劳无功。菊花一刻不离左右，像恪尽人臣与妇道之礼一般侍奉王老驹，昼夜不寝，住了三日，经大家苦苦相劝，才眼含热泪，恋恋不舍地随官有财回了蓼兰。

菊花走后，王老驹的病情愈加凶险，一日咳血数口，自知去日无多，差人去丈岭炭庄喊来黄崽儿、孙狗儿、牛犊儿、吴老三，开始口述遗嘱：

第一，欠白牡丹的三百五十块大洋，从他个人的股份中抽出，在他死后即日归还。

第二，官有财父女救他一命，当时曾约定携厚礼下聘迎娶，可谓失约，从他的股金中抽出三百块大洋，由吴老三和牛犊儿二人送去蓼兰，赠予菊花，算作补偿，作为菊花重新择婿的嫁妆。

第三，剩下的股金抽出大半，交由俞美云保管，以作王老老驹、王老太太、俞美云、王大驹四人的赡养费与抚养费。

第四，让王大驹拜黄、孙、牛、吴四人为义父，并与吴老三、黄崽儿已经出生的儿子义结金兰，结为异姓兄弟，以后孙狗儿、牛犊儿生了儿子也照此办理。

第五，昌盛炭庄与岭上的三座炭窑此后归孙狗儿、牛犊儿、黄崽儿、吴老三四人所有，剩下的小半股金赠予四人，任凭处置，与他再无关系。

立完遗嘱后，一只猫头鹰飞临村头的老樟树，声嘶力竭地连续笑了三夜。老人们常说：不怕夜猫子叫，就怕夜猫子笑。果不其然，第三天半夜时分，俞美云听到拴在大门口的黑狗狂吠了许久。天亮时，习惯于早起的王老老驹惊异地发现，上了门闩的大门竟然洞开，正疑惑夜里是不是进了盗贼，耳边却响起了俞美云撕心裂肺的哀嚎——“王老驹死了”。

在凡人眼中，子夜时分黑狗的狂吠和自己开启的门闩，能否证明黑白无常先行锁走了王老驹的魂魄？猫头鹰连续三夜的狂笑，根据民间物理学的说法，应是王老驹出殃时发出的气味引起了恋尸狂嗅觉的共鸣。反正王老驹去世时如此，王老老驹和王老太太去世时亦如此。子夜时分的狂吠、猫头鹰的狂笑、自动开启的门闩，都应让居住在偏僻乡间的平凡生命产生警惕与敬畏。而这些貌似玄学的征兆，对于继续活在世间的人，却没有几个人乐于理会。

昌盛炭庄这个独立的微小的商业帝国，在王老驹死后，立刻变成一盘散沙。首先是黄崽儿、孙狗儿提出分家，各干各的。没了王老驹这块主心骨的存在，加上抽去了他大部分的股金，昌盛炭庄的确名存实亡，难以为继，尤其是丈岭一带民风彪悍，没了王老驹的人脉从中斡旋，一刻也待不下去。王老驹死后不久，金老四就派打手封锁了炭窑通往炭庄的路，吴老三和牛犊儿拿着当初与金老四签订的协议理直气壮前去理论，反被打得鼻青脸肿，铩羽而归。更为严重的是，第一次世界大战结束，《凡尔赛和约》强行把德国在山东的权益转让给日本，引发了轰轰烈烈的五四运动。恰在此时，昌南县知事大人的老婆死了（据说是吃大米干饭噎死的），他深感时局动荡不稳，更不愿以卵击石做墙上相框里的民族英雄，遂将白牡丹纳为填房，变卖了丈岭火车站旁的顺意马车店，携一切金银细软移驾济南府。昌盛炭庄解散后，王老驹留下的小部分股金，又被如数送到了俞美云手中，至此她身下的炕洞里已经积攒下两千大洋，在今天看来，也是个正儿八经的标准富婆。黄崽儿、孙狗儿回家自谋生路去了。没了王老驹这个靠山，吴老三不敢久留丈岭，怕遇到黄大牙也不敢去仁义乡跛脚李家，只能带着杏花和儿子小锄头到快活林暂避一时，同时也向他的两个哥哥炫耀一下自己的丰功伟绩：娇妻、爱子与七百块现大洋。牛犊儿不愿回家看嫂子的俗脸，更怕哥嫂侵吞了他的积蓄，于是背着千块大洋去王老驹家，求王老老驹和王老太太暂时收留，要替故去的王老驹尽一点义子的孝道。那时候，王老老驹和王老太太已被丧子之痛打垮，疾病缠身，生活难以自理，俞美云整日以泪洗面，正沉浸在丧夫的无限悲戚里，家里添个砍柴买米的男人，也是一件令人欣慰的好事。所以，牛犊儿的到来，让这个厄运连连、运气急剧衰退的家庭增添了一些活力。

2

“顾维钧在巴黎和会上明确表示过，山东是中国的领土，战败国德国应将在山东的一切权利，直接交还中国，而不是日本。但是世界列强还是强行通过了《凡尔赛和约》，将我们的国家主权转让给了日本人，这是我们国家的耻辱，是中华民族的耻辱，是中国政府的耻辱，我们潍县学联强烈抗议中国政府的软弱与妥协，从今日起，我们社会各界要团结起来，坚决抵制日货，维护国家利益和民族尊严。抵制日货，从我做起！”李连升在潍县学联派往岞山的学生宣传队伍中，在听到学联头目的号令后，同其他学生一起，将准备好的日本国种植的茶叶，青岛日企生产的丝绸、纽扣以及日本船打捞的海鲜，搬下马车，堆到岞山商会的大门口外像小山一样，然后浇上亚细亚公司的火油，开始焚烧。黑烟铺天盖地，粗糙的烟尘夹杂着海鲜的腥臭与化工原料呛鼻的酸辣，笼罩了岞山商会前的半条商业街。那天是岞山的站集，赶集的人群从四面八方汇集过来看热闹，把岞山商会门前的道路挤得水泄不通。看热闹的人群中有李连升的二姐李连美和她的夫君宋公子。宋家因为吴老二的打劫与绑票，如今已无往日的风光，生意越做越小，过上了平常人家的生活，吃的穿的也跟平常人没啥两样。李连美和宋公子远远地站在商会对面自家门前的台阶上，伸直了脖子，惋惜地看着那些正被火葬的日货。“多可惜啊，这么多好东西，都白白糟蹋了！”宋公子揉搓着双手，恨不能冲上去把火扑灭，抢一些回家用。那些被火烧焦的日本对虾，甚至可以用来做下酒肴。李连美把舌头吸得滋滋响，“真是作孽啊，街西老孟家真是倒霉了，那些茶叶大多是他商铺里的货。还有那些丝绸，大多是老庄家贸易商行的货，这回都亏大发了。”宋公子和李连美原本就琴瑟和谐，志趣相投，如今更是同仇敌忾，对学生的所作所为产生了极大愤慨。他家的杂货铺一直靠经营日本产的火油和纽扣维持生计，只是储存量少得可怜，不值当学生关注。突然李连美在学生队伍中发现了李连升，她惊喜地喊起来：“我的天啊，好像是咱家连升在里面，还真是连升呢！连升哎。”她身着廉价的翠绿色丝绸缝制的纽扣右开襟衫，冲着人群里的李连升挥动手臂，宽松的袖口褪下来，露出了细藕一般白嫩的胳膊。学生队伍中的李连升相貌出众，已然长成了七尺男儿，他身穿白色的中山装，脚踩黑色牛皮鞋，在浓烟滚滚的火堆面前表现尤为积极。他不仅帮着焚烧日货，还带头高喊口号：外争国权，内除国贼。抵制日货，收回利权。宋公子踮起脚来，脑袋激动得左晃右摆，根据李连美的视线，终于看到了李连升，“果真是我的内弟啊，哎呀老天，你看他在干什么啊？他在往火堆里扔丝绸呢，这也太不像话了，啧啧啧……”李连美回过头来，狠狠地瞪了他一眼，厉声呵斥：“你吃屎了吗，嘴吧嗒吧嗒的，你没看见咱家连升在带头爱国吗?”然后她把手高举过头，跟着李连升的步调一起喊：“抵制日货，收回利权……”宋公子看到老婆突然变了脸，吓了一哆嗦，也赶紧举起手高喊：“抵制日货，收回利权，保卫连升，决不投降……”

潍县学联组织的学生运动来得太突然，赵家斋根本没有防备，商会组建的巡逻队一般在晚上巡逻，白天在商会里睡觉，等他得到消息，从家里赶到商会时，门前已经跟搭台唱大戏似的，人山人海，把商会的门口堵得似人肉篱笆一样，他用尽了吃奶的力气也没能钻过去。昨晚他跟黄大牙在鸳鸯居喝到半夜，睡眼惺忪，一块虱子大小的黄色眼屎仍黏结在眼角处。他看到那个外号叫聋头的巡逻队员，趴在商会的墙头上探头探脑地往外瞅，他忍不住跺着脚骂：“看什么看，还不赶紧叫猴子带人出来！”猴子是他任命的巡逻队长，昨夜里跳寡妇墙扭伤了脚，此时正呲牙咧嘴瘸着腿急得满院子转圈。他们把学联组织的游行队伍当成了暴民，严令所有的巡逻队员用滚木死死顶住大门，以防止暴民冲进商会。人声嘈杂，聋头根本听不清赵家斋的话，只在那里看着赵家斋的口型胡打岔，“你要进来吗？你要梯子吗？没有梯子！”“你他妈真是耳朵塞驴毛了，看我怎么收治你。”赵家斋气得乱蹦乱跳，想跳起来扇聋头一耳光，奈何墙太高够不着。聋头还以为会长要爬墙，赶忙伸了手去拉，却一下落了空。赵家斋无可奈何，突然想起了黄大牙，他挤出人群，转过商会后面狭窄的小巷子，跑步到仁义乡公所搬救兵。

黄大牙在鸳鸯居熬了一晚上，此时睡得跟死猪一般，打着很雄壮的呼噜，在院子里都能听到他在呼噜结尾发出的尖细哨音，颇有点柳笛的味道。“哎呀，真服了你，咱仁义乡的天都快要塌了，难为你还能睡得着！”乡公所门口的团丁看赵家斋脸色不好，没人敢上前阻拦。他火烧屁股一般闯进黄大牙的卧室，伸手就把黄大牙身上的被子掀了起来。黄大牙正做着春梦，梦里他看见杏花从乡公所的门前走过，穿得富丽华贵，比从前更漂亮，更水灵，他忍不住上前一步拦住她，杏花愠怒地看着他，往他脸上啐了一口。他抹了一下杏花的口水，放到鼻子上闻了闻，有股洋槐花的香味，他拉着杏花的手往院子里跑，一直跑到了卧室，回头一看却没了杏花的影子，低头一看，他的手里抓着一只血淋淋的手。“鬼啊。”他大叫一声坐起来，闭着眼手忙脚乱地去摸枕头底下的手枪，炕前的赵家斋被吓得一哆嗦，赶紧上前死死抱住他的双手，“你这是作孽做多了啊，青天白日也撞鬼，我的兄弟，你睁睁眼看看，我不是鬼，我是赵家斋！”

日上三竿，仁义乡公所墙外的刺槐花正泼辣辣地盛开，仁义乡仿佛陷入了一个辽阔无垠的烈士陵园，乡公所的公人都被这浓醇的花香熏得晕晕乎乎，哈欠连天抬不起头来。黄大牙以最快的速度穿上县公署统一发放的中山服，腰里掖上德国撸子，带领着保安队的团丁雄赳赳气昂昂地向岵山商会开进。赵家斋走在最前面，时不时挥手喊着快走，仿佛猛烈牵动一串大活人扎成的风筝。在他们赶到商会门前时，聚集的人群比先前多了一倍，岵山站周围的社会各界士绅名流已被调动起了火热的爱国热情，“抵制日货”的口号此起彼伏，沿街的商号几乎都挂起了打烊的木牌。

“反了！反了！”赵家斋脸红脖子粗，两手攥成锤状，对着自己宽阔的胸脯擂了两下，仿佛他有足够的力气可以将游行的人群砸成一堆肉泥。他指着游行的人群恶狠狠地说：“兄弟，让你的人赶紧给我上啊，把这些暴徒统统给我抓起来，一个也不要放过，全部关进水牢，看他们还敢猖狂不！”黄大牙正要发布命令，却看到了学生队伍中有县教育所长的儿子，有警察所长的弟弟，有县公署知事的小舅子，他还看到了学生队伍外围的人群中，赫然站立着仁义乡最有威望的士绅齐秉章，他的大儿子现在是北洋政府徐世昌手下的少将，大年初一黄大牙去拜过年，当着少将的面，给齐老太爷结结实实磕了三个头，并且向少将拍着胸脯子保证，只要他在仁义乡一天，就没人敢动齐老太爷田里的一根草。“我的天啊，什么法术把这些人聚到一起了？”黄大牙噤若寒蝉，像被孙悟空施了定身法，站在那儿一动也不敢动了。赵家斋早已被怒火烧红了眼睛，他哪里看得清其中的端倪，眼见黄大牙迟迟不肯下达命令，便抢过黄大牙腰里的德国撸子，冲着天上连开三枪，一边开枪一边喊：“你们这些驴屌日的，都他妈给我住手，再敢妖言惑众，扰乱治安，一律就地正法！”枪声过后，沸腾的人群就像被泼了一盆冷水，出现了短暂的平静，但人群里很快有人认出了他，随之发出了更加狂暴的吼声：“他就是峄山商会的会长赵家斋，他阻止我们抵制日货，那他就是日本人的走狗，是中国人的叛徒！打倒赵家斋，打倒日本狗！”黄大牙见势不妙，急忙躲向路边，有个团丁还站在路中央犹豫不决，被他狠狠地揣了一脚，大骂了一串“滚滚滚”，团丁们跟着他一齐躲到了路边，只剩下赵家斋孤独地站在路中央，挥舞着黄大牙的德国撸子叫嚣着。爱国的队伍像奔腾的洪水，迅速围了过来，一瞬间的工夫就将他彻底淹没了。

代表国家基层政府的商会怎么可以向爱国的同胞开枪呢，现下中国人的爱国热情之高涨是赵家斋始料未及的。本质上他其实就是个商人，虽然兼管着峄山火车站周围地盘上所有商人的税务征收，但其实对政治一点都不敏感，加上信息的闭塞，他并不知道北京五四运动的狂潮已经影响到了国家政治的走向。他的草率和无知激起了社会各界的强烈不满，包括他商会里的爱国理事和会员，尤其是暗地里和他较劲的商人们，一齐发出了闻所未闻世所罕见的怒吼。

一个叫白世文的商人带头发难："赵家斋根本不配做商会的会长，他只是利用商会来扩大自己恒祥源商号的生意，卖的都是日本货。我们有良心的商人和学生应该集体向县公署衙门请愿，一致请求罢免赵家斋的会长职务。"两个曾经被商会巡逻队处罚过的红帽子脚夫，趁着赵家斋晕头转向的间隙，夺下了他手里的德国撸子，从背后狠狠地捣了他三拳，踢了他四脚。赵家斋只觉得头晕目眩，胸口憋闷，仿佛肺里呛了无数口海水，纵然额头的冷汗冲掉了眼角的眵垢，可他眼前却是一片金星乱晃。"完了，完了!"他绝望地看着四周陌生的愤怒的面孔，没有一张保存着他熟悉的同情的微笑。"你们听我解释，我是爱国的商人，我以岞山商会会长的名义向大家保证，我们将立即清理和收缴岞山商会所属商号的日货，全部销毁，你们听我说，我保证……"他把双手举向苍穹，像溺水的人竭尽全力使自己的身体露出水面。

"我们不相信你的保证，要看就看实际行动，你作为岞山商会的会长，应该以身作则，带头交出自家商行的日本货，给大家一个满意的答复，还我们社会各界一个公道。"白世文的话就像中心的沸点，引起了人群中广泛的共鸣，随声附和的叫喊像除夕下午墓田里的鞭炮声一样此起彼伏，"对，爱不爱国要看他的行动，先让他把自己商行里的日本货搬出来销毁，我们才会相信他爱国。"红帽子脚夫长着一张驴脸，他抢下了赵家斋的枪，双手捧到齐老太爷面前，满脸堆笑地说："我们都认得您是德高望重的齐老太爷，府上有当将军的，这仁义乡属您最有名望，说话最有分量，今儿个，我们就把这铁疙瘩孝敬您了，您可以拿着吓唬鸟，也可以砸核桃。"

齐秉章像看见了身上长了蛆的蛇一样，急忙往后退了两步，满脸厌恶地说："诗书人家不动刀兵，你赶紧把这戾气的东西给我拿开，小心我用棍子敲破你的脑瓜子!"他提起手中的龙头拐杖作势要打，吓得驴脸赶紧脚底抹油溜了。

赵家斋手下的账房隔着几步远紧紧地跟着他，看他会把枪藏到何处去。他跟着驴脸挤出了人群，拐进商户后面的胡同，经过岞山火车站的票房，一直往西过了铁路桥涵洞，右拐进了一个农家小院，里面有两间透风漏雨的破草房。这显然就是"驴脸"的住处了，从墙角一架车把磨得溜光的独轮车可以判断，他的生活来源主要依靠推脚解决。驴脸左顾右盼，确定无人发现后，摸起一把铁镬，三下五除二，抡了七八十下，在独轮车旁边刨了个坑，把德国撸子埋了，然后又回到抵制日货的活动现场。

抗议赵家斋公然对民众开枪的段落，成为此次潍县学联组织的抵制日货宣传运动的重要戏份，已经进入了高潮。社会各界爱国人士同仇敌忾，齐声高呼严惩赵家斋，销毁东洋货。陷入人民群众汪洋大海里的赵家斋孤立无援，他的巡逻队躲在商会里不敢出门，黄大牙的仁义乡保安团也逃的不见了踪影。

齐秉章可不是来看热闹的，他见时机成熟，昂然向前拉住赵家斋胳膊，提高嗓门大声说："大家静静，听我说两句。"赵家斋认出了齐秉章，他就像抓住了一根救命稻草一样，眼睛里霎时发出电光石火一样求生的光芒，哀求道："齐老太爷救我！齐老太爷救我！"齐秉章咳嗽两声，清了清嗓子，他的声音淳厚，颇具威力："诸位父老乡亲，社会各界贤达，我齐秉章一直衷心拥护民国政府，我大儿子现在还是民国大总统徐世昌麾下的参议少将。按说不论对错，我都应该全力支持政府的决定。但是一个国家的兴亡，不能光靠政府，政府办不了的事情，就得需要我们广大民众团结起来，一同出力解决。国家兴亡匹夫有责嘛！目下洋毛子欺负我们中华无人，将本应该归还我们的山东权益转让给了东洋人，真是欺人太甚，我齐家坚决不答应。我已经写信送往北京，让我儿子向大总统上谏，决不能任由倭寇横行我齐鲁大地，欺压我潍河两岸草民百姓。"商人和学生都向他投去敬仰的目光，潍县学联此次活动的负责人鲁会长也捻着颌下的一簇胡须频频点头。"我认为，赵会长应该是把我们误当成了造反的暴民，所以才冲天开了三枪，是不是啊赵会长？"齐秉章低头看了一眼赵家斋，赵家斋心神领会，点头如琢米："误会，误会，岞山商会是爱国的组织，我是爱国的会长。"人群中发出一阵嘘声。齐秉章继续说："当下，我们的主要任务是抵制日货，不能窝里反，内斗只会消耗我们自己，让东洋人看笑话。所以，我给赵会长求个情，让他向大家道个歉，带头销毁自家商行里的东洋货，并且带领学生逐一搜查辖区所有贸易商行，一经发现有东洋货的，立即予以收缴销毁。保证东洋货从此在仁义乡没有立足之地。仁义之乡，就得行忠义之事，鲁会长和大伙认为我的建议怎么样啊？"齐秉章话音未落，顿时掌声如雷，再看赵家斋，如丧考妣，冷汗如雨。他商行里昨天新进了大量的东洋绸缎与茶叶，差不多价值两千余大洋。但事已至此，保命要紧。他像被人押解一般簇拥到台阶上，两手抱拳，向台阶下的人群作了三个揖，鞠了三个躬，又向齐秉章深深鞠了一躬，“多谢齐老太爷，没齿难忘！没齿难忘！”然后带学生去收缴自家的东洋货，多亏他的账房机灵，早已将商行里的东洋货从后门转移到别处，让斗志昂扬的学生们扑了个空。其他商行也只有少量东洋货没有来得及转移，都被悉数收缴并销毁，此举大大挫败了东洋货在本地市场的贸易，很长时间市面上见不到东洋货的影子，一部分靠卖东洋货为生的商行也从此关门大吉。

3

“学联是不能惹的，你看那些官二代富二代都在学生的队伍里，我们哪里惹得起啊。”抵制日货的风波过后，黄大牙登门向赵家斋赔罪，任凭他怎么解释，赵家斋就是一言不发，也不抬头看黄大牙一眼，他是的的确确被伤透心了。危难见真情，关键时刻他成了孤家寡人，更可气的是平日里在他面前卑躬屈膝的人突然跳起来反戈一击。这几天，黄大牙亲自带领保安团抓住了红帽子驴脸，找回了赵家斋被抢的德国撸子，赵家斋也没有说一个谢字。经历了这么大的打击，他有点急火攻心，躺在炕上三天三夜没敢睁眼。那个带头发难的白世文，在学联的学生撤走以后，就背了一捆荆条跪在赵家院子里，鼻涕一把泪一把，一边自己扇耳光，一边骂自己被鬼蒙住了眼睛。赵家斋吩咐管家，让他带俩伙计把白世文叉住脖子，拖得离赵家远远的路边去嚎丧，免得脏了堂屋门前的静土，发誓从此宁愿见鬼也不想看见他。赵家斋心里苦啊，他七岁丧父，八岁丧母，靠祖母养大。他上面有三个姐姐，每个姐姐中间只隔一岁，三姐比他大两岁。那时候同宗同族里大点的孩子也看不起没娘没爹的孩子，骂他们是克父克母的灾星，在街上拦住他们往头上吐唾沫，如果稍有反抗，就会引来一顿打骂。有一年夏天他们被打怕了，一周时间，姐弟四个光着屁股躲在家里不敢出门（没有衣服穿）。院子里的水瓮早被墙外飞进来的石块打碎了，幸有一只汲水的陶罐藏在屋里，姐弟四个靠半罐水熬过了七天时间。第八天早上，天才蒙蒙亮，大姐和二姐像做贼一样，偷偷溜到大门前的水井汲水。因为过于慌张，水罐碰在井壁上穿了一个漏洞，他们只好用棒槌骨头塞住漏洞，可水还是止不住地往外流。他十二岁时，大姐嫁给高密一个布鞋商人做填房，那老姐夫为人还算好，收他到自己作坊里做学徒，一干就是十年，没领一文薪水。后来老姐夫得痨病死了，大姐请他做了掌柜。从一个小掌柜起步，他只用了十几年，到挣下了如今这万贯家财。忆及陈年往事，真是满眼里都是泪啊。他在商路上摸爬滚打这些年，结交了狐朋狗友无数，关键时候他们却像土遁了一样，躲得远远的，倒是那齐秉章，只是一面之交，却在生死关头拉了他一把，让自诩为“朋友遍天下，到哪也不怕”的他情何以堪！

王大驹可没有那么幸运，他是王家三代单传的独子，无兄无弟，无姐无妹，失去了祖父祖母和父亲的屏障，天便漏了三角，唯有靠俞美云来抚养成人。每天日暮，吃完了饭，目送牛犊儿去了偏房，俞美云便关了堂屋的门，吹灭了墙洞里的油灯，把王大驹搂在怀里哄着入睡：“顺子，天不早了，赶紧闭上眼困吧！”王大驹闭了眼又睁开，“娘啊，我困不着呢！”俞美云就唱：“天上星，亮晶晶，那是神仙的马灯。山一程，水一程，刮风下雨有神明。跃龙门，听雷鸣，天地之间任飞行！”俞美云谨遵俞大马车“女子无才便是德”的祖训，大字不识几个，却能编出高质量的催眠曲，起初她哼唱三遍，就能听到王大驹的鼾声，时间久了，催眠曲就失去了功效。六岁那年，晚上俞美云照例哼唱了三遍，以为王大驹睡着了，不料王大驹突然翻过身来，说：“娘，我还是睡不着，你给我讲故事吧！”俞美云问：“你想听什么故事？”王大驹说：“你跟我讲爹爹、爷爷和嬷嬷，他们以前都是做嘛的？”俞美云听了一阵心酸，丈夫和公公婆婆已经去世两年多了，不知顺子为何忽然想起他们，俞美云不愿任何人提及伤心往事，“顺子乖，赶紧睡吧，这些事等你长大自然就知道了。”王大驹很倔，仍然扭动着身体不肯睡，“我不，我不，已经长大了，我现在就想知道呢！您快说给我知道！”“真是个淘气的孩子！”俞美云拗不过，伸出指头戳了一下儿子的脑门，黑暗中看不清，一下子戳到了眼睛，王大驹哎呀一声，咯咯地笑了起来。俞美云就讲：“听你爷爷说，你老爷爷是村里的郎中，也是潍河边上数得着的杏林高手，救过很多乡亲的性命。那一年到仁义乡一户姓赵的人家看诊，主人十分热情，好酒好菜侍候，因为贪杯喝多了酒，结果开错了药方，把男主人毒死了。你老爷爷赔光了家中的积蓄，从此洗手不干，家道也因此败落。”王大驹听了沮丧得很，叹了一声气，“他喝醉了酒怎么能给人家开药方呢？真是的！”俞美云呃了一声，感到很惊讶，又说：“你爷爷是干私塾先生的，是潍河边上的名儒，在仁义乡的四邻八疃教过很多学生，其中最出息的是樟树村的福娃子。他现在在孙大总统的北伐军队伍里做了连长，上次回樟树村探亲，腚后面跟着两个护兵，腰里掖着德国撸子，威风得不得了。”

王大驹哎呀了一声，很兴奋，好奇心大增：“我也要做连长，腚后面跟着两个护兵。护兵是干什么的呀？”“就是保护他的人。”“都当连长了，还需要保护吗？难道连长还不如护兵厉害吗？”俞美云被问住了，半天没答上来。王大驹却穷追不舍：“牛叔叔怎么没有护兵？他为啥不和咱们睡在一个屋里？”俞美云红了脸，心里像是做了什么错事，“牛叔叔是你爹的干兄弟，是咱们的护兵，护兵是不能和长官住在一起的。”“唔，我爹有几个护兵？”俞美云眼前突然浮现出白牡丹和菊花的影子，心情竟然老大不爽，仿佛一口浓痰堵在喉咙里，没好气地说：“他就是一个卖炭的，能有什么护兵，相好的倒是有两个！唉，我这嘴。”俞美云发现了自己的失态，后悔不该在孩子面前失言，心里打翻了五味瓶。王大驹惊讶地说：“唔，我知道了，相好一定比护兵厉害对吧？”俞美云恼火得不行，呵斥道：“小孩子家家胡说什么，赶紧睡觉！”她背过身去不再搭理。只听王大驹在那里自言自语：“那我爹怎么就死了呢？牛叔叔怎么不死呢？他们的相好打不过护兵吗？”一会儿耳畔响起了微风一样鼾声，俞美云长吁了一口气，心里暗想：“这孩子要懂事了，该送他去学堂了。老王家这根独苗，到底能长成棵什么树啊？”

早饭后，王大驹叉着腰挺着肚问牛犊儿：“牛叔叔，你看我像连长吗？”牛犊儿瞧着他开裆裤下露出的小鸡鸡，笑得合不拢嘴，“像啊，太像了！”“你是我们的护兵吗？”“那当然，我是你的护兵！”牛犊儿高兴地连连点头，情不自禁地伸手摸了一下王大驹的小鸡鸡，吓得他赶紧捂住裤裆，恼火地责问：“你既然是护兵，怎么可以摸连长的小家雀！”牛犊儿学着保安团的团丁，两腿并拢，向王大驹举手敬了个礼，“是，长官，护兵不可以摸小家雀。”王大驹指指脚下，“护兵过来，我要骑大马！”“是，长官！”牛犊儿殷勤地匍匐下去，让王大驹骑到身上，然后学着马的样子，摆动着脑袋，在院子里乱爬，嘴里发出咴咴的叫声，王大驹吓得紧急叫停他也不停下。少顷，只觉得身上一热，“坏了！”牛犊儿还没反应过来，王大驹的童子尿已顺着他的脖子淌了下来，牛犊儿哭笑不得，“长官也不能欺负护兵啊！”他想站起来抖擞一下，又怕伤着王大驹，只能趴着原地不动，任由“长官”酣畅淋漓地将尿撒完。刚把王大驹放到地下，屁股上就挨了一脚，接着背后传来一个男人爽朗的笑声。

原来是吴老大带着阿宝来了，阿宝背着米面，吴老大手里提着鱼肉。吴老大一脸揶揄地看着牛犊儿，不怀好意地说：“牛哥好兴致啊，大侄子的童子尿味道如何啊？”牛犊儿抬头看了看吴老大，用手在脖颈上摸了一把，伸到吴老大面前：“味道好得很咪，不信你尝尝？”又瞥了瞥吴老大手里的鲤鱼，撇了一下嘴，讥讽道：“真是好兄弟啊，还知道王嫂喜欢吃鱼。不过送得有点迟呀，而且有点小气，你去屋里看看，昨儿我才去滩河抓了一条鲢鱼，足有两尺长，跟仔猪一般大。我知道王嫂不喜欢吃鲤鱼，刺多，怕扎着顺子的喉咙！”两个光棍为了俞美云争风吃醋由来已久，自打王老驹去世，牛犊儿搬入王家之后，吴老大就有了醋意。王老老驹和王老太太去世后，吴老大的醋意变成了公开的敌意，恨不能将牛犊儿赶出家门，奈何俞美云没有发话，他便只能带着阿宝三天两头来串门。有一次两人实在忍不住了，相约到樟树村后面的树林里打了一架，张飞对李逵，势均力敌，吴老大把牛犊儿的牛眼眶打成乌贼青，牛犊儿把吴老大的罗马鼻打成了扁平鼻，谁也没有占到便宜。

除了吃饭时间，没有俞美云的邀请，牛犊儿是不能擅自到王家堂屋里去的，院子和西墙下的偏房是牛犊儿自由活动的范围。吴老大和阿宝走了以后，俞美云把牛犊儿招呼到了堂屋的饭桌前坐下，为他沏了一壶茶，牛犊儿脸红心跳，不知道俞美云想说啥。“这三年来真是辛苦他牛叔了！”二人低头沉默了许久，空气沉闷得像是要下雨，俞美云率先打破了屋里的寂静。“不辛苦，不辛苦！”牛犊儿坐之不安，呼吸急促，两只手互相揉搓着，像是在摔跤，却怎么也掰扯不清。“他牛叔今年快三十了吧，也该成个家了。”牛犊儿的两只手停了一下，接着揉搓得更加激烈了。“他牛叔长得人高马大，自己也有些积蓄，在方圆十里说门亲事并不难，”牛犊儿心快要跳出来了，耳朵嗡嗡作响。“我已托福娃子他娘在望山埠为你踅摸了一户人家，女方姓谭，姑娘今年二十岁，虽然年龄大点，但从没出阁，还是个黄花大姑娘，你可以入赘到那边。”牛犊儿初时还激动万分，此时两手已停止了揉搓，胸膛仿佛被人冷不防地捅了一个大窟窿，血液在一瞬间流尽了，面容黯淡了下来，红色的脸膛变得黑紫，嘴唇哆嗦着，好不容易吞吐出几个字：“嫂子要，要赶我，我走吗?”俞美云惊讶于牛犊儿面部表情的急剧变化，有些于心不忍，但还是硬着心肠说下去，“他牛叔，不是我要赶你走，你可知道顺儿已经懂事了。常言说，寡妇门前是非多，我不能给四邻八舍爱嚼舌头的人留下话柄。”牛犊儿眼前一亮，双手摁住八仙桌面，鼓起全身的勇气，站起身来，“你可以改嫁，我不嫌寡妇，我……”俞美云面露愠色，厉声阻止他继续说下去，“我是背着一座贞节牌坊活着的人，我不能让王家的列祖列宗在九泉之下蒙羞，更不能让顺儿懂事后在村里人面前抬不起头来，你必须走，越快越好!”牛犊儿眼睛里的光亮彻底熄灭了，他满面羞愧，两脚像踩着一团棉花，小小翼翼地扶着门框走出堂屋，腰佝偻成月牙状，仿佛一瞬间苍老了许多。牛犊儿到望山埠入赘以后，俞美云谢绝了一切登门造访的人，不论是王老驹生前的生意伙伴，还是江湖上的各色人等，包括吴老大。他原本听说牛犊儿入赘走了，大喜过望，以为有机可乘，及至再去王家时，却被堵在门外，再也不许踏进院子半步，只得扔下米粮和鱼肉讪讪地离开，从此绝了念头。俞美云像庙里的尼姑，苦守着王家小院，每日为王大驹备好三餐，白天目送他去学堂读书，夜晚监督他温习功课，如此一晃十年。那年秋天发生了震惊中外的九・一八事变，听闻胶济线上日本人控制的货运列车要拒载本地人的货物，民间日用物资开始吃紧，这让潍河两岸人心惶惶，大家开始储存粮食和洋布。翌年腊月，淞沪抗战爆发，各地疯传日本人马上要顺着铁路打进来，胶济铁路沿线的村庄顿时风声鹤唳，草木皆兵。

第二章

4

吴老二命令吴老大和阿宝监工，带领手下的百余名土匪，在快活林建起了一道方圆二里长的墙围子，系沙、土与石灰夯成的混凝土结构，每隔百米在墙围子上面构筑一个简易碉堡，里面固定一个瞭望哨，有专人负责送水送饭，放哨的人吃喝拉撒都在上面，那上面还准备了铜锣和土枪。铜锣是用来报警用的，装了铁砂的土枪呈弧状喷射，声音巨大，既可以阻挡入侵者，也可以最大化示警。吴老二亲自指挥演练过，效果很好，尤其是墙围子，无论是用刀砍还是用枪击，都纹丝不动，坚如磐石。吴老二说，日本人打进来我们也没处可去，只能牢牢占住快活林，只要日本人不打他们，他们就绝不招惹日本人。就像对待仁义乡黄大牙的保安团、峄山商会的巡逻队一样，各人自扫门前雪，井水不犯河水。

可是他并不知道，仁义乡的保安团不招惹他们，是因为黄大牙的妹夫抽大烟过量，把粪坑当成泳池跳进去淹死了，他没了靠山，加上县公署的知事走马灯似的换来换去，没有人把黄大牙当根葱，也不给他拨付经费，任他自生自灭。两年发不下粮饷，保安团的团丁都跑到商会巡逻队那边去了，只剩下十几个团丁，每日去村里收取地丁田赋。可是，自民国三年开始，潍河两岸不是蝗灾就是雹灾，不是瘟疫就是旱灾，乡民大多外出逃荒，只剩下一个个饥民面黄肌瘦、弱不禁风，瓮牖绳枢，竟无隔夜之粮。黄大牙时常站在乡公所的院子里对天长叹：国运不昌，仁义不旺，民不聊生啊。黄大牙三番两次厚着脸皮找相熟的朋友化缘求助，赵家斋闭门不见。因为抵制日货的事件，赵家斋被免去了会长职务，商号的生意也一落千丈。如今岞山商会会长换了好几茬，才当选的新商会会长与他素无瓜葛，且背后有日本人和南京国民大员撑腰，根本不把他放在眼里，一个子也不借给他。

他独自去鸳鸯居吃花酒，老板娘赛金花指了指墙上“概不赊欠”的木牌，让他先把钱放到柜上，否则绝不伺候。他无奈灰溜溜地走出门去，听到赛金花啐了一口，“一毛不拔的独眼龙，当我们是没人要的野鸡呢，就算野鸡也要给一粒米含着不是。呸!”黄大牙摸了摸手里的德国撸子，想想还是忍了。那德国撸子的扳机生了锈，不耗费大力气也掰不开。赛金花这种风月场上的人，本来就是只认钱不认人的。况且听说她搭上了岞山新的商会会长，没必要为了一顿花酒折在她手里。“没钱难做人啊!”黄大牙自怨自艾地走了，他一边走一边想，如果有朝一日赛金花落在他手里，他会怎么怎么地，可是鸳鸯居开在岞山商会的地盘上，就像开在外国人的租界，他又能怎么地。

夏季，民国的风注定要从黄海岸边吹来，吹过仁义乡广袤的田野地畔，吹过樟树村枝繁叶茂的老樟树。俞美云往后拢了一下耷拉到额头的刘海，那里面已经生出许些花白的头发。四十岁不到的女人，眼颊爆开菊花般的鱼尾纹，微微倾斜的腰杆，颤巍巍的小脚，加上一身过时的蓝印花布衣裤，让她的年纪拔高了何止十岁。她把王大驹的两件换洗衣裤、两双鞋子和一应日用之物，装进一个崭新的柳编箱中，然后对着箱子发了半天呆。箱子里实在盛不下什么了，该用的都已经装上，摞得整整齐齐，密密麻麻，甚至还放进了一个玻璃瓶装的鱼子酱罐头。但是她仍觉得少了什么，那到底是少了什么呢?她的心里仿佛存留着一丝缝隙，正被情绪无限地放大，最后变得空空荡荡。她在房间里转来转去，东瞅瞅，西瞅瞅，房间不大，她已经记不住转了多少圈，就是没有找到那件少了的东西。然后她要给王大驹取钱。她习惯性地把屋门关起来，用布把窗棂蒙起来，移开炕角一个装了许多杂物的楸木箱，露出被两块青砖堵塞的狭小洞口，她把青砖取出，手臂最大限度地探进去，许是斜度过大，她摸到了一个硬邦邦的东西，心里轰然震了一下。她小心翼翼地抽出胳膊，手里赫然多了一支德国撸子，那是当年王老驹从赵家斋手里买的，留一支在家里以防不测。这就是她费了半天工夫要找的东西吗?好像是的，出门在外，枪是男人的命根子，可以保佑她的顺儿一路平安。除了平安，百姓人家还需要什么呢？她把德国撸子放进衣裤的最底层，心才敞亮了很多。其实她并不知道，那德国撸子的枪栓早已经锈掉，里面也没有一颗子弹。更严重的是她不晓得，王大驹去往的地方是青岛，那座城市早在十多年前就已被日本占领，成为中国第一个沦陷区，进入市区要经过多道岗哨盘查，严禁私携军火入内。这把德国撸子一旦被查获，哪怕锈坏了枪栓，王大驹也会面临牢狱之灾。

王大驹从昌南县立中学考入青岛铁路学校，这在樟树村已经不是什么新闻。说好听的不乏有人，说不好听的也兼而有之。福娃子他娘就说好，好男儿志在四方，理应精忠报国，背上刺字。福娃子现在是中华民国军事委员会交通处的交通司令，相当于老百姓眼中的路神，管着全天下的交通，除了外国的路，上海租界的路，伪满洲国的路，还有胶济铁路，中原大地上的路他都可以管，当然还有车，俞大马车的铁轱辘马车他也能管着。王老驹和福娃子是王老老驹私塾教出的同学，王老驹是福娃子他娘接生的，且拜了福娃子他娘当干娘，论辈分王大驹就得叫福娃子他娘为干嬷嬷，干嬷嬷在樟树村位高人尊，说出的话就像仁义乡的圣旨，那分量比当年的齐秉章还高出一截。她干孙子考入了青岛铁路学校，福娃子先得到了消息。因为在考试之前，福娃子他娘就写信告知儿子，无论如何要照顾一下王大驹。东邻掏大粪的孙福林的娘就不说好：“哎呀呀，眼下兵荒马乱的，好死不如赖活着，青岛在东洋人的手里，听说东洋人爱吃人心人肝，这去了青岛还不是肉包子打狗有去无回，挑大粪的总归吃口安稳饭，死了好歹留个全尸，若是去了东洋人的地盘，兴许留个囫囵尸首都不能够。”俞美云隔着墙听了心里老大不是滋味，恨不得撕烂了孙福林他娘的嘴，又恨不得把王大驹的脚拽回来，绑在樟树村，日夜看着。

可是王大驹的心早变野了，自从他到县立中学那一年，他就不再属于樟树村，而属于更加广阔的天地了。即使要出远门，他也不肯在家陪母亲多说一句话。现在他正跟吴老三的儿子吴大有在村南的沟里玩得欢，一会儿爬树摸鸟蛋，一会儿下河捞鱼虾。吴老三站在沟沿上远远地看着他们，回忆起当年错绑了王老驹邻居的儿子孙福林，他用胳膊夹着那个外号叫小粪蛋的孩子，从沟底弓着腰一路往潍河边狂奔，那小粪蛋吓得一声不吭，却拉了一裤裆稀屎，差点没把他臭死。从认识王老驹到现在，时光一晃过去了十几年。而王老驹早已过世，他却还安然无恙地站在这块土地上，真有一种恍若隔世的感觉。吴老三自从昌盛炭庄解散回了快活林，一刻也没有忘记脱离土匪的队伍，他跟吴老二说，他天生就不是干土匪的材料，第一次绑票就绑错了，这叫出师不利，或者叫天怒人怨，反正他不会继续从事土匪的行当。王老驹一命归西入了土后，在快活林待了半年，他便打点行装，带着杏花和吴大有，还有一袋子大洋（临走时吴老二又赠送了二百块大洋）从岞山火车站登车去了青岛，开了一家德发商行，与潍河两岸的土产商铺合作，大量收购小麦、大豆、绿豆、花生等粮食，以及鸡蛋、豆油等其他农产品，生意做得跟当年的赵家斋一般大。这次来樟树村有两个原因，一是黄崽儿、牛犊儿、孙狗儿托人代笔写信给他，说王老驹的儿子王大驹考入了青岛铁路学校，当年的老伙计应该聚一聚，祝贺一下，顺便给王老驹上个坟，发个喜钱，告诉他顺子长大了，大家都一直按照当初的约定照看着。第二个原因更重要，是他儿子吴大有和王大驹考入了同一所学校，这次爷俩回来，就是要陪同王大驹一起去青岛上学。

王大驹走的时候，俞美云送他到村东头的老樟树下，李连升赶着一架铁轱辘马车候在树下，从那儿可以将吴老三父子与王大驹三人直接送到岞山火车站，然后乘绿皮火车去青岛。俞美云一边走一边抹眼泪，惹得送行的人眼睛里都沁着泪。男人们不敢劝她，福娃子娘说："瞧你这点出息，我三个儿子就像下饺子一样，一个挨一个出门去当兵，我都没有流一滴眼泪，为啥呀，因为当兵光荣啊，好男儿志在四方，好男人就该保家卫国，男子汉就该建功立业，难道你还想把顺子留在家里掏大粪吗？那我这当嬷嬷的可不答应！"俞美云被逗得扑哧一声笑了，眼里还是止不住地流泪。王大驹瞪了她一眼，像是安慰又像是训斥："娘你哭啥啊，多丢人啊，我是去青岛上学，又不是去当兵打仗，将来毕了业可以开火车，拉着你满中国的转，让你吃香的喝辣的，你就擎等着享福吧。"俞美云勉强忍住了眼泪，看着王大驹远去的背影，心里就像当年分娩时身体被掏空了一样。这些年，王大驹从私塾到公立学堂，再到县立中学，十多年的光景，从没有在外寄宿过，她每天目送王大驹出门，然后耐心地等他回家。今时不同往日，王大驹要出远门，而且一去就得半年才能回家，她一颗做母亲的心哪里放得下。她突然有所醒悟，此前她在房间里转来转去，绞尽脑汁，也想不出王大驹行李中缺少的东西，现在想出来了，不是那把德国撸子，而是她自己的，一颗母亲柔软的心。母亲对儿子的牵挂是理所当然的，俞美云超负荷地做到了。儿子对母亲的牵挂是天经地义的，王大驹做到了吗？没有！绝对没有！此刻，他正像一只逃离了逼仄的村庄而奔向辽阔草原的雄鹰，带着李连升微妙的期待振翅高飞，飞向远处雷声隐隐风雨欲来的前方。

李连升虽然在潍县学联组织的抵制日货的运动中，表现优异，多有建树，但是他也对昌南县立中学的许多校规和做法颇有微词，诸如学校要求学生无条件服从北洋政府的外交妥协，不要惹是生非，给学校添乱子；学校竟然采纳了老夫子们建议的“将男女学生分别隔离，分班学习，把三纲五常作为重要的传统思想科目重新引用到日常生活中来”等等，“这分明就是复古嘛，跟张勋复辟有什么区别？难不成还要让男生们蓄起长发，女生们再裹上小脚？这完全背离了孙中山先生的三民主义思想嘛！”李连升在班里挥舞着拳头，口若悬河地大讲自由和民主，甚至不惜现身说法，说小脚对他母亲身体所造成的摧残和伤害，尤其是在他父亲跛脚李实施家庭暴力时，因为不能及时逃离而遭受残无人道的压迫时，义愤填膺，恨不得回家将母亲背到学校，剥开那块又臭又长的裹脚布以作明证。李连升的宣讲很有煽动力，不少学生认同他的真知灼见。学校教务处得到了消息，暗中派人到其家中进行了家访，看了他的父母，果真如他所言，他的父亲是个酒鬼，经常实施家庭暴力，只是他母亲的行动能力没有他说的那么邪乎，而是灵活无比，一般情况下，跛脚李还没有找到工具，她已逃之夭夭。这次家访证实了李连升背后没有任何靠山，遂立即召开全师生大会，果断将其开除学籍。李连升走投无路，去潍县学联找到当日领导学生到岞山火车站开展抵制日货的鲁会长，其时鲁会长已是中共潍县党委的主要负责人，遂安排李连升到下辖的中共岞山党支部担任地下交通员。于是，李连升以马车夫的身份为掩护，在仁义乡和岞山火车站协助中共发展地下战线，开辟昌南革命根据地。

很久以前，潍河一代就流传着一个教人说话的段子：仁义乡有兄弟俩，老大能言善辩，见风转舵，见人说人话，见鬼说鬼话，无论走到哪里都受人欢迎。老二是个心直口快、口无遮拦的实在人，无论在哪里，均处处碰壁，受人责打。一日，兄弟俩去吃亲戚家的满月酒，老大口吐莲花，满口称赞孩子长得好，将来可以中状元，主家听了非常高兴，对老大敬重有加，连连劝酒。老二看了看孩子却说：这孩子早晚都得死！喜庆之日听到如此不吉利的话，主人盛怒之下将老二暴打一顿，赶出家门。老二哭丧着脸回家，他娘问明白缘由，叫他跟老大学习，多说好听的，不好听的一句也不要说，准保主家喜欢。某日，兄弟俩又去吃亲戚家的满月酒，这一回老二学乖了，老大说什么他就跟着说什么，主家很高兴，盛情款待。临走时，老二指着孩子对主家说：这回我什么话也没说，如果孩子将来死了，可别赖我。于是，又被主家暴打了一顿，往后不许他登门。

俗话说，教的曲子唱不得，就是这个道理。世间人言谈举止，一方面靠后天学习，一方面靠先天禀赋。老二说话四六不靠，不仅是学习不到位，先天禀赋也不够，所以处处被动挨打，最终一事无成。可见为人处世，说话的分寸有多么重要。这个教人说话的寓言笑话，最初是王大驹的曾祖父说给儿子王老老驹听的。后来王老老驹又说给王老驹听。俞美云作为王家的儿媳妇，在旁听到了这个笑话以后，将其当作传家宝记了下来，三番五次说给王大驹来听，从懵懂的童年说到懂事的少年，再到意气风发的青年。在王大驹去青岛之前，她又想抖搂出这个段子给儿子听，没待她开口，王大驹就笑着抢白说："这笑话一点都没意思，我都听得耳朵长茧了。再说了，我难道是二杆子吗，上哪山砍哪柴我难道心里没有数吗?""你怎么可以用这种口气对我说话，难道为娘的话你不听了吗?"王大驹的话令俞美云大吃一惊，她的眼皮跳了两下，心里隐隐升起一种不安的感觉。王大驹像极了王老驹，不仅长得像，而且脾气也相似，平时一声不吭，属于闷骚型的人，在小问题上从不喜欢争强好胜，但一旦你惹急了他，他会果断出手，后发制人，让你骑虎难下。看到俞美云升腾起满脸的愠怒，王大驹还是有些害怕，这许多年里他与母亲相依为命，俞美云的话他无有不从，只是今日不知为何，他心里不自觉地发出了一种抵触的信号，想压也压不住，好像有千万只雄蜂忽闪着翅膀将要从他的脑子里涌出来，他竭力地压制着那种难以名状的亢奋，"娘，好，您说，您说，我听就是了!"他眼睛直勾勾地望着俞美云头顶上的横梁，心却飘到了那个叫青岛的陌生城市。

王大驹说的没错，俞美云真是小看了她儿子的本事，在火车站检票口，王大驹随机应变的能力就得到了充分验证。吴老三领着王大驹和吴大有去票房子买票，李连升坐在马车上帮他们看行李。突然听到哞的一声长鸣，一列绿皮火车像发情的母牛，顶着满头黑烟“突突突”地穿过了西面的潍河大桥，然后又是哞的一声长鸣，在一座插着太阳旗的二层德式建筑前的铁轨上缓缓停住，火车的制动系统发出刺啦一声长叹，火车头两侧下方哗地喷出许多白色雾气，就像放了一个水质的烟雾弹，把火车头严严实实地笼罩住了。售票员把三张二等车座的火车票从窗洞里递出来，友好地提醒他们本次列车已经进站，在峠山站只能停靠一刻钟。吴老三喊一声“快跑”，领着王大驹和吴大有从票房子里跑出来，手忙脚乱地从马车上取下行李，往检票口奔去。检票口站着两个斜背着德国撸子的铁路警察，认真地检查乘客行李中的违禁品。

王大驹的柳编箱一直被李连升扛在肩上，到检票口才交到他手里，他要在铁路警察的监督下，把里面的东西一件件地拿出来过目。可是当他打开柳编箱时，就感觉到了一种异样的寒意袭来，他的指尖触及到了德国撸子的枪柄。小时候他曾经多次偷偷打开俞美云藏钱的炕洞，发现并把玩过这把德国撸子，有一次被俞美云发现，还用王老老驹留下的戒尺打过他的掌心。此时此刻，面对突然出现的危机，他的心脏像飞翔的小鸟被风卷起的沙石意外砸中了一样，陡然停止了跳动，生出一种绝望而无奈的痛感。但在两秒钟以后，他便冷静下来，把柳编箱的盖子慢慢地合上，回头冲李连升挤了一下眼，露出很失望的样子说：“李师傅，我拿错箱子了，麻烦你把这个送回我家，过几日再帮我把需要的那个箱子送到青岛，可好?”李连升虽然不知何故，但看到王大驹使的眼色，还是心领神会，痛快地接过箱子，在有点恼火的铁路巡警面前，看着他们通过检票口，跑上站台，上了火车。

李连升赶着马车在李连美家门前停下来，把王大驹的柳编箱提到内室打开，很快就翻出了那把锈坏了扳机的德国撸子，顿时恍然大悟，忍不住暗暗竖起大拇指，称赞王大驹的沉稳和机智，“他临危不惧，有大将风度，将来准是个人物啊!”李连升对李连美说。李连美赞同弟弟去一趟青岛，让他在送还王大驹柳编箱的同时，向他灌输一些革命思想，把把他的政治脉络。目前，李连美的家是中共地下党在本地的联络处，李连美本人也是中共地下交通员之一。至于这把锈坏了的德国撸子，后来并没有归还给王大驹，而是被李连升修好后，成为中共地下党的财产之一。新中国成立以后，成为昌南县委书记的李连升曾经说，王大驹对中国革命的贡献，最早始自一把德国撸子。

5

王大驹对俞美云擅自在他行李中夹带德国撸子一事大为恼火，“真有她的，她怎么可以这样做，难道她不晓得胶济铁路和青岛都在洋鬼子的手里吗?”王大驹在去往青岛的路上不止一次在吴老三和吴大有父子面前数落母亲的不是，好像吴氏父子是弄不懂胶济铁路和青岛以及德国撸子三者之间关系的山野村夫。

“她也是一片好心嘛，为了让你防身用。”吴老三听得不耐烦，转而耐心地劝导他，递过去了一颗没有熟透的李梅杏，那是从王大驹家那棵茶碗粗的杏树上摘下来的，黄澄澄的泛着耀眼的青光，让人看一眼胃里就会冒出半升酸水。

“正是因为她的好心才差一点害死她的儿子!”王大驹心有余悸，他脑门和后背的冷汗在上车后一股脑地涌了出来，“她应该告诉我一声，让我心里有数。关键是那把德国撸子枪栓都快要烂掉了，只能用来砸核桃用，如果防身用，还不如装两块滑石蛋子。”王大驹不无愤慨的方言土语里掺杂着浓厚的东方灰色幽默，尤其是他脸上夸张滑稽的表情，让生于忧患、养于安乐、涉世不深的吴大有颇觉好笑，他很愿意做这位来自乡下的义兄的忠实听众，他能得到从未有过的稀奇古怪的满足和快乐。

“你能逢凶化吉除了靠你的机智，还要仰仗王家列祖列宗和我义兄的在天之灵保佑!”吴老三双手抱拳，往天上作了个揖。他回头看着王大驹唇边才露出的淡淡的胡须，暗暗地喟叹王老驹的英年早逝，心想：这个孩子跟王老驹恼火时的表情真是神似啊，眉梢拧得像一把弯刀，仿佛随时要把生活不如意的树杈砍下来。他说起那把德国撸子的由来，说起当年王老驹跌宕起伏的发家史，说起昌盛炭庄由盛到衰的创业史，扼腕叹息，“你父亲是丈岭一带了不起的江湖人物，商业奇才，如果不是英年早逝，现在肯定是富甲一方的巨贾大亨，他那人喜欢行侠仗义、乐善好施，很多人都或多或少地受过他的恩惠，包括我吴老三！”吴老三的眼眶里晃动着情义的泪花，让王大驹受到了感染，他不再数落母亲的过错，脑海里转而闪过一幅幅与母亲相依为命的记忆碎片，心灵的窗口渐渐与车窗外一闪而过的风景融合了。

王大驹与吴大有在吴老三的陪同下，到青岛铁路学校办理了入学手续，按标准缴了一个学期的学杂费与生活费，他俩将在这里度过两年的学习生涯，而后被分往中华民国铁路局下设的铁路公司担任火车司机，端上一个薪水不菲的铁饭碗。按照王大驹的设想，那就是开着火车头，走遍全世界。他最初并没有太大的野心，把那么多没有车轮的铁箱子像蟒蛇一样拖着逶迤飞速前行，本身就是一项神奇的伟大工作。每日里不仅可以浏览祖国的大好河山，还可以尝遍天南海北的特色美食，更重要的是可以欣赏无数形态各异的美女面孔，并从中选一个做自己未来的新娘，他把这种想法一五一十地告诉吴大有，但并没有得到预料之中的共鸣，吴大有只是“喔”了一声，冲他吐了一下舌头，满脸揶揄地转身走了。初到青岛的日子，王大驹被吴老三安排和吴大有住在一起，除了上学，两人吃住都在一起。王大驹看不懂吴大有的表情，以为对方看不起自己低微的志向，心里有些羞惭和不屑，也不去多想，独自靠在临街的窗前，百无聊赖地看着远处海边被风卷起的海浪，眼看着要淹没了沙滩，转眼又退到沙滩下面。湛蓝的天空之上，白云像一朵朵大棉花团，在贴近海面的上方游弋着，幸运的是，它们安然经过两艘海军舰船高耸的桅杆，竟然做到毫发无伤。

吴老三把王大驹安置在自家居住，除了因为与王老驹的旧日情义，还有另外一层深意。他和杏花带着吴大有躲到青岛定居的第二年，他们的女儿吴梦秋就出生了，论年头仅比王大驹小了三虚岁，论实岁不过小两岁多一点，目前在青岛女子中学就读。“女子无才便是德”，吴梦秋已经到了待嫁年龄，吴老三想把她嫁给王大驹，同样出于两层考虑，一是王大驹学业完成后即可去铁路局就工，火车司机的薪水和外快是少不了的，可保闺女衣食无忧。二是他听说王大驹在中华民国交通部里有一门亲戚，背靠大树好乘凉嘛，将来他的生意也指定能沾上光。杏花也很赞成，只是提出一点要求：婚前即将俞美云接到青岛居住，坚决不回仁义乡举行婚礼。她被黄大牙吓怕了，初到青岛那几年，她夜里总梦见黄大牙举着明晃晃的大刀追杀他们。他们之所以没有直接向王大驹和俞美云提出这门婚事，是在等待一个合适的节点，“暑假里回去把王家嫂子接来住些日子，顺便把亲事定了，这样打着灯笼也难找的亲事，而且是自己送上门来的好事，他们孤儿寡母能舍得拒绝?”两口子仿佛像当初收留他们的王老驹一样，成了救苦救难的菩萨，并为这样崇高的侠义精神激动不已。吴大有从门前经过，无意中把他俩的计划听得一清二楚，心里很高兴。而没过几天，王大驹却告诉他未来的理想是开着火车，去欣赏沿途无数形态各异的美女面孔，并从中选一个做自己未来的新娘。这犹如给他滚烫的脑袋泼了一盆凉水。他把这事总结全了偷偷告诉妹妹，吴梦秋却撇了一下小嘴：“想得美，他一个乡下来的土包子，癞蛤蟆想吃天鹅肉啊，我才不会嫁给他！我现在就赶他走!”吴大有目瞪口呆，赶忙拦住，“千万别赶他走，要是爹妈知道我偷听了他们的谈话，会用家法的。”吴老三的家法是一条牛筋编织的马鞭，可以把吴大有的屁股打成八瓣。但是自小没打过吴梦秋，就连骂过都没有。

一大早，轮船起航的汽笛声把王大驹从梦中唤醒，他站在窗前看到不远处的码头上人头攒动，附近海面上百舸争流，那是赶海的渔民在出海的情景。在这座空气湿润的海滨城市里，少年的春梦与班级里寥若晨星的女生，总会不可避免地建立起某种难以言喻的关系。坐在王大驹邻桌的关小云，是从平度县来的，长着一双杏眼，纤指如笋，两腿修长，面如满月，胸脯饱满得像即将熟透的半边桃子。入学两个月，她从来没有跟王大驹说一句话，因为她母亲反复叮嘱过，不要跟陌生的人说话，尤其是长得好看的陌生男人。在这个四十八名学生的班级里，关小云是两名女学生之一，还有一名女学生叫沈丽娜，满脸的雀斑，像是打铁匠的老婆所生，但她却是青岛著名银匠沈海生的女儿。王大驹不会主动搭讪，因为他觉得主动与女人说话会让人以为心怀不轨，但他能从眼角的余光中感觉到关小云貌似不经意的偷窥，后脑勺顿时像爬上了一只蚂蚁般不自在，有几次他趁着把手伸进衣领中挠痒的机会，突然转头去捕捉关小云的目光，果然逮了个正着。关小云羞得脸颊通红，低了头整整一天不敢偷看他。

中午在学校饭堂里，他忍不住得意地向吴大有吐露心中的款曲，用的却是漫不经心的口气，“咱们的同学关小云总是在课间偷看我，难道我穿的有什么问题吗?”“是哪个关小文?”吴大有正在认真地喝一碗米粥，目光抬起来，而粗瓷大碗仍旧在他的嘴边快速地转动着，发出嗞嗞的声响，他喝粥的方式与吴老三如出一辙，一点也看不出资深城市人的风度。王大驹用筷子轻轻搅动碗里的稀粥，向吴大有背后呶了一下嘴，吴大有停止了嘴里的嗞嗞，转过头一看，仿佛脑袋被外来的飞行物重击了一下似的，霎时间呆若木鸡，“你吐音不清，是关小云，不是关小文。”他喃喃地说，惊讶的目光跟随关小云天生的小脚，从饭堂门口一直到买饭的窗口，然后再到角落里的饭桌，“是咱们的班花啊，听说她姨夫是青岛铁路局的局长。到这个学校来上学的多数是铁路职工子弟，或者是有相当的关系的，像你我这样考进来的学生，只占很小的比例。像她那样有高大后台的班花，怎么会看上你?别逗了!”吴大有的趴鼻子撅的老高，很不屑，连他这色胆包天的人都不敢靠前招惹，何况王大驹这个乡下小子，简直是癞蛤蟆打哈欠——好大口气!抬着梯子上天——绝对没门!“我只是说她多次偷看我，又没说她看上我!”王大驹生气地把筷子扔到饭桌上，急赤白脸地辩白。吴大有也不跟他争论，呼啦呼啦一口气把粥喝光，然后用手背抹一下嘴，压低声音鄙夷地说:“亏我爹娘还想把梦秋嫁给你，看你见了女人就自作多情的样子，甭说梦秋看不上你，我也嗤之以鼻!哼!乡下人!”吴大有起身走了，临走前又瞅了坐在角落里专心用餐的关小云三四眼，眼睛里的妒火一览无余，这让王大驹大吃一惊。难怪最近吴老三一家人见了他神情诡异:吴老三意味深长，杏花婶欲言又止，吴梦秋直翻白眼，吴大有满脸讪笑。他百思不得其解，原来其中的奥妙竟在这里。

“我就是乡下人怎么了，他们家有啥了不得，我本来就不愿意住在他家里，我本来就不爱住在别人屋檐下，我又不是没地方住!说我是乡下人，你们也不过是小市民!”王大驹勃然大怒，这口气他哪里咽得下，气咻咻地把馒头扔到粥碗里，一口也没吃，满脑子麻雀叫，坐在饭堂思索了半天。没等预备铃响王大驹已坐到课桌前，“我怎么就不可以看她?她怎么就不可以看上我?”他骑在板凳上，专等到关小云进了教室，像刻意报复似的，恶狠狠地瞅了十八眼，可惜整整一下午，关小云根本没抬头看他一眼。

放学后，王大驹再也不等吴大有一起走，他大步流星地回吴老三家取了行李。那时候只有杏花一人在家，他喊一声婶子，只说寄宿学生必须在校住宿，便提了柳编箱回学校了。杏花看他脸色不好，不是自家孩子也不好细问，目送王大驹出了大门，心里正忐忑不安，见吴大有进了家门，忙问："顺子搬学校去住了，说是学校要求寄宿生必须在校住宿，这事你知道吗？"吴大有怔了一下，然后愤愤地说："爱去哪住去哪住，我啥也不知道！"杏花脸色陡变，停下手里的活计，"莫非你跟他吵架了？""我懒得跟他吵，乡下娃子，吃我们家，住我们家，还想当我们家姑爷。"吴大有自知失言，急忙捂住了嘴。"你咋知道他要做我们家姑爷？你嫌弃他是乡下娃子？"杏花怒目圆睁，扭头去瞅墙上挂着的"家法"，"等你爹爹回来，我看你这顿打是躲不过了。""躲不过我也要说，你们让梦秋嫁给他，我一万个不答应，他当自己是官府的大老爷呢，吃着碗里的看着锅里的，女同学不过是看了他一眼，就以为人家看上他了，分明就是个情种嘛！"杏花原本阴沉着脸，闻言面红耳赤，甚至殃及到了脖子，一时哑口无言，不知如何作答。她和吴老三复杂的情感经历，只有仁义乡的老人们知道，孩子们哪里懂得。王大驹晓得，当年牛犊儿曾经告诉过他杏花婶是如何跟吴老三私奔的，所以王大驹看杏花的眼光也相当复杂，就像村里人看他的母亲一样，私奔和寡妇，都是上不得台面的词汇。

吴老三从商行里回家时，已是晚饭时间，桌上饭菜和碗筷都已经摆好，杏花、吴大有、吴梦秋娘仨围坐在桌前，等他回来开饭。听说王大驹搬到学校去住了，有点疑惑不解，他扫了一眼大家："住的好好的，干嘛要搬学校去住，走之前至少该跟我道个别，这孩子太没礼貌了！"吴大有低着头不敢吭声。杏花瞥了一眼墙上的"家法"，不敢正对着吴老三的脸，"孩子懂事了嘛，也许他觉得住在咱家不方便，既然愿意去学校住就随他吧。""这都住了俩月，也没嫌不方便，怎么着今天就不方便了。要去学校住，我也不拦他，至少吃完这顿饭，明天再去也不迟啊。"他见吴大有低着头，一声不吭，脖子憋得像得了甲状腺肿，觉得很奇怪："锄头，你平日里不是很能说的嘛，怎么成哑巴了？""我嗓子疼，说不出话来！"吴大有下意识地摸了摸脖子。"那你说话倒是挺利索的嘛，明天去告诉一声顺子，就说我说的，明晚我们请他吃一顿饭，顺便问问到底是怎么个情况，不看僧面看佛面，只许他不仁，不许咱不义，有啥困难咱们不能坐视不管。”吴大有仿佛没有听到似的，还是一声不吭，只管揉搓他的脖子。“小兔崽子，你聋了吗?”吴老三突然大吼一声，把吴大有吓了一跳，赶忙站起来打了一个立正，“是!”这是他经常被老师罚站的结果，筷子掉到地上也不敢捡。杏花从桌下轻轻地打了一下吴老三的大腿，满脸嗔怒：“锄头从小就胆小怕事，你要吓坏他了！吓掉了魂，还得求路神满街去找!”吴老三方才满意地下令：“吃饭!”一边吃饭一边自言自语地说：“月前连升来青岛，说顺子将来能成个人物，我咋觉得有点言过其实，真没觉得这俩月有什么长进，我还得替老哥好好管教啊!”杏花瞅了瞅低头吃饭的吴大有，看他恨不得把脑袋塞进碗里的凄惶样子，又看了看墙上悬挂的“家法”，轻轻叹了一口气，什么也没说。吴梦秋听说王大驹走了，一块石头落了地，顿感心情无比美好，像鸡刨食一样吃完了饭，躲进自己房间乐得咯咯笑。

吴老三到青岛定居以后，日本人刚好将青岛及胶济铁路交还于北洋政府。他不敢向任何人提及自己的身世，土匪的字眼在他心里那就是人世间至高无上的耻辱，他不敢向孩子们透露半点蛛丝马迹，也不允许杏花回想仁义乡的任何往事。仿佛他们一家是从茫茫大海上漂来的礁石，除了王大驹，这偌大的青岛，没有人知道他们的来历。吴老三的生意越做越大，每天都有几十块大洋的红利进账，像猴子一样微驼的腰杆子也越来越直，甚至有了发福的明显迹象。当初落荒而逃时，穷不择妻，恨不得走路时也把杏花塞在心口窝子暖着。如今时过境迁，在灯红酒绿的青岛，只要男人口袋里有了钱，自然免不了去泡几次澡堂子，逛几次黄岛路、大窑沟，见识多了，对杏花也就没了当初的热情。许是因出身草莽，缺少文化，在青岛这座文化气息浓厚的城市里，有了钱的吴老三在大众面前仍然缺乏必要的自信，难以跻身上流社会。与他交往的人，多是没有文化却硬要附庸风雅，穿上道袍却露着猴子屁股，一不小心发了财的土豪。他是土豪中的善类，上进心强，没有忘记仁义和廉耻，朋友或是邻家的女人再漂亮，他也绝不会多看一眼。即使每次被狐朋狗友拉去大窑沟走一遭，他也觉得那并非自己本意，而是生意场上迫不得已的应酬。但在他的意念中，儿子吴大有和女儿吴梦秋绝不可有此堕落行为，哪怕是到黄岛路上瞅一眼，他也会毫不客气地打断他们的狗腿。吴老三认为，王大驹久居乡下，年少无知，手里又拿着多余的零花钱，又没人在身边好生照看，倘若被学校里那些家庭殷实的公子哥儿，诓到附近的黄岛路或大窑沟去，在风月场上留恋忘返，岂不误了大好前程，那真是对不起九泉之下的王老驹和樟树村守活寡的俞氏大嫂了。“明日便去找他学校的教务主任说说，须让他再搬回家里来住才能放心。”吴老三越想越不安，好像王大驹当晚没去学校，而是拐弯去了大窑沟一样，这让他一晚上翻来覆去没睡着，心里失望得很，就像浇灌了很久的一棵果树，在等到采摘果实时，突然发现果子是无法食用的。他和杏花二人打了很久的算盘明摆着要归零——重新计算。

6

俞美云目前的状态依然是守寡，但不是守活寡，他的男人王老驹早已长眠在樟树村西北边茅草沟的地下，如果世间真有鬼魂的话，倒可以在此不分昼夜地守护着王家的十亩旱田。每年的春种秋收，最初靠牛犊儿雇了短工来帮忙解决，或者靠他的父亲俞大马车雇了短工来帮忙。后来，牛犊儿去了望山埠入赘，俞大马车也老了，他拖拉着一条老寒腿，跟瘸子无异，再也赶不了铁轱辘马车，来不了樟树村了。于是又换了他的儿子俞小马车来帮忙，照旧是拉一车俞家店村的短工来，自带着犁、耙、耩子、粪斗、镢、锨、镰刀等一干农具，短工的工钱由俞美云来付，管吃不管住。俞家店村距离樟树村只有十里的路程，短工们黎明即到，中午管一顿饭，天傍黑时把人拉回俞家店村，在俞家管一顿晚饭，饭钱由俞美云来出。

内中一个被招来做活的短工，叫孙胡来，也是樟树村的人，单门独户，祖上是山南逃荒来的灾民，现今只剩下他一口，住在村后头。孙胡来年过四旬，仍是个光棍，人长得还可以，不缺鼻子不缺眼，别人觉得能吃两碗干饭就了不起，他能吃五碗干饭，而且中间不喝一口水，穿两拃的草鞋，只有鞋帮没有鞋底，房有三间塌了两间，地无一垄唯靠做短工糊口，家里穷得叮当乱响。过日子别的都靠不住，首先得有钱有粮才行。有人指点他去粪场跟孙大舌头一起挑粪，也能填饱肚子，谁料想他把嘴巴一撇：“早先我们孙家出了个直隶总督孙嘉淦，论辈分那是我爷爷，现如今我们孙家又出了个大总统，论辈分那是我叔叔，你们让我去挑粪，分明是想败坏大总统的脸面啊。等我去官府奏上一本，让乡里的知县大老爷打你们的板子，看你们还敢不敢说浑话。”他说到做到，过几日真去了仁义乡公所，找到了大老爷黄大牙，开口就说他是大总统的侄子，倒是把黄大牙吓得一愣。黄大牙看他赤脚光腚的落魄样子，问及“仙乡何处”，他应答“仙乡俞家店”，问大总统是哪里人，他说仙乡俞家店……三五句就断定是个潮巴，黄大牙气得牙痒痒，骂道：“你他妈要是大总统的侄子，我他妈就是大总统的爷爷。”胡来一听乐坏了：“那咱们都是一家人噢!”黄大牙扭头去骂那个看门不专心的团丁：“你他妈的瞎了眼了，从哪里放进来这么一个活祖宗，马上给我叉住脖子，赶出仁义乡去，慢一霎我罚你半个月的军饷。”团丁早上没吃饭，饿得走不动，过来扭胡来的胳膊，反被拽了个趔趄，又喊来两个团丁，拿着马鞭子往他腿上抽了两下，才把孙胡来赶走。

孙胡来饿极了就去偷吃地里正在灌浆的鲜玉米，别家的不去，只挑王大驹家的地。因他在王大驹家的田里做过活，可谓轻车熟路，两腿不自觉地就挪到了茅草沟。他知道这些地的主人是个寡妇，平日里不去田里看守，即使不幸被撞上了，也不会挨骂挨打。孙福林他娘趴在墙头上说：“你家地里又进去人了，好像还是那个潮巴。”俞美云“哦”了一声，“当庄当院的，来帮我做过活，看来没得吃了，就让他吃个饱吧。”一边说一边回屋里拿了个粗面的馒头，掖进深蓝色大斜襟褂子的内口袋，踱着小脚去茅草沟的玉米地。这是个炎热的中午，田野里空无一人。还没到地头，就看到玉米地里秸秆乱晃，发出哔哔叭叭的声音，好像眼前宁静的绿色水面上突然闯进来一头黑瞎子，让俞美云头皮发麻，心里瘆得慌，“孙胡来，你给我出来!”俞美云从地上捡了一块石头，然后站到路边的高岗上，从那里可以居高临下，不仅能一览茅草沟的全貌，还能方便应付突发的事件。玉米地里哔哔叭叭的声响停止了，孙胡来像土行孙似的，顶着满脑袋玉米花从垄里钻出来，一只手抓个玉米棒子，一只手抓根玉米秸，嘴角沾着白色的玉米浆，仿佛正经过了一场饕餮大宴似的，脸颊上涌出许多黑色的汗水，顺着下颌滴下来。“这棒槌才灌浆……”俞美云才说出半句，本想说：你怎么能这样糟蹋粮食呢？就听到孙胡来可怜巴巴地说：“我饿。”，俞美云心里不落忍，后半句指责的话被生生咽回了肚子，“你要是饿了，就去家里找我，我保证匀你一口饭吃，只要你不再这样糟蹋庄稼就行。”俞美云的话就像久旱逢甘霖，更重要的是他看见俞美云从衣襟里摸出了个粗面馒头，于是顺手扔掉了手里的玉米棒子和解渴用的玉米秸。从此以后，俞美云在茅草沟的十亩旱田里，除了那三座坟，还多了一个看守庄稼的大活人。从春种到秋收，孙胡来一直兢兢业业地守卫着王大驹家的庄稼。到了吃饭时就去王家院子找饭吃，俞美云早给他盛好了饭，放在原来牛犊儿住的偏房里，那房子后来成了柴房。傍晚吃完了饭就离开王家，回自己的一间茅屋睡觉。

邻居有一个外号叫老雕的光棍，时常在夜里过来打听俞美云的生活状况，这顿时让孙胡来感觉到了自己存在的重要性。然而，有秋收就有冬藏，漫长的冬天来到了，凛冽的北风夹带着雪花堵住了穷人的家门，孙胡来的日子也进入了冬眠期。一是他衣不蔽体，无法遮挡风寒；二是躺在一堆破棉絮里冬眠，可以最大限度地节约粮食。他偶尔到王大驹家门前转悠，俞美云看他可怜，找出王老驹生前穿过的一件棉衣一条棉裤一双棉鞋，送给他避寒，都是八成新，她没舍得扔掉。孙胡来穿上棉衣棉裤棉鞋，就像一下子从北极冰窟里掉进了太上老君的炼丹炉，迎着北风在村子里转了十几圈，脑门上依然有汗珠源源不断地涌出。老雕眼睛里冒着两米高的妒火苗子：“你小子艳福不浅啊，王家寡妇看上你了吗？他儿子现在是青岛铁路学校的学生，将来可是要开火车的。那玩意趴着就跑得飞快，假如站立起来，还不得跑到天上去啊。我听说他儿子的干爹有好几个，不是动枪的就是动刀的，都说寡妇门前是非多，母老虎的屁股摸不得，你可要小心行事，别吃不到羊肉惹一身骚……你跟我说实话，那寡妇到底跟你困了觉没有？”孙胡来眉飞色舞，嘿嘿地笑着，突然嚼出什么味道，把嘴一歪，呸了一口：“用你管！”此刻，两个人生存条件发生的微妙差异，很容易就造成了他们语言交流上的障碍。话不投机半句多，老雕就去翻看孙胡来的粮食瓮，里面盛着俞美云施舍的半瓮玉米粒，那是孙胡来为她看守了一年庄稼所得的奖励，另外还有一只锦羽红冠的公鸡拴在瓮边的旮旯里，拉得到处都是鸡屎，那也是俞美云的奖励，说让他养到过年宰了做祭品，祭祀祖先和天地。老雕的眼睛里冒着绿光，嘴巴啧啧地响着，像是吃了鸡屎一样难受。孙胡来听了越发得意，“你别打它的主意，这只大公鸡我要等到过年宰了敬天用的。不知道你过年用什么来敬天？”老雕把怪眼一翻，“还敬天？它让我混成这样的光景，我他妈拉泡屎给它吃！”就凭此话，他算是最早的无神论者，既不敬天也不敬地，光棍一条，家徒四壁，出门不用上锁，小偷来了保准后悔得痛哭流涕。他有一个姐姐，为他哥换了一个老婆，轮到他时没得换了，为此他曾大骂父母不公平，大骂哥哥不仁义，曾想将换来的嫂子据为己有，结果吓得他哥带着老婆远走他乡，至今下落不明。老雕“巡视”完毕，咬牙切齿地跺着脚走了，孙胡来看了看自己身上的“豪华”装备，又看了看老雕趿拉着破草鞋远去的背影，不无同情地对着冷灶旁墙上的灶王爷说：“想当年，他爹是仁义乡有名的屠户，杀猪不眨眼，一刀子攮下去，我的天，带着泡沫的血浆呼呼从脖腔子往外冒，一大铜盆转眼就淌满了。全家老少跟着吃香的喝辣的，逮一口猪血，吃一瓣大蒜，啧啧，那个滋润就甭提了。现在真是老雕抱夜猫子——一窝不如一窝了！糙饭稀粥都喂不饱，更不用说老汤锅里拣肉丝了，唉！”他盯着那只大公鸡，越看越觉得亲切，胃里的馋虫一个劲地往喉咙里钻，忍到年底再杀掉做祭品的耐力越来越小了。

这世间事从来没有绝对的好与坏，皆是一分为二，有人欢喜有人愁：做郎中的盼人生病，开棺材铺的盼人死亡，当警察的盼人犯法，当媒婆的盼人成婚，小光棍盼人休妻，老光棍盼人亡夫。民国以后，封建思想减弱，西方新思潮涌进，社会对于女子从一而终的贞德要求渐渐放开，允许妇女改嫁，这让不少光棍汉在黑暗中看到了黎明。然而，令樟树村光棍汉大失所望的是，村里已积累大小寡妇十几个，却无一人肯带头打破传统，改嫁他人。老雕万分羡慕邻居兼光棍同仁孙胡来的艳遇，傍上了富裕又漂亮的资深寡妇俞美云，心里忿忿不平，也想从中分一杯羹。有事没事就围着王大驹家转两圈，看四下里无人就趴在门缝上往里瞅两眼。尤其是夜里又冷又饿睡不着觉时，就想打探一下孙胡来与俞美云是不是有一腿，如果抓住了证据，也去敲俞美云一杠子，讹点财物过年，甚至可以斗胆威逼俞美云也跟他好上一回，陪他困上一觉也未可知。而他不知道的是，自从孙胡来得了俞美云的馈赠，适当解决了温饱问题后，不仅解除了冬眠，而且义务巡逻的干劲和热情更大了，每天夜里他都要按例围绕王大驹家转七八圈，直到五更鸡鸣时才回家。

那一夜北风呼啸，雪花铺天盖地，远处潍河的水面上结了厚厚的冰。老雕用门帘布裹了脑袋和全身，只露出两只眼睛，俨然是魔界的长老，浑身打着哆嗦去王大驹家侦察情况。为了防止草鞋发出声响，他把鞋底缠上了好几层破布条。他从落下厚厚积雪的街上走过，竟然发不出一点声响，倒像是一个幽灵在玩低速漂移。他身上披着黑色的门帘布，夜间在白雪的辉映下，像一件魔界神秘的袍子。他从村北漂移到老樟树，从老樟树漂移到南沟，从南沟折返到前街，在第一个胡同口，有一只机敏的狗叫了起来，然后满村子响起了饥饿的狗吠。他走到王大驹家北屋的后窗下，贴近墙根侧耳听了半刻，鸦雀无声。他又转到大门口，从门缝往里看了几眼，一片漆黑。天寒地冻，滴水成冰，他身上的温度仿佛是炉膛里的火星，渐渐被耗尽，熄灭，每一处关节仿佛都变得麻木僵硬起来，几乎再也挪不动半步。大门左侧，贴近南屋的墙边有一个草垛，是玉米皮和玉米秸聚拢而成。俞美云取柴草做饭掏出了一个洞，每天早上会有一只草鸡钻进去产完了蛋，然后飞上垛顶喔喔喔地报喜。老雕钻进去待了很久，冻僵的身体才苏醒过来，耳边饥饿的狗吠渐渐停了。“王家寡妇会不会正搂着孙胡来在被窝里睡觉呢？”老雕从家里出来时，专门去孙胡来家看了一眼，门大开着，家里空无一人。“不然他能到哪里去呢？哎哟，这么冷的天，即使他身上穿着王寡妇送的棉衣棉裤和棉鞋，只要迎着西北裂子风在大街上走一趟，保准他照样冻成根嘎巴硬的老冰棍！何况他比我大七八岁，都过了四十奔五十了，他孙胡来身上能有多大的火力劲？我就在这里面候着，守株待兔，看他如何出得了这两扇门！”

草垛里面很暖和，比他四壁透风的茅屋要安逸许多倍，老雕不知不觉地睡着了。蒙胧中听到村子里响起一阵急促的狗叫，分明是有一个人走进了胡同口，由远及近向王大驹家走来，鞋子在雪地上摩擦出的沙沙声，在万籁俱寂的午夜时分显得极为肃穆和惊悚。“如果孙胡来已经进了王寡妇家，那么这会是谁呢？难道俞美云还有别的相好？要出事！”老雕突然觉得头皮发爹，先是左眼皮吧嗒吧嗒乱跳，接着是右眼皮吧嗒吧嗒乱跳，他把身体缩成刺猬状，感觉心脏扑通扑通像是要从胸腔里跳出来一样，把整个草垛都震得嗡嗡乱响，左右摇晃。

来人走到王寡妇门前停了片刻，老雕听到了一阵扑哧哧小解的声音，伴随着呼哧呼哧的喘息，像打雷一样响亮，然后来人窸窸窣窣地系上了腰带，顺着胡同往东去了，脚步声变得越来越轻，巷子里很快恢复了应有的寂静。

“这真是小姑娘十三养活俩，不是生孩子是下（吓）人呢。”“老雕”吓出一身冷汗，再也不敢多留半刻。他从草垛里钻出来，刚抬腿准备回家，就从门缝里看到王寡妇的窗户亮起了灯光，心中大喜：“孙胡来这孙子果然与王寡妇勾搭成奸了，莫不是办完了事要回家不成。且让我抓个正着！”他躲在大门外，只等着孙胡来从里面出来，却一等二等不见人，三等四等不见动静，心里猫抓猫挠一般痒，脚底冻得火烧火燎一般疼。情急之下，他不顾草垛上积雪盈尺，扔了身上的门帘布，一手扣住墙壁上的砖缝，一手拽着草垛上的秸秆，攀上了草垛之巅。站在草垛之巅，能将王寡妇的院子尽收眼底，从此处可以轻易跨过墙头，进入院落直接抓奸。然而这时王寡妇又吹灭了油灯，院子里顿时又变成漆黑一片。正当老雕不知所措，寻思下一步该如何行动的时候，只觉得脑后一阵凉风，一块石头飞来，让他脑袋嗡的一声，一个倒栽葱从草垛上摔了下来，在他躺在地上死去的那一瞬间，他看到一个高大的黑影站在面前，从身高和衣着打扮来看，分明是王老驹重生无疑。他惊恐地喊了一声“王同勋”，黑影手里抱着的巨石又猛地往他脑门上砸了下来，欺兄骂祖、蔑视天地的老雕从此长眠不醒。

孙胡来第一个到达案发现场。他“巡逻”到王寡妇门前时，看到地下躺着一个黑影，起初以为是条狗，于是拿棍子戳了两下，但黑影闷声不吭。他拿火镰打着凑近了看，认出了躺在雪地上老雕那张狭长的鸟脸，他摸了摸老雕的鼻腔，鼻息已无，而身体还有点热气，身下的积雪被血浆染成了暗红色，正被寒风的大手揉搓成冰。孙胡来吓得扔掉了火镰，大喊着“死人了，老雕死球了！”，也顾不得敲王寡妇的门，趺趺撞撞，连滚带爬，一口气窜回了家，第一次麻利地关上了家门，又郑重其事地顶了一根杠子。

第三章

7

关小云对王大驹的印象之好，超过吴大有全家人的想象，也超过了王大驹本人的想象。关小云去饭堂排队打饭，忽然间觉得脸颊发烧，后脊梁骨发痒，浑身不自在。她扭头一看，居然是王大驹排在后面盯着她的后脑勺。就像某种心理感应似的，无论关小云的眼光晃到哪里，哪里就有王大驹的影子。这绝非王大驹的刻意安排，倒像是某种鬼神类的暗物质的有意撮合。关小云并不反感王大驹，因为王大驹是班里女生公认长得最帅的男生，没有之一。与他相比，吴大有的形象几乎可以归类为歪瓜裂枣。吴大有的殷勤与王大驹的矜持相比，后者反而有更多的光彩和魅力。

关小云问吴大有："吴同学，你最近都看过什么书呢?"吴大有说："我看的书多了去了，什么《肉蒲团》，什么《灯草和尚》，还有那个啥《飞燕外传》，啧啧，那些书好看着呢，好多男同学都跟我借……"关小云呸了一口，骂了声"低俗"，红着脸跑开了。

关小云问王大驹："王同学，你最近都看过什么书呢?"王大驹淡淡地说："《辞源》《民国十年》《三国演义》《儿女英雄传》。"关小云竖起大拇指，敬佩地说："王同学了不起，《辞源》和《民国十年》我是读过的，《三国演义》和《儿女英雄传》却只是听人说过，你能否借我一看?"王大驹只当关小云谦虚，心想铁路副局长的外甥女什么书看不到？但他仍然去宿舍拿了书给她。关小云还回时，书中夹了一套六张孙中山像的邮票，分别为：壹分、贰分、肆分、贰角、贰角伍分、壹圆，总币值壹圆伍角贰分。王大驹说："你把邮票当书签了。”关小云说：“那是赠给你的，谢谢你借书给我看。”王大驹说：“那怎么好意思呢，书非借不能读也，子不闻藏书者乎。”关小云说：“就当我给你的见面礼吧，以后有好书再借给我看便是，我喜欢那本《儿女英雄传》，也喜欢书里的十三妹……”

年青人交朋友其实很简单，只要志趣相投，彼此看着顺眼即可。情窦初开的青年男女，大多四肢发达，头脑简单，一心要做祝英台和梁山伯那类的情种人物，飞蛾般朝着爱情的火山猛扑，哪里管得了脚下的悬崖峭壁和现实人生。女追男，隔层纱；男追女，隔层山，这是经验，也是哲学。第二年冬天，经过一年半的生活接触与心灵碰撞，关小云已经公开属意王大驹，生出非他不嫁的念头。吴大有嫉妒得眼睛里直冒火，但也无可奈何，有火无处发泄。他回家跟吴梦秋恨恨地说：“都怨你这臭丫头不听咱爹的话，没勒住姓王的那个土包子的狗脑袋，让他活脱脱抢了我的媳妇。”吴梦秋看了看她哥气得扭曲变形的脸，大感意外，揶揄地说：“我倒是很想见识一下你的品位，哪天得空去瞅一下你死乞白赖得不到的女人，到底长着什么样的孔雀脑袋，凭啥看不上咱们青岛粮食大王吴老三的公子！”隔了几日，吴梦秋回家兴高采烈地说：“我看见顺子和关小云了，两人牵着手在栈桥上走呢。你还别说，那顺子长得越来越有男人味了！”然后看了一眼吴大有铁青的脸，幸灾乐祸地说：“就凭你这副熊样子，也想当铁路副局长的外甥女婿，简直就是癞蛤蟆想吃天鹅肉嘛，如果换做我也看上你这副小气的粗鄙相！”吴大有气得要跟她断交，半月没跟她说一句话。

关小云对王大驹说：“来年春暖花开时，我母亲会到青岛小住，到时候请令堂也来一趟，我陪她四处逛逛，看看中山路和青岛栈桥，还有崂山后崖的北九水，哎呀，那里的水清得跟秋日的天空一样洁净。让她与我母亲还有三姨一家见个面，把咱俩的婚事定了。再过半年咱们就要毕业了，也好让我姨夫提前做准备，给你在铁路局谋个好的差事，那样就不用到下面的公司开火车了。司炉那活脏着呢，跟小黑鬼似的，一天下来爆得满脸煤灰，两个鼻孔能抠出半碗泥浆来。”关小云故意翻着白眼，模仿司炉满脸煤灰掏鼻孔的狼狈样子，王大驹忍不住尴尬地笑了。这样的好事打着灯笼也难找，王大驹自然满口答应。

那个时候王大驹和关小云的关系与感情已经很深，达到牢不可破的地步，他们时常相约在月光下的林荫道散步。关小云说："我的手冻麻了！"王大驹赶忙伸过手来："我给你捂捂？"关小云顺从地递过手来，任王大驹揣进暖烘烘的怀里，她的手感觉到了王大驹宽阔胸腔里炽热的心跳。关小云说："我的脸也冻麻了！"王大驹夸张地解开衣扣说："要不你干脆钻进来吧！"关小云把脸扬起来闭上眼，露出一副撒娇的样子，"我不，我要你把整个世界的风雪都挡住！"王大驹用双手捂住关小云的两腮，装作很惆怅的样子，微微叹了一口气，"这可是个天大的难题啊！"关小云扑哧一声笑了。王大驹的手掌心感应到了有生以来第一个女人心灵的颤抖。

俞美云委托福娃子他娘从岈山邮局拍出的电报，不到一天时间就送到了青岛铁路学校。那时候王大驹正沉浸在与关小云的爱情海洋世界里，琴瑟和谐，享受世间百般的美好，根本无暇去想他的母亲——一个深居简出的农村寡妇，竟然会闭门家中坐，祸从天上来。

"家有急事，速归！"六个蝇头小楷，像六根绳子一样紧紧地攫住了王大驹的心，把他从理想的天空一下子拽回了现实的大地。王大驹手握着那份简约到极致的电报，向教务主任请了假，甚至来不及向关小云道别，就坐上了返回岈山的火车。在上车前，他特意到火车头观察了一下，那个黄脸膛的司机戴着大盖帽和白手套，脸上绝没有关小云说的那么糟糕，一眼就能看到鼻孔里探出森森的黑毛。

王大驹刚出火车站，就遇到了坐在大轱辘马车上候客的李连升。李连升看到王大驹，连连招手，喜形于色，直呼"王兄弟"。一年前，李连升专程去青岛给王大驹送过一趟行礼，两人同在吴老三家里吃过一顿饭，之后就再也没有见过面。至于那把德国撸子，王大驹也没追问最终处理结果，反正都已经锈坏了。既然李连升不肯说，那就是想留着自己玩呗，反正他也不稀罕这些带戾气的东西。王大驹上车后，李连升问："先去乡公所吗？"王大驹莫名其妙："去乡公所干嘛？"李连升说："你母亲与一起命案有关，被关在仁义乡公所里候审呢，难道你不晓得吗？"王大驹大惊失色："我昨儿傍晚收到母亲的加急电报，只说家中有急事。她一个妇道人家，如何会牵涉到命案？"李连升简要把老雕在前天深夜离奇死亡一事说了一遍，吓得王大驹面如土色，冷汗直冒。他还没回过神来，马车已经停在了仁义乡公所门口。李连升说：“我烦那个黄大牙，不愿见他，你自己进去吧，我在大门外等着。你先去问问情况，回来咱们再商量对策！”大门口的雪没有打扫，进出的人需要蹦着，所以留下了几个很深的脚印，站岗的团丁也不知道躲到哪里取暖去了。王大驹慌慌张张地进了乡公所大院，一个长着死羊眼的团丁缩着脖子抄着手从屋里奔出来，挡在院子里上下打量他：“哎，哎，你是干什么的？”王大驹定了定神，拱拱手：“这位大叔，我是樟树村的，来找我娘。”团丁顿时神气起来，“我当是哪家的公子呢，原来是王寡妇的儿子啊！”很快死羊眼又变得温和起来：“穿这样的衣服，是开火车的吗？”王大驹穿着青岛铁路学校的校服，跟铁路局的制服极其相似，一般人根本分辨不出来。王大驹老老实实地说：“还在青岛铁路学校上学呢，毕了业就去开火车！”团丁闻言愈加谦卑，“我他妈每天望着火车从西往东去，又从东往西来，哧溜一趟，哧溜一趟，还不知道坐火车是什么滋味呢，哪天兄弟开上火车，免了我的车票，捎我一趟可好？”王大驹赶忙说好，心想自己拿铁路学校的学生证就能免费坐车，如果当了火车司机，捎个把人还不是张飞吃豆芽——小菜一碟。听到王大驹打了保票，死羊眼殷勤地领他到黄大牙面前。那时候黄大牙正在吃早饭，他昨晚审孙胡来和俞美云熬到深夜，已经有所突破。他凭直觉可以肯定，老雕的死与俞美云和孙胡来脱不了干系，如果这次能够独立侦破这件蹊跷的奸情杀人案，他黄大牙无疑将会成为本地的黄青天，在仁义乡名垂青史。还有一种可能，他的政绩和名誉将会迅速得到社会各界和知事公署的广泛认可，晋升的瓶颈将再度打开，前途不可限量，升官发财更是指日可待啊。黄大牙在仁义乡公所已经待了二十年，从英姿勃发的有志青年熬到劣迹斑斑的油腻中年，额头秃得像鹅蛋，两鬓已经染霜，后脑勺上仅存一缕头发在头顶盘旋着，出门就得戴顶帽子压住，否则经风一吹便披撒下来，状如袅袅炊烟，实在有碍观瞻，影响他“独眼黄龙”在社会各界尤其是在仁义乡广大青年妇女中的光辉形象。

都说功名利禄如浮云，那是官场失意者的借口，当一个人主动把自己的仕途前程与工作业绩捆绑在一起，那他的人生态度就会变得积极，他看社会的目光就会变得温情。黄大牙见到王大驹，并没有因当年王老驹从乡公所意外逃脱而迁怒于其后人。他心中反而大发感慨，“王老板当年请我吃过一顿花酒的，真没想到他的儿子这么大了，更没想到现今他老婆又落到了我手里，真是山不转水转，水不转人转，正所谓不是冤家不聚首，天意弄人无止休啊！”他倒有点同情王寡妇的遭遇了，痛快地答应了王大驹的要求，让他们母子见上一面。从道义上和国家法度上他都得这样做，更何况拐着弯让犯人家属筹钱来打点，是维持乡公所运转的经费来源之一，这样的机会岂可白白错过。不论最后犯人结果如何，钱这玩意总会或多或少收入一点。他已经习惯了别人摸口袋的手势，十有八九摸出来的是大洋，每一次看到别人摸口袋，他的脑袋就会嗡的一声，血脉喷张，气流顺着眼睛后面的神经直冲头顶，那滋味简直令人眩晕，美妙无比。但是偶尔也会有人从口袋里掏出手绢来擦鼻涕，这时候巨大的失落感就会狠狠地打击他的自尊，心中就会不由自主地生出一些恶毒来。

王大驹就是那个从口袋里摸出手绢来擦鼻涕的人。黄大牙伸出去迎接大洋的手在半道上戛然而止，讪讪地缩了回去，这令他突然产生的激动变得恍惚，甚至有点恼羞成怒。但是他还是忍住了，他对自己说：“这孩子好不懂事啊，唬我一跳。不过这没什么，只要王寡妇关在乡公所一天，他就在我的掌心里蹦跶，我就不信榨不出他家二两油来！他家原来可是开炭庄的大掌柜。”

王大驹从最初的慌乱中冷静下来，取而代之的是难以名状的羞愧与窝火。为什么那个叫老雕的光棍会死在他家门口，为什么那个叫孙胡来的光棍会走到他家门口？这两个光棍都是住在村后的偏僻之处，如何又在半夜三更撞到一起？王大驹越想越不是滋味，一瞬间仿佛感觉到他母亲真是个风流成性的寡妇，做了对不起他父亲的有辱门风的事情。但很快他就在心中恶狠狠地扇了自己一个耳光，骂自己不是人。他的母亲品德高尚、恪守妇道、助人为乐，这在樟树村无人不知无人不晓，其贤淑与孝德甚至在仁义乡也被广为传颂。想当初牛犊儿叔叔在他家偏房里住了三年，诸多感化与好意皆被他母亲一一拒绝，最后他母亲亲自找人做媒将牛犊儿送去望山埠做了上门女婿。那时据说牛犊儿叔叔身揣千块大洋，财富可与峠山站中等以上的富商相提并论，却也丝毫没有打动母亲的心。虽然那时他尚不谙世事，但此情此景仿佛历历在目。两个面目可憎、身无半文如乞丐一样的光棍汉，如何能让背了半生贞节牌坊的母亲头脑发热，做出此等下流无耻之事。这事绝无可能，一定是寡妇门前是非多，一定是被人陷害，或者敲诈勒索。这是王大驹看到俞美云之前的想法。见到俞美云后，他心里抱着的那块巨石瞬间砰然落地。俞美云丝毫也没有被用刑的样子，发髻梳得端庄大方，身上穿得干净利落，镇定自若地说：“顺子你不用害怕，他们干屎抹不到人身上。电报是我临出门前托福娃子他娘拍给你的，她另外也给福娃子拍了一封电报，相信这件事情很快就会水落石出！待会儿你先回家里望着门，等我回去给你做好吃的。”王大驹自然知道，让他回家望着门的意思就是担心家里进贼。那炕洞里可是藏着他家所有的财产，粮仓里也是五谷丰登，是他家十亩地一年的收成，还有一群象征六畜兴旺的鸡狗鹅鸭，这些令村里不少穷苦的佃户眼红。

他出了乡公所的候问室，从廊下经过黄大牙的办公室走到院中，又一次掏出手绢擦了擦鼻子。手绢是关小云赠的，上面喷了茉莉花的香水，可以让人心神镇定，百闻不厌。这一次黄大牙有了足够的心理准备，他没有起身，而是坐在桌案前，用指头狠狠地敲了一下桌面，冷冷地看着王大驹的背影在院子里消失。“他一定会回来的，他会带着大洋来的。”黄大牙想。

8

山东省政府收到中华民国军事委员会交通处交通司令的电文，请求严敕所辖昌南县知事公署对在其境内樟树村发生的杀人案务必秉公办理，不要草菅人命。韩复榘及其属下均觉得不可思议，堂堂一个军委会的大员，以军委会交通处的名义，过问一个山野草民的案子，根本就是高射炮打蚊子嘛。不过军委会交通处是当今天下的路神，得罪不起。他随即发电严敕昌南县知事公署，妥善处理此案，不得有误。他还同时电令驻扎在岞山站的军队最高长官马营长亲赴仁义乡公所，速速查明涉案人员与交通处交通司令的关系。

昌南县知事公署收到山东省政府的电文，那就相当于接到了皇帝的圣旨。这边知事大人亲自带着警察所长等有关领导赶赴仁义乡亲自审理此案，那边马营长带着一个警卫班荷枪实弹开进了仁义乡公所，调查并监督审理此案。可怜黄大牙还等着借助审理此案提高政绩，从而平步青云；还等着王大驹回家拿大洋来疏通打理，扩大战果。

马营长说：“我已去樟树村打听过了，这个王寡妇死去的男人和军委会交通处的交通司令是私塾同学，还是拜把子兄弟，我此次奉韩主席命令来监督审理此案，如果你们办砸了，我可没办法向上面交代啊。”

姜知事说：“案子很简单啊，不就是死了个光棍汉嘛，他半夜三更跑到人家寡妇门前去干嘛？死了活该！再说了，王氏是一个被全村公认的口碑极好的贞节烈女，弱不禁风，如何能杀得了一个五大三粗的光棍汉。明摆着抓错了人！立即放人！放人！”

黄大牙这天脑袋一直发晕，先是知事带了一拨人占了他的办公室，接着又是马营长带着一队官兵戒严了乡公所的院子。这二十年来，乡公所就从来没这么热闹过，也从没来过这么多大官，而且还都是不请自到。他跟在知事后面唯唯诺诺，脑子里却恍恍惚惚直蒙圈，知事大人说放人他没听清楚，“放人？放谁？”知事骂：“放你妈！”黄大牙说：“我妈死了！”大家一起哄堂大笑。知事心里骂道：“这个独眼龙，玩女人胆贼大，捞钱也有一套，就是他妈的不懂教化，把个仁义乡搞得乌烟瘴气，要不是三天两头往我家送野鸡狍子，给我老婆送金银首饰，我真想把他开除了，赶回老家去种地！”

姜知事对马营长说：“既然这案子惊动了军委会和省政府，就得有个结果，那样对上对下都有个交代，否则难以服众。依我看来，王寡妇无罪释放绝没问题，但是那个孙胡来原本就是村里一个光棍无赖，即使老雕不是他用石头砸死的，终归也跟他脱不了关系。看在他也是交通司令庄里的人，姑且从轻发落，罚他去做五年的劳役，去给你们搬石头，挖茅厕，修营房，如此可好？”

马营长说：“也好，此处为军事要地，上面命我在惺惺山和峠山修建炮楼和战壕，构筑鲁东第八道防御工事，正需要你们地方政府协助征调民夫，就让他去做几年苦役吧，免得他闲着无事偷鸡摸狗。”

马营长说话粗鲁，但是办事豪爽干练。他带兵到峠山驻扎以后，致力于剿匪禁毒，凡是吸毒的就地处死，十年时间，在他的治理下，远近的土匪死的死，逃的逃，几乎绝迹，颇得群众拥护。马营长现在是昌南县的最高军事长官，手里有枪有炮，把安丘、高密、昌南、诸城四县的知事都不放在眼里，何况区区一个乡公所，那就更不在话下了。黄大牙几次想跟他说话套近乎，他连正眼都不看一下。昌南县姜知事出身于书香门第，受教于孔孟之道，不太习惯马营长的说话风格，尽管满脸赔笑，又觉得有辱斯文，“兵痞不好惹啊，一言不合就拔枪杀人，眼下兵荒马乱，明哲保身为好。不要说死个把光混汉，就是把昌南县的光棍都突突了，把黄大牙点了天灯，我也只能睁一只眼闭一只眼，还得念一声阿弥陀佛。”他把黄大牙叫到民团的办公室，好一顿数落，“那个孙胡来被你砸断了脊梁骨，一时半会儿也干不了劳役，你先拿一笔钱，临时雇人替他去挖战壕，等他养好伤，再换回人来。好吧？多亏你没动王寡妇，否则谁也救不了你，连我也得搭上。亏你在这仁义乡混了半辈子，难道就不知道王寡妇和军委会交通司令的关系？”他看着黄大牙大张着嘴，顿了顿又说：“你整天忙着收税收捐，一年了，公署也没见到你一文钱，你把手里攒下的大洋送王寡妇一点，省得她到交通司令那里说你我的坏话。你看这么个营长都能颐指气使，何况是国民革命军的司令，砸咱们的饭碗，要咱们的脑袋，还不是人家一句话的事。”黄大牙哑巴吃黄连，有苦说不出，心想：官大一级压死人啊，什么时候老子当了大将军，必定让知事给自己洗脚，让知事老婆给自己捶背。他强忍着心中的怒火，到自己枕头下摸出五个大洋，那是前几日强邀了各村的保长来赌博，熬了三天三夜才得到的胜利果实。

黄大牙想利用办理案件改头换面的计划彻底流产，不仅如此，被砸断了脊梁骨的孙胡来要由乡公所负责治疗，直到身体痊愈，交付马营长做民夫使用。至于俞美云，接了他的五个大洋攥在手里，道一声谢后，就大大方方出了乡公所，由知事的马车送回了樟树村。“她都没问那大洋是啥来历，该不会认为是乡公所的赔偿费吧。关键是她也没损失啥啊！有两个团丁在半夜里想调戏她，反被她不吐一个脏字骂了一顿，灰溜溜地躲开了。”黄大牙自认倒霉，在寒冬腊月，白白熬了两个晚上，倒贴了不止十块大洋，他面子丢大发了。黄大牙从此一蹶不振，直到后来日本鬼子占领了昌南县，才又一次咸鱼翻身。那是后话，暂且不表。

俞美云回到樟树村，为表示谢意，先是捉了两只红冠子大公鸡送给福娃子娘，福娃子娘不肯收，说：“留着给我那干孙子吃吧，他正长身体呢，我家里啥都不缺！”俞美云笑着说：“知道您家啥都不缺，这只是我的一点心意，请您老不要嫌少。”然后扔下礼物就走。福娃子娘喊：“顺子娘你先莫走，我有事跟你商量。”俞美云停下脚步，怔怔地看着她，“干娘您有啥事，莫非是嫌弃礼物太轻？那我回家再捉两只来！”福娃子娘笑得合不拢嘴：“看你说的薄情话，咱两家谁跟谁啊，那些年沾了你们家多少光啊，当年福娃子跟王老太爷上私塾，分文学费没收，后来同勋做木炭生意，年年供着我家用，也是分文不收。欠下你们家的人情一时都算不过来。今儿个，你的礼物我也收了，但请你到炉边坐下烤烤手，我慢慢跟你说件事！”她看到俞美云在炉边坐下，才拿出一封信，说，“你自己看吧，福娃子对顺子的事情很上心，来信托我叮嘱你两件事情，希望你能认真考虑，不能耽搁了顺子成家立业。”俞美云是认识字的，她接过信来看了几眼，脸上顿时忧喜交加，惶惑起来。福娃子在信中叮嘱了两件事，第一是顺子年龄也不小了，抓紧给他娶个女人，让其陪俞美云在樟树村生活，也好有个照顾。这件事是没有问题的，俞美云很赞同，给儿子娶媳妇是好事，不仅能为王家继承香火，传宗接代，而且还能避免寡妇门前的是非，消弭一些村里长舌妇的流言蜚语，如孙福林娘之辈，嘴巴就跟粪桶一般臭，每天傍晚孙大舌头回家，她都会站在院门口死死盯着，生怕孙大舌头走错了路。但是另外一件事却让俞美云吓了一跳，信中福娃子说，顺子毕业后，不宜去铁路局谋职，眼下日本鬼子步步紧逼，国家正在用人之际，作为山东热血男儿，理应投笔从戎、阵前杀敌、精忠报国。

俞美云战战兢兢地看完了信，半天没吭声，憋得满脸通红。“第一件事是好事，过了年，顺子就满十八岁了，按照咱们本地风俗，是该娶妻生子了，这事我赞成。但是第二件事恐怕不妥……”

“怎么不妥呢，我三个儿子都去当了兵，福娃子现在都混成司令了，四邻八疃谁不伸大拇指，夸我福娃是盖世英雄，说我王家满门忠烈！我自豪着呢！”

俞美云被噎得喘不过气来，结结巴巴说：“您王家满门忠烈那是板上钉钉的了，福娃兄弟是盖世英雄也是板上钉钉的了，您就是再世岳母也是板上钉钉的了，这次多亏了福娃兄弟打电报才刀下留人也是板上钉钉的了，只是……顺子不能去当兵！”

福娃娘有点愠怒：“福娃说让我老大家的春泉和顺子一起去做个伴，上面还有他们兄弟仨照应着，你还担心啥？福娃子兄弟三个，一起上阵杀敌，打了这么多年仗，还不是好好的，连皮也没碰掉一块。”春泉是福娃的侄子，跟顺子同年，在民国省立潍县师范学校读书，转过年来也要毕业。

俞美云不敢看福娃娘的脸，低了头硬着头皮说下去，“您是福泽深厚之家，五世其昌，兄弟们自有神仙保佑。而我家的情况您老知道，顺子四代单传，他爹同勋短寿，那两年家里连进三口棺材，我把眼泪都哭干了。如今只留下这么一根独苗苗，我不想他走得太远，尤其是当兵，枪炮无眼，这事我连想都不敢想，您老千万别逼我了，我是不会答应的。”

福娃娘拍了拍膝盖，像拍去了一件烦心事，叹了口气，“别人家的孩子命都金贵，就我们家孩子的命不值钱啊。罢罢罢，你既然不肯送儿子去当兵，我这当嬷嬷的哪能勉强，咱们先把顺子的婚事给办了吧，别的事情以后再说。”

俞美云感激地点了点头，“我这就托媒人去说亲，过了年指定娶进门来！”她再也不敢停留，赶忙起身，头也不回地走了，好像走慢一点，福娃娘就会把顺子抓了壮丁。

王大驹对军委会交通司令的好意一点都不感兴趣，对信中指示的两件事都竭力反对，“我不去当兵！我要开火车，我更不会离开青岛！”

“我没答应让你去当兵，但是娶媳妇这事不能耽误，我已托了媒人，去十里堡说丁家的姑娘。那姑娘不仅人长得好，而且贤惠也孝顺，重要的是我让盘马埠金瞎子算过了，你俩生辰八字和属相都很合得来，如果丁家同意咱们接着下聘，趁你这两天正好在家，先定了亲，过了年就能娶过门来！”

“我不想定亲！”王大驹忽地站起来，拧着脖子，脸涨得通红，像是屁股被谁抽了一鞭子。

“为什么不想定亲？这事是你说了算的吗？”俞美云有点恼火，这是顺子第一次跟她顶嘴，“你也老大不小了，父母之命，媒妁之言，这些道理也该懂了。”

“我毕业后要去铁路局谋职，在青岛安家，娶老家的闺女不行，所以这事您别管了好吗？”这是王大驹第二次顶嘴，他看到俞美云的脸色阴沉得像是后娘的脸。

“老家的不行哪儿的行，难道你还想找青岛的闺女？”

“是，我要找青岛的闺女，现在已经找到了。”王大驹话音未落，脸颊上已经结结实实挨了一巴掌。

“王八犊子，还反了你了，敢驳文了，你翅膀子硬了吗?”俞美云气得头发晕，“小孩子家不知道羞臊，出门不好好学习上进，竟然背着我私下里做些下流无耻的事情，还能由着你的性子了?”这是俞美云第一次骂人，但不是第一次打人，小时候她没少拧王大驹的屁股。

王大驹从没见过母亲如此大动肝火，在他的印象中，母亲总是那么慈祥、和蔼，是他避风的港湾。五四新文化运动以后，青年们都在叫嚷着妇女解放、爱情自由和爱国民主，难道他就不能有同样的追求吗？凭什么？就凭他的根在樟树村吗？就凭他是俞美云的儿子吗？

他脑子很乱，挨了一巴掌也没清醒过来，只是在愤怒中恐惧了，在恐惧中沉默了。他极其反感却又习惯于这种妥协，心中的矛盾像两头野牛在角力，将他的独立精神扯得七零八落。从另一方面来讲，他在刻意做一位被家乡称道的孝子。考虑到他从小与母亲相依为命，母亲辛辛苦苦将他拉扯成人，又投下血本送他去青岛读书，他岂能忘恩负义，置母亲的意愿于不顾，沦为樟树村众乡亲眼中的逆子。同时，他也心存侥幸，希望找机会说服俞美云去青岛一趟，以关小云的聪明伶俐和辉煌的家庭背景，让俞美云放弃做主，给他自由也不是不可能。但是俞美云现在就让他定亲，这实在是一件令人挠头又闹心的事情，究竟该如何回避呢？如果能有人帮他说服俞美云是再好不过，可是放眼樟树村，没有一个人可以帮他。即便是那个人见人怕的福娃子娘，除了有强烈的爱国情怀，其他的还不如俞美云，甚至比俞美云更封建守旧。她给三个儿子分别做主娶了媳妇，全部留在身边侍候她。福娃子长房生不出孩子，福娃子又自己做主，在外面娶了二房三房，十多年了没回一次家。如果不是因为老雕被杀案，冷不丁地牵出个军委会的交通司令来，樟树村的人还以为福娃子精忠报国战死沙场了。

9

俞美云经过的这次劫难，或者说是意外风波，有惊无险，应该值得庆幸，但她的心肠不知怎的突然变硬了。没有人知道她在乡公所的两天晚上发生了什么，据传黄大牙随后被削职为民，那两个看守俞美云的民团团丁，被押往马营长负责的鲁东第八条防线服劳役，挖战壕，洗粪桶，从此仁义乡乡公所关门大吉等等。当然这可能是讹传，乡公所从前的五间破房子被土匪吴老二使用调虎离山计一把火烧了，后来搬进了黄大牙自己买的房子，两进两出的大跨院，二十四间房子的格局，墙四周建了炮楼，一派威武气势，即使仁义乡公所被撤掉了，黄大牙的房子也用不着关门大吉。

俞美云的意愿不容置疑，也不容违背，她对自己的固执感到暗暗吃惊。当寡妇太难了，自己含辛茹苦背了个天大的贞节牌坊，深居简出，到头来仍然弄得声名狼藉，差一点晚节不保，把命搭上。所以顺子必须娶一房媳妇留在家里陪她，哪怕是将来像福娃子那样在外面再娶个二房三房她也不管！她心里的苦不为外人道，也没法向儿子挑明，毕竟她才四十岁不到，往后的路还长，不能就这么糊里糊涂四六不靠地活着了。王大驹的婚事被纳入日程，樟树村的媒婆李家媳妇为了一个猪头的谢礼，不惜顶风冒雪，颠着小脚去十里堡进行她人生中第十次光荣的斡旋。上帝说，一生为人做月老三次，死了即可上天堂，她的业绩可以来回上三次天堂还富余。

王大驹一想起对关小云许下的承诺，心里就像刀绞一样，他怎么能辜负了心爱的人，怎么能忘记关小云对他的好。这一年多来，他与关小云放学后几乎形影不离，脏了的衣服和被褥都是关小云帮他拿回姨家去洗，甚至糖果点心和瓜子也会时常拿来与他共享。唉，这天下还能找到比关小云更贴心的女人吗？他不止一次想偷偷溜出门去，毅然决然地坐上回青岛的火车。然而俞美云太狡猾了，她总是寸步不离地看着他，即使是去茅厕也会从门缝里瞅着。有一次王大驹已经溜到了大门口，被俞美云一声断喝，吓得退了回来。在这个北风呼啸、滴水成冰的严冬，他心猿意马地坐在堂屋的椅子上，就像热锅上的蚂蚁，冰凉的额头时不时地滚下一些明晃晃的汗珠来。

李家媳妇果然不辱使命，第二天傍晚时分，她来向俞美云汇报情况了。她甚至来不及解下蒙在嘴上的围巾，就把两手一拍，赶紧报喜："王家嫂子，给您道喜了，我跟您说过什么来，就凭我三寸不烂之舌，任她是谁家的好闺女也跑不了。"

“丁家答应这门婚事了?”俞美云喜得迎上来，紧紧抓住李家媳妇的两只手，就像是两支部队的领导人在进行历史性的会师，那个亲热劲就甭说了，热情高涨得像是房间里着了火。

“丁家老人答应了，那姑娘也没意见，说是当年来咱樟树村走门老亲戚时，还见过顺子一面呢，不过那已是几年前的事了。”李家媳妇看了一眼愁眉不展的王大驹，啧啧称赞，“丁家媳妇是千里挑一的好姑娘，我这学生侄子更没的说，也是千里挑一的好孩子，人长得白净，黑眉毛，高鼻梁，细高挑的身材，跟着女孩子一般俊俏，将来两个成了亲，准能生出一对金童玉女来!”听她海阔天空一顿吹捧，王大驹竟然被逗得笑了一下。

俞美云说：“顺子，还不赶紧谢谢你婶子，为你这般操心费力，顶风冒雪的，将来可别忘了她的恩德。”王大驹没有吭声，而是瞅着墙上贴的一幅送财童子的年画，心里想这肯定是李家媳妇说的金童了，胯下骑的那条大鲤鱼比小孩还大，他怎么骑得了，在潍河里，一条小腿粗的鱼，就能把大人拽进深水里淹死。

李家媳妇有点尴尬，自我解嘲说：“你看这孩子见了大人还腼腆呢，不用难为他了，等跟丁家闺女成了亲，入了洞房，就不会再腼腆了!”然后她就把王大驹撇在一边，开始和俞美云商量聘礼的规格，下聘的时间，当然也没忘了炫耀自己这一路上吃了多大的苦，受了多大的累。但实际上丁家男人觉得门户比王家差一点，于是送了她三十文铜钱，请她多多美言。丁家女人对王大驹唯一觉得不满意的地方，是四代单传，孤儿寡母，没有依靠。李家媳妇当即把嘴一噘，教训了她一顿，“四代单传最好，他家祖上传下的金银财宝不计其数，省得有人从中抽分。谁说孤儿寡母没有依靠，他家有钱，钱就是牢固的依靠，居家过日子有钱就行，又不是上山打马虎，还得靠许多人手。再说了，他那个干爹是京城里的交通司令官，相当于咱们年节下拜祭的路神，还不是天大的依靠?你们这小门小户，如果能和王家攀上亲戚，也算是积了八辈子德烧了高香了!”媒婆察言观色舌灿莲花的本事真不是盖的，说得丁家男人腰杆子更加弯曲，丁家女人眉开眼笑，恨不得王大驹明日就来下聘。

俞美云所备的聘礼规格很高，礼盒两个：一个装了一只8斤左右的红烧乳猪，鱿鱼虾米一宗，外加安丘的景芝白干2瓶，土鸡2只；一个装了一对8

钱重的金手镯，一条6钱重的金项链及两只金镏子。最显眼的是十八块光灿耀眼的大龙边：袁大头的大洋九块，孙中山的大洋九块，这是庚书礼贴中定金的三十二块大龙边的大部分，欠下的十四块，待合卺礼成后再行支付。仅这些就已差不多能配置十架铁轱辘马车了。李家媳妇说这是在她十次说媒生涯中，见到的最阔气的一次纳采。以往她撮合的所有婚事中，规格最高的一次聘礼是六块大龙边，先付两块。规格最低的一次是两升小米，外加两吊铜钱。那是个灾年，颗粒无收，家贫卖女，待嫁之女饿得面无表情，父母深陷的眼窝里沁着两包浊泪。

俞美云交代王大驹，明日随媒婆去丁家下了聘礼，交换了庚书礼贴，方可回青岛铁路学校，继续完成学业。见王大驹点头答应她才放心睡去。第二天一觉醒来，往身边的被窝里一摸，心先凉了半截，急忙起身去喊王大驹，找遍了院子里的犄角旮旯，又去村里的大小胡同搜了一遍，踪迹皆无。返回家去，才看到锅台上留着王大驹的一纸书信，上面写了两行字：母亲大人钧鉴，请恕儿不孝，现已回青岛。还望母亲大人体谅儿之难处，能暂缓下聘一事，从长计议。不孝儿顺子顿首谢罪。

俞美云看了王大驹的留言，一屁股坐到了灶前的地上，想找人撒泼打滚也已无济于事，沉思了半晌，咬牙切齿地把书信扯碎了，扔进了灶底，骂道："小王八犊子跟我动心眼，也不想想他嘴巴上的毛长黑了没有。少了卤水点，照样做豆腐。没了金銮殿，一样生皇帝。只要我把新媳妇给你抬进门，谅你翅膀再硬也还是得照样回老窝睡觉。"如此想着，心里镇静下来。也懒得去做饭，只去洗漱打扮停当了，待媒婆李家媳妇跺着小脚，哈着热气，领了两个挑脚的来，她不动声色地说："顺子学校拍了电报，让他赶回去处理一件大事，一刻也不得耽误。下聘这事，就由我代他去吧。"李家媳妇满腹狐疑："这眼前还有比婚姻更大的事？那一定是国家大事！他一个学生娃子还能管得了国家大事？早听说长着仁丹胡的东洋人坐着船从海上爬出来，沿着铁路线一路往西烧杀抢掠，杀了几个来回都没人拦住，血顺着铁路往两边的壕沟里淌。如果连这些学生娃都去扛枪当兵，阵前杀敌，十个围住一个，东洋人就是长着九个脑袋也不够砍的！但如果学生娃不小心丢了脑壳，那可坑了丁家闺女，还没过门就成了望门寡，呸呸呸……"李家媳妇胡乱猜疑，从俞美云脸上却探查不到蛛丝马迹，心想，反正只要下了聘礼婚事就算成了，一个猪头、两条鲤鱼、两坛烧酒的谢礼眼看着马上就要到手了。

王大驹离开樟树村时，天才蒙蒙亮，幸亏道路两边泛着星光的积雪为他引路。他气喘吁吁，深一脚浅一脚，颇有乃父王老驹当年从平度苗三家逃命的风范，只是他浑身上下包得严严实实，还没跑到火车站，已累得汗流浃背，两腿发软。王大驹原本是想忍辱负重，遂了俞美云的心愿，但是一想到关小云会痛不欲生，花容失色，便痛下决心要违抗母命。“和一个从不认识的陌生女人定亲，然后一起吃饭睡觉生孩子，想想这事都觉得不可思议，甚至好笑！”在认识关小云之前，他也许会听从母命，但是到青岛铁路学校以后，他最乐意接受的一项社会新思想就是反对包办婚姻，追求恋爱自由。他和关小云的交往就是这种新思潮指导下的实验成果。他上了火车以后，还暗暗地想：“违背了母命并不能给家庭带来什么损失，相反，省下的聘礼可以等着以后给关小云家送去。”他从来没去想那些精心准备的乳猪啊，海鲜啊，点心啊等食用之物，过了保质期吃了会拉肚子。他更没想到俞美云与李家媳妇颠着两双小脚，请了樟树村教私塾的鲁先生，与四名挑脚一起，在当日上午即去了十里堡丁家，顺利地下了聘礼，换回了丁家闺女的庚书礼贴。也就是说从这一天起，王大驹的命运之车在俞美云的掌控下，就与这个从未谋面的丁氏发生了不可逆转的特殊关系。父母之命，媒妁之言，在中原大地的此后五十年间，仍然被奉为男女联姻必经的金科玉律。

“啊，青岛，我回来了！啊，小云，我回来了！”王大驹下了火车，在站台上仰起头，闭上眼睛，深吸了一口混合着海风与煤灰的湿润空气，用火热的灵魂给了小云的青岛一个大大的拥抱。而当他匆匆忙忙赶到学校，面对关小云时说的第一句话竟然没头没脑：“母亲给我订了一门亲事。”关小云只当是一句玩笑话，依然满面含笑，“好啊，那我要恭喜你做新郎官了？”“是真的，聘礼都准备好了！”王大驹看到了关小云的脸色迅速地从晴转阴，“不过最后被我挡住了。”关小云相信了，她瞪大了眼，屏住呼吸紧张地问：“既然聘礼都准备好了，你是怎么挡住的？”王大驹红了脸，尴尬地说：“家里让我今天去下聘的，我摸黑出门跑了回来。”关小云闻言哇的一声大哭了起来，一边抽泣着一边问：“你跑了回来，那聘礼到底下了没有？”王大驹被惊得目瞪口呆，手足无措，“我不去下聘礼，难道聘礼会自己跑到她家里去吗?”关小云愤怒地看着他，眼神如矛，“你不去下聘礼，难道能保证你家里人不送聘礼过去吗?”“这……”这回轮到王大驹害怕了，他又急又气，不知如何是好。俞美云自打从乡公所被释放回家后，好像什么事都能做得出来，与从前的那个慈母判若两人。两个人一前一后，在寒风刺骨的林荫道上默默地走了很久，各自思索着眼下的困境，又一时束手无策。走到一个拐弯处，关小云停下脚步，回过头来咬牙切齿地说：“你是个大男人，应该有主见，应该有判断前途和处理问题的能力，我只想问你一句，你心里是怎么想的？下一步你想怎么做？我原本想着等过了年，约两家长辈到青岛来商量咱俩的婚事，事到如今，咱俩只能提前做个了断了！”

王大驹哽咽难言，欲哭无泪，“我跟家母再三说过与你的约定，哪想到她毫不动心，反责骂我私定终身，有违礼法，还打了我一巴掌，呶，就是这儿。”王大驹在黑暗中把右腮仰起来，夜色氤氲，衬托着他的脸惨白如纸，哪里看得清俞美云留下的掌印。不过，关小云还是心疼地举起手摸了一下他的脸颊。王大驹受到鼓励，揽住关小云的腰肢，咬紧了牙关说：“这婚姻大事，我是不会同意别人做主的，除非有人把我们俩强行拆开，除非有人把我赶回樟树村去。”三日之前，这样的表态显然很有煽动力和诱惑性，现在却增加了变数与不确定性，关小云用力挣开王大驹的手臂，恶狠狠地说：“父母之命！我们哪个是从石缝里蹦出来的猴子？媒妁之言！我关小云什么样的媒婆找不到？请不到你的父母之命与媒妁之言，休拿这些老套的托词来耽误我的终身大事。”她越说越委屈，再也不愿听王大驹有气无力的解释，用手背抹了一把嘴边咸涩的泪水，跑进了茫茫夜色中。“这能怨我吗?”王大驹想不明白，一个人在被黑暗淹没的中山路上游荡了半夜，也还是没有想明白，这个问题到底该如何解决。“如果现在让我去当兵，给我一支枪，什么问题都能解决了！”这是他回到学校宿舍才想出的解决办法。

第四章

10

樟树村西南五里地有坟茔二十几座，这片坟地西邻浩浩潍河，东靠巍巍峄山，是难得的水牛望月之地。其中一座坟冢体型庞大，最为巍峨，犹如鹤立鸡群，耸立于群冢之间，又如众星捧月般为群冢簇拥着，那是夏湾村于姓的祖坟。相传清朝乾隆年间于姓人在朝为官，在军机处行走，遇和珅弄权，为避祸事告老还乡，效仿刘伯温隐于潍河之畔，结庐为舍，春天吟诗，夏日作赋，秋季赏月，冬月品酒，逍遥于山水之间，安度余生，临终前留下遗嘱，就地安葬，淤土成冢，人称：于家大冢。于姓后人在冢旁竖起一座半人高的墓碑，以凭吊先人荫庇恩德，彰显其丰功伟绩，上镌小字若干，大字四个：万古流芳。此后，于姓人家亡故后皆想方设法，争相到此地安葬，以沾风水宝地的灵气。果然，于姓后人多有出入京师者，杰出人物层出不穷。此地遂成冢群，外人依然统称于家大冢，曾有牧牛人在雨天路过，看到洪水携来沙土，使冢不断增大增高，始信其灵。早先于姓后人在冢旁林边盖有三间茅屋，为丁忧守丧所用，集资雇佣一鳏夫守墓，后来灾年累至，战乱频发，于家后人流离失所，守墓鳏夫亦不知去向。于家大冢遂成败落之象，可见再好的风水也抵不过天下大势的潮涨潮退。

春去秋来，进了冬月，于家大冢常有鬼火晃动，近前则渺然无物。一屠夫酒后夜行，途经于家大冢，闻冢群内有人说话，自恃身上杀气可惊鬼神，遂手持剔骨尖刀壮胆进去，搜遍其中，竟一无所获。待要回家，突然手脚酸软，不能行走，脑后如有针刺，顿时瘫倒在地，爬了一夜好歹回得家去，告知家人所遇邪魅后，吐血数口，癫狂而亡。附近村民始知于家大冢已变为凶煞之地，途经此地皆绕路而行。遇人吵架，常闻互相诅咒死到于家大冢可也。

韩复榘派至峠山的驻军首领马营长爱民如子，一心除暴安良，将剿匪与戒毒列为头等大事来抓。五年前根据黄大牙提供的情报，马营长亲带手枪排和机枪班进剿快活林，一拨手榴弹就把吴老二苦心经营的千米围墙夷为平地。百余土匪大部分被剿灭，剩下吴老二与吴老大带着十余名土匪丢盔卸甲，落荒而逃，从此下落不明。当车站与乡公所张贴的悬赏通缉令被风雨吹落了几次后，再也无人担心潍河的匪事，更无人提及凶残暴虐的吴老二。有人对黄大牙说其实吴老二已经被马营长的手榴弹炸成灰烬了。黄大牙听后拍手称快，从此可以高枕无忧了。他打听到吴老三拐着杏花去了青岛，还是有点不舒服，于是去报告马营长：吴老三也是土匪。马营长问："吴老三现在哪儿呢，在干什么呢。"黄大牙说："十年前就去了青岛做粮食生意。"马营长骂道："去去去，十年前老子还没到这个地盘呢。不要说他在青岛早黑洗白，改成良民了，就是还做土匪也轮不着我去管，留那个青岛的警备司令是吃闲饭的嘛。"

黄大牙被训斥了一顿，敢怒不敢言，回到乡公所还是咽不下那口气，于是请新聘的师爷为他写了一封举报信，举报吴老三是从仁义乡逃跑的悍匪之一，请求青岛警备区协查并抓获此人。

马营长在周围各乡广贴剿匪通缉令，自然包括了潍河西岸的安丘第一乡。吴老二带着几个土匪惶惶如丧家之犬，根本无处可去。后来他们干脆隐姓埋名，去潍县县城做过几年的搬运工，却又受不得那个累；去青州城讨过几年的饭，却又受不得那个苦。听到峠山剿匪的风声小了，他们又潜回了潍河畔的密林之中。回来时已是冬日。为了方便生计，吴老二心生一计，干脆来个灯下黑，住进了于家大冢，过起了与鬼同眠的生活。那个屠夫就是他们故意弄死的，从此再也没人敢靠近这邪魅之地。他们不敢再去打家劫舍，过起了与平常人一样的生活，只是吃饭成了问题。即使有钱，也不敢明目张胆地去商铺里购买，他们担心马营长和黄大牙的眼线已经遍布仁义乡的旮旮旯旯。

那一夜吴老大饿得发慌，带了阿宝想去俞美云家讨点吃的，没料到遇到了老雕想翻墙进入俞美云的院子，暴怒之下，遂摸出口袋里的石头将老雕打落地下，又用石匠锤将老雕的脑浆子打了出来。吴老大想将老雕扔进南沟的冰窟下，却被远处传来的孙胡来的脚步声吓跑了，无意中给俞美云找了个大麻烦。幸亏交通司令福娃子接到福娃子娘拍出的电报，果断出手救出了俞美云。但不久以后，马营长因治理地方功勋卓著，深受地方群众爱戴，被再度擢升提拔，晋升为少校副团长，调往别处，接替他的营长外号叫周扒皮。周扒皮到达峠山驻地的第三天，就去仁义乡公所拜访了黄大牙，据说周扒皮的老姑是黄大牙的嬷嬷，两家是八竿子打得着的表亲。为了给周扒皮接风，黄大牙卯足了劲，不惜砸锅卖铁，在味香园置办了一桌丰盛的花酒，花大价钱买得一个雏妓作陪，并从安丘请了两个弹唱艺人来唱“周姑子戏”，那个排场就甭说了，反正周扒皮从味香园出来后，搂着黄大牙的肩膀，大喊：好兄弟，没的说，然后拍着胸脯子说，以后有事您说话，保证妥妥的。黄大牙说：“兄弟忒好了，我黄某人可找到靠山了，铁路桥西面有个鸳鸯居，跟这个味香园是死对头，鸳鸯居的老板娘赛金花认为这是在峠山商会的地盘上，仁义乡管不着，欺负了我好几次，如果兄弟能为我出了这口恶气，那就什么话都甭说了。”周扒皮哈哈大笑，拍了拍黄大牙的肩膀，“区区小事一桩，包在兄弟我身上，保管教你满意为止!”

过了几日，周扒皮下达了在防区内进行综合整治的命令，派人把鸳鸯居贴了封条，把老板娘赛金花抓进了仁义乡公所关押，罪名四条：第一是容留嫖娼卖淫，有伤风化；第二是拐卖良家妇女；第三是私下进行毒品买卖；第四是有通匪和日奸嫌疑。这在马营长驻军期间，每一条都是砍头的罪。峠山新商会会长裴海元与赛金花早就成了老相好，他听到汇报火冒三丈：“麻痹的，我峠山商会直属昌南县公署管辖，驻军不经公署同意，无权办理地方事务。仁义乡公所和黄大牙算个狗屁，论级别还低我商会半级，如何将我辖区的人关押到他的地盘。真是狗咬耗子多管闲事!”他仗着背后有在胶济铁路担任局长秘书的表哥做靠山，平日里根本不把黄大牙放在眼里。他年少轻狂，很不服气，带着三个副会长去驻地军营找周扒皮理论。军营门口站岗的值日官告诉他周营长正在召开军事会议，概不见客。他还站在门口喋喋不休，值日官一拉枪栓，“长官有令，再啰嗦，以扰乱军事重地罪处置，立即击毙!”副会长们被吓得连滚带爬，把他架上马车，捂住脑袋一溜烟跑了。

裴海元去找昌南县公署控告，姜知事掂了掂塞过来的钱袋子，说：“哎哟我的兄弟啊，日本人不晓得哪天就要打进来，现在国军都顾不得追赶共军了。这兵荒马乱的世道，人心惶惶，活过今天不知道明天，千万不要得罪那些握着枪杆子的人，像判官一样掌握着生死簿的人，否则，他们让你死你都不知道怎么死的，还是赶紧把手里值钱的货拢拢，一旦形势不妙，咱们得赶紧换个平安的地方过日子去。晓得不?”裴海元听了悲愤不已，仰天长叹：“这是啥世道啊，连个讲理的地方都找不到，赛金花跟了我几年，我总不能撒手不管吧!”姜知事苦笑了一声，“你倒是个重情义的人，不信你没了她就找不到更好的女人。红颜自古都是祸水，婊子向来不讲情义，她看上的是你的钱和势，未必是看上你的人。过不去这个坎说明你还在赌气，我听说那个周营长外号周扒皮，无论走到哪里都会雁过拔毛，刮地三尺，如果你非要救她出来，只要肯舍得花钱就好，有钱能使鬼推磨嘛。真的！要是非要赌气，我不妨告诉你个人，你去找找试试，也许能成!”

“谁还有这么大本事?”

“樟树村的王老太太，她儿子王福娃现在是军委会的交通司令，连韩省长都得给他面子，上次樟树村的王寡妇那杀人案子，就是被她一封电报搅黄了的。”

“哦，听说过这事，还听说黄大牙现在见了樟树村的人都躲着走。不过我跟人没有交情，未必请得动这尊大佛。”

“早告诉你闲来早烧香，不要临时抱佛脚。不过有钱能使鬼推磨，推磨，推磨!”

赛金花做梦也没想到有朝一日会落在黄大牙的手里，那种懊悔就甭提了。她是裴会长的相好，这几年在峠山商会的地盘上如鱼得水，一手遮天，哪个商行不往她裙兜里扔钱，哪个商人不给她上供作揖。如果不是裴海元有妇人之仁，只差一点她就能把老对手味香园整垮。真是没想到这个黄大牙倒了鸳鸯居的洗脚水，又喝上了味香园的还魂汤。黄大牙在乡公所看到赛金花的第一眼，腰杆子立马直了，裤裆里的活儿立马硬了，又恢复了男人的本色，“赛老板，欢迎光临，您的到来真是令小地蓬荜生辉啊!”

赛金花看到他眼睛里发出了狼一样的凶光，顿时腿肚子抽筋，脚指头发软。“黄大爷，您大人有大量，这些年来我们交情不薄。尤其是前些年没亏待了您吧。回头请您到我的鸳鸯居，我给您赔罪，愿打愿罚，都由您！”

黄大牙嘿嘿一笑，露出两只黄色的大门牙，然后一瞪眼，“现在不吐我唾沫了？嗯？晚了！我告诉你这个臭婊子，这是驻军办的案子，一共四项罪名，每一项都能砍一颗脑袋，你就是长三个脑袋都不够砍的，只怕是进了这个门，就只能躺着出去了。回头告诉你的那些乌龟，早给你准备后事吧！”

赛金花被吓哭了，一边抹泪一边喊：“姓黄的，你这个孬种，你可别忘了，前些年在鸳鸯居干的那些糟蹋女人的缺德事，我都给你记着呢！”

“听见兔子叫，还不能种黄豆了？我等着你去阎王爷那里报丧呢！”黄大牙让两个团丁把赛金花结结实实捆在顶梁柱上，然后吼一声“出去”，两个团丁乖乖地走出门去，黄大牙嘭地一脚把门踢上，房间里霎时间传出赛金花鬼哭狼嚎般的响声。过了半个时辰，黄大牙满足地从房间里走出来，一边用烧纸擦拭着手上的污血，一边对门口侧耳偷听的两个团丁说：“告诉兄弟们，今晚上都去找赛金花开开荤，只要留口气就行，反正没打算让她活着回鸳鸯居。”

裴海元是个要面子的人，因为他是个场面人，在昌南县除了驻军，没人比他更吃得开，因为他手里有的是钱。现在为了赛金花，他不耻下问，遍访商会里的重量级人物和地方上的名流士绅，询问谁能与樟树村的福娃娘搭上话，众人连连摇头，说早先并不知道樟树村出了这么个大人物，现在冷不丁去找人家怕是要吃闭门羹。最近乡里盛传樟树村王寡妇与王老太太有关系，但不晓得她肯不肯出面搭桥牵线。但是谁与王寡妇熟悉呢，最后有人绞尽脑汁，挖空心思，说在站东拐角处有个开杂货店的宋老板，他赶马车的小舅子与王寡妇的儿子很熟悉。王寡妇愿不愿意搭桥，王老太太愿不愿意出面，暂且不说，牵线去找王寡妇这事，一时还想不起第二个更合适的人。于是会长点头，一袋烟的工夫，宋老板和李连升被人请进了商会。李连升起初以为商会里催缴赶脚税，心下忐忑，硬着头皮赶来，到了才知道让他去找王寡妇，松了一口气，“我知道她家在哪儿，可以拉你们去，有事你们自己谈。”

事不宜迟，当天傍晚，李连升赶着铁轱辘马车，拉着宋老板和李连美夫妻两个头前引路，裴海元和三位副会长坐在后面带蓬的豪华马车上，急乎乎地开进了樟树村。

太阳偏西俞美云便关了大门，吃罢了饭准备睡觉。听清了李连升的声音，又从门缝里看清了随行的李连美，才敢开门。裴海元指点随从从马车上搬下两匹东洋锦缎、一个钱匣，钱匣里装着五十块大洋。俞美云不知就里，伸手拦住，“你们是什么人？这是为何？”李连升赶忙说：“岞山商会的裴会长有点急事请您指点，还是请他到屋里说如何？”俞美云看到裴海元头戴黑色羊毛爵士大檐帽，身穿长袍马褂，外披一件黑色呢子大氅，脚蹬一双牛皮鞋，四方大脸，皮肤白净，眼神敦厚，一看就是贵族富商的派头，他身后的三人装扮大致雷同，貌相都非庸庸之辈。俞美云虽然也有见识，但从没见过这等阵仗，不敢再阻拦，请他们进到屋里。屋里板凳太少，只找到四个人的座位，李连升和李连美只能坐到炕沿上。

裴海元开门见山说明来意，果然看到俞美云面有难色。裴海元心里也犯嘀咕：听说这寡妇三十岁出头，看起来却有五十多岁的年纪，头发花白，颧骨高耸，眼角纹密布，尤其是衣着普通，上身斜襟的深绿色丝绸大袄，下身宽裆的黑色丝绸大棉裤，灰色麻布绑腿，一双黑帮的绣花鞋，远看像穿了夜行衣的女侠吕四娘，近看分明就是地道的农家妇女王大娘，不信她还能跟军委会交通司令那样的大人物挂上关系，只怕是要白跑这一趟了。

俞美云沉思了半晌才开口：“早先我家掌柜活着的时候，就是个爱管闲事的人，专爱打抱不平，给家里惹了不少是非。我就是个妇道人家，自己的事情还抹不干净，按说不该多嘴多舌，掺和你们这些头面人物的事情。既然你们说到这份上了，东西两庄的，我也不能没点人情味，这就带你们去求王老太太，看她怎么说！”她看了看桌上的锦缎与大洋，“救人一命胜造七级浮屠，这些东西我是不能收的，你们拿去给王老太太吧。”裴海元面色微红，赶忙站起来拱手作揖：“另有一份礼物给王老太太备好了，您千万不要客气，区区一点心意，咱们来日方长，容当后报啊！”不容俞美云推让，便簇拥着她出了院子。俞美云自打出生以来，除了结婚那时，再也没有这么多人物跟在后面，虚荣心得到了极大满足，三寸小脚走在地上嘟嘟的，三步赶作两步，颠得飞快。

11

福娃娘住着两进两出的四合院，门口两个拴马桩，一看就是大户人家的气派。看门人跟俞美云熟络得很，也不用传话，任她领着裴海元等人走了进去。裴海元指点随从搬下两匹上好的常州锦缎，两个副会长抬下一个硕大的楠木箱子，内有两只上好的祖母绿翡翠镯子，以及五百块现大洋。福娃娘领着她的三个媳妇学完了朱子治家格言，正准备吃晚饭，忽然看到俞美云领着一群人进来，赶忙让儿媳们躲进后院。福娃娘自从救出了王寡妇，名声大噪，这几日来看望她的人很多，樟树村的人也时不时地过来送鸡送鸭，姜知事派人送来了一头白条猪，说是给王老太太过年用的。这些福娃娘都让管家记在账上，以后再还人情。来送珠宝和大洋这等贵重礼物的，裴海元算是头一份，福娃娘明显有些吃惊。待问明了来意，她面色一沉，把拐杖往地下一戳，义正辞严地说："军国大事岂是儿戏，既然是驻军办差，定是证据确凿，哪能朝令夕改。何况有通匪和日奸嫌疑，是断断留不得的。"裴海元连忙喊冤，"全是乡公所那黄大牙公报私仇，捏造罪证，冤枉好人。前些年他去鸳鸯居敲诈勒索不成，心怀不满，如今分明是恶人先告状，收买了新来的驻军周营长，诬民为盗，欺压良民。"

王老太太听着疑惑，"怎么又是黄大牙在作祟？驻军是马营长，什么时候又换了周营长？"

裴海元嘴角冒着白沫，生怕插不进话去，"这个我也是才听说，驻军马营长升迁走了，周营长到任刚刚三天。驻军把人抓了，然后交由仁义乡公所审理，这明摆着就是合起伙来整人嘛，您老菩萨心肠，还望出面搭救，还她一个公道啊！呜呜……"说到激动处，裴海元掩面而泣，想给福娃娘下跪，看了看脚下全是众人鞋子带进来的泥水，方才作罢。俞美云看着不忍，插话道："我是知道的，那乡公所全是吃人不吐骨头的畜生，干娘不能任由他们横行霸道，伤了天理，坏了公道。"福娃娘看了看俞美云的脸，叹了口气，"女人活着不容易啊！只是给我家福娃打电报怕是也难再开口。"又瞅了瞅裴海元焦虑的脸，"今日天色已晚，明日你陪我去找一下驻军周营长，看他如何答复，如何?”裴海元带人千恩万谢地走了。福娃娘埋怨俞美云，“顺子他娘，不是我说你，你自己的事情还管不过来，操这些闲心干嘛！那黄大牙和周营长不是好东西，他们那些开窑子挣昧心钱的也不是什么好鸟!”俞美云百口莫辩，想起裴海元送来的绸缎与大洋，心里生出许多愧意来，脸红得像喝醉了酒。

第二日，裴海元亲带一架豪华马车接了福娃娘和俞美云，去岈山驻军营地，值日官听说军委会交通司令的亲娘来了，恭恭敬敬地行了个军礼，说一声“稍等”，就一阵风似的跑进了军营。周营长听说军委会交通司令的亲娘来了，不明就里，吓得撒开脚丫子飞奔出来，像接天神一般将王老太太迎进军营。正在军营里会操的官兵听说军委会交通司令的亲娘来了，一起立定，向王老太太行军礼。王老太太三个儿子从军，大儿子是军委会交通司令，二儿子是陆军师长，三儿子是海军团长，这军礼的确受得起。周营长来岈山后，手下有人向他提过王老太太这码子事，他寻思着等搜刮点民财后再去拜访，打点一下关系。

周扒皮殷勤地给王老太太倒茶，嘘寒问暖，那屁颠屁颠的样子，真像一条摇尾巴的可爱的小狗。福娃娘说她有个亲戚被驻军抓了，周扒皮立即吓得汗毛倒竖，心里明镜一般，他到任后只抓了一个人，那就是鸳鸯居的老板娘。对于王老太太口中的亲戚，他深信不疑，自古有言：穷在街头无人问，富居深山有远亲，像交通司令这么大的官，十八杆子打得着的亲戚都会上门。福娃娘说：“我那亲戚一向奉公守法，如何被驻军抓了，还关进了乡公所。”周扒皮脑子很活，赶紧分辩，“我们也是接到举报，昨儿个才将她收押，交于仁义乡乡公所审理，如果查不出罪证，会马上释放的。”福娃娘说：“我从小看着她长大的，从来都是安守本分，早不举报，晚不举报，如何突然就违法乱纪了呢?”

周扒皮心里有亏，哑口无言，暗暗叫苦，他原本只是想借助黄大牙的手发一笔横财，从来没想着把事捅到天上去，“既然是您老的亲戚，那肯定是奉公守法的良民。既然有您作保，我这就派人去乡公所，将咱们的亲戚无罪释放。”周扒皮就是凭着攀高枝的本事升到营长的，福娃娘听了心中暗笑，什么时候就成了“咱们”的亲戚了，“那我直接去乡公所等着接人了。”

裴海元把马车停在乡公所门外，王老太太端坐在车上，等着接她从没见过面的“亲戚”。赛金花被折磨了一天一夜，眼见半死不活，已经不成人样，周扒皮看到吓了一跳，责问黄大牙，“他妈的，怎么把人弄成这样?”黄大牙挤挤眼，说：“反正她都是要死的人了，不好好审审，怎么对得起兄弟你对我的情意!”周扒皮气得踢了他一脚，“你你你，坏我大事了!”黄大牙被踢到裤裆，呲牙咧嘴，恼羞成怒，“昨儿个好好的，你这是发哪门子邪火啊?”周扒皮用手指点着他的额头，“我告诉你老黄，她是交通司令的亲戚，交通司令亲娘现在在门外要人，你他妈挑唆我捅了马蜂窝，老子这个营长怕是要当到头了，要不是看在咱们是老亲戚的面子上，真恨不能一枪毙了你!”黄大牙欲哭无泪，眼睁睁看着赛金花被人搀扶着走出了乡公所，发出一声悲号：“怎么又是交通司令的亲戚啊，他们家到底有多少亲戚啊?”

王大驹在学校放寒假前见到了关小云的母亲，这要归功于俞美云的逼婚。关小云被吓得不得不写信敦促在平度县的母亲，务必在寒假前来一趟青岛，看一眼她未来的夫君，并商量相应的对策。如果王大驹能够下定决心在青岛定居，凭她姨夫的关系，是能够解决有关疑难问题的。

那是个星期天的上午，关小云约好了王大驹去火车站接她母亲。青岛火车站的出站口熙熙攘攘，不时的有列车到站，不时的有乘客走出来被接走。有人结伴从出口走出来，手里拿着一份香港的《大公报》在小声议论，说：“溥仪就任‘满洲国’皇帝快一年了，现在汪精卫和蒋介石联名发布严禁排日命令，这不是怕了日本人了嘛。看来青岛早晚还得落入日本人之手。”他的同伴说：“要怪就怪中央军没本事，吃着国家的俸禄，要枪有枪，要炮有炮，抓共匪又抓不住，打日本又打不过，只好讲和了，和了好，以和为贵嘛。”

王大驹愤怒地说：“这两个人竟然敢在光天化日之下，妄议国政，什么青岛早晚要落入日本人之手，他们到底是什么人啊?”

关小云连连摆手，示意他不要说话，等那两个人走远了，才伏在王大驹耳边说：“这些人要么是警察局的便衣，要么是国民党的密探，要么是日本人的间谍，专门四处钓鱼的，他们故意说话给人听见，那些抗日分子一露头，他们就会把人抓到牢里去的。”

“哎哟我的天，人心咋地都这么黑啊!”王大驹看了看周围的人，个个脸色诡谲，仿佛都是来“钓鱼”的密探，他心跳不止，不敢再看，正思索着往后该如何应付这些害人精，却听到关小云高兴地叫起来："俺娘出来了，娘。"王大驹见到关小云母亲第一面，就觉得眼熟，但是怎么也记不起在哪里见过。他腼腆地看着关小云牵住这个女人的手，然后赶忙上前接过她手里的大包小包。王大驹抬起头来，看到了她眼里流露出惊讶而疑惑的神情。关小云的母亲不是别人，正是平度蓼兰村的菊花。王老驹病重时，菊花曾专程去看望过一次。王老驹病故后，菊花再无留恋，很快嫁给了平度县公署教育所的一个小职员。也难怪王大驹觉得她眼熟，因为菊花曾经抱过他，每个人小时候的印象会自动储存进记忆库，而不全是过往的梦境反映。

铁路副局长的家在风景秀丽的华楼山下，抬头就能看到山顶上青岛市长沈鸿烈的别墅。这些都是关小云跟他介绍的，大小人物同样都喜欢攀比，总觉得距离山顶近一点，就能沾上更好的风水。王大驹不解："铁路副局长不是住在火车道旁边吗？上下班也方便，为何还要跑这么远的路？"关小云笑他土，也不正面回答，只说等你以后当了局长就明白了。

菊花与王大驹的正式谈话是在晚饭后，关小云与她小姨刻意回避了。菊花开门见山："你和小云认识多久了？"

王大驹有点紧张，两只手互相揉搓着，手心里冒汗，"差不多快两年了。"

"你家里都有什么人啊？父母和兄弟姊妹都好吗？"

王大驹眼睛里露出一丝悲戚，两只手停止了揉搓，"我只有一个母亲！"

菊花分明看到了王老驹的影子，但是打死她也不敢相信，世上能有如此巧合又悲催的事情，而且都落到她一个人头上。她不敢叫出樟树村的名字，但是心脏已经跳到了喉咙口，她急促地大喘着气，"你家乡哪里？你父亲叫什么名字？"

王大驹惊奇地看着菊花有点扭曲的脸，心想这个女人与他母亲年龄相仿，但是保养得太好了，看起来像是关小云的姐姐，"我老家在昌南县仁义乡樟树村，我的父亲叫王同勋，早先是个木炭商人，不过已经去世很多年了……"

菊花手里的杯子落到了地下，发出一声尖利的脆响，就像来自远方的一列火车发出的紧急刹车声，"怎么会是这样？怎么会是这样？"菊花蓦地站起来，两肩抖动着，脸上泪如雨下。

王大驹手足无措，怔怔地望着眼前的女人，不知道是哪个环节出了问题，不知道是哪句话激怒了她。

菊花毅然决然地说："顺子，你是个好孩子，你和小云只能做兄妹，不能结婚!"

王大驹脑子嗡嗡作响，耳朵里全是秋日的蝉鸣，"这到底是为什么啊?"

"至于为什么，我现在不能说，也许将来你会明白的。你走吧，见了你娘代我问好!"

王大驹多么希望关小云能及时出现，然后推翻这种冷酷无情的决定，然而偌大的房间里悄无声息。那时候关小云正陪着她姨和姨丈在后花园里散步，商量着王大驹毕业后的光明前途。

王大驹跌跌撞撞地走出了铁路副局长的家门，男人的自尊心不容他再有任何的犹豫，他怒不可遏，"我们孤儿寡母就不受人待见了吗?难道非得有一大家子人才行吗?这简直是莫名其妙!"他跑回铁路学校的宿舍，铁青着脸，谁也不搭理，到午夜才冷静下来。他梳理着与关小云母亲的对话，"她如何知道我的乳名，我可是从来都没跟关小云说过的。唉，这又是莫名其妙的问题。"他脑子的转速越来越快，越来越乱，好不容易迫使自己停下来，看看窗外，东方已泛起鱼肚白。

第二天上课，关小云没来教室。第三天学校里依然不见关小云的踪影。王大驹心生疑窦，害怕关小云出了意外，鼓足了勇气到教导处问原因，教导处主任面无表情地看着他："关小云办了退学手续，回家了!"王大驹大惊失色，"好好的，为什么退学?"教导主任手头很忙，正在指导着教职员工填写"优秀学生"的奖状，没工夫搭理他，头也不抬，"你问我，我问谁去。反正她后面有靠山，上不上都能拿到毕业证书，都能谋到好的差事!"

寒假前最后一天，王大驹收到一封信，是关小云的笔迹，他迫不及待地拆开，那是关小云和着泪水写就的告别信，好多字迹都被泪水浸透了：亲爱的顺子哥哥：直到那天，我才从母亲口中得知，当年她曾去你家住过几日，对你家中的事情了如指掌。她说阻止你我结婚，不是因为上代人的恩怨情仇，而是我们居然拥有同一个亲生父亲，你是我同父异母的亲哥哥……

这样的结局让王大驹始料未及，以至于过了很久他仍怨恨已在九泉之下的父亲王老驹，因为他让他第一次尝到了失恋的痛苦，而且是倍感无奈与羞辱。这样几乎致命的精神打击，让他意志消沉了很久，直到走出家乡火车站的出站口，依然是手脚冰凉，精神恍惚。

12

王大驹顶风冒雪回到樟树村，让俞美云喜出望外。学校放了寒假，再过八天是大年除夕。当地民谣说：到了腊月二十三，买上炮仗买上鞭，霹雳咔嚓过新年。毫无疑问，鞭炮赋予新年的意义主要在于它独一无二的象征性。一挂鞭炮的价值几乎超不出所有家庭的承受能力，穷人都说难过的日子好过的年，只要放挂鞭炮就是过了新年。而富人家呢则不同，他们会赋予新年更多的意义和内容。腊月二十三是仁义乡最隆重的年集，家家户户要在这一天置办齐年货，准备过年。俞美云一个妇道人家，又是小脚，出入总是不太方便。过了二十三就只有二十八的岞山商会大集，再就是年三十的穷汉子集，穷汉子集上差不多都是没人要的剩货，显然不符合富裕家庭的购买标准。王大驹似乎远远达不到俞美云的期望值。他到家以后，对母亲的问候置若罔闻，径直走进内室，脱去脚上灌满了雪水的棉鞋，爬上炕蒙头大睡，一睡就是一天两夜，汤水没打牙，挨骂也不吭声。起初俞美云以为他赌气，后来去摸他的额头，滚烫如烧炭，像是丢了魂魄。“这么大的孩子还掉魂？”王大驹小的时候，俞美云没少给他摆弄。早上她跪在王大驹身边念念有词：“混元江边玩，金刚列两旁。千里魂灵至，急急入窍上。”然后用手掌心在王大驹的头顶心捂一下，念叨着：“你的小兄弟回来了，小兄弟回来了。睡吧睡吧！”王大驹一声不吭，依然昏昏沉沉。到了晚上掌灯时分，王大驹的“小兄弟”还是没有回来，俞美云急了，又开始作法，她手扶王大驹的头顶，再次念起观音大士的密咒：“金雀化灵身，灵魂归见身。”她念一遍，往王大驹的脸上吹三口气，连念了三遍，共吹了九口气，嘴里的臭唾沫星子几乎把王大驹的脸喷湿了，也没见丝毫效果。俞美云慌了，披上棉袄，围上头巾，三寸小脚一路戳地，仓皇去请村里的郎中许先生来把脉诊断。王老老驹和王老驹的人缘死后十几年依然好使，许先生刚端起饭碗，还没来得及喝一口粥，闻讯立即赶了过来。把脉一看，果然是浮紧的脉象，显然为风寒感冒无疑了，此病为风寒之邪外袭、肺气失宣所致。因为迁延了时间，加上两天没有进食，身体极为虚弱，用药过猛怕害了性命，用药轻了又不顶事。许先生坐在灯影里，跟算命先生一样掐了半天指头，口中反复念叨着一串中药名，无非就是什么麻黄、桔梗、桂枝、苦杏仁、葛根、白芷、甘草、苏叶、陈皮、干姜等，确定了又返身回家去，喊了他的儿子带着处方摸黑去福源堂抓药。及至中药抓回来，他亲眼看着俞美云煮到砂锅里，熬好了药汤，喂王大驹喝下去，才回去吃饭，那时差不多已经半夜子时，应该算是吃宵夜了。

王大驹喝了药汤，盖上两层被子捂汗，半个时辰后大汗淋漓，像是从水里捞出来一般，被褥几乎被湿透了。看他发完汗，呼吸变得均匀，俞美云才吹灭了油灯睡去。天亮时她再摸王大驹的额头，已退了烧，不用唤他，自己爬起来要水喝。俞美云赶紧穿上衣服，给他冲了一碗红糖水，又去灶上煎了四个鸡蛋，看他坐在炕上狼吞虎咽扒拉到嘴里，吃完又躺下睡去。日头翻过了墙头，王大驹爬起来，穿上衣服，到院子里扫雪，他脸上有了血色。吃完早饭，他扶着风门子伸了个懒腰，额头冒汗，精神抖擞，已与常人无异。

俞美云说："顺子，昨儿个仁义乡的年集，被你耽搁了，只好等到二十八那天去岞山站集置办年货了。"王大驹嗯了一声，又拿起斧头去劈柴，斧头落在木柴上的声音很大，跟放鞭炮一样。这场暴风一般袭来的风寒感冒，又像骤雨一般匆匆离去，随之消失的还有他心中刚刚萌芽又被生活的飓风瞬间吹远的爱情回忆。"怎么会是我的妹妹，这真搞笑，我竟然还有个同父异母的妹妹，还和我亲过嘴，唉！"他偶尔想起来脸上便浮现出羞惭的红晕，但在俞美云面前只字不提，他儿时的记忆里仿佛还储存着母亲的妒火在他屁股上留下的烙印。

民国二十四年的春节，就那样平淡无奇地度过了，留下的唯一印象是他经过火车站时，看到一群与他年龄相仿的学生娃，坐上李连升的铁轱辘马车，挥舞着胳膊，高唱着："起来，不愿做奴隶的人们！把我们的血肉铸成我们新的长城……"那声音浑厚嘹亮，听起来让人热血沸腾，让他想起了手里攥着一把枪的威武。后来他才知道那首歌的名字叫《义勇军进行曲》。

到了正月初二，把王老老驹和王老驹等先人的亡灵重新送回墓地去，把墙上写着一串祖先名字的轴子卸下来，准备好了去丁家的礼物，俞美云说：

"顺子，你算是新女婿登门，去了你丈人家，一定要好好说话，少喝酒，多吃菜，够不着站起来，不要被人笑话。"俞美云叮嘱了一大通乡村的礼节，王大驹嗯嗯地答应着，一边耐心地听着，一边想起那个当地传说中的兄弟两个，老二走亲戚不会说话挨揍的笑话。按照当地风俗，第三日是女人和丈夫回娘家的日子，王老驹去世了，需要王大驹代替去看俞大马车。可是眼下俞美云想着趁王大驹在家，赶紧把丁家姑娘娶进门来与她作伴，只能延迟一天回娘家。俞美云说："结婚的日子年前就查好了，帖子也送过去了，去了只要跟你丈人丈母言语一声，他们不会难为你的。"王大驹温顺得像只绵羊，只管答应着，无一不从，俞美云高兴得不得了，心想："看来这孩子已到了年龄，知道媳妇的重要性了。"闲言少叙，王大驹去了一趟十里堡，看了一眼丁家姑娘，果然长得面目清秀，身材窈窕，从心里彻底挤出了关小云那早已黯淡的影子。丁家高兴地答应了他提出的结婚日期，在正月十五那天送女儿出嫁。到了正月十五，锣鼓喧天，鞭炮齐鸣，一台四人的花轿把丁家姑娘丁翠芳抬进了王大驹家。当晚洞房花烛，合家欢喜。两日后王大驹回青岛铁路学校继续上学。六月毕业回家时，丁翠芳的肚子已经明显地鼓起，王大驹在家待了半月，感受到了即将做父亲的喜悦。王大驹拿着派遣证去青岛铁路局报到，却被告知铁路公司岗位人员已满，再等下批安排。王大驹去吴老三家住了几日，那吴大有倒是恢复了往日的兄弟情分，吴梦秋也不再赶他走了，只是吴老三脸上却总露出些尴尬的神情，王大驹心里明白，寄人篱下不是长久之计，于是赶紧回了樟树村。王大驹如此反复去了青岛三次，从莲花飘香的六月拖延到菊花遍地的九月，铁路局总是以岗位已满为由，不予办理。在一个漫天星斗的夜晚，他儿子王小驹提前出生了。俞美云给他起个乳名叫来宝，王大驹说太难听了，不如叫德胜，俞美云说你三姥爷的小名就叫德胜，会冲撞了他的名讳。

王家四代单传，至此，王小驹成了第五代香火传人。王小驹的出生，给这个家庭带来的喜悦是显而易见的，但是平添的生活压力也是前所未有的。王老驹生前留下一千多块大洋的遗产，在过去的十九年中，被俞美云像掏灰一样从炕洞里一点点掏出来，做了王大驹的生活费、学费和结婚生子的开支。按照平均每年不下五十块大洋的生活开支，炕洞里剩下的钱，已经支撑不了多久了。王大驹必须谋份差事，以贴补家用。是青岛铁路学校的毕业生，跟孙福林那样子承父业去做挑粪工，显然又不是王家先人和俞美云的初衷。所以，当王小驹满月以后，王大驹再度去了青岛铁路局，这次他脑子变活泛了。他怀揣着三十个大洋，托吴老三上下打点，希望早日被铁路公司录用为火车司机，哪怕暂时做火车司炉也行，只要能挣到薪水就可以。吴老三果然不负所托，费尽心机找到了铁路局劳资科的科长，送上了一份厚礼，科长虽然笑纳了厚礼，但是并没有解决就业问题。虽然没有解决就业问题，但是说出了问题的症结所在，他说，跟王大驹同级的毕业生全都分派到了铁路局和下面的铁路公司，只剩王大驹一人，原因是国民党军事委员会交通处司令部来过电话，不准录用王大驹到铁路公司就业。他们也不清楚国民党军事委员会交通司令部与王大驹之间有什么恩怨，为何做出这样毫无人道的指示，铁路局只管执行命令，不敢追问具体原因。王大驹这才想起当初福娃子安排他去当兵的事来，气得暴跳如雷，却又无可奈何。他返回樟树村的第一件事，就是让俞美云去找福娃子娘理论，凭什么管他王家的家事。福娃子娘看到俞美云来问罪，反倒哈哈地笑了，“既然福娃子这么看得起顺子，听他的话去又有什么坏处？我觉得还是遂了福娃子的心愿为好。”俞美云说：“王家五代单传，顺子他爹走得早，他的小孩又刚刚出生，万一有个闪失，叫我们孤儿寡母如何去活？”福娃子娘说：“东三省沦陷了五年，日本鬼子眼看着就要入关来，到处都在打仗，哪里有个安全的地方。岂不闻覆巢之下安有完卵，当兵有当兵的好处，吃着国家的饭，拿着国家的饷，端着国家的枪，不光能光宗耀祖，还能保护家人的安全。比如说，当初若不是福娃子出面救你，怕是天大的冤屈你也得受着。倘若咱顺子也能封个一官半职，你和我一样，就成了‘诰命夫人’，不管是乡里的地痞无赖还是土豪劣绅，也断断不敢去惹军官的家属的。”俞美云哑口无言，回家跟王大驹说了，气得王大驹把碗摔了，“好你个福娃子，欺负我们王家无人，行，我就去当兵，等我当了委员长，先把你撤了官，让你跟着孙福林挑粪去。”俞美云赶紧喝斥他：“他是你干爹，不敢叫小名的！”王大驹梗着脖子，火冒三丈，“他不是我干爹，哪有当干爹的逼着干儿子扛枪打仗的。”

等发完了火，一家人冷静下来想想，又没有别的出路，只好同意了福娃子的安排——去当兵。信发出去不久，福娃子回了信，却是让他到南京航空学校参加考试。也不知道福娃子背后怎么捣鼓的，虽然他故意把试卷写得一塌糊涂，竟然也被录取了。在王小驹清脆的啼哭声中，王大驹再一次背井离乡，去往南京，开始了人生中第二次重要的历程。他在中央航空学校，开始了紧张的学习与训练。第二年卢沟桥事变爆发，接着淞沪会战开始，为了阻止日本人经青岛继续西进，逃跑的韩复榘部队炸毁了胶济铁路潍河大桥。

第五章

13

王小驹记事那年，鬼子已经过了山海关。从济南到胶州的官道上，时常走来撇着东北口音的山东人，他们慌不择路，返回故乡，投亲靠友，想着依靠有些疏远了的亲情保全自己蝼蚁一样的性命。但是山东境内大面积的沦陷，依然使他们的神情局促不安。还有那些扯直了舌头也听不清内容的山南人，以及说不明白来历的各个沦陷区的人，他们面容悲戚，目光呆滞，形如僵尸。他们拖儿带女，拄着沾满了鼻涕和汗垢的打狗棍，端着打了豁口的土瓷大碗，像受惊的游魂躲过了战场的炮火和死神的追击一样，来到这块忠孝仁义的土地上乞讨。这些个背井离乡的逃荒者，对沿途一切飘着炊烟的村庄都抱有厚望。炎热的夏季对饥不择食的逃荒者来说，最大的好处不仅仅是可以用草根野菜果腹，还有高温作为上天赐予的天然服装，省去了许多穿衣打扮带来的麻烦。

小铃铛跟随她的母亲李婶逃荒到潍河畔樟树村，是光着屁股来的。她那皮包着骨头的两腿和臀部沾满了河边的淤泥和日光下累积的汗渍。她紧紧地扯着李婶打了层层补丁的褂子的下摆，站在大门外一块灰色的火山石雕琢而成的台阶下，怯怯地往大门里窥视。她的母亲李婶蓬头垢面，没有血色的鞋底脸大半掩埋在披散的头发下面，一边伸出木棍猛烈地敲打着干裂的地面，吓唬着王小驹家的那只忠诚护家的小黑，一边用含混不清的山南话喊着：“府里有人吗？老爷夫人行行好，赏俺一口饭吃！”那时候王小驹还不懂得什么府里什么老爷夫人这么高贵的字眼，及至长大以后才明白，这些恭维的话里包含着多少穷人的无奈和卑微。王小驹家的四间青砖与混凝土结构的房子还是爷爷在世的时候盖的，与富人家的府邸相去甚远，而且王小驹的祖父王老驹已经去世，父亲王大驹在外从军很少回家，只有王小驹和勤俭持家的祖母俞大娘相依为命，老爷和夫人的人物也是没有的。王小驹听到小黑的狂吠一溜烟儿从屋里跑出来，他的祖母俞大娘颠着小脚跟在后面，扎煞着两只手一叠声地喊着："小驹啊，你要慢走，你要小心。"对于俞大娘如履薄冰一样的唠叨王小驹有些厌倦。王小驹为什么要慢走，王小驹为什么要小心，要知道王小驹很长时间以前就想做一只小鸟，他的背上已经长出了隐形的翅膀。他两步并作一步，从院子中间一条青砖铺成的小路上跳跃着飞奔而出，首先看到了小铃铛的母亲李婶正在不断开合她饥饿的嘴巴，那张嘴巴里有参差不齐的黄色牙齿，还有开阔的牙缝间没有来得及抠掉的生菠菜叶子的残片。在那个骄阳四射的午后，王小驹遭遇到了人生中的第一次考验，他看到那个嘴角沾着绿色叶汁、披头散发的女人，和身后那个像在河湾淤泥里打过滚似的瘦骨嶙峋的小孩，她们的眼白都被黑色的脸庞衬托得像潍河里翻肚的白鲢。王小驹被吓着了，正沉浸在像小鸟一样飞翔中的轻盈脚步减不下速度，一只脚在惊慌中踢到了大门口松木制成的门槛上，就像树梢上被石块击中的小鸟，扑棱棱地往地面上跌下去。王小驹只看到了门楼角上方湛蓝的天空倏地转了一下，便啪的一声，摔在大门外台阶下的泥地上，耳边仿佛还听到了一声小黑惊恐的哀鸣，地球就骤然停止了转动。

当王小驹睁开眼，再一次打量李婶和小铃铛的时候，她俩仿佛已经脱胎换骨，换了另外两个人。俞大娘在王小驹昏睡的时候，关了大门，坐在廊檐下指挥着李婶把水缸里晒得温热的水，一瓢瓢地舀入她平素洗衣服的大木盆里。那大木盆是用铁片包了沿的，又用铁片箍了边，结实得很，白日里俞大娘时常倒满了水，让王小驹趴在里面练习狗刨式游泳。李婶为小铃铛从头到脚洗干净了身子，也为自己擦干净了身子。俞美云又找来衣服让她们换上。王小驹一眼就看出来，小铃铛穿的是他穿旧了的那件白色汗衫和灰色裤头。而李婶上身穿的那件像水一样光滑的丝质上衣，是他已经去世了两年多的母亲的遗物，他每天夜里都是闻着上面的味道入睡的；她下身穿的裤子毫无疑问是俞大娘的旧裤子，裤筒像装满了风一样膨胀着，村里的孩子都叫拉了一裤筒。俞大娘正聚精会神地看李婶和小铃铛，她俩正围在炕上的小饭桌边狼吞虎咽地嚼着玉米饼子。王小驹猛地坐起来，指着李婶喊："你个臭要饭的，不要穿我娘的衣服。"李婶吓了一跳，急忙扭过头来惊慌地看着王小驹，她似乎没有听懂王小驹的话，但还是停止了咀嚼，一口玉米饼子卡在喉咙里，脸瞬间涨得通红。俞大娘急忙安慰她："吃吧，吃吧，小孩子不懂事，别管他。"她回身去抚摸王小驹的头发，嘴里嘟囔着："毛啊毛，吓不着！毛啊毛，吓不着！季先生来看过了，只是嘴巴蹭破了一点皮，没啥大碍。我让你慢慢走，你偏不听，这回好了！听话，好好躺着，明天拿棒槌给你去庄东瓜地里换甜瓜吃。"王小驹嘴巴发痛，浑身无力，哎哟了一声又躺了下去。他看到小铃铛大张着嘴，洗得泛白的两只眼角分别挂着三颗稻米一样的泪珠。

李婶和小铃铛在王小驹家住下了，那是俞大娘第一次收留外地人，而且是不知根底和来历的山南人。俞大娘之所以收留她们，一是家里还有八亩桑田，先前雇佣的短工是后街吴大癞家的媳妇，她怀了孩子，有七个月的光景，肚子大得像座小山，已经干不了锄地、推车、推碾的农活了，正好急需一个人手来替换她。二是看她娘俩可怜，无处投奔，匀出一口玉米饼子给她们，也算是救人一命胜造七级浮屠吧。

"行好不见好，到老脱不了，老天爷看得清清楚楚呢，会保佑着您老和您的儿子还有您的孙子一生平安，福禄寿喜都去占全乎了。"东邻掏大粪的孙福林的娘颠着小脚，拄着拐棍，领着她的孙女小棒槌来串门。她用青筋暴突的大手摸了王小驹的后脑壳一下，一边喋喋不休地夸赞俞大娘的善行，一边目不转睛地盯着李婶结实的后背和翘起的后臀，还有变得有了血色的脸庞。她的心里打开了小九九：她的儿媳妇生了小棒槌后就死于产后大出血，儿子孙福林已经打了四年的光棍，因家穷再也无法续弦。看李婶那个样子，不过三十五岁的年纪，倘若给孙福林续了弦，为老孙家生个孙子传宗接代，她那死了八年的老孙头在地下有知，该是对她多么的满意，死后去了那边也没啥亏欠的了。她心里打着自己的如意算盘，嘴里却说着俞大娘的生活前景。恭维的话谁听了都受用，俞大娘脸上笑盈盈的。她看了王小驹一眼，麻利地颠着小脚去锅里摸出两个煮熟的夏玉米，老得直咯牙那种，直往孙福林娘的怀里送去，孙福林的娘忙不迭地接过去。她又去院子东侧水井旁边的枣树上撸了两把青枣，一把塞在小铃铛的手里，一把塞在小棒槌的手里。小棒槌也是光着屁股的，只穿了一个包袱布做的红色小肚兜，她接了那把青枣就用两手紧紧地捂在怀里，却怎么也捂不住，一连漏下了好几个。她蹲下身去捡，露出的骨瘦如柴的臀上不知被谁拧起了一块紫青，她怀里的青枣漏下一个捡起一个，捡起一个漏下两个……

王小驹和小铃铛、小棒槌很快就成了好伙伴，他们仨在一起无话不说，每天都要到胡同口的老樟树下玩游戏。这是个寂静的下午，他们仨学会了一种新潮的游戏——娶新娘。那是前日里地主王宝库那个斗鸡眼的妹妹出嫁，请了日阁庄街的一个戏班子，在樟树村这棵老樟树下的空地上演了一场《女驸马》、一场《花为媒》，村里的大人都看得直叫好，小孩子也学会了入洞房。扮姑爷这角儿自然是非王小驹莫属了，可是那新娘子有两个人选，小铃铛和小棒槌两个都争着当，最后让王小驹来选，他左看看小铃铛可怜巴巴期盼的眼神，右望望小棒槌眼里呼之欲出的泪珠，一时又拿不定主意了。老樟树下有一个石碾，那是樟树村的财主王宝库家的私有财产，平日里用来给自家碾玉米面、舂高粱黍谷用的，闲来时任村里百姓使用，算是积德行善了。那花岗岩凿就的碾砣有七八百斤重，被石匠环绕周身刻了一些细浅的凹槽，像老牛的槽牙一样。当有人碾粮时，推碾人把碾棍插入碾框的斜孔中推动碾砣，使碾砣与光滑如镜的花岗岩凿成的大碾盘摩擦，围绕着碾管芯转动，轰隆隆的巨大声响如远处正在隐隐靠近又走远的闷雷，一圈接着一圈，走近了，走远了，又走近了……

王小驹一只手掐着腰，一只手指着那座巨大的碾盘上形如大山的碾砣，像地主王宝库指挥他的两个婆姨一样用果断的口气说："你俩比试一下力气，谁能推动这个碾磙子，就让谁当小姐，推不动的当丫鬟，丫鬟要负责去找梧桐叶做红盖头，还要扶着小姐入洞房。"

小铃铛和小棒槌对望了一下，小棒槌奋勇向前，嘴里喊着我先来，就把那个骨瘦如柴却患有水肿型大肚子病的肉身扑到了碾台上。她才六岁多，明显发育不良，饶是把那条纤细的左腿蹁到了碾台上，也只是用麦秆一样粗的右手中指的指尖勉强触着碾框的边。她用尽了全身的力气，嘴里嗨嗨着，小脸憋得通红，也没有使碾砣挪动分毫。小铃铛歪着脑袋思考了片刻，忽然扭身走了，小脚咚咚在泥地上砸出了一层土雾。再返回来时，她手里多了一根烧火棍。王小驹认得那根烧火棍是他家的，俞大娘白天用来烧火，晚上用来顶门。王小驹和小棒槌看得目瞪口呆，眼瞅着小铃铛把烧火棍麻利地捅进碾框的斜孔里，然后嗨的一声将碾砣推动了起来。胜负已分，当下立判，小棒槌嘟着小嘴说："你耍赖，你这不算数！"王小驹眨巴眨巴眼，小手一挥："你就做丫鬟吧，看你这笨样，也就是做丫鬟的命了！"小棒槌不再反抗，赤着脚眼泪汪汪地去南边的树林里采梧桐叶，不一会儿破涕为笑地回来，手里举着一片宽大的梧桐叶，手舞足蹈地喊着："有红盖头喽，有红盖头喽，小驹要娶媳妇喽，小驹要娶媳妇喽……"当丫鬟也高兴得那个样子，真是童心无忌啊。小棒槌高举着梧桐叶，盖到小铃铛的脑瓜上，然后扶着她与王小驹拜堂成亲。举办"婚宴"的酒桌是樟树下一块硕大的青石，上面摆了几样泥巴捏的"美食"：有肉和点心。这些美食是无法享用的，只能拿起来放在嘴边做做样子，幸好有王小驹用竹竿从枣树上打下来的十个青枣，还有小棒槌从自家院子里掐来的三根嫩绿的小葱叶。三个小孩拜完了堂，就围着那块青石板，兴高采烈地就着葱叶吃青枣。小铃铛一边吃一边得意地说："还是当小姐好，总是第一个先吃！"小棒槌不服气："你耍赖，明日我也要当小姐，我也要第一个先吃！"小铃铛不屑地说："你是丫鬟！"小棒槌火了："你才是丫鬟！"然后两个人一起站起来，四目相对，眼睛里瞬间充满了敌意，仿佛只有用武力才能解决当下的问题。小铃铛骂道："你是讨饭的山南锤子！死了爹的孩子像条狗！"小铃铛也不示弱："你是掏大粪的臭孩子，死了娘的孩子像条狗，臭死狗！"对骂间两个人扭打到了一起，吓得王小驹目瞪口呆，汗毛倒竖，手足无措，嘴里嘶嘶地吸着气，突然猛地一拍屁股，说："你们俩真是没规矩，我这老爷还没洞房花烛呢，小姐和丫鬟倒先打起来了，真是太不把我这老爷放在眼里了，我这就回家困觉去，你俩在这里慢慢打吧！看谁打得过谁！"王小驹拍拍屁股，拔腿自顾走了。小棒槌比小铃铛小一岁，个头和力气却差不多，两个人互相撕把了几下，也没分出个高低。看见王小驹走了，小棒槌气急败坏地用力脱身出来，恶狠狠地指着小铃铛警告说："你给我等着，我要回家对嬷嬷说你欺负我！"她也气呼呼地一路追着王小驹走了。

小铃铛怔怔地看着小棒槌紧跟王小驹而去，心里突然怕了起来。她和母亲李婶被俞大娘收留，在王小驹家已经住了半月有余，虽然同在一个锅里摸勺子，同在一个炕头睡大觉，但白日里李婶要去俞大娘的玉米田里除草，要去地瓜沟里翻秧，还要帮着俞大娘在夜里摇着纺车纺纱织布。饶是如此，李婶在俞大娘面前还是称呼俞大娘为王太太，称呼王小驹为少爷。饭菜端上来，俞大娘和王小驹不动筷子，她娘俩就不敢动。李婶再三叮嘱小铃铛："太太和少爷是对咱娘俩有天大恩情的人，将来长大了可千万不要忘了他们。你要学着勤快点，不能偷懒，不能跟别人家的孩子打架。还有啊，听说小少爷的爹爹大少爷是国军的军官，将来少不了要做将军的，你好好照顾少爷，说不定下一步入了老太太的法眼，收你做了童养媳，那咱娘俩可就有了依靠了，再也不用回山南老家受苦受罪了。"小铃铛还不太懂得童养媳是什么身份，只知道将来有可能跟王小驹拜堂成亲，心里欢喜得不得了。所以她最喜欢玩拜堂的游戏，尤其是跟王小驹拜堂成亲，谁跟她抢小姐的角色她都不乐意。此刻，她担心小棒槌回家跟嬷嬷告状，那个满脸雀斑的老婆婆一定会告到俞大娘那里去，到时候该怎么办？她不敢回家，一个人坐在老樟树下的青石板上，目光茫然地盯着被太阳照得亮堂堂的胡同口，心里盘算着下一刻未知的命运。

14

王小驹五岁时成了没娘的孩子，他的母亲丁氏在那一年秋天得了崩漏，医治无效，撒手人寰。丁氏生下王小驹后，她的夫君王大驹就去了中央航空学校学习，毕业后留校担任教官。随着南京沦陷、青岛沦陷、岞山站沦陷、仁义乡沦陷、樟树村沦陷，仗越打越大，战火越烧越猛烈，王大驹再也没有机会回到樟树村。她和王大驹的婚姻事实上变成了一纸空文。她活着的意义不过是与婆婆一起抚养儿子王小驹，做个贞洁又贤惠的儿媳妇，然后在空洞的时光里，每日做着王大驹归来的团圆梦。她临终前说："我这短短的一辈子，算是对得起王家了。但愿下辈子不要做女人，更不要投生于战乱年代。"丁氏去世的第二年，王大驹另娶了常州女秦氏，从此再没有回过樟树村。因为王大驹的航空学校隶属于汪伪政府，俞美云和王小驹作为军属，是地方政府保护的对象。而福娃子娘和她的三个儿媳妇，在南京沦陷后，被福娃子派人接往陪都重庆，家里两进两出的四合院成了一座空宅。尽管是空宅，也没人敢翻墙进去。樟树村的人说，那里面有仙家帮着看门，半夜里曾有人听到里面传出说话声，外面大门上明明落了锁的，不是仙家难道是鬼魂？

王小驹不操那份闲心，他爹娶了后娘跟他也没关系，日本人占领了峠山火车站跟他也没有关系，黄大牙当了伪乡长继续坑害乡民跟他也没关系，火车站警务段曹长长谷川杀了李连升他爹跛脚李跟他也没关系。只有两样是跟他有关系的，一就是吃饭，他每天要吃一个鸡蛋，每顿半碗米饭。这是他爷爷王老驹和父亲王大驹给他的荫庇。二就是玩耍，他要和小铃铛、小棒槌玩入洞房过家家的游戏。他总是闻到小棒槌的身上有一股粪臭味，所以每次选新娘子都选小铃铛。俞美云让他去学堂上学，他拽着门框死活不肯出门，问他为啥不去，他理直气壮地说："我要娶媳妇！"俞美云吓唬他说："你不去上学，我就把你送到常州去，让你爹管你，打你的腚；让你的后娘管你，让她拧你的腚！"母亲去世后，俞美云曾经带着他去王大驹在常州的家住过一段时间，因为秦氏又生了孩子，担心她有了自己的孩子会亏待王小驹，所以俞美云坚决不听王大驹的劝阻和挽留，执意带着王小驹回了樟树村。王小驹怕打腚，在小铃铛和小棒槌羡慕的眼神中，乖乖地跟着俞美云去了学堂。学堂里的同学都是富家的孩子，启蒙先生教的第一堂课是三纲五常，男女授受不亲。王小驹再回家就开始疏远小铃铛和小棒槌，小棒槌问他为啥不一起玩了，他振振有词地说："我是男的，老师说了，男的和女的不能在一起，如果在一起玩，同学会笑话他的。"不跟女孩子玩，就得跟男孩子玩。樟树村的男孩子不愿意跟王小驹玩，嫌弃他克死了他娘。村西佃户李大肚子的儿子扁头不在乎这个，他也是个克死过娘的孩子，家里穷得连一床被也没有，冬天裹着麻袋片儿睡在草囤里，过了清明节就赤着脚光着屁股满街跑，一直到霜降才躲进屋子里去。还有村东韩寡妇的儿子大卵子，也是克死过爹的孩子，有人说当年那个死在王寡妇门口的老雕，曾用一捆木柴换得跟韩寡妇睡两晚上觉。还有盘马埠李大疤瘌的儿子李小疤瘌，父母都被他克死了，现在寄住在樟树村姑姑李大妮家里，唇上的黄脓鼻涕一年四季不断流。扁头、大卵子、李小疤瘌愿意跟王小驹玩，是因为王小驹家里富裕，口袋里时常装着糖块，他们可以很轻易地把糖块骗到手，打打牙祭。

扁头、大卵子、李小疤瘌每天都会候在学堂门口，等王小驹放学，然后邀请他加入到他们的队伍。他们在一起捉鱼、摸鸟、玩游戏，当然最最重要的是陪王小驹回家拿出好吃的食物来，一起分而享之。王小驹已经习惯了享受这种优越性，被人簇拥着，用施舍食物换取他们的好感与拥戴。

扁头提议："王吉仁家搬走了，大门敞开着，屋角旮旯还剩下一些好玩的小玩意，咱们瞅瞅去?""好!"大家欢呼雀跃，争先恐后，跑在最前面的当属大卵子，疝气造成的大睾丸并不影响他奔跑的速度。当王小驹他们走进王吉仁家的时候，大卵子已经从大门上方的墙洞里，像掏鸟蛋一样掏出了一个装满粉尘的玻璃瓶子。"你们看这是什么?"大卵子把玻璃瓶子举到半空中摇晃着，眉飞色舞地炫耀着他的意外发现。大家像看到了"阿拉丁神灯"一样抢先伸过手去，大卵子紧张地把"阿拉丁神灯"举到更高处，严肃地强调说："这是我的，你们不能抢!"扁头抹了一下额头的汗水，庄严地做出承诺："我只是看看，不会要你的，我说话算数!"于是"阿拉丁神灯"顺利地交到了他的手中。李小疤瘌抽了一下流到嘴唇的脓鼻涕，说："你吃过我姑姑家的饭，我姑姑说让你好生和我轧伙。"于是，"阿拉丁神灯"被扁头把玩一番后，又顺利地转到了李小疤瘌的手中。王小驹可没有这么低三下四，他从口袋里掏出最后一块糖，举到大卵子面前认真地说："如果你能给我看看，这块糖就给你吃了。"李小疤瘌还在琢磨"阿拉丁神灯"呢，"这是什么呢?是油灯还是盐罐?"大卵子一把夺过来递给王小驹，又一把抢过王小驹手中的糖块，飞快地往院子里跑去，他要找个安静的地方去慢慢享用。扁头和李小疤瘌回过神来，狂喊着追上去要争夺胜利果实。他们一直紧追不舍，嗷嗷地叫着，让大卵子没有片刻独吞的机会，甚至糖纸也没有来得及剥开。快乐的气氛刺激了王小驹，他顾不得继续琢磨，提着"阿拉丁神灯"往屋里奔去，就在那一刹那，他的脚被石头绊了一下，一个狗啃屎扑到在地，"阿拉丁神灯"摔到地上，发出轰隆一声巨响，大地震颤了一下。随着王小驹的一声惨叫，王吉仁的小院子笼罩在一团刺鼻的硝烟里。

正在争夺糖块的三个孩子在发出一阵惊叫之后，夺门而出，他们冲过院子里正在缓缓散去的硝烟，瞥了一眼趴在地上血肉模糊一声不吭的王小驹，一边嚎着一边没命地跑到了街上。随后，樟树村的大人小孩一齐涌进了王吉仁家的院子，来勘查这个无比惨烈的爆炸现场。勘查的过程很简单，“阿拉丁神灯”其实是一个自制的土炸弹，是王吉仁家里防贼防匪用的。处理意见却万分艰难，王吉仁不知搬往何处，即使找到了，眼下的民国政府也没有承担责任的相关法律规定。王小驹趴在地上昏迷不醒，他的左手没了，左臂连接肩胛骨的地方明显被炸断了，只有一块肉皮连着。在俞美云哭天抢地的哀嚎中，郎中许先生摇了摇头，下了结论：“这是重伤，峠山的所有医院和诊所，包括那家最大的崇德医院，在鬼子来后，都已经关闭了，眼下只能去青岛的大医院，或许还能保住性命。”听到爆炸声后，最先赶到现场的竟然是吴老大和阿宝，这实在是令人匪夷所思。其实在韩复榘的驻军撤走之后，日本人顺利地占领了峠山火车站和昌南县。没有了官府的通缉，吴老二带领着十几个土匪从于家大冢里钻出来，过上了人间的生活。目前他们隐居在福娃家的大宅里，昼伏夜出，除了要休养生息，还准备着招兵买马。他们要把日本鬼子赶出峠山火车站，“如果把鬼子赶走了，这个地盘就是我们的。到时候可以吃香的喝辣的，再也没人敢跟我们作对了!”吴老二推出的乌托邦，众土匪都认为不可行，因为火车站上现在还住着一百多个鬼子，二百多个伪军，枪炮齐全。“在于家大冢待久了，肚皮饿得贴了后背，当了两年活死人，先吸吸阳气，养好身体再说!”十几个土匪住进了福娃子家的豪宅，仗着手里有七八只破枪，偷鸡摸狗，不止一日。眼下兵荒马乱，鬼子杀人如麻，家家户户关起门来过日子，只要无人打扰，能保住性命，谁又在乎哪个是土匪，哪个是中央军，哪个是共产党呢。

阿宝和吴老大分头行动，很快就叫来了李连升和牛犊儿，由李连升赶着铁轱辘马车，在众人的陪同下，送俞美云和王小驹去青岛的省立医院。医生看了一眼牛犊儿一路上小心翼翼托着的王小驹的断臂，淡淡地说：“肉都发黑了，赶紧截肢吧，否则再感染了别处，命也保不住。”俞美云忍不住哭：“这让我怎么向他爹交代啊？怎么向王家的列祖列宗交代啊？”是的，她的确没法交代。第二日，当王大驹接到电报后，带着他第二任妻子秦氏从常州直飞青岛，跌跌撞撞冲进病房，掀开刚刚醒来的王小驹身上的被子，看到其左臂肩胛骨以下空空如也的时候，他神情愕然，后脑勺像被重击了一下似的，脸色瞬间变得铁青，嘴唇颤抖着，泪水夺眶而出，自言自语地说：“完了，我儿子成了一个废人了。”俞美云深感内疚，不知道怎么分辩才好，“都怪王吉仁，你说他搬了家，为啥还要把炸弹留在门洞上面，你说这孩子，四个孩子一块玩耍，唯独伤了他，你说……”

他把脸转向俞美云，厉声打断她的话，“你说，你说，”他咬牙切齿，“我早就跟你说过，让你们待在常州，你就是不听，现在好了，你自己慢慢侍候吧！”这位年青的国民党少校飞行教官，目光冷得像冰刀，一如外科医生的手术刀，毫不留情地锯拉着与俞美云的母子之情。那时候王小驹已经苏醒过来，他不晓得明明是自己断了手臂，为啥他爹的表情会显得那么痛苦，像一头受伤的豹子，愤怒地指责正在痛哭失声无力反击的嬷嬷，“你不是凡事喜欢自己做主吗？这回你可以自己做主了！”他从身上摸出一袋大洋，一下子扔到王小驹胸脯上，然后大声地喝斥在一旁陪着流泪的秦氏，“给我走，赶紧给我走。”他看也不看俞美云的脸，拽起脚步犹豫不决的秦氏，大步流星，头也不回地走了。王小驹记得很清楚，这是他和父亲最后一次见面。在他的印象里，父亲是一只在天上自由飞翔的铁鸟。无数次在梦中，他看到父亲飞回了家乡，然后带着他一起飞，而每次醒来，他能感觉到的只是身上的一只胳臂，和眼角的一汪泪水。

15

王小驹痊愈后返回樟树村，迎接他的不是掌声和鲜花，而是左邻右舍的叹息与歧视，“克死了娘的不祥之物，如今又把自己克掉了胳膊。”孙福林娘是这样总结的。王小驹走到大街上，一根袖管空荡荡地垂下来，扁头、大卵子、李小疤瘌见了他，唯恐躲之不及，撒腿就跑。他才要追上去，却结结实实摔了一个大跟头，只能趴在地上眼睁睁地看着昔日的同伴们消失在胡同的拐角处。学校也没法上了，也没有男孩跟他玩，他只能去找小铃铛和小棒槌玩。今非昔比，孙福林娘看到后，立即跑到近前把小棒槌拉走了。小铃铛是跑不掉的，她和母亲还要仰仗俞美云的关照，她看了看王小驹的一根胳膊，说：“少爷，丫鬟跑了，咱们没法入洞房了。”王小驹又气又急，躲回家里再也不肯出来。

吴老大和阿宝来看过他，跟俞美云说了许多从前的往事，嗟叹了一番走了。1937 年，抗日战争全面爆发后，随着韩复榘的驻军撤走，潍河两岸出现了四支抗日武装：第一支是鲁苏战区游击第四纵队，前身为国民政府军事委员会别动总队鲁冀边区第二游击区第四梯队，全是鱼龙混杂的地方武装组成。1940 年被鲁苏战区总司令于学忠部收编，高峰时达两万人众。第二支是鲁苏战区游击第二纵队第五支队，也是被鲁苏战区总司令于学忠改编的地方抗日武装，最盛时达五千之众，也多是地方武装组成，该部倾向于汪伪政府，与四纵队势同水火。第三支是高三团，系土匪高老七旧部，四百余众；第四支是“三八抗日大队”，从十几人的队伍起步，发展到二百多人，后被国民党山东别动总队游击第五纵队司令秦启荣收编为鲁苏战区冀鲁边区游击第四梯队，成为四纵队的一部分。吴老二养足了精神，他听说峠山火车站有一个“高丽棒子”（朝鲜奸细），依靠日本人的势力在峠山火车站开店贩卖烟土，遂带领吴老大和阿宝等十几个土匪，趁着夜色突袭其店，把“高丽棒子”的头颅和货物全部带走，送给四纵队做了投名状，被委任为连长。“背靠大树好乘凉!”吴老二很满意这个官职，更想着步步升迁，有朝一日也做个司令，所以干起活来不惜力气。从他穿上军装、腰里掖着盒子炮那一刻起，那种神气劲就甭提了。新官上任三把火，他向上司鲍营长建议说：“黄大牙做了仁义乡的伪乡长，仗着日本人的后台，鱼肉乡里，欺压良民，我愿请命，给我一个营的兵力去将其消灭。”鲍营长露出一口大龅牙，鄙夷地说：“调动人马需要王司令的批准，我是不敢做主的。除非你带着你自己的队伍去打。”吴老二虽然被任命为连长，但手下还是原来的那十几个土匪，他得自己重新招兵买马（别人拉起的队伍不听他的指挥）。黄大牙领导的伪区公署还是原来乡公所的旧址，原来的保安团改成了现在的自卫团，仍然住在他三进三出的大四合院里，墙上加固了工事，四周修建了炮楼。日本鬼子在此驻扎了一个小队，有二十五人，另有三十名自卫队员，还驻有一个伪警察所，有警察二十四人，加起来近百人，有一挺机枪和两门迫击炮，与驻扎在二里外火车站上的两个日军小队计五十人、一个伪警备队三十六人，成犄角之势。四纵队和五支队曾分别组织进攻多次，日军顽强抵抗，利用交通便利，迅速增援，他们损兵折将，死伤惨重，铩羽而归。

鲍营长揶揄地问:“你知道咱们部队的番号为啥叫游击纵队吗?”吴老二摇了摇头。“你知道共产党的领袖毛泽东吗?你知道什么是游击战术吗?”吴老二还是摇了摇头,他没上过学,只知道樟树村在军事委员会当交通司令的福娃子,那是全仁义乡走出去的最大的官了,游击战术也没听说过,只听过三十六计走为上计。不过他能听得出鲍营长对他所提出的建议的鄙视,在心里掂了掂自己的几杆破枪,有一半还是打不响的,现在去招惹黄大牙和鬼子,还真是鸡蛋碰石头。

鲍营长说:“国民政府下拨的军饷不够开支,咱们得去村里征收人头税和田亩税,我看你就带着手下去干这个吧。”吴老二瞪大了眼:“这不是乡公所的差事吗?老百姓最讨厌这事了。”鲍营长说:“现在哪里还有乡公所,黄大牙的伪区公所征收的税捐都支持了日本人,可咱们是抗日的队伍,总不能老让我们饿着肚子打鬼子吧。”吴老二还是想不通,“这又是大旱又是蝗灾的年景,老百姓已然被黄大牙搜刮了一遍,如果再被我们搜刮一遍,还能活得下去吗?”鲍营长猛地拍一下桌子,愤然说:“老百姓即使不支持咱们,那也不能支持日本人。何况五支队、高三团都去征收,我们也不能闲着,鬼子实行的是焦土政策,就是杀光、抢光、烧光,不给我们留下一点资源,我们凭啥给他们留下资源。没有活路了老百姓大不了走嘛,走得远远的,等打跑了鬼子再回来嘛。”“这倒是个理!”这回吴老二想通了,心想:“先去吓唬吓唬仁义乡的老百姓,只给四纵队缴税,不给黄大牙缴税,鬼子就没得吃喝,看他们还能待多久。只有一项,如来佛祖、黄大仙姑、玉皇大帝、吴老爹,以及列祖列宗,一定保佑我在半道上别撞着鬼子的队伍。”鲍营长像是看透了他的心思似的,告诉他:“鬼子晚上都躲在炮楼里不出来,你去征收税捐要在晚上行动,记好了哦,要在晚上行动!”吴老二一听在晚上,敢情和当土匪没什么两样,那是他的长项,心里一块石头落了地。

晚上他们先去了望山埠,牛犊儿入赘的谭家住在村东头,家境殷实,大门外有一棵碗口粗的银杏树,高耸入云,树梢之上还有一个喜鹊窝,那是谭家祖上留下的镇宅之宝。王小驹被炸伤时,阿宝和吴老大曾经来喊他帮忙送青岛,所以他们轻车熟路地摸进了村子。入赘的牛犊儿改随妻姓,叫谭牛儿,阿宝趴到大门上喊了半天牛哥,院子里没有一点声息,只引来了满村的狗吠。

吴老大嗓门高，只叫了一声谭兄弟，窗户上便映出了灯光。牛犊儿从门缝里确认了是吴老大和阿宝后，才敢开门请他俩和吴老二进去，其他人在大门外警戒，防止被人偷袭。

进到屋里，借着灯光，牛犊儿一看三人身穿国军的军服，腰里掖着锃亮的王八盒子，吓了一跳，眼睛瞪得比牛眼还大，“哎呀我的天，三位兄弟啊，你们这回可是作大了，去哪里砸了国军的皇杠，置办了这样规整的行头，啧啧啧。”吴老二面红耳赤，好在灯光昏暗，遮住了他的尴尬。吴老大嘿嘿地傻笑了起来。幸好有阿宝跟着，他赶忙解释：“牛哥，你可不能看不起人呀，现在二哥带领我们投奔了四纵队，就是鲁苏战区游击第四纵队，受鲁苏战区总司令于学忠的节制，专门打鬼子的。”这回牛犊儿眼睛瞪得更大了，疑惑地说：“就你们兄弟几个，也能打鬼子？别开玩笑了，白天鬼子挨村扫荡，见了粮食就抢，见了女人也抢，我咋没见到你们的影子啊？”说到激动处，他把手往院子里一指，“你看到我大门外那棵银杏树了吗，那是我丈人留下来的镇家之宝，有上百年了，黄大牙和十里堡的田翻译官领着鬼子来征收税捐，一棵树要半块大洋，一亩地半块大洋，三间房屋要一个大洋，一盘磨要十文钱，一个牛槽子也要五文钱，没钱要用粮食来顶，没有粮食要用田地来顶，现在整个村子没有跑掉的人家，家里所有剩下的粮食，也不够糊口几个月的了，要不是我早年跟随同勋哥挣下了几个子，再加上我妻家略微宽裕，我叔丈人当着庄长，我也早就带着老婆孩子逃荒要饭去了。”这回轮到吴老二目瞪口呆了，他大惊失色，“如此说来，我们四纵队来村里征收税捐是很难办到了？”牛犊儿义愤填膺地说：“那还用说，黄大牙和田翻译官每月按时来征粮摊丁，而且不光是你们，还有五支队的人也来征收，全村的人都在想着去外地逃命了，否则用不了多久，都得饿死。那个田翻译官太不是个东西了，我不过说要得太多了，就被他扇了两耳光。”吴老二一听火了，把腰里的盒子炮啪地一拍，“这是我们四纵队的地盘，有他们五支队什么事啊？他们凭什么也来征收捐税？”吴老大和阿宝连声附和。牛犊儿说：“除非你们不让鬼子来征粮，也不许五支队来跨界摊派，那样的话，老百姓或许能省出一口粮食来捐给你们四纵队。”“这还他妈征收个锤子！”吴老二泄了气，一会儿又发狠说：“总得给鬼子和五支队一个教训，让他们知道四纵队和我吴老二的厉害！”他问：

"你们谁知道十里堡在哪儿?"吴老大抢着说:"我知道啊,来宝的姥娘家就是十里堡的,当年我和阿宝抬着花轿,去接过他娘。"吴老二把脸转向阿宝:"谁是来宝?是你吗?"阿宝笑了,"是同勋哥的孙子,就是顺子的儿子,前些日子玩土炸弹把左胳膊炸没了。"吴老二若有所思,"就是王寡妇的孙子呗,听说他儿子在国军那边是开飞机的,还当了飞行教官?"阿宝说是。吴老二说:"等老子抢一架鬼子的飞机,你让他回家教教我怎么开。"阿宝赶紧说:"那是肯定的,我们跟他都是老熟人了嘛,让他拉着我们往天上飞一圈,试试会眼晕不。"

吴老二办事很有魄力,当机立断,说干就干。第二天就派出吴老大和阿宝去十里堡和火车站摸情况,他们回来说田翻译官把家搬到了火车站,整天跟着鬼子行动,很久没有回十里堡了。黄大牙一直躲在区公所里不出来,出来时还带着一队的自卫团做保镖,想下手杀掉这两个汉奸,一时都很难找到机会。吴老二如实去向鲍营长汇报,鲍营长训斥道:"亏你还做过土匪,拉不了肥猪回来,抓两只兔子也是一样的嘛。"吴老二脸红了,"我们向来都是劫富济贫的好汉,只拉肥猪,从不抓兔子。老祖宗留下的家法,抓了小孩会缺德,死了要下十八层地狱,挖眼珠,下油锅,抽骨髓……"鲍营长不耐烦地打断他的话:"停停停,行了,你给我闭嘴,要是能下十八层地狱,也是鬼子和汉奸先下,一时还轮不到你头上。你可以去调查一下,那个田翻译官和黄区长都有什么家属,杀不了他俩,就绑他们的儿子或者孙子来,逼他们拿些大洋来赎回去。"吴老二接受了命令,亲自带人去侦察了两个汉奸的家属的活动情况,趁着下午放学,扮作家仆,将田翻译官的儿子和黄大牙的孙子,一起带回了营部,并且留下信,让两个汉奸分别带一千大洋,在晚上亲自到潍河岸的密林中赎人。吴老二自以为他的计划天衣无缝,只要田翻译官和黄大牙带着大洋来了,那就由不得他们。可以留下大洋,先把小的放回去,再把大的扣住,继续让他们的家人拿更多的钱来赎,直到榨干了油,就在吴老爹当年溺亡的地方挖个坑,把两个汉奸活埋了,既报了杀父之仇,又杀鸡儆猴,打击了日本鬼子的嚣张气焰,更重要的是获得一大笔大洋,为四纵队再立新功,可谓一举多得。吴老二对自己能有如此的深谋远虑深感自豪,就连吴老大和阿宝等人也连伸大拇指,对吴连长的神机妙算佩服得五体投地,简直是刘伯温在世，诸葛亮重生。吴老二安排手下去李财主家偷来一只羊来炖了，又去杨财主家强借了三坛景芝老烧，犒赏十几个兄弟，直喝得酩酊大醉，做梦也忍不住笑出声来。

田翻译官的儿子和黄大牙的孙子同时被绑了票，二人哭哭啼啼去找日军驻昌南最高指挥官中队长井上。他们拿出吴老二绑票的信函，请井上为他们做主，出钱赎人。井上说："我们大日本帝国到中国来，就是为了帮助你们建立大东亚共荣，怎么可能提供任何资金送给支那军队，让他们拿了钱买枪买炮来破坏共荣，一分钱也不可能。"田翻译官哭丧着脸，哀求道："我忠心耿耿为大日本帝国效劳，每个月的薪水只有两块大洋，如何筹措到一千块大洋？请井上太君发发慈悲，救救我的儿子，我只有这一根独苗，如果他有什么不测，我也没法活了。"井上摇了摇头，问黄大牙："你在此地经营了多年，手里一定积攒了不少的财富，可否借些给田翻译官？"黄大牙心惊胆战，双膝跪地，连连磕头作揖："井上天君明鉴，皇军到此以后，住到区公所的皇军，吃喝拉撒等一应花销都靠鄙人筹备，已感万分吃力，眼下是青黄不接的时候，不要说千块大洋，就是百块大洋也不凑手啊，我孙子的赎金尚且凑不起来，哪有能力去帮田翻译官啊。"井上又摇了摇头，同情地问："他们是如何找到你们家孩子的？莫非有人报信？"黄大牙说："四纵队的人多是四周乡民，对本地情况了如指掌，他们憎恨我和田翻译官为大日本帝国效劳，恨不能喝我的血，吃我的肉，抓不住我等，只好拿我们的家属出气了！"井上听罢挥了挥手，大喝一声，"好了，不要说了，我有办法让孩子完璧归赵，还不用你俩掏一分钱。"他示意黄大牙走到近前，"你们现在就把车站周围各村的保长给我叫来，我要告诉他们，因为他们的通风报信，让匪军绑去了田翻译官和黄区长的家属，这分明是在蓄意破坏大东亚共荣，我要限期让他们赎回这两个孩子。如果孩子有什么不测，我们就开始屠村，一个村一个村地杀，直到四纵队把人交出来。"田翻译官和黄大牙目瞪口呆，心里骂道，"都叫日本人是鬼子，真是一点不差，敢情他们一个铜子也不肯出啊，这绕来绕去，还是敲诈仁义乡的百姓啊，还威胁要屠村，但愿日本人能早日实现东亚共荣，永远都不要离开仁义乡。"事已至此，心不由己，只能凭井上太君发落了。

仁义乡各村的保长们很快被召集到火车站警备队，听完井上限期筹钱赎人的命令，一个个面面相觑，脸如死灰。一个年纪大的韩保长在当地有些威信，暗地里跟四纵队的副司令杨秀峰有些来往，他壮了壮胆子，问井上：“只要能把孩子赎回来，筹钱多少没有限制吧?”井上说：“当然，只要你能把孩子安然无恙地找回来，花不花钱没有关系。”“那就好，那就好。”他招呼别的保长们，“还等啥，赶紧回村筹钱吧，先看看能筹到多少再说!”赎金筹措得很艰难。日本鬼子开进来之前，峠山火车站的商行几乎全部关门，商人们逃得一干二净。周围村子里剩下的乡民，也多是没有胆量和盘缠的饥民，众人忙活了一天，也只筹措到四百大洋。按照四纵队信中提出的数额，连一个人的赎金也不够。韩保长说：“死马权当活马医，我就豁了老命去一趟四纵队。他们毕竟是抗日的队伍，又不是绑票的土匪，日本人欺负咱们，他们总不能再在刀口上撒盐吧。”韩保长又推荐了三个保长，跟他一起背着大洋去了四纵队司令部的驻地。那位杨副司令听说手下绑了两个小孩的肉票，竟然没有上报，十分恼火；又听说日本鬼子以屠村威胁，要求释放肉票，感觉事态严重，赶忙调查。确认此事为鲍营长负责后，要求鲍营长赶紧将孩子交由韩保长领回去，赎金四百大洋入了司令部的账上，算是抗日的捐款。吴老二一分钱没捞着，去问鲍营长要，鲍营长也一分钱没捞着，正满肚子火没处发泄，气呼呼地说：“你去找司令部要吧，看杨副司令不一枪毙了你!”

16

绑了鬼子的人竟然拿不到赎金，那就继续拉肥猪吧，然后把恶名推到高三团的头上，反正高三团都是高老七的旧部，干的坏事成千上万，也不差再加上十件八件的了。吴老二把目标对准了本地的财主，一连拉了三头肥猪，获利千余大洋，然后把罪过都记到了高三团的头上。早年吴老二在快活林盘踞之前，曾拜过高老七的码头。因为高老七是当地最出名的土匪，与昌邑、安丘、高密三县潍河沿岸的十三股势力较大的土匪首领结拜为异姓兄弟，号称十三太保，高老七排行第七。民国十七年十月，高老七的匪巢驻扎于昌邑密城，这股土匪拦路劫道、绑票杀人、敲诈勒索，无恶不作。为了吓唬乡民，他们把席子卷起来涂上豆面，漆成黑色，伪装成大炮。后来炮筒被马啃了，乡民发现秘密后，报告了红枪会，于是红枪会与乡民集众数千，喝上刀枪不入的符水，手持红缨枪和镢、锨、二齿子等农具，齐喊口号：刀枪不入，金刚不坏，嚎、嚎、嚎……高老七的假大炮打不出炮弹，匪巢三日被攻破。高老七逃到石埠，被红枪会的人用红缨枪扎成蜂窝，其余的人逃回高家庄，就成了后来的高三团。吴老二对高三团的底细很清楚，如果不是高老七被红枪会杀死，他每年必须去上供才能保住自己在潍河边快活林的地盘。后来高老七的余部头目高炳旺派人去讨供银，被吴老二暴揍了一顿，从此两股土匪结了梁子，高炳旺曾经跟手下说，等抓住了吴老二，会把吴老二的脑壳砍了，把脑浆子掏空当尿罐用。

所以当时吴老二既怕黄大牙，又怕高三团，现在他投靠了四纵队，背靠着当地最大的势力，除了不敢正面跟鬼子较量，他还能怕谁？虽然司令王尚志交代，只要是抗日的队伍，都要团结起来，一致对外，在鬼子撤出之前，绝不能内讧，自己人搞自己人。但是扣屎盆子还是避免不了的，背后打偷锤、插刀子也是避免不了的，五支队不是也摸黑越界跑到四纵队的地盘上征收税捐嘛，结果撞上了四纵队派到五支队地盘上征收税捐的队伍，两支队伍在回去的路上相遇，交了火，结果死伤十几人。官司打到鲁苏战区总司令于学忠那里，于司令将铁路线以南、火车站以东划归五支队管辖，铁路线以北、火车站以西划归四纵队所有，严令不许越界，否则军法从事。四纵队与五支队分别下达了命令，严禁进入对方防区，如果擅自越界，被打死自己负责，不享受烈士待遇。果然，四纵队一个战士忍不住爬上边界的围墙，只是瞭望了一眼，就被五支队的哨兵崩了，从此两家结了世仇，井水不犯河水。

井上听说此事后，哈哈大笑，对他手下的小队长们说，支那人人口众多，可惜没有我们大和民族团结，只知道窝里斗，因此给我们提供了进攻的机会。一旦他们团结起来，好虎斗不过群狼，我大日本帝国驻华勇士就岌岌可危了。井上有恃无恐，对周围的抗日队伍根本不屑一顾，仅带一小队士兵巡视所辖的昌南“帝国版图”，才到饮马山阳就遇到了高三团的埋伏，被高炳旺隔着三百米一枪打落马下，死于非命。此举大长了高三团的威风和自信，四纵队和五支队争着伸出橄榄枝，都想收编他，可惜连门也没了，因为高炳旺已经自封为司令，手下已有四百余众。

吴老二听说井上被高炳旺打死了，忍不住喝一声彩，又忍不住摸了摸自己的脑壳，心想还是不要做尿罐的好。传说高炳旺能骑在疾驰的马上，双手打枪，而且百发百中，果然名不虚传。

俞美云的家境越来越困难了，尽管她是国军军属，也经不住战乱的折腾啊。她儿子王大驹虽然贵为空军上校飞行教官，但远在常州，远水解不了近渴。随着战事的吃紧，各方军队在不断消耗力量和资源的同时，都在想方设法就地取材、不择手段进行军需补给，尤其是粮饷。有位政治家说过，战争是两个国家精神的对决，更是两个国家资本的对抗。如果士兵没有饭吃了，那么百姓就没有命吃饭了。任何一场战争，受伤害的首先是平民百姓。俞美云的家里定时会有各方军队前来征粮，黄大牙的伪第十九区的征粮队白天来；四纵队、五支队的征粮队夜间来；高三团的征粮队是不定期的来。尤其是南京沦陷，武汉失守以后，潍河两岸所有的抗日军队都感受到了穷途末路的命运，大家仍然冒着被打死的危险破坏掉上面的规矩。因为他们迫切需要储备更多的粮草以延长军队存在的时间。五支队的秦旅长（外号禽兽）亲自带着一个团的兵力保卫樟树村，他们摸黑入户征粮、征税，俞美云说："我儿子也是国军队伍的，我是家属，你们能不能照顾一下？"秦旅长愣了一下，"你儿子哪个部队的？什么职务？"俞美云说："我儿子在中央航校干飞行教官，级别差不多是上校。"秦旅长把肩上的豆豆拍了一下，咧开大嘴嘿嘿地笑了，露出一口被尼古丁熏黑的板牙，"你知道我是什么军衔吗？我告诉你王寡妇，这是大校军衔，你儿子见了我得立正敬礼。现在是国难当头，有钱的出钱，没钱的出力，早一天赶走小日本，早一天过安生日子。我们把脑袋别在裤腰带上，帮你们驱逐外寇，总不能让我们死了还做个饿死鬼吧。"他掀起炕上的席子，又挨个掀开王小驹、小铃铛身上的被子，一边色眯眯地盯着李婶的脸，一边恶狠狠地对俞美云说："不要说你儿子仅仅是个上校教官，就是国民政府蒋委员长、鲁苏战区最高长官于学忠司令来了，我们也得先吃饭，才能打仗。明白吗？"俞美云气得浑身哆嗦，"我兄弟也是国民军事委员会交通司令。"秦旅长呸了一口，举起巴掌在俞美云面前晃了晃，"我听说过你们村那个交通司令王福娃，潍河大桥的铁路早炸了，你说他能管个屁用，有本事再给我修一条铁路看看。"他突然提高嗓门，厉声说："王寡妇，我告诉你，支持抗战是你的责任，不要给我扯些没用的，否则我以破坏抗战的罪名把你抓起来，一枪毙了。”俞美云不敢继续争论了，破坏抗战的罪名她可担当不起，比村头那座八米高的贞节牌坊还要重。关键是最后那句“一枪毙了”，如果被一枪毙了，真是什么都做不成了，王小驹得饿死，王家会从此断了香火，她死了到九泉之下，王老驹也不会给她好脸色看。她看到秦旅长揭开了盛粮食的瓦缸，赶紧说：“就剩下这点粮食了，这是我们一家四口的口粮，如果给了你们，我们也只能饿死了。”秦旅长看了看灯影里的李婶，接过卫兵手里的登记簿，翻到王大驹的名字，“不能饿死你们啊，正是好年纪，饿死了多可惜啊。这样吧，你们家本月需要交纳的军粮、人头税和田地税，加起来为一块大洋，可抵半亩旱田，没粮又没钱，就拿出半亩旱田来做抵押，二厘地的利息，下个月再来征收时，如果还交不出粮食和钱来，半亩地就变为七厘地。以此类推，你看可好？”俞美云的算术不好，心算了半天也没算出个头绪，心想三年两头的遭灾，收成去了七八，留着旱田还得雇人耕种收获，不如遂了他们心愿吧。反正这个叫禽兽的旅长不是个好玩意，比鬼子强不了多少，动不动就下家伙，还是别惹他了。俞美云答应了秦旅长的条件，就见禽兽伸出汗毛粗黑的大手，刺啦一声，从登记簿上撕下块纸条，裂开大嘴，用指甲狠狠地从牙缝里抠出些发酵的饭渣，抹在纸条的背面，然后啪的一声，糊在墙上。那墙上原来贴着活财神沈万山的杨家埠木版年画，纸条刚好盖住了沈万三的脸。秦旅长命令道：“这张纸条不能丢了，丢了你负责，下次来征收时，就按照这个纸条办理。我写的字我认识，换了别的没用，还要重罚。”俞美云哪里敢动他的字条，有时候背面的黏度松了，俞美云赶紧从牙缝子里抠出些发酵的饭渣，再糊紧一下。不到一年，她家的墙上糊了厚厚一层纸条子，家里的三十亩地差不多去了二分之一。李婶的劳动量也跟着减少了一半，感觉并无不妥。

高三团干掉了中队长井上，让四纵队和五支队很没面子，因为四纵队吹嘘有两万之众，五支队吹嘘有五千之众，唯有高三团从不吹嘘，人员最少，仅有四百人。而他们居然干了件最长脸的事情，还是件振奋人心的壮举。四纵队司令部下达命令，不论是暗杀，还是投毒，杀掉一个鬼子奖励大洋五块，官升一级，杀掉两个汉奸赏大洋两块，官升半级。重赏之下必有勇夫，吴老二摩拳擦掌，跃跃欲试，“杀一个鬼子官升一级，杀两个鬼子升两级，杀十个鬼子升十级，十级是个什么官?”吴老大和阿宝帮他掰着指头算，“你现在是连长，升一级是副营长，升两级是营长，升三级是副团长，升四级是团长，升五级是副旅长，升六级是旅长，升七级是副师长，升八级是师长，升九级是副军长，升十级是军长，哎呀我的妈啊，再杀两个就成司令了。”这样的激励政策简直是太诱惑人了，吴老二和全连十几个士兵，一夜没舍得睡，时间太宝贵了，天蒙蒙亮他们就出了营地，直奔火车站的鬼子驻地。鬼子的警惕性太强了，距离火车站还有一里地呢，一束探照灯的强光扫过来，接着就听到远处路边的暗哨大声发出警告：“有情况!”话音未落，机枪从火车站旁的碉堡和地下的暗堡里向他们交叉扫射。多亏平时吴老二教会了他们懒驴打滚和躲避子弹的方法，所以全都第一时间骨碌到路边的水沟里去了。虽然躲过了子弹，但是他们却沾了一身臭泥，脑袋相互碰得嗡嗡响。吴老大喊：“鬼子发现我们了，赶紧跑吧，再不跑他们就杀过来了!”也不等吴老二下达撤退命令，带头顺着沟底一溜烟跑了。吴老二也制止不住，只看见吴老大的大屁股一颠一扭的，瞬间便没了踪影，也只好跟着跑了回来。

吴老二气得七窍生烟，大声责问吴老大：“你为啥不听指挥，擅自逃跑?”吴老大揉着额头的一个大包，没好气地反驳说：“我不跑能怎地，难道等着鬼子来抓啊?你以为鬼子都是潮巴吗，伸直了脖子等着你去砍?”吴老二气得直翻白眼，把脚一跺，“都像你这样胆小怕事，什么时候能官升一级?”吴老大脸红脖子粗，“真没想到你是个官迷，如果没了脑袋，给你顶乌纱帽管个球用?”揉完了脑袋，他又去扑打着身上的泥土，“鬼子的脑袋要是那么好砍，还用着挑唆你去砍，他们自己不早砍了拿着去领赏，我就不信好事能轮得着咱们?”

吴老二被噎得肚子疼，把脚一跺，发狠说：“今天日子不好，明天再去!我就不信鬼子的脑壳是铁打的，我就不信砍不了他们的脑壳，我就不信升不了三级。”他猛摇了一下手臂，命令道：“吴老大你怕死就不要去了，明天拿不到鬼子的脑壳谁都不要回来!”

第二天吴老二起得更早了，月亮还挂在西边的树梢上，他便把手下喊起来，去了黄大牙的伪第十九区公署。黄大牙的区公署驻地在仁义乡的中心大街，房后紧挨着一座座深宅大院，住的都是有钱的富绅。大门前是一条东西走向的大路，路南侧除了第一排房子建得还算标准，其他的全是茅屋陋舍，一派贫民窟的气象。房屋的主人因为交不起税捐，加上鬼子和自卫团的骚扰，不堪其扰，很多住户已经逃之夭夭，留下的房屋年久失修，一场大雨过后，院子里荒草丛生，断壁残垣随处可见。吴老二攀上贫民窟的屋顶，观察着区公所的大门，期望有单个的鬼子出来兜风，那样就可以取了脑壳回去，官升一级。可惜鬼子在黑夜里从不出门，区公署高墙上的探照灯来回转动，几乎可以照清楚贫民窟犄角旮旯里的老鼠洞和尿罐子，吓得吴老二他们趴在屋顶湿漉漉的麦秸上一动也不敢动。中秋时节，秋雨连绵，草木茂盛，从胶济铁路坐着瓦罐车来的东洋母蚊子，早已适应了本地水土，它们拒绝吸食草叶上的露水，专嗜中国人的鲜血，尤其是青壮年男人的血，喝了会加速它们的成长和繁殖。吴老二他们的血自然是东洋母蚊子最喜欢的美味，只要喝上一口就再也不舍得拔出嘴来，它们大口地喝着，吴老二甚至听到了它们胃部的咕咚声，每一次拔出嘴来，就像撕下一块皮肉，让人痛彻心扉。他们像在地狱里趴了十八年一样，等到东方鱼肚白，等到晨曦绽放，等到视力全部打开。目光所及，区公署俨然是一座监狱，炮楼上东南西北四个射击孔里，有一挺机枪黑洞洞的喇叭口正居高临下地对着他们的脑壳，毫无疑问，只要一扣动扳机，就可以横扫贫民窟的一切，连一只蚂蚁都不会放过。吴老二没有丝毫的犹豫，只能命令赶紧撤退，像斗败的公鸡，灰溜溜地返回。

“难道就这么算了?”走到半路上，阿宝撸起裤腿，拍打着密密麻麻的大包，原本枯瘦的小腿又瘦了一圈，他那么容易知足的人此刻也觉得亏了。“那还能怎样?这小鬼子太狡猾了，怪不得叫鬼子。”吴老二腿上的肉包更大，中毒更深，又抓又挠，仿佛肉包里面藏着数不清的鬼子，需要极强的暴力才能赶出来。

“日本鬼子兵一个个猴精猴精，走到哪儿都成群结队，不好对付，日本鬼子的老师顶不顶数?”阿宝抓破了肉包，终于想出了一个解决问题的办法。

吴老二立即停下了脚步，诧异地问：“鬼子一个顶一个，何况他们的老师了，自然顶数，说不定一个还能顶两个，你能找到鬼子的老师?鬼子的老师在哪儿?”

阿宝说的鬼子的老师就是新民学校的校长花花井。此学校是日本人开办的，坐落在峄山东南侧山下。这个学校大行奴化教育，宣传中日亲善，共存共荣，提倡尊孔复古，让学生信天命，安分守己做亡国奴。学校的课程除文化课外，重点是强迫学生学习日语。学生并不多，只有二十多个，皆是火车站周围“爱护村”的富家子弟。学校还有一个日语教员，也是鬼子的老师，叫桥本一郎，是日军后勤部选派来的士兵。

吴老二闻言大喜，忘了腿上的疼痛，向着峄山一路狂奔。新民学校只有三十间青砖房，连院墙也没有，更甭说炮楼了。来得太早，教室的门还紧锁着，翻遍了整个学校，连个人影也没有，只好去学校后面的高粱地里埋伏下来。等到日上三竿，村里炊烟袅袅，才有学生和教师陆续到校。最后到校的是一中一青两个男人，合骑一辆自行车，分别西装革履，戴着眼镜，一派儒雅气质，乍看还以为是西方留学归来的进步人士。当花花井敲响上课的铃声时，吴老二带人冲了进去。他们先抓住花花井，又抓住了闻声赶来的桥本一郎。花花井奋力挣扎，大声疾呼，希望能引来远处炮楼里的鬼子，吴老二用他脖子上的领带塞住了他的嘴。桥本不愧为军人出身，他的中国话很流利，厉声呵斥：“你们是哪一部分的？知道不知道我们是大日本帝国的军人？”吴老二也把他的领带卷起来塞进他的嘴里，然后冲着教室里说：“我们是高三团的人，是高炳旺司令派我们来的，想要人就去高三团找高炳旺司令。”吴老二这招借刀杀人之计太狠了，当天上午日本驻军的两个分队和警备队，在代理中队长樱井的指挥下袭击了高家庄，虽然没有屠村，但是抓了高三团的十几个亲属，包括高炳旺的瞎眼老娘，要求换回花花井和桥本一郎。高炳旺去哪里给他找人，带着队伍杀回火车站的据点，试图劫狱却被击溃。随后樱井命令将高三团的亲属全部枪决，并且调动兵力继续围剿高三团，高炳旺夺路而逃，收拢残兵败将转移到栖霞大山里休整队伍。那地方山高皇帝远，高三团好歹喘了一口粗气。

吴老二抓了两个鬼子老师，上交给四纵队司令部，因为花花井和桥本是不带枪的鬼子，只能减半奖励，官升一级，还在鲍营长手下做副营长，奖大洋十块，并命他执行花花井和桥本的死刑，亲自砍下脑袋，扔进鬼子据点。吴老二不敢再去火车站的鬼子据点，半夜里抡圆了胳膊，把两颗脑袋扔进了黄大牙的区公署。

第六章

17

王小驹离开学校后，两年来只学会了一个字——爹，那是李连升教他的。王大驹偶尔会写信回来，李连升定期到王家帮俞美云代写回信。李连升看到满墙上都是王小驹写的歪歪扭扭的“爹”字，“想爹了吗?”王小驹眼泪汪汪：“想了!”李连升安慰他：“你爹会回来的，他现在还没有找到回家的路。”王小驹有点疑惑：“怎么会没有路呢，出了门不都是路吗?”李连升就哄他：“岞山西面的潍河大桥炸断了，等以后把桥修好了，通了火车，你爹就回来了。”王小驹还是不解：“我爹是开飞机的，像鸟一样从天上飞过来就是，干嘛还用坐火车?”

李连升继续哄他：“那飞机是东家的，东家不允许，他不敢自己做主开回家。”王小驹生气了，用手狠狠地拍了一下炕沿，“这都是什么坏东家呀，为啥不允许我爹开回家，他不知道儿子想爹，娘想儿子吗?”李连升本来想笑，想想却突然哭了，眼泪吧嗒吧嗒落在衣襟上。两年前他爹跛脚李被火车站驻警务段的日军曹长长谷川一刀削掉了半边脑袋，把他娘吓出了疯病，去年下雪天，他娘半夜里光着身子跑出门，掉进围子沟的冰窟窿里冻死了。他家的门上已经三年没有贴红色的对联了，悲伤就像身上数不清的虱子，怎么也抓不完，愤怒就像呼啸的北风，猛吹在冰天雪天里逆行的人，只要一张口，风就灌满了肚子。

俞美云忍不住也骂王大驹：“这个忘了祖宗的鳖犊子，不知道天高地厚，以为自己能飞上天了，就把我们娘俩忘得一干二净，忘了我是怎么一把屎一把尿把你拉拔大的，忘了我是怎么省吃俭用供你上学的，忘了我是怎么把炕洞里的钱打扫出来给你结婚娶媳妇的。真是个瘪犊子啊，我怎么养了你这么个熊种，小时候看着乖巧听话，才几天啊，翅膀就硬了，兔子满山跑，脱不了回老窝，有本事你永远别回来！”俞美云隔空说话，同祥林嫂一样，絮絮叨叨，每天全是重复这几句，一会儿把王大驹说成鳖的后代，一会儿又说成熊的后代，反正每次打的手势一模一样，说完之后要撩起衣襟抹一下脸颊，最初还能抹掉几滴浊泪，后来形成了习惯，抹掉的全是老化的皮屑和虚无的空气。每当此时，王小驹都会满地打滚，哭喊着“我要爹爹，我要爹爹……”，俞美云没辙，巴掌在空中扬起来又无力地放下，人人都说隔辈亲，她也不例外。她曾经拧过儿子的屁股，打过儿子的耳光，可她对王小驹真下不去手，每次愤怒地扬起手来，就会想到丁氏临终前那无法形容的悲戚的神情。很多时候，她会觉得王老驹似乎就站在房间的某一处，冷冷地盯着她的一举一动。她看着王小驹的那条残臂，心里却盘点着王大驹当年忤逆她的点点滴滴，自言自语地说：“真是个任性的孩子，可气死我了！”孙福林的娘不明就里，从墙那边伸出头来安慰她，“树大自然直，孩子小，长大就好了。”“长大就好了吗？我咋没觉得，他都多大了，怎么没直？”孙福林的娘才意识到她在埋怨王大驹，遂不无自嘲地说：“娶了媳妇忘了娘，再把爹扛到墙头上，天下哪个儿子不一样。”俞美云于是不言语了，心想：“你儿子能跟我儿子比吗，孙福林是怕老婆的软蛋，经常帮着老婆打爹骂娘，老婆死了埋怨被爹娘气死的，恨不能让老两口陪葬。你们家三代全是挑大粪的觅汉，而我公公是教书先生，丈夫是大掌柜，儿子是上校军官，唉，只是没想到这一代，来宝竟然落了残疾，成了独臂。”俞美云深深地叹了一口气，任王小驹趴在地上撒泼耍赖，回屋里忙活去了。李婶带着小铃铛从田里回来，连忙把王小驹从地上抱起来，走到屋檐下，撩了一把洗衣盆里的雨水，“来宝，乖孩子，听话，不要叫唤了，脸都成了大花猫了，我给你洗洗，去跟小铃铛玩过家家去。”孙福林的娘听到李婶说话，又把蓬头散发的脑袋从墙头上露出来，眼睛直勾勾地盯着李婶撅起的屁股，恨恨地想：“白长了一个鸡屁股，天生就是生闺女的命。”前些日子她涎着脸皮说儿子孙福林想娶李婶做填房，请俞美云从中保媒，不料被李婶一口回绝，李婶说："我听村里人说，他们家的媳妇是被活活饿死的。我宁愿给王家当牛做马当下人，也不给孙家当祖宗。"她还给俞美云打气，"等大少爷开着飞机班师回朝，咱们王家不怕没有好日子过。到时候您成了诰命夫人，咱家不用种地了，我就给您做丫鬟，让小铃铛给来宝做媳妇。"这话跟戏词似的，谁听了也会破涕为笑，转怒为喜的，何况正说中了王寡妇的心事。

俞美云很希望能当上诰命夫人。五支队的征粮办法很快被四纵队借鉴，王家名下的土地越来越少，李婶的劳动量也越来越小，但是她却再也高兴不起来了。因为她们的主食从最初的天天白面馍馍到黑面馍馍，又到玉米窝窝头，最后到了地瓜面和野菜团，每天肚子里放出的响屁也是以串和公升来计算的。秦旅长来征粮的时候，听到李婶屁股下不停地放着响屁，就不愿再多看她的脸蛋了。俞美云对前方战事的发展也开始变得关注起来，当她家的生活条件降到最低点的时候，竟然也敢当着四纵队来征粮的人发牢骚了，"这样子什么时候是个头呀，我家的田地都给你们了，口粮从一天三顿变成了一天一顿，你们什么时候能把鬼子赶出去?"

征粮的人说："快了，快了，擎等着吧，好日子快来了。你没听说大鼻子参战了吗？鬼子兵不够用的了，咱这边据点里的鬼子调走了大半，现在都躲在炮楼里，不敢出来糟蹋人了。"

"大鼻子是什么人?"

"大鼻子就是美国人，他们有钱有武器，飞机大炮多得是。"

这是俞美云三年来听到的最好的消息，只要日本鬼子走了，她儿子凯旋回了家，不管当不当得上诰命夫人，被四纵队和五支队收去的田地就有希望讨回来。王大驹已经很久没有回信，李连升依旧定期晚上来王家代笔给王大驹写信。俞美云叮嘱他，要在信上告诉一下王大驹，鬼子快不行了，她和来宝都很好，不要挂念。在外面安心地打鬼子，打完鬼子快回家，帮她把被讹去的田地讨回来。

李连升不得不告诉他一个可怕的事实，"顺子兄弟所在的部队，是汪精卫的部队，同黄大牙差不多当一样的差。”

俞美云不太懂汪精卫是什么人，就像她弄不明白大鼻子美国人一样，但依然很惊讶，“汪精卫是什么政府，不是国民政府吗？”

李连升小声地耐心地解释，一边警惕地看着后窗，担心有人偷听，“汪精卫也是国民政府，但是他那个政府投靠了日本人，给日本人干活。”

俞美云大吃了一惊，泪流了起来，“给日本人干活，不就是汉奸嘛，哎呀我的老天爷啊，我说这个王八犊子从小不听话，福娃娘还说树大自然直，这都歪到哪里去了？”她擤了一把鼻涕，隔着门框啪地甩到院子里，又在门框上抹了一把，“怪不得呀，这几年黄大牙带着鬼子来樟树村征粮，家家户户都去，唯独不来我家，我还以为这黄大牙是惧怕我向福娃子告发他，原来他和我家顺子是一伙的。哎，也不对，顺子在南京，黄大牙在仁义乡，隔着十万八千里，怎么会是一伙的呢？”

李连升说：“虽然隔着几千里，但是他俩伺候同一个东家，还不是一伙的嘛。”这回俞美云彻底蔫了，坐在灶前傻愣愣地半天说不出话，然后忽地站起来说：“你要告诉顺子，让他赶紧回家，哪怕是饿死，也不要做一件缺德的事，如果不回来，我就……”她想说不认这个儿子了，但是没敢说出口。自从王小驹被炸伤到青岛医治后，娘俩就再也没有见过面，只是通过书信维系着南京和樟树村那根线，还有他们母子与父子三人的关系。现在书信也中断了差不多半年时间，她再发狠又有什么用呢。李连升赶紧安慰她：“我会写信告诉他您的意思，其实我一直跟他有书信来往，顺子兄弟初到航校的时候，也不太懂政治，后来汪精卫投靠了日本人，顺子也没有办法制止，身不由己啊。他就是一个飞行教官，只是教人开飞机，能做啥缺德事，这个您大可放心。将来时机成熟了，他或许还能成为民族英雄呢！”俞美云还是有些放心不下，她再也不想当什么诰命夫人，也不指望儿子当什么民族英雄了，只要不给祖宗和樟树村人丢脸，她就知足了。她并不晓得，受中共地下党组织的指示，从王大驹去青岛铁路学校上学开始，李连升就一直与他保持着秘密联系。她也不晓得，二人小声的谈话被里屋睡觉的李婶听了个清清楚楚。李婶的男人就是被鬼子飞机扔下的炸弹炸死的，她痛恨鬼子，更痛恨鬼子的飞机。每当想起她健壮的丈夫，在日本飞机的轰炸中血肉横飞的场景，她心里就像刀绞一样，控制不住自己的情绪，以至于夜夜难以入眠。虽然她是个知恩图报的人，但是偷听了李连升的话后，她对俞美云的印象，有了另一种难以言传的认知。她变得寡言少语起来，俞美云只想着一旦田地全部被收走，王大驹寄不回钱来，断了经济来源，该如何开口到娘家借粮，维持这个家庭的生计，所以并没有在意李婶的情绪变化。

就在王家就要断粮的时候，美国的飞机飞到日本的广岛和长崎扔下了两颗蛋。日本败局已定，四纵队却忙着要投靠日本人。已经荣升为团长的吴老二，想不出王司令的脑子里装的是大粪还是洗脚水，“峠山火车站据点里的鬼子兵还剩下两个，躲在炮楼里连大气都不敢出。我还纳闷呢，王司令为啥不允许我带领兄弟们去端了炮楼，原来他留着这一手呢。”参加完四纵队团级以上高级干部会议，扛回了“反共新中国成立第一军”第三团的团旗后，吴老二对着吴老大和阿宝等心腹大发牢骚。阿宝说：“如果投靠日本人做汉奸，我打死也不跟你干的，我宁愿回快活林当土匪。”吴老大也反对，“鬼子都死光了，当汉奸有啥好处，难道会给咱们每人分一个日本娘们做媳妇?”吴老二看了看吴老大额头上的皱纹，鬓角的白发，心里纠结：“从前当土匪的时候，被黄大牙追着打，没人敢给土匪做老婆；后来参加了四纵队，驻地附近有姿色的娘们全被四纵队和五支队的上司占了。如今吴家兄弟俩也是四十多岁的人了，竟然连个老婆都没娶上，真不如高三团的高炳旺，手下的土匪头目，哪个不占着三五个老婆。虽然高三团后来被八路军打散了，高炳旺最后又被日本人打死了，至少不是个饿死鬼。自己顶着名号是什么团长，其实手下不过百十杆枪。四纵队从前吹嘘的两万人，打来打去，连跑带死的，还剩下不过两千人，还自称什么‘反共建国第一军’，唬鬼呢?听说躲在潍河西面打游击的八路军武工队现在也发展到了千人的队伍，四纵队还拿什么反共新中国成立?还不如带着人马再去快活林当土匪，或者去投靠移防站西的五支队。反正八路军武工队是不能去的，他们活得还不如土匪，东躲西藏，吃得太差。”吴老大说：“我们四纵队和五支队摩擦了这么多年，杀过他们不少人，去投奔人家能收留咱们吗?”阿宝坚决地说：“除了当汉奸，其他的干啥都听你的。

我可以托中间人联系一下，千万别贸然去了，弄个肉包子打狗有去无回。”阿宝果然不辱使命，托人去了五支队联系。五支队司令曹克明闻听大喜，热烈欢迎吴老二率队投诚。但四纵队和五支队都隶属于鲁苏战区，都是国军队伍，得找个好的由头才行，否则上面怪罪下来，也不好交代。吴老二说：“要由头太好办了，就说王尚志要带领四纵队投靠日本人。”说干就干，吴老二带着他的队伍星夜出发，夹着“反共新中国成立第一军”第三团的团旗，往北绕了一个圈，跟随前来接应的人，一下跑进了五支队的防区。等到哨兵发现，阻拦已经来不及了，王尚志接到报告后，拍着桌子大骂：“土匪就是土匪，永远都是心猿意马，身在曹营心在汉，一群靠不住的人。”他要上报鲁苏战区，让五支队交出吴老二来，就地正法，以正军威。曹克明拿“反共新中国成立第一军”第三团的军旗做把柄，告他准备投敌叛国。官司还没正式开打，日本人突然宣布无条件投降。王尚志赶紧命令人把军旗烧了，也顾不得追究吴老二，白白吃了个哑巴亏。他严令手下，只要碰着吴老二，就地正法，提头来报，可奖励二百大洋。

1945 年 8 月 20 日，日本天皇宣布无条件投降后的第五天，王大驹与他的空军战友在扬州起义，驾驶着汪精卫伪政府的“新中国成立”号专机飞向延安。

18

日本投降是件举国欢庆的大好事，仁义乡的老老少少都涌上了街头，庆祝抗战胜利，躲藏在地下的人们仿佛一下子浮出了地面，从阴暗处走到了阳光下。除了伪第十九公署的黄大牙、岈山伪商会的会长，以及死心塌地忠于天皇的五个伪保长，和火车站据点里的两个日本鬼子九个人惊慌失措之外，还有俞美云。她本来已经梳洗打扮好了，换上了三年没穿的新衣，要去街上加入到庆祝的人群中，可是李婶突然走到她面前说：“王太太，真对不起，我要跟您告别了。”俞美云惊得张大了嘴巴，“为什么啊，过的好好的，你要去哪儿?”李婶揪着自己的衣襟，不敢抬头看她，“日本鬼子终于投降了，我要回老家过安稳日子去了。”

“为啥这么着急，你不是说老家没人了吗？带着小铃铛回老家怎么过日子呢？”俞美云心惊肉跳，她记得李婶承诺要把小铃铛嫁给王小驹做媳妇的。她孙子王小驹成了残疾人，没有了钱，要想找个好媳妇太难了，“我还想着，日本鬼子走了，咱们赶紧把来宝和小铃铛的婚事办了，你成了亲家，在此落户安家，再也不要回山南了。”李婶脸上有些尴尬，但还是鼓足了勇气说：“您的恩情我不会忘了，来世还会当牛做马报答您，只是小铃铛是绝不可能嫁给来宝的。”俞美云猜不透最近李婶脸上的表情为何变得越来越冷漠，“为啥啊，咱们不是说得好好的吗？”李婶就像要挣断身上的绳索一样，决绝地说：“我知道大少爷是在汉奸的队伍里，我男人就是被鬼子飞机扔下的炸弹炸死的，我跟鬼子有不共戴天之仇。现在鬼子投降了，汉奸能有好日子过吗？我晓得老太太您是好人，大少爷也不是坏人，但我绝不能把小铃铛再推到火坑里去的。您就饶了俺娘俩，让俺再逃个活路吧。”俞美云终于明白了，敢情她和李连升的谈话都被李婶偷听去了，那还怎么挽留。俞美云不再多说一句话，去瓮里把留作过年包水饺的白面挖出两瓢，用大锅烙了六张大饼，给李婶和小铃铛路上吃。李婶自顾收拾了行李，像当年逃难一样，一刻也不肯多耽搁，急于回山南老家。小铃铛拽着俞美云的衣襟不肯走，李婶往她背上恶狠狠地打了一巴掌，方才哭着松了手。俞美云追出门，把盛大饼的包袱递给李婶，李婶不好意思要，俞美云生气地说：“从山东到山南，不知道得走多少天，你自己不保重，总不能饿着孩子吧。”李婶方才接过来搭在肩上，一步一回头，牵着小铃铛的手出了樟树村。在村东的官道上，她跪下来，冲着老樟树的方向，磕了三个头，说：“老太太，我对不住您，是我忘恩负义，失信于人，死了该下十八层地狱、拔舌头、下油锅，为了小铃铛将来能过上好日子，我都认了，咱们来生再见吧。”李婶并不知道，鬼子投降了，不是全国解放了。她带着小铃铛顺着大路，穿村过店，走了五日，刚翻过安丘西南边的太平山，进入沂蒙地界，在去路边小解的时候，踩上了一颗鲁苏战区遗留在地下原本准备伏击鬼子的地雷。李婶在弥留之际，先是看到了从自己肚子里流出来的肠子，又看到了不远处吓得哇哇乱叫的小铃铛，背后的太平山轰然倒了，正午的太阳坠落到脚下……她甚至还来不及后悔就咽了气。

日本鬼子投降以后，街上热闹了很久，踩高跷、扭秧歌的队伍一拨连着一拨，锣鼓声不分昼夜地响着。王小驹像丢掉了一只翅膀的鸟儿，一会儿摇摇晃晃从外面跑进来，一会儿又扑扑楞楞跑出门去，一只手不停地擦着汗水，大声喊俞美云，“嬷嬷，那个骑驴的丑婆婆太好玩了，把踩高跷的丑爷爷撞倒了。你带我去火车站看杂耍吧，他们说火车站有演杂耍的。”俞美云不敢答应。她现在闭门不出，像流落到匪巢里的老尼，每日心慌得不行。李婶决绝的话像一把钝刀子，刚好剜去了她伤口上的疮痂，让她感觉到了血淋淋的现实。如果李连升的话是真的，那么她儿子的处境显然十分不妙。她听说十里堡的田翻译家的大门被人砸破了，祖坟被人刨了，田翻译藏进火车的旮旯里往青岛逃跑，被人逮住，五花大绑，满仁义乡游街，愤怒的爱国者剥光了他的衣服，给他身上涂满了大粪，苍蝇成群结队地从四面八方飞来，往他的嘴巴里下蛆虫……天哪，那是一个什么惨样子，俞美云想想都害怕，这比被黄大牙抓到乡公所的审讯室恐怖了无数倍。她心惊胆战地熬过了半个月，一天晚上李连升突然来敲门，领着两个庄稼汉打扮的人，说是共产党驻昌南的地下组织派来的。他们带来了王大驹的一封信，是俞美云和王小驹熟悉的笔迹，信中说，他已于日本天皇宣布投降后的第五日和战友一起起义投奔了延安，以后俞美云和王小驹的生活与安全问题将由组织帮助解决。来人说，作为革命英雄王大驹的家属，昌南中共地下党组织将根据南海政治部的指示，即日起给予安置，并实施保护。他们拿出了一张由南海政治部盖章的军属证明和两块大洋交给俞美云，证明国民党汪伪政府上校飞行教官王大驹确实已经改弦易辙，加入了一个十分光荣的组织。这个组织俞美云曾经听秦旅长说起过，那是一群“红眼绿指甲，一口逮七个”的怪物，是一群讲究“共产共妻，没有伦常”的野蛮人。俞美云总算弄明白了，王大驹投奔的队伍，竟然是为富绅名流，甚至土匪所不齿的“红毛鬼”，“天哪，我这是做了什么孽啊?”俞美云彻底崩溃了，这些日子，她曾经无数次幻想着祖宗保佑王大驹，能在关键时刻逃离凶险之地，只是没想到，他竟然才逃离了狼窝，马上又跳进了老虎洞。李连升问她为啥哭，她擦了一把眼泪，说人家都说共产党是“红眼绿指甲，共产共妻”的野人。来的两个人都笑了。李连升说：“大娘别害怕，我也是共产党的人，你看我是什么样子，是不是红眼绿指甲。共产党是穷人的组织，爱护的是被压迫的无产阶级，领导的是为贫苦人打天下的队伍。”俞美云瞧了瞧来的两个地下组织的人，一副土里土气的庄稼汉模样，又看了看李连升的脸，还是半信半疑，但是桌上两块大洋确凿无疑是真货，算是比较可靠的物证。

俞美云还是不放心，想起了高家庄的舅母马大善人。当年俞大马车的丈人从人贩子手里买的童养媳，据说是鲁西南大财主家的闺女，七八岁时不幸被人贩子拐卖到高家庄，被俞大马车的岳父用十块大洋买下。她是位老善人，做媒人，看神病，无所不能。她生了四个儿子、三个女儿，三个女儿都已出嫁，四个儿子三个光棍，其中二儿子高增禄以前在火车站警务段做事。日军曹长长谷川调往高密以后，专门给驻火车站警务段的日本鬼子头前挑灯笼，常年在火车道上来回巡逻，也是给鬼子做事的人，俞美云很想知道他目前的处境。

位于岞山火车站旁边的高家庄，就是大土匪高老七的家乡，也是高三团的安身立命之地，村里的男人大多热爱土匪这个职业。他们扒鬼子的火车，绑富家的肉票，擅长在马背上打枪，信奉在刀头上舔血，热衷于啸聚山林，向往来去自由的无政府主义，以暴力为尊。高三团不仅抗日，他们也反共。他们要的是钱、女人和地盘，只要挡了他们的路，不管是谁，佛挡杀佛，神挡杀神。高三团被岞山火车站的鬼子驻军打败后，逃往胶东，修整好了卷土重来，半路上去偷袭八路军驻地，又被击溃，在后来与日本鬼子的一场战斗中，司令高炳旺被打死，余部溃散逃回了家乡。高家庄的女人尊崇绿林好汉，把土匪的营生当成力量的象征，像高增禄那样没有骨气去给鬼子挑灯笼的男人，就像垃圾堆里讨生活的乞丐，是她们所不齿的，所以他三十多岁了，依然没有女人肯给他做老婆。目前他正处在家庭的风暴眼上，不是因为曾经给鬼子做过事，而是因为被发现参加了共产党的武工队。马大善人哭着说：“这个惹事的祸害，不能留着了，再留着怕是能给咱家惹来更大的祸事。”大儿子高增福也恨得牙痒痒，“你说他给日本鬼子做事丢人现眼也就罢了，反正日本鬼子投降了，没想到居然又跟八路军武工队混到一起，那都是些什么人呀，红眼绿指甲，共产共妻，不讲伦常，如果让村里的土匪们知道，那可了不得，非端了咱家不可。”三儿子高增寿比高增禄小一岁，二哥娶不到媳妇，他就得干耗着，心里有不满情绪还不能直说，“土匪若是知道他是武工队的人，明摆着暗中会对咱家不利，如果国民政府知道了他是武工队的人，会大白天来要了咱全家的性命。”四儿子高增喜比高增禄小两岁，三哥娶不到媳妇，他就得继续等，其实二哥的不着调已经拖累了他，让他对美好生活的向往变得遥遥无期，他对马大善人壮士断腕的慷慨决定用沉默来表示认同。现在全家已经表决完毕，要对高增禄采取手段：用一包耗子药解决他的性命。马大善人去面缸里挖了一瓢细面，专门给高增禄包了一碗饺子，饺子是豆腐馅的，里面掺上了足量的老鼠药，可以毒死一头牛。

俞美云领着王小驹来的时候，马大善人已经煮好了水饺，放在锅台上的碗里晾着，只等高增福把高增禄喊回家来吃掉，便不费吹灰之力结果了他的性命。王小驹一进门就盯上了这碗水饺，指着水饺对俞美云喊了一声“嬷嬷……”，忍不住咽了一口唾沫。俞美云暗暗地拽了一下他的手，还是没能收回他垂涎的目光。马大善人装作没看见一样，抓住俞美云的手往里屋拖，她的手明显在颤抖，眼睛里噙着泪花，这份热情很有感染力，俞美云的眼睛也湿润了。马大善人把俞美云拉到里屋的炕上坐定，眼睛却游移不定，老瞅窗外的大门。王小驹进了里屋，脑子里却老惦记着外面那碗水饺，而他每一次企图往外走的时候，都被马大善人及时地识破，并且挡在前面。俞美云对舅母的表现很不满，心里暗暗地想：“都说她是大善人，有名无实罢了，我们家也不是吃不起饺子，想当初我们家兴旺的时候，也不是没有接济过她家，如今不过区区一碗饺子，何必如此小气，来宝即使想去外面，也未必是去偷饺子吃，还挡着他的路，实在是让人寒心。”马大善人心神不定，答非所问，俞美云越想越气，起身告辞要回家。马大善人看她满脸嗔怒，猜准了她的想法，再三挽留拦不住，嗷的一声哭了，一下子把俞美云愣在当地。俞美云说：“妗子您这是干嘛，我来又不是借钱借物的，何必纠结?”马大善人撩起衣襟擦了一把眼泪，“闺女你真是误会我了，咱两家又不是一天的亲戚，不要说借钱借物，就是借命，妗子我也会给你。”俞美云茫然不知所云，“那好端端的，你这是哭的哪一出呀?”马大善人气急败坏地走到灶前，端起那碗饺子嗖地扔出门外，一边骂着：“都是你那该死的二表哥呀，让我们全家不省心，逼我亲手要他的命啊，呜呜……”饺子像天女散花一般落在院子里，那条蹲在门口饿得头晕目眩的黑狗像箭一样射过来，狼吞虎咽，转瞬将饺子吃得干干净净，还没尽兴，又用舌头在泥地上舔来舔去，只一会儿便口吐黑血，在阵阵哀鸣声中挣扎着死去。这突然的变化让俞美云不知所措，目瞪口呆，背后冷汗直冒。背后直冒冷汗的不止俞美云，还有刚刚跨进家门的高增禄，当他看到倒毙在院子里的黑狗，才知道这一天差点成为他的忌日。他再也不敢留在家里，果断出门找他的队伍去了。他在火车站为日本鬼子挑灯巡逻的时候，就冒着杀头的危险，为中共地下组织提供抗日情报，成为久经考验的共产主义战士了，现在也不过是归队而已。第二年光荣地加入了中国共产党，成为高家庄历史上的第一位共产党员。

马大善人对待二儿子的绝情态度让俞美云惊恐不已，“虎毒不食子啊，她怎么能干出这样歹毒的事情，即便八路军武工队是红眼绿指甲的妖怪，好歹也是她生出来的亲骨肉呀。”俞美云不敢再向马大善人透露王大驹的半点事情，因为李连升再三叮嘱过，千万不要向任何人泄露自己是八路军军属的身份，否则会有灭顶之灾。她领着王小驹连一口水也没敢喝，便返回了樟树村，从此深居简出，就像藏身于地洞口的老鼠，耳朵却像蝙蝠的雷达一样警惕地刺探着周围的电波。初冬的一天夜里，李连升领着两个中共昌南县政府的工作人员敲开了她的家门，他们受昌南县县长胜德军的委派，带着南海政治部的信，要将俞美云和王小驹转移到安全地带。他们将俞美云和王小驹接到才成立不久的中共昌南县政府，胜德军县长热情地接待了祖孙二人，并将他们安置在县政府暂住。不久，县政府转移，又把他们安置在一个独居老汉的家里。果然，刚进腊月，国民党整编第八军收编了四纵队，将其改编为国民党第八军独立三团，占领了峄山火车站，并将国民党昌南县政府设在黄大牙的原伪十九区县公署里，黄大牙摇身一变，又以爱国投诚的身份，向第八军军长李弥捐出大洋五千，成为国民党昌南县政府副县长兼保安团长。翌年春天，国民党整编第八军根据防守济南等大城市的军事战略开往潍县县城。潍河东岸至丈岭一带，全部成为五支队的防区。仁义乡的老百姓人心惶惶，高家庄的马大善人一家闻风丧胆，悉数躲藏到亲戚家去了。其实根本没人知道她二儿子高增禄是敌后武工队的人。

19

那些年仁义乡的政权就像走马灯一样换来换去，五支队刚刚统治了三个月，八路军胶东五师十四团自东而来，夜间突袭，还在梦中的五支队被一举击溃，司令曹克明化装成一个拾粪的老头，只身背着粪筐钻入庄稼地，昼伏夜行逃到青岛隐居起来，后在青岛解放前夕去了台湾。吴老二领着吴老大和阿宝等土匪落荒而逃，再回于家大冢藏了起来。国民党昌南县政府闻风而逃，黄大牙带着后娶的三房姨太太不知所踪。尽管他没有了生育能力，但三房姨太太却分别为他生了一个孩子，再没人敢笑他软蛋，让他挣足了男人的面子，只是事实如何只有他自己心知肚明。

这是昌南县第一次解放，共产党人的家属扬眉吐气，八路军更名为中国人民解放军。县长胜德军告诉俞美云，昌南县解放了，仁义乡解放了，樟树村解放了，劳动人民终于翻身了，你可以带着孙子回家安心过好日子了。俞美云尽管半信半疑，但是看到街上穿着破衣烂衫的穷人奔走相告喜形于色的场面，还是高兴地回到了樟树村。回家当日，李连升便送来王大驹的一封信，这是王大驹起义后写的第四封信。信中的大意是共产党成立了东北民主联军航空学校，他受命去了东北，被委以重任，为即将成立的新中国培养新生力量。而且信中还嘱咐，他所去的地址高度保密，不用回信。俞美云很懊悔当初对王大驹的误解，感慨不已，“我儿是个聪明的孩子，选择了一条正确的道路。”她还牵挂着秦氏所生的两个孙女儿，想问几句家长里短的话，但王大驹没有留下地址，而且说不用回信，她也只能遵从。李连升虽然能够代写书信，却没有办法找到投寄地址。

俞美云乐昏了头，也不用县政府派人护送，一路风光无限地回了樟树村。

十里行程，一双小脚颠着，磨出了三个血泡也没觉得疼。她感觉到仁义乡的天也蓝了，路也宽了，每遇到一个樟树村的人，她就像凯旋而归的女英雄一样，昂首挺胸，眉开眼笑，恨不能向全世界宣告自己是解放军的军属。没有人能够耐心地坐下来，问她为啥这么高兴，如果有人能够看得起这个满头华发的中年寡妇和她独臂的孙子，到她家里稍稍坐坐，她一定会把心中那令她躁动不安的秘密托盘而出。有一次站在大门外，她差点脱口而出，跟孙福林娘说说自己高兴的原因，可是小棒槌要和王小驹玩过家家，孙福林娘赶紧拽着小棒槌走了。两个月后，她就为自己没有找到机会说出秘密而庆幸不已，甚至禁不住倒吸了一口凉气。国民党交通警察第十五总队进驻昌南县，解放军又向胶东做战略转移。李连升领着中共昌南县政府的两名干部，又要把俞美云和王小驹转移到别处。俞美云有点信不过了，“你们总是嚷嚷着穷苦人翻身了，可以过安生日子了，可是这大气还没喘上几口，又要让俺娘俩跑路，还能跑哪里去呀?”她想起了昌北的表姐家，昌北还是国统区，表姐的女婿姓邹，是国民党昌北县政府的办公室主任，去他家躲着显然最安全不过了。李连升和两个干部被啐了一顿，羞得面红耳赤，却又无可奈何。既然俞美云愿意去担任国民党官员的亲属家里躲着，也是好事，还可以从侧面做做统战工作。他们向胜德军县长汇报了情况，被批准了。

俞美云和表姐是从小玩到大的亲戚，当年王老驹做木炭生意时，几乎接济了所有的亲戚，真是来而不往非礼也，国民党昌北县政府办公室邹主任根据丈母娘的指示，对俞美云和王小驹严加保护，尤其是听说王大驹投了共产党，被委以重任后，更是将这对祖孙待若上宾。那个时候，国军内部人心惶惶，谁不想找个后路。更何况有谁闲得没事，去关注像俞美云这样一个满脸皱纹的小脚寡妇，和一个独臂的孩子。

第二年春天，刚出了正月，中共昌南县政府派人来送消息，说解放军胶东军区六师和警备三旅，在岞山火车站将国民党交通警察第十五总队包了饺子，活捉了总队长及手下两千余人，仁义乡第二次解放。俞美云离开表姐家时千恩万谢，拍着胸脯说，只要将来王大驹出息了，定不会忘了表姐全家的大恩大德。有了前车之鉴，这次她变得很低调，对喧天的锣鼓声置若罔闻，回到樟树村后仍然深居简出，生怕国民党的队伍再次开进来。李连升又带了王大驹的信来，有些疑惑地笑着说："顺子兄弟的字迹如何变得像个女人，看来是没有时间写，请内人代笔的，你看信封上的邮戳还是常州的。"俞美云问："他的部队地址保密，让媳妇写信也在情理之中，信上都说了什么？"李连升便一字一句地念给她听，信上没有提部队的事情，只是叮嘱好好吃饭，注意保重身体之类的话，内容很短。过了一月，又来一封，字迹与内容与前一封大致相同，就像复写纸印的一样，邮戳仍然显示从常州寄出，只是落款的日期有了变动。

形势的发展果然如俞美云担心的那样，变幻莫测，好景不长。半年后，国民党第五十四师突然攻占峠山火车站，解放军胶东军区第六师和警备三旅被迫往胶东战略转移。俞美云得到转移消息的时候，国军已全面封锁整个昌南县的交通要道，她上天无路，入地无门。这时候，黄大牙像从地下冒出来一样，带领还乡团杀了回来，翻身农民再一次成为黄大牙报复的对象。还乡团挨家挨户搜捕翻身委员和妇救会长，仁义乡的天空再一次飘起了腥风血雨。火车站的站台成了还乡团设立的法场，每天都有翻身农民和革命者被抓来游街示众，最后砍掉脑袋。血浆子混着雨水顺着站台下的地沟流出来，一直流到墙围子外面丈余宽的壕沟里。苍蝇和蚊子，如蜜蜂一样成群结队地从四面八方赶来，在围子沟里安家落户，吸食着还乡团的恐怖果实，然后繁衍后代。黄大牙说："昌南县的好人坏人各占三分之一，不好不坏的占三分之一，好人我都认得，坏人都要杀掉。"他的狗腿子问："那得杀掉多少？"黄大牙说："昌南县共有一万多人，坏人占了三千三，按照每天砍十颗脑袋，每月砍三百颗脑袋，总得砍上一年才行。"于是不甘心做"坏"人的有钱人便倾家荡产向黄大牙买命，以求做个"好"人。不出十天，黄大牙就收拢了大洋三千、粮食三千担、年青女人十个。对于革命干部和妇救会长他是毫不手软的，抓到一个杀一个，既报了私仇，又可以敲山震虎。共产党的家属不好确认，他就把全村人都赶到村头宽阔的麦场里，让村民们互相指认，并且吓唬他们，共产党的家属就藏在其中，如果找不出来就宁可错杀一千，也不放过一个。只要指认出一个，不论真假，一律就地处决，杀一儆百。

燕家村保长胡斜眼当年与黄大牙关系十分密切，他曾请黄大牙到家中吃过几顿酒。解放军打过来那日，该村的翻身农民广泰第一个跳起来跟他叫嚣，说在村南的桑田地界被他超占了两亩地，请解放军主持公道。水落石出之际，国民党第五十四师突袭昌南县，解放军被迫战略转移，这事遂不了了之。此次听说黄大牙率领还乡团杀回来，胡斜眼大喜过望，急忙来举报广泰是敌后武工队的人。黄大牙正愁抡着利刃没处下手，闻讯赶往燕家村，将广泰吊到树上严刑拷打。广泰宁死不屈，被打得遍体鳞伤，死去活来，黄大牙准备将他活埋，胡斜眼竟然拔出腰中的王八匣子，将枪口插进广泰的嘴巴开了一枪。胡斜眼没想到这一枪只是打穿了咽喉，广泰在黑夜里醒来，并死里逃生，半年没敢回家。他更没想到，广泰的儿子有福躲在人群中目睹了这一切，并且咬破了食指发誓要替父报仇。

广泰被枪决的第二日，有福即找到盘马埠的武工队驻地，强烈要求参军。武工队的江队长问："你为啥要参军?"他义愤填膺地说："我要报仇！黄大牙杀了我爹，我要报杀父之仇"江队长同意了他的请求。

黄大牙带领还乡团包围樟树村那天是中秋节。刚吃过早饭，俞美云和王小驹就被还乡团的人赶到了村头的老樟树下。

黄大牙用一个女人和一百块大洋，换来了一身佩戴国军上校标志的军装，但他的脑袋上尖下圆，脸型前凸后凹，大号的军帽戴在头上，看起来更像一个日本鬼子。老天会给恶人一副天生的憎恶面相，当作记号，好让善良的人有所警惕，敬而远之。但遗憾的是，很多善良的人却无论如何都逃不出少数恶人的手掌。黄大牙用一只独眼就能从攒动的人群中，瞄出俞美云来。他笑了一声，并不急于抓住眼前束手待毙的猎物，而是继续玩他设计的游戏，他喜欢看猎物们自相撕咬，这能让他复仇的心得到更大的满足。

像往常一样，他命令手下选择一处高地架起机枪，封锁住村子的所有出口，把村民从家里赶出来，然后集中到一处，这样的手法和日本鬼子无异，但手段更残忍，更刺激，"你们这些人里面藏了几个共产分子和军属，你们不说我也知道，就是验证一下，你们到底谁是好人，谁是坏人。指出共产分子和军属的，到东边等着领赏，被指出的共产分子和军属押到西边，等着我们送你上西天。如果指不出一个人来，统统杀掉，一个不剩，权当为共产分子陪葬。”人性的善在生死关头大多轻于鸿毛，而无论多么善良的人，处在生死抉择的时刻，隐藏在他人性中的那一丁点的恶，也会被挤压出来，无限变大。村西的栾小五和村东的佘老七，曾经为了一点鸡毛蒜皮的小事动过手，栾小五吃了亏，被打坏了眼睛，心里记了死仇，他第一个站出来指证佘老七是共产党武工队。佘老七也想反咬一口，但是为时已晚，他被叉住脖子，押到了老樟树的西边，等着黄大牙送他上西天。而栾小五则终于出了一口恶气，站到了老樟树的东边，等着黄大牙的奖赏。这样的处理结果让所有人肝胆俱裂，并且暂时搁下人间道义，为了保命仓皇四顾，急于寻找可以出卖的对象。大卵子的母亲韩寡妇想到与扁头的父亲李大肚子有矛盾，她先前吃了亏，这回正好逮着报仇的机会，立即指证李大肚子是共产党武工队的人，于是李大肚子也被扭住胳膊，押到老樟树西边去了。扁头一看韩寡妇害他爹，立即冲上去抓住了大卵子的要害，两个人扭打到一起。韩寡妇顾不得往大樟树东边走，看着大卵子痛苦的表情，好像抓住了她的要害一样，扎煞着两手惊叫起来。黄大牙乐得哈哈大笑，跳着脚高喊：“使劲打，使劲打，我看看到底谁厉害，到底谁厉害！”直到大卵子痛昏过去，扁头才松开手，被拖到大樟树西边去。村北的李家媳妇曾经怀疑村南的王家媳妇偷了她家的汉子，前街的王老太太曾经怀疑后街的孙老太太掐过她家的菜叶，总之十几个人站到了大樟树东边，成为“好人”，十几个人被押到了大樟树的西边，准备上西天。孙福林的娘指证俞美云，是因为当初她请俞美云做媒，让李婶嫁给她儿子孙福林，可是被李婶一口回绝了，她怀疑是俞美云从中作梗，坏了她家的好事，没有给她家美言几句。尤其是她时常听到深更半夜，有男人鬼鬼祟祟地敲俞美云家的门，嘀嘀咕咕，压低了声音说话，她伸长了耳朵也听不清楚，心里更气得不行。她指证俞美云是共产党家属，纯粹是臆想，连黄大牙也晓得，王大驹曾是国民党汪伪政府的上校飞行教官。可是日本鬼子已经投降了，汪伪政府也倒台了，王大驹没有回家来，给他扣顶共产党的帽子又有什么不可？况且他黄大牙吃了俞美云两次亏，有仇不报非君子。他立即示意手下，把寡妇俞美云和独臂王小驹押到大樟树西边去，心里顿时解气得很，恨不能立即实行枪决。

指证“坏人”的游戏正在紧张地进行中，东方一公里处突然枪声大作，解放军的冲锋号嘟嘟地响起来，一个手下飞奔前来报信，说解放军又从东边反攻过来了，要黄大牙火速带领手下往潍河西岸撤退。黄大牙顾不得押到老樟树西边的那群人，他听到头上有几只鸟儿发出惊叫，仿佛耳边有无数子弹飞过，蹿上马头也不回地往潍河边上鼠窜。站在老樟树东边等着领赏的人和站在老樟树西边等着上西天的人，不知何故，愣怔了好一阵子，直到解放军威武高大的身影出现在视野里的时候，才明白了怎么一回事儿，于是老樟树西边的人向老樟树东边的人发起了攻击，手抓牙咬，打成一团，其惨烈程度可称之为樟树村史上之最。

中秋时节，淫雨霏霏，让潍河水位暴涨，潍河上临时搭建的木桥被湍急的水流浸透，踩上去光滑如镜，一不小心就会滑到河里去。五十四师抓了附近各村的许多村民做挡箭牌，押着他们一起西渡潍河。解放军追过来的时候，黄大牙的还乡团乱作一团，溃不成军。隔着一里路，解放军只看到两岸漫山遍野密密麻麻的溃兵，哪里看得清夹杂在中间的村民。枪声大作，子弹如雨，军号激扬，响彻云霄，中弹者与落水者不计其数。黄大牙被流弹击中，坠入潍河，尸体被激流冲进了汪洋大海，喂了鱼虾。有福跑在武工队队伍的前面，配合解放军向溃败的还乡团发起总攻。他身先士卒，不怕牺牲，左右开枪，左手扬起的时候，突然感觉手腕被蜂子蛰了一下，直到战斗结束，才发现左手腕被子弹穿了一个洞。

那是一九四七年的中秋节，峠山火车站终于回到了人民的怀抱，昌南县彻底解放，仁义乡彻底解放，樟树村彻底解放。

三个党员可以成立一个党支部，只要其中两个党员同意，即可以判处一个敌人的死刑，这也是有福当初加入武工队的主要考量。他就是要判处胡斜眼的死刑，替父报仇。峠山战役结束后，他荣立二等功，火线入党，并被任命为昌南武工队五分队的分队长。他入党的第二天傍晚，即叫了拥有党员身份的副队长去找胡斜眼。那时胡斜眼两口子正在吃晚饭，副队长喊了半天，门才打开。有福一个箭步冲进屋里，只有胡斜眼的老婆坐在饭桌前。“胡斜眼呢?”有福厉声问，“出门了，没回来!”胡斜眼的老婆看到黑洞洞的枪口，吓成了一滩泥。有福看到里屋的炕上铺着被，里面仿佛藏着一个人，“不许动!”他用枪顶住，然后把被翻开，里面却是裹成人状的一层被。这怎么可能，明明饭桌上摆着两副碗筷，胡斜眼能逃到哪里去呢？可是他搜遍了犄角旮旯也没发现胡斜眼的踪影，准备返回。走到门楼底下时，他突然听到头顶上方有动静，那是藏匿在此的胡斜眼胆战心惊，哆哆嗦嗦，一不小心露出了马脚。有福头也不抬，只将枪口对准上方，连开三枪，砰砰砰，胡斜眼像一头死狗掉了下来。

俞美云和王小驹从还乡团的手里死里逃生，踉跄着回家对着祖宗的牌位念了一千声阿弥陀佛，又对着观音菩萨的画像说了一万句感谢共产党和解放军的话。至此，昌南县农民开始土改，穷苦人翻身做主人，真正过上了安生日子。

第七章

20

王大驹的书信在1947年秋季戛然而止，最后收到的两封书信笔迹显然并非本人，而且来自常州秦氏的家庭住址，其中的许多疑点颇耐人寻味。李连升公开了共产党员的身份，领导着仁义乡翻身农民搞土改、分田地、打土豪、斗恶霸、巩固革命新政权，忙得不可开交。李连升来樟树村的次数越来越少，即使偶尔来一次，也总是给俞美云带来刹那的惊喜与长久的失望，因为他没有带回王大驹的书信，只是礼节性地走访，嘘寒问暖，说几句安慰的话，“顺子哥是革命英雄，他立完功会回来的，一定会回来的……”王小驹写到墙上的“爹”字层层叠叠，最底层的已经开始褪色，李连升看着不忍，摸了一下王小驹的小脑袋，“来宝乖，听嬷嬷的话，你爹会回来的，一定会回来的……”“顺子会回来的。”俞美云看着李连升远去的背影喃喃自语，现在她最爱听的一个词语就是“回来”。有一天夜里，她梦见王大驹身穿解放军军装，胸戴大红花，腰佩小手枪，骑着高头大马，威风凛凛地经过老樟树下，受到了村里男女老少的夹道欢迎。她看到王大驹挤过欢迎的人群，一步跨进家门，大喊了一声“娘，我回来了”，俞美云赶紧走到炕下，伸手握住儿子的手，泪如雨下，刚要开口，却猛然间看到王大驹的脸突然变成了王老驹的脸，一下子从梦中惊醒，竟然发现自己真的站在炕下，窗外漆黑一片，顿时吃惊非小，后背冒出了许多冷汗。王小驹经常梦到一架飞机从空中飞来，像一只老鹰似的从老樟树上落下来，他看到王大驹骑在飞机的翅膀上向他招手，急忙向飞机跑去，眼看就要跑到老樟树下，却突然被什么东西绊倒了，再抬头时看到飞机腾空而起，急速向树梢飞去，他急忙喊“爹”，飞机却像小鸟一样越飞越远，直到在天边消失。他哭了，哭得很伤心，满地打滚，撕心裂肺地哭着喊爹，醒来时却看到俞美云正在端详他的脸，替他擦拭眼角的泪水。

王小驹又要去上学了，这次是共产党领导下的民主政府设立的昌南县完小。作为革命军人家属，拥有南海政治部的介绍信和和革命军属证，王小驹享受了优先入学的待遇，所有花销都由昌南县政府负责。不仅如此，他和俞美云会按时收到昌南县政府给予的军属优抚生活补贴。村里再没有一个孩子敢嘲笑他的独臂，反而会露出特别羡慕的神情，因为他家的生活条件明显比普通人优越。学校里的同学听说他是军属的孩子，膜拜得五体投地，仿佛他就是炸鬼子碉堡失去了一条胳膊的抗日英雄。遇到下雨天，甚至会有部分同学组织起来，争先恐后到樟树村村头等他，搀扶他过水沟，进教室。王小驹很留恋那些时光，很不情愿年龄快速增长。但是神仙也阻止不了自然规律的运行，他在顺利地完成五年小学、三年初中的学业后，在二十岁时被保送到昌南一中上学，享受每月七块钱的助学金。

孙福林的娘很后悔那次指证，后悔了很多年，因为那次指证让孙福林和小棒槌在村里抬不起头来，并且孙女儿多次埋怨她。小棒槌的年龄越来越大，却始终找不到合适的男青年来入赘，而小棒槌只倾心于王小驹一人。孙福林娘气得说：“好歹找个男人来倒插门就行了，再不行找个老光棍将就着过日子。”孙福林气得瞪她一眼，恨不能用当年挑粪的担杖给她一下。小棒槌嘴巴不饶人，“你这个老婆子，还当现在是旧社会呢，给我找个老光棍，亏你想得出，要不是当年你老欺负人家俞大娘，来宝早成了咱家女婿了。”“吆吆吆，这么大姑娘了，也不害羞，还想给来宝做老婆，你也不想想，他家是什么家庭，革命军属，全村独一份，眼看上完学要做国家干部了，人家能要你?”“不要就不要，不用你管，我一个妇女主任，还看不上他那一根胳膊呢!”小棒槌气呼呼地说。赌气归赌气，她每次都数着王小驹回家的日子，然后借向俞美云学习纳鞋底的机会，看一眼王小驹。然后在王小驹回学校的时候，候在一条小路上。那条小路从村南的沟堑上通往大路，从上初中开始，王小驹就喜欢从这儿经过，不仅是羞于在大街上被人盯着空袖管看，而且这条小路幽静，就像是他的专用道，可以与小鸟对话，与小鱼交流，更重要的是小棒槌会在路上等他，给他送好吃的东西。

在小路的尽头，有一汪泉水，尤其是多雨的季节，旺盛的泉水汇成一个清澈的水湾，滋润着周围的树林和水草。王小驹远远地看见小棒槌坐在水湾旁的大柳树下，面前摆着一个荆条编的草筐，就像一个赶集兜售鸡蛋的小贩。他忍不住咽了一口唾沫，心怦怦乱跳，血液往脸上冲去。这样的情景他已经历了无数次，但还是羞怯地低了头，不知道说什么才好。他四顾无人，才放慢脚步，轻轻走到大柳树下。小棒槌红着脸，小声叫王小驹的乳名："来宝哥，来……"然后就腼腆得不知道说什么好了。王小驹看到她轻轻揭开草筐里的嫩草，筐底露出一块白底兰花的手帕，鼓鼓囊囊地包着两捧大枣。那时候王小驹并不知道枣子是补脾的（后来他的脾一直不好），他只是爱吃枣子，或许是他属猴的缘故，嘴馋。王小驹知道这是小棒槌家那棵枣树上结的。

记得小时候，他和小棒槌、小铃铛过家家，吃的是自家那棵枣树上的枣子。王大驹断了书信那年秋季，那棵大枣树突然叶子泛黄，纷纷凋落，然后枯萎死掉了。而小棒槌家的小枣树却开始旺盛生长，每到秋季结满累累硕果。王小驹曾经用一条胳膊爬到墙上，贪婪地瞅着树上的枣子，福林娘看到了，顺手拿起一棵秫秸，敲了王小驹的肩膀一下，吓得他再不敢觊觎孙家的枣子了。福林娘指证俞美云是共产党的军属之后，两家断交了一年，撞面不说一句话。后来小棒槌莫名其妙得了一个虚症，不吃不喝，整天嗜睡，福林娘四处求医，无人来看，于是天天嚎哭。俞美云听得不忍，不计前嫌，硬闯进来看了一眼，说是吓丢了魂魄，半夜里摆上香案，对着西北方向念叨了几句，居然就治好了病。那时，村里人都听说俞美云的儿子王大驹，在解放军的队伍里做了大官，将来少不了要衣锦还乡光宗耀祖的，于是都说俞美云身上带着神气，能镇宅驱鬼邪，福林娘才又放心地让小棒槌与她亲近。新中国成立以后，俞美云和王小驹祖孙俩分到一亩三分地（大亩），村组织安排社员代耕代种代收，另外，俞美云还按月享受政府给予的三块钱军属优抚补贴，那份荣光令全村人羡慕。福林娘再也不阻拦小棒槌与王小驹过家家了，现在她恨不得孙女干脆住到王小驹家，入赘不入赘也无所谓，只要两家联了姻，把中间的隔墙推倒了，就是圆满的一家人。即使保留着中间那道墙，两家的门紧挨着，从王家到孙家，也就是一蹦腿的工夫，孙女的光是沾定了。但是令她万万想不到的是，俞美云却拿起了大牌，说什么不用急，等来宝上完了高中，组织上分配了工作再结婚也不迟。“那分明是想拖死我家孙女嘛，等到你家来宝分配了工作，一拍屁股走了，让我家小棒槌上哪疙瘩哭去？”福林娘气得不行，她腿脚越来越不好，眼睛发花，生怕两腿一伸走了，看不到孙女招来上门女婿，留下儿子这个老光棍怎么活。“怎么活？怎么活？”福林娘经常念及身后事，急得直拍大腿。令她万万想不到的是，王家的荣光会在某一天突然烟消云散，王小驹一马平川的前途也会急转直下，那时她才后怕，如果小棒槌与王小驹提早结了婚，她该怎么活？怎么活？

山雨欲来风满楼，王小驹不明白，他命运的第二道分水岭为何会与大炼钢铁运动重合。如果没有大炼钢铁运动，他的前途命运或许会是另外一番样子。高三上学期，意外的打击接踵而来，学校团支部的人突然来通知，他的团籍已被开除。“为什么？”学校团支部的人撂下三个字“不清楚”匆匆地走了。于是，他又在心里问了自己十万个为什么，仍然一筹莫展，没有找到确切的答案。“我是革命军人家属，从小学开始一直表现良好，初中第一年加入共青团，连续三年被评为优秀学生，高中两年半我积极表现，努力学习，不怕脏不怕累，第一年就写了入党申请书，成为入党积极分子，你们到底为什么这样对我？”王小驹不服，他找校长孔游击问个清楚，死也要死的明白。孔校长从前会热情地请他坐下，像听劳模事迹报告会一样，请他讲讲最近的思想表现情况，学习和生活中遇到的困难和问题，尤其是他的父亲王大驹的英雄事迹。现在的孔校长表情很严肃，“你父亲多久没有回家了？”

“十六年，这跟我的团籍有什么关系？”

“你父亲多久没有消息了？”

“十二年，这跟我的团籍有什么关系？”

“关系大了，你们樟树村有人来信向学校举报，说你父亲叛逃到了台湾，说你伪造家庭历史，欺骗党欺骗人民，思想落后。现在的形势是政治挂帅，思想领先，开除团籍只是个开始，表明了我们学校对革命敌人的坚决态度。现在学校已经派人去你村进行调查，如果确认举报内容属实，你将受到更严厉的处分。”孔校长缓和了一下口气，“当然了，如果能证明你父亲没有叛逃，还在我们革命的队伍里，我们会立即恢复你的团籍，也会批准你入党，包括你的助学金，也会继续足额发放。”

孔校长的话就像晴天一声霹雳，把王小驹震在当地，耳朵里顿时溢满了秋日的蝉声。当他脑子一片空白，痴呆呆走出校长办公室的时候，嘴里还喃喃地说：“我父亲是解放军，我父亲是革命英雄，我父亲没有叛逃台湾。我家里有军属证明，有南海政治部的介绍信……”

王小驹再也没有心情继续上课，他请了假，急急赶回樟树村。他要拿回军属证明和南海政治部的介绍信给学校看，他还要向俞美云问个清楚，父亲到底去了哪里？

在王大驹失去联系的十二年中，俞美云曾经无数次带着王小驹去昌南县政府打听消息，县长胜德军每次都热情接待，好言安慰，后来胜德军调往地区行署，李连升做了昌南县县长，也曾与原来的南海政治部联络过，但因南海政治部已经改编，换了番号，所以一无所获。现在俞美云听说孙子被开除了团籍，而且有可能被开除学籍，又气又急，差一点晕倒在地。“你们还我儿子！你们不能这样对待我的孙子！”俞美云坐在李连升的办公室里，差一点撒泼打滚。李连升也有点草鸡，当初王大驹起义投奔延安，南海政治部的介绍信和军属证明，是他亲自陪同送达俞美云手中的。但是时隔这么多年，王大驹杳无音信，到底是否叛逃到了台湾，他也拿不准，不敢用脑袋和党性担保。毕竟去年在中共中央开展的整风运动中，明确提出：为了克服近年来在党内新滋长的脱离群众和脱离实际的官僚主义、宗派主义和主观主义，有必要在全党进行一次普遍的深入的整风运动，以提高全党的马克思主义的思想水平，改进作风，适应社会主义改造和建设的需要。

李连升亲笔写了一封信，让俞美云捎给仁义公社书记鲁有福，请他深入调查，酌情处理。鲁有福因为胸部和手腕负伤，没有跟随部队南下，到仁义乡公社做了一名公安侦查员，在于家大冢蹲守多日，将吴老大、吴老二、阿宝等一批漏网的土匪头目抓获并处决，为仁义乡的政权巩固与稳定立下了大功。全国解放后，他的老领导江队长回昌南县担任县委书记，提拔他担任了新成立的仁义公社党委书记。鲁有福的家在燕子村，与樟树村相隔不过五里地，对俞美云家的情况多少有些了解，但是樟树村的村支书李大肚子，向学校举报说俞美云的军属证是假的，这让他有些尴尬。他虽然是公安侦查员出身，但是也鉴别不了军属证的真伪。他还在深入调查中呢，转眼已经到了寒假，昌南一中派出的调查人员带回了樟树村支部出具的证明，随即召开全校师生大会，宣布开除王小驹的学籍，勒令他带着行李即刻滚回樟树村，听从基层组织的改造处理。王小驹用一只手背着被褥和学生用品，在冰天雪地里茫然地走着，这次他没有再走小路，因为小路太滑，因为小路上不再有小棒槌的身影。

李大肚子在樟树村大队全体干部大会上说："王寡妇和来宝是逃台家属，他家的军属证是伪造的，下一步我们要对他家进行管制处理。"小棒槌不敢出声表态，她记得在去年的整风运动时，大队支部要求合作社的社员们给大队干部多提意见，多提要求，王小驹正好从学校回来，曾经当着社员们的面说李大肚子不参加劳动，吃得却比一般人家好，具有官僚主义的性质。当时李大肚子的脸气得一阵黑一阵红，毫无疑问这是秋后算账了。虽然她很讨厌李大肚子的卑劣行为，但她是大队妇女主任，与村支部保持高度一致是她应有的觉悟。而且她也不敢确定王小驹的父亲是不是逃到了台湾。还有特别重要的一点，是她别无选择。有一天晚上，李大肚子把她叫到村委办公室，说要交流思想，没想到竟然强行霸占了她。她的命运也只能绑定李大肚子了。

孙福林的娘听说俞美云成了逃台家属，王小驹被开除了学籍，回家种地改造，惊得半天没有吭声，脸上的表情一会儿晴，一会儿阴，最后发出响的一声鸡鸣，倒地死了。

21

王小驹绝不承认自己是逃台家属，更不承认军属证是伪造的。退了学以后，他三天两头去公社找鲁有福，鲁有福被找烦了，说："明日全公社各大队支书在盘马埠片开个工作表彰会，你带着有关证明去和你们大队的村支书当面对质。"第二天，他脸也没洗，饭也没吃，带着两项证明赶往会场等候。

参会的书记终于到齐，大会即将开始，端坐在主席台上的鲁有福敲了敲麦克风，清了清嗓子问，"樟树村的李万世书记来了吗？"李大肚子赶忙站起来举手，"来了，来了。"他一定以为这次表彰会自己榜上有名，所以特别激动，在众人的目光下春风满面。鲁有福又问："樟树村的王来宝来了吗？"王小驹赶忙站起来示意，"来了，来了！"众人疑惑的目光一齐转移到这个独臂的青年身上，李大肚子的神情顿时阴暗下来。

"你两位都到我面前来！"鲁有福招手示意二人走到近前，他目视李大肚子，"你为什么向昌南一中提供证明，开除了王来宝的学籍。"

李大肚子赶忙说："王来宝的军属身份是假的，他的军属证是假的，他父亲早跑到台湾去了！"

鲁有福厉声质问："你咋知道的？你有证明吗？"

李大肚子有点慌张，结结巴巴地说："我我，我听到钢铁厂那个谁，一个人说的。"

"真是裤裆里拉胡琴——扯淡（蛋）"鲁有福白了他一眼，把脸转向王小驹，态度温和地说："你有证明吗？"

"有！两个。"王小驹赶紧递上南海政治部的介绍信和军属证。鲁有福用他侦查员的如电神目审核了一番，"这些字迹和印章都没什么问题嘛，为什么说是假的？如果找不出证据来证明是假的，那么王来宝的军属身份仍然作数。"

李大肚子的脸变成了茄紫色，"我回去找钢铁厂那个人，给您提供证明……"

王小驹急了，对着李大肚子喊起来："什么钢铁厂的人，完全是子虚乌有，我知道是怎么回事，去年开展整风运动时，我给村里提了一条意见，让你李大肚子下不了台，你怀恨在心，现在纯属你在打击报复，打击报复。"

李大肚子火了，想骂人，被鲁有福狠狠地瞪了一眼，没敢开口。鲁有福对着全场说：“我们共产党人的原则历来是惩前毖后，治病救人，不放过一个坏人，也不冤枉一个好人。希望同志们引以为戒，看清眼前的大好形势，严格遵循党中央‘鼓足干劲，力争上游，多快好省地建设社会主义总路线’，把心思放在完成大炼万吨钢铁的总目标上，制定措施，狠抓落实，力争在年内超额完成任务。”台下掌声雷动，李大肚子默默地坐回自己的位子。鲁有福目送王小驹孑然一身离去的背影，微微地吁了一口气，他知道，他能做的也就这么多了。

王小驹虽然没有被定性为国民党特务家属，但是开除学籍已经成为事实。他带着军属证去学校找孔校长，学校明确告诉他，没有樟树村支部出具新的证明，来推翻以前的证明，不可能为王小驹恢复学籍。即使有鲁有福的偏袒态度，李大肚子也不敢推翻以前的证明，用脚指头都能想得出来，那不是自己打自己的嘴巴嘛，因为不仅是违反组织原则，而且是犯诬告罪，要承担刑事责任的。王小驹返校的路被彻底堵死，他想到了死。

对于一个生活在农村的独臂青年，没有了组织的爱护，没有了政府的关怀，只有一个年愈七旬、生命之火将熄的老妪陪伴，人生还有什么意义？大跃进的年代，村子周围矗立起一座座炼钢炉，空气中弥漫着焦炭的味道（这让他想起了祖父王老驹的炭庄）。王小驹整夜整夜的睡不着，躺在没有门的房屋里（家里所有的门板已被民兵拆走，用于熔炉生火），要把自己饿死（樟树村生产大队的食堂大锅饭，他羞于去领），即使俞美云用粗瓷大碗领回饭来（铁锅、铁碗已被民兵搬走，用于大炼钢铁），他也不肯吃一口。俞美云说：“来宝啊，你不吃我也不吃，咱娘俩一块死吧，省得留下我一个土埋到头顶的老婆子，孤零零地在这世上，还有什么活头。”王小驹听不进去，他就是要死，非死不可。所有可以用于自杀的工具，哪怕是一根细绳，也被俞美云藏了起来。村里的两口水井也是跳不得的，井台上每天不分昼夜，挑水的人络绎不绝，估计还没跳进去就会被人拽住暴打一顿，骂他破坏水源。铁钉和门框都被民兵拔掉和卸走了，即使他腰上还剩下一根布条腰带，那也找不到可以悬挂的地方。王小驹唯一能借助自杀的工具就是把自己饿死。他饿到第三天的时候，在十里堡担任大队赤脚医生的小姨闻讯赶了来，像拽死狗一样把他从炕上拽起来，狠狠地扇了两耳光，大声呵斥："你给我滚起来，滚起来。"王小驹饿得头晕眼花，又被打得晕头转向，委屈得不行，闭着眼问，"我都这样了，你为啥打我?"三姨用手戳着他的额头，"你睁开眼好好看看，你嬷嬷都这么大年纪了，还有多少日子可活，你有什么资格去死?"这两耳光果真起了作用，王小驹闭着眼深思了一会儿，睁开眼说："为了嬷嬷我也要活下去，小姨你放心，我保证不死了，要死也要等到嬷嬷过世后再死。"小姨哭了，俞美云哭了，王小驹也哭了，三个人拥抱着哭成一团。没有房门的屋子不隔音，邻居孙福林听到一屋子哭声，还以为俞美云死了，疾步跑过来看究竟，寻思着帮忙抬尸体，办丧事。过了几日小姨又跑来看望，看到王小驹开始下地干活了，才放下心来。

王小驹用一条胳膊参加生产队的集体劳动，刨地、挑水、锄地，同一个小队的人看他可怜，常靠过来帮他多做一点，让他少做一点。李大肚子对会计说，他王来宝只有一条胳膊，是干不了两条胳膊的活的，记工分要按照半个人来记。会计和小队长不敢反对，每天就按半个工来记。李大肚子找不到王大驹投台的证据，在每年年底的"拥军优属"活动中，将王小驹家取消了。但是政府每年给俞美云三块钱的优抚补贴，他却没敢截留。因为那是县里民政部门给的，他无权管辖。

王小驹每天从生产队下工回来，疲惫得要死，吃了饭倒头就睡，连梦都来不及做，天就亮了。他内心的抑郁已被清空，梦想已经成为遥远的过去，但是对于父亲王大驹的政策问题，却念念不忘。终于有一天，公社派人到大队传达精神：根据国务院规定，1957 年前失踪的军人，一律按烈士处理。就这样俞美云和王小驹领到了王大驹的烈士证。看着桌上红色的烈士证，就像一颗血淋淋的心，俞美云和王小驹又痛哭了一场。俞美云再也熬不下去了，王大驹的烈士证，确定了此生母子相聚无望，她的生命之火也已经油尽灯枯。在一个大雪扑门的冬天夜里，俞美云走完了她坎坷的一生，留下了孤苦无依的王小驹，继续经历没有走完的路程。俞美云去世的第二日，李大肚子与小棒槌举行了隆重的婚礼，他晓得小棒槌与王小驹从前曾经有过一段亲密的交往，他就是想用这样的方式来羞辱王小驹，并公告樟树村人，他是樟树村的最高领导，能左右樟树村所有人的命运。

李连升到樟树村视察，听说俞美云已经过世，非常悲痛，他指示公社书记鲁有福，要妥善安排王大驹烈士的遗属。鲁有福说："可以让王来宝到村办小学做教师嘛。"李大肚子说："他一条胳膊能办啥事?"鲁有福说："他一条胳膊能锄地、打水、肩扛手提，还有啥事做不了?""他爹的事情还没有搞清楚，到底是投了台湾还是牺牲了，再说村办学校只有二十个学生，两个教师已经超标，再加上一个，那大队生产任务就会受影响……"鲁有福打断他的话，"你一会儿说他啥事都办不了，一会儿又说没了他会影响大队的生产任务。我再一次提醒你，他家既然领了烈士证，就是烈士的遗孤，理应享受党和国家的优抚政策。抛开党性原则和国家大政方针不说，我再说一句题外话，咱们做人做事要凭良心，对阶级敌人可以毫不手软，但是对阶级兄弟的冷暖一定要时刻记在心上，都是乡里乡亲的，多给人留点余地，不要赶尽杀绝，逼上梁山，也给自己留条后路。"李大肚子心想，"他只剩下一条胳膊，又不是好汉武松，会舞刀弄棒，也不是你鲁有福，会两手打枪，难道还反了不成，就是借他一百个胆子，谅他也没那个本事。"他心里不耐烦，脸上却不敢表现出来，服从了鲁有福的建议。可是学校的两名教师一个是他的儿子扁头，另一个是大队会计的女儿金梅，他正想撮合两人搞对象，如果王小驹去了，真是三条腿的板凳，搁哪哪碍事啊。大队部通知王小驹，参加完麦季的生产任务后，等到过完暑假开学，就到本村小学担任代课老师。喜从天降，王小驹一连三夜没睡好，"莫非是我嬷嬷显灵了，到了那边不放心我一个人，用法术让李大肚子的脑筋转了向。"他不知道这是县长李连升和公社书记鲁有福两级领导的双重指示。他每天看到日渐泛黄的麦田，就会忍不住祈祷："麦子们快点熟吧，割掉了麦子，过完了暑假，我的新生活就要开始了。"夜里，他居然开始做梦了：李大肚子带领着全村的男女老少，手拿镰刀，走进了村东一望无际的金黄麦田，突然从东南方向飘来一块乌云，接着轰隆一声打了个霹雳，电光四射，一个火球落在麦田里，燃起了熊熊烈火，接着天上雷声大作，暴雨倾盆，仿佛耳边有人疾呼，"快跑吧，要来龙卷风了"，一个黑色风柱由远及近，快速地旋转着，转瞬到了眼前，王小驹被吓醒了。醒来后他发现天已大亮，街上有人高呼口号："无产阶级文化大革命万岁！毛主席万岁！横扫一切牛鬼蛇神！把资本主义彻底埋葬，把修正主义连根拔掉！"他走到街上，发现街上贴满了花花绿绿的宣传口号，县里和公社成立了革委会，李连升和鲁有福已经被夺权。学校罢课，他短暂的教师梦也随之流产了。

22

世上只有享不了的福，没有受不了的苦，而一个敢于和命运抗争的人，当他面对四面的苦难围追堵截时，所爆发出来的能量也是惊人的。王小驹学会了瓦匠、锔匠、木匠，这世上能用一条胳膊操作的行业技术，他一看就会，而且做工精巧，让两条胳膊的师傅们都自愧不如。他用一条胳膊打土坯，砌土炕，街坊四邻愿意请他，因为他要的工钱比别的师傅少，有时候甚至只管三顿饭了事。王小驹说："我一个人吃饱，全家不饿，有口吃的就行了，想不了那么多。"王小驹有生以来终于体会到了被人尊重的愉悦，感受到了被人重视的存在价值。连李大肚子也不得不对他另眼相看，让会计把他叫到大队木工组，任选木料，给自己和会计分别打了一张饭桌、两把椅子。完工后果然结实又好看，油漆涂得也均匀，李大肚子忍不住说了一声好，笑着对会计说："这个独臂真是要翻天了，没想到他还真有两下子，每天给他记一个工。"

李大肚子被夺权以后，整天在家中喝闷酒，两盅酒下肚就开始耍酒疯，骂小棒槌是破鞋，将她打得遍体鳞伤。小棒槌哭喊着绝望地问："我是不是破鞋你最清楚，明明是你强奸了我，如今反诬我是破鞋，你这个伤天害理的牲口，糟蹋了多少良家妇女，你不知道吗？我要去革委会揭发你！"没想到大卵子趴在后墙上偷听，他喊了民兵来，把他俩押到大会上批斗。随后村革委会层层上报公社革委会，又上报昌南县革委会。后来革委会将李大肚子开除党籍，送去劳改农场强制改造，又撤销小棒槌妇女主任职务。小棒槌忍受不了，半夜里来找王小驹，问："你想要不？"王小驹睡得懵里懵懂，莫名其妙："你想要啥？"小棒槌窘得语无伦次，"不是我想要啥，是你想要啥。"她以为王小驹没有听懂，直截了当地说，"你也是快三十的人了，身边也没个女人，你就不想找个女人睡觉?”她以为王小驹肯定同意，爬上炕就往那条千疮百孔的破棉被里钻，结果被王小驹抡起胳膊打了一下，“你不要脸面，我还得要脸面，请你赶紧走，再不走我就去革委会喊民兵来。”小棒槌哭了，一边走一边抱怨，“我走，我这就走，我知道你嫌我脏，可是李大肚子坐了监牢，我又怀了他的孩子，这往后，可让我和孩子怎么活啊。”那个深夜，小棒槌压抑的哭声就像锋利的刨子，在很多年后还能从他的脑海里翻出刨花来，让人不寒而栗。

那年秋天，后街同一个生产队的李老宽家要请他去盘土炕、垒锅台。李老宽和闺女李兰英早就脱好了土坯，就等一个手艺好的瓦匠，听说王小驹不仅手艺好，而且给人做活还不讲工钱，有钱就给点，没钱管口饭就行，这样的工匠当然是最佳选择了。李老宽中年丧妻，膝下只有这一个闺女，父女相依为命。王小驹做匠人，李兰英做小工，男女搭配，干活不累，工程进度很快，快完工的时候，李兰英小心翼翼地问：“我爹有胃病，气管也不好，吃了好多药，花了好多钱也治不好，家里没攒下钱。”王小驹赶紧说：“都吃你家好几顿饭了，还讲什么工钱，乡里乡亲的，谁没有个难处，放心好了，我不要钱。”李老宽站在旁边大声地咳嗽，李兰英知道那是在制止她提钱，脸倏地红了。擀面条是招待客人最好的伙食，李兰英每次都在王小驹的碗里窝一个鸡蛋。每天中午吃饭时，李兰英都让王小驹脱下满是汗渍的衣服，帮他洗净晒干。这怎能不让人感动，王小驹闻着衣服上肥皂和阳光的味道，第一次感受到了年青女人给予的温暖。但是他从不敢多想，李兰英比自己小八岁，年龄和他相当于两代人。而且他还是个独臂，即使娶个带拖油瓶的中年寡妇，也是奢望。

完工饭添了一壶散酒，两个酒盅，李老宽说：“大侄子，跟你商量个事行不?”“有事您尽管说!”“西墙角下还堆着一些木料，你看看能不能再帮我做点家具，英子也到了出嫁的年龄，我想给她准备一点陪嫁的嫁妆。”王小驹满口答应，“英子妹妹是个好姑娘，又勤快又实在，肯定会找个好婆家，我保证做得让大爷您满意，让英子妹妹满意。”于是王小驹成了李老宽家的小长工，做完了饭桌做板凳，做完了衣箱做衣柜，做完了瓦匠做木匠，做完了木匠做锔匠，总之差不多做了两个月，直到院子里再也找不到一块木料，直到李大宽家再也找不到一件可做的活才算完工。

这顿完工酒李兰英准备得很丰盛，一碗咸鲅鱼，一碗煎鸡蛋。李老宽特意去村里代销点打了一瓶酒，以往的晚饭两人只能共享一壶，这次貌似是大出血了。吃罢最后这顿完工饭，王小驹就得告别回他家了。在秋收后的空闲里，村子里邀请他去做手艺活的人排成了队，即使干到年底也干不完。他收拢好了携带的工具，望着满屋子崭新的家具，心里升起一种化腐朽为神奇的自豪感，就像一个父亲发现了寄养在别家的孩子，既欣喜不已，又恋恋不舍。“酒要满，茶要浅。”李老宽一边念念有词，背诵着这句祖传的做人口诀，一边为王小驹斟满了酒盅，给自己斟的却少了一点。李老宽双手端起酒盅，青筋暴突的手颤颤巍巍，就像端着一枚打开了引信的微型炸弹，生怕洒出一滴。他望着王小驹乐观但略显忧郁的眼睛，就像看着一扇投上了阴影却清澈明亮的窗户，“大侄子，且满了这盅酒，我再跟你商量一件事！”王小驹心里咯噔一下，酒盅停在嘴边，竟然洒出了一滴酒，他看到李老宽的眼角心疼得抖了一下。“难道还有别的活计没干完？”王小驹看着李老宽瘦骨嶙峋的脸，实在想不出还有什么活计，他扭转头去看李兰英，以往这女孩子总是坐在旁边陪同，此刻竟然不知忙啥去了。李老宽笑了一下，“你先满了这盅酒，我再跟你说，或许对你是件好事。”

王小驹才放下心来，将酒盅送到嘴边，一饮而尽。

李老宽问：“你觉得这些家具怎么样？”

王小驹感到莫名其妙，“我是用了十分心，十分力，不知道大爷您，哪里还觉得不满意？”

李老宽不接他的话茬，“你觉得兰英这孩子怎样？”

“那还用说，既贤惠又能干。”王小驹突然觉得这话不应该从自己的嘴里说出来，脸上红了一下，幸好灯光昏暗，“难道您想让我做媒，我可没有经验，而且我笨口拙腮，从来没有做过这营生。”

“如果我把她，还有这些家具都给你，你觉得怎么样？”李老宽把眼睛转向里屋，他知道闺女支愣着耳朵在听。

王小驹没有回过神来，“这才喝了一盅，您没有，喝醉吧？”他怀疑自己的耳朵，努力从对方的脸上寻找醉酒的蛛丝马迹。

“怎么会喝醉，我的酒量你没见识过，最多能喝二斤烧酒。”李老宽认真地说，“我考察了你差不多两个月，你是个心眼厚道的人，脑子活泛，手也机巧，我想把兰英托付给你，也让她好好照顾你。”

王小驹的脑子仿佛被霹雳击中，嘴巴大张着，怔怔地看着李老宽，就像看着一尊南海观世音菩萨，迷糊了半天才反应过来，“这怎么可能，我是个残疾人，而且她比我小那么多岁，才十八岁，这不可能。”王小驹面对突如其来的惊喜，手足无措，把酒盅和筷子一块扒拉到地上去了。

“没有什么不可能，这人世间，只要缘分到了，一切都有可能。”李老宽斩钉截铁地说，他扭头往里屋喊：“英子你出来，跟大侄子说说，你对他是不是真的。”李兰英揪着自己的衣角从里屋走出来，羞怯地点了点头。

王小驹的眼前仿佛盛开了一树红艳艳的桃花，一千只蜜蜂嗡嗡地从远处飞来，要跟他争夺这上天的馈赠，他不由自主地跪下身去，咚咚咚，给李老宽磕了三个响头。

这个夜晚太过惊心动魄，王小驹回家后，就像当年被开除学籍那会儿似的，激动得一夜没合眼，一会儿拽拽耳朵，一会儿拧拧大腿，反复证明自己不是在做梦。

过了两日，王小驹去仁义乡供销社，扯了一块的确良的裤子布料、两块印着“幸福长青”字样和大花图案的被褥布料，作为订婚聘礼，给李兰英送去，二人正式确定了关系。

当年冬天他俩结了婚，李兰英带着那一屋子家具，全都成了王小驹的私人财产。结婚那日下了一场大雪，韩寡妇说，下雪娶娘娘。大卵子说，看他能的，一个独臂，还想着当皇帝？他代表村革委会送来一张毛主席像，挂在王小驹家堂屋正对门口的墙上。

小棒槌端来了一碗小雪球做的糖块，扔到了李兰英的花被上，笑嘻嘻地说：“新娘子，吃喜糖，喜糖……”然后被大卵子和红卫兵轰了出去。李大肚子被抓以后，她去找大卵子睡觉，大卵子折腾了她一晚上，造成了腹中的胎儿流产，从此受了刺激，精神失常了。

李大肚子和小棒槌被撤职以后，扁头和村会计的闺女金梅也被开除出教师队伍。大卵子把王小驹叫到村革委会，说："你是咱们樟树村的高才生，要把文化搞起来。"他让王小驹去村办小学做教师，工分跟整劳力一样多。就这样王小驹又圆了自己的教师梦。他记得祖母俞美云说过，曾祖父王老老驹曾做过一辈子的私塾先生，教出了一个国民党中央委员会的交通司令福娃子。他这也算是继承了祖业。当年秋天，李兰英为他生了儿子王卫东，第三年又生了女儿王抗美。李兰英说："如果他们的爷爷还在，那该多么高兴，如果他们的老奶奶还在，那该多么高兴。"

小时候王小驹曾经听俞美云说，在峠山脚下，有一座父子团圆庙，香火很旺，灵气得很，父亲找不到儿子，或者儿子找不到父亲，去那里烧香磕头，虔诚求助，总有好的消息。可是抗战时期，那座庙被四纵队拆掉，修了工事，后来农业学大寨，旧址被劳动人民改造成了粮田。不仅如此，连同于家大冢和俞美云的坟冢，也一并被改造成了粮田。

王小驹听了李兰英的话，默不作声，一个人跑到俞美云坟冢旧址的空地上嚎了半天。他跪在冬日苍茫的原野中，祈求俞美云的在天之灵，保佑他在有生之年，找到父亲的下落，哪怕是一块遗骨。

十二年以后，中国农村实行家庭联产承包责任制。王小驹跟李兰英商量，"我想辞了教师自己干点。"

"都干了这么多年了，你舍得？"

"民办教师工资太低，每月十几块钱，还不够买油盐酱醋的。"

"咱家不是还有四口人的地嘛，飞不高跌不着就行了。"

"现在要改革开放了，咱们不能老拴在一棵树上吊死。再说了，家里的地我也帮不上，靠你一个人累死累活，年底收成还是比别家差。我看你脸色不好看，怕是累病了吧。"

李兰英摸了一下自己瘦俏的脸颊，"没觉得哪儿不舒服啊，兴许是夜里有点着凉了吧。两个孩子正在长身体，像小猪似的，每天蒸一锅窝窝头，还吃不饱。你看咱们全家人都营养不良，指甲往里凹着，是得想想办法了。"

王小驹是改革开放后，樟树村第一个辞去教师公职下海的人，他无所不能的手艺派上了用场。他会锔盆子锔碗锔大锅，会维修自行车、家具，甚至学会了锡焊，给人维修小农具。三年下来，攒下了一千多块，望着厚厚的一摞毛票，李兰英说："咱这房子破得不成样子了，翻盖一下吧。"翻盖新房时，除了抬檩上梁，砌砖、扎天棚，泥墙等一应工序，全是由他做匠人，李兰英做小工，二人合作完成。刚搬进新房子，李兰英便病倒了，再也没有站起来，她死于风湿性心脏病。她十八岁嫁给王小驹，二人共同生活了二十几年，经历的全是贫穷，从没有过一天富裕日子。王小驹看着两个孩子，发誓终生不再另娶。

尾　声

二十一世纪第十个春天，信息网络时代到来，农村的年轻人开始扎堆购买电脑，铺设网线。已经年逾七旬的王小驹，看着儿女一步步长大成人，成家立业。他又重新踏上了漫长的寻父之路。他凭着小时候的记忆，和王大驹最后两封信留下的地址，三去常州寻访继母，但一无所获。

一个夏日的午后，他正在看着那份军属证和南海政治部的介绍信发呆，一个远房侄子慌慌张张地跑进来，大喊："找到大爷爷了！找到大爷爷了！"在电脑的屏幕上，王小驹擦着抑制不住的泪水。他看到了当年驾机起义的一串英雄名字，其中就有他的父亲王大驹。撰稿人是居住在北京的一位起义英雄的后人，名叫许小玲。通过联系许小玲，他得到了确切的消息：王大驹在新中国成立前被派往东北参与东北老航校的建设，并担任飞行科长，在第四次飞行训练中，飞机失事，迫降失控，撞上了炮台的铁架子，王大驹被飞机散落的铁表击中，光荣牺牲。在许小玲的帮助下，他带着儿子王小小驹赶往东北，从密山县历史档案馆找到了东北老航校的记录，然后通过牡丹江民政局找到了王大驹坟墓所在的烈士陵园。

在时隔六十七年之后，王小驹终于与父亲再度重逢。他看到了王大驹的碑文上写着：王大驹，山东昌南县人……被追认为中国共产党员。

2018.5.28 初稿

后记

我的文学导师李掖平先生说过，一部书无论水平高低，语言和段落都应处理得干干净净，简洁明快。我的文学启蒙老师陈显荣先生曾经告诫，做人要修德，文品即人品，吹尽黄沙始见金。穆陶先生也说，请名家作序有借助他人拔高自己之嫌。故这部拙作省略了此项缛节，只写后记。

我于2002年到峡山工作，安家。那时刚好而立之年，至今已过去了十七个年头。时光荏苒，一生中最好的年华都在峡山度过，所谓的事业——文学之路，也是从峡山起步。峡山，毫无疑问是我的第二家乡。我爱峡山，爱峡山这块土地上安贫乐道、生生不息的人们。作家，尤其是从事乡土文学创作的作家，都怀揣一颗感恩的心。我感恩故土，所以写了第一部长篇小说《太平家族》，记录了老家安丘太平山那块贫瘠土地上生活的父老乡亲。我感恩峡山，写了第二部长篇小说《潍河风云》，歌颂了潍河东岸那些正义凛然、关心民间疾苦的古代慈善家。我感恩峡山这块土地上与我同呼吸、共命运的人们，写了这第三部长篇小说《铁鸟传》。故事原型来源于峡山区岞山街道东章村吉廷俭老人，和他的父亲吉翔(原名吉士志，1945年驾机起义投奔延安)，歌颂了峡山历史上那些敢于同命运抗争的不屈灵魂。

说到这部书的诞生，首先要感谢《检察日报》驻山东记者站站长、山东省人民检察院政治部处长卢金增先生，对这个题材的推介。三年前，一个偶然的机会，他提到了吉廷俭的事迹和传奇经历，说这是一项抢救性的工作，一定要在吉廷俭老人在世时，把他的故事传扬出去，以告慰这个在童年失去一条胳膊，又经受了许多不幸打击，却始终不渝，风雨兼程，耗去七十年光阴，终于找到英雄父亲遗骨的残疾老人。

我要感谢山东省作家协会，将这部书列入2017年度山东省作家定点深入生活项目。感谢潍坊市委宣传部和潍坊市文联、潍坊市作家协会，将我聘为签约作家，并给予多方面的扶持。

同时，我还要感谢潍坊市副市长马清民先生、峡山区峠山街道党委书记刘振军先生等，在本书创作过程中，给予的大力支持与帮助，让我充满信心地完成这一使命。另外，本书的有关史料参考了原昌邑县委宣传部副部长、昌邑市职工学校原校长韩庆林先生编纂的《峠山站村志》，在此一并谢忱。需要感谢的师友还有很多，在此就不一一赘述了。

脚踏实地，仰望星空，这是浩瀚宇宙中，活在当下的人类之不懈追求与明智选择。作为时光中偶然出现的一名匆匆过客，再次感谢你们与我同行。

曹 成

2018 年 6 月 19 日